JN025233

皆川博子
長篇推理
コレクション
3

知床岬殺人事件
相馬野馬追い殺人事件

皆川博子

日下三蔵 編

柏書房

目次

装丁　柳川貴代
装画　合田ノブヨ

知床岬殺人事件

序章　オホーツクの殺人

「眠いよ」

男は訴えた。

「眠ってはだめだよ、アイさん」

彼は言った。眠ってしまえよ、と、本心は言いたい。

「どこへ行くんだ」

「あんたのうちに連れて行くよ」

「あんた、親切だな」

泥酔した男は、彼の腕に躰《からだ》をあずけた。

「眠らないでくれよ、重い」

暗い空に、ふたたび雪片が舞いはじめた。

繋留《けいりゅう》された漁船の群れは、骨のように仄白《ほのじろ》く揺れた。雪は黒い海面に吸われた。沖の方が青白く盛りあがっているのは、北オホーツクの流氷群であった。

錆《さ》びた緑青《ろくしょう》の色、藍銅鉱《アズライト》の色と北の詩人がうたった海は、二月、夜のなかで、牙《きば》をむいていた。

男の躰は、いっそう重くなった。

おい、と声をかけてゆすっても、垂れた頭は動かなかった。

このまま雪の上に放置しても、まちがいなく、朝までには凍死するだろうと、彼は思った。しかし、より確実な手段を選んだ。

倉庫のかげまでひきずって行き、力をこめて海に突き落としかけたとき、意識を失っていると思った相手が、彼の腰にしがみついた。

光がとどかないので、相手の姿はほとんど闇《やみ》に溶けこみ、黒い野獣に襲われたような恐怖を、彼はおぼえた。

　彼はうろたえ、相手の指をひきはがすと同時に、蹴《け》りあげた。長靴の先が相手の腹にくいこむ感触があった。彼の右足は、男の腕にかかえこまれた。倒れて、凍った雪の上を滑った。男の全身が岸壁からぶら下がり、彼の片足に男の全体重がかかった。彼は、手にふれたものにしがみついた。裏に毛のついた革《かわ》手袋をはめているにもかかわらず、刃物を握ったような痛みをおぼえた。鉄の杭は、凍《い》てついていたのだ。あいている足で、男の顔を蹴った。男の手がはなれた。重い水音を、逆上した彼の耳は聴かなかった。

　這《は》ってその場をはなれた。

　五百メートルほどの距離を、小走りにいそいだ。空地にとめてある車に走りこみ、エンジンをかけた。冷えきったエンジンは、ちょっと唸《うな》りかけては、ストップした。

　簡単にことはすむはずだったのに、焦りすぎた。あいつの躰に、暴行の痕《あと》が残ってしまっただろうか。

酔って海に落ちた事故死として、処理される予定であったのだ。

ひどいアル中だという。いままで無事なのがふしぎなほどらしいのだから。

顔面に傷が残っても、酔って転んだと、警察はみてくれるだろう、と、彼は自分を安心させた。

なるべく、よい方へよい方へと考えなくては、いたたまれなかった。彼は、殺人のプロではない。

ようやく、エンジンは始動した。チェーンを巻いたタイヤが動き出した。

漁港紋別《もんべつ》から網走《あばしり》、斜里《しゃり》を経て釧路《くしろ》のフェリーターミナルまで夜を徹して走り去らねばならぬ。

＊

〈三月七日、北オホーツク、紋別港沖で発見された水死者に関する記録〉

死因　急性心停止
血中アルコール濃度　4.5 mg ml

手掌面漂母皮様変化部剝脱《はくだつ》、および、顔面、全身のスクリュー痕により、識別は困難なるも、藍野浩《あいのこう》二《じ》、（36歳、住所不定、無職）と推定される。

同人は、二月二十五日ごろより姿をみせなくなっていた。

＊

〈藍野浩二に関するいくつかの証言〉

あのひと、魚の水揚げ手伝ったりで、どうにか食べて——飲んでといった方がいいかな——いたけれど、ほんとは、インテリだったんじゃないかと思うのよね。アル中で、すっかりいかれちゃってたけれど。

飲屋〝くら〟の従業員

六年ぐらい前ですかね、紋別に住みつくようになったのは。そのときは、まだ、それほどひどいアル中ではなかったですね。この町出身の、フクちゃんて女の子といっしょに——つまり、フクちゃんは、中学を出てから、札幌か内地か、どこかへ働きに出ていたんですけれど、トルコかなんかやっていたって噂《うわさ》ですね。それが、アイさんといっしょにひょっこり戻ってきて、アイさんは、ひもでしたね。フクちゃん、もう死んでるからいいますけれど、売春でアイさんを食べさせていたのね。ところが、フクちゃんが中絶の失敗で死んじゃってね、それからアイさん、まるでだめなのね。無気力もいいとこ。怒るとか泣くとか、そういうことないんですね。ただ、人にたかって飲んでいたんです。よくよく食べられなくなると、水揚げを手つだって。ここは、そういう仕事なら、いくらでもありますからね。

〝くら〟の女主人

うちで、よそものと飲んでいましたよ。ばかに気があったようで。

飲屋〝小政〟の主人

女の人がたずねてきたことが、一度、ありました。でも、恋人とか、そういうふうではなかったのですね。女の人は、まるで、インタビューみたいだったわね。メモをとったりして。アイさん、まじめに喋《しゃべ》っていました。でも、何の話をしているのか、こっちも別に気をつけてきかなかったし、わかりませんね。

〝くら〟の女主人

フクちゃんの家族って、もう、だれもいないんですよ。兄さんが一人、青森にいるそうだけれど、もう何年もこっちに来たことはないですよ。

〝くら〟の女主人

I　わたしは知らない

1

「でも、お会いするのは、はじめてです」

わたしが言うと、二人は、とまどったように顔を見あわせた。

逆光のなかに、二人は立っていた。

二十七、八から三十代前半といった年ごろで、男は黒い革《かわ》ジャンパー、女は淡いブルーのダウンパーカーに、二人とも洗いざらして膝《ひざ》が白くなったブルージーン。

女は顎《あご》が細く、華奢《きゃしゃ》な躰《からだ》つきだ。おとなしそうだが、人怖《ひとお》じしない目がまっすぐにわたしをみつめ、芯《しん》の強さをあらわしているようだ。化粧気はまったくない。未晒《みざら》しのコットンのショルダーバッグをさげている。

男は野放図《のほうず》に背がのびたというふうで、目もとがやわらかいので、長身のわりには威圧感を与えない。右手に巻いた包帯が薄汚れている。

チャイムが鳴ったとき、ドアフォーンで先に相手をたしかめればよかった。ちょうど、玄関の三和土《たたき》にしゃがみこみ、下駄箱《げたばこ》の整理をしていたので、つい戸を開けてしまった。

すると、見知らぬ二人連れが立っていて、やあ、一昨日はどうも、と、男の方が人なつっこい笑顔をみせたのだ。

「何か、お間違えではありませんか」

「お間違えって……。たずねてくるようにと、あのとき、言ってくださったでしょう」

「わたしが？　どこかよそのお宅と間違えていらっしゃるんですわ」

「あなた、天野《あまの》さんでしょう?」

「ええ、天野ですけれど」

「地図まで書いてくれたじゃありませんか」

男はポケットから折りたたんだ紙を出しひろげた。


東横線の都立大学の駅から、わたしの家への道すじを書いたものらしくみえた。

「あのときは、そちらもこっちも、ずいぶん酔っぱらっていたけれど、でも、真剣な話だということはぼくも念を押して、あなたも大丈夫とうけあってくれたんです。まさか、何もおぼえていないというわけでは……」

「人違いです」

わたしは確信をもって答えた。

「わたしはお酒など飲みませんもの」

「たしかに、あなたなんだがなあ」

「お姉さんか妹さんか、おられます？　よく似た」

女が訊《き》いた。

「わたしはひとりです。このうちには、わたしのほか、だれもいません」

つい言ってしまって、後悔した。女ひとりの住まいと知ったら、ずかずか押し入ってくるのではないか。訪客をよそおった押し込みか。だが、この二人から兇悪《きょうあく》なものは感じられない。

「一昨日の夜、新宿の〈あるまん〉というスナックでいっしょだったこと、本当に何もおぼえていないんですか」

男が言い、

「それとも」

と、女がつづけた。

「気がかわられたのでしょうか」

「そうなんですか？　気がかわったのなら、はっきりそう言ってもらった方が、気持がいいな」

男の声から、次第に人なつっこさが消え、目もとのやさしさも薄れた。怒らせたかと、わたしは怯《おび》えた。

「また、思いなおしてもらえるとありがたいんですが」

「あなたの方から言いだしてくださったんです」

女が言う。

「こちらから、むりにお願いしたわけじゃありません。彼にとって——わたしたちにとって、こんなありがたいことはありませんでした。ひどく酔っているとき、何を言ったりしたりしたか、後で全部思い出せないというのは、わたしも何度か経験していますす」

「おれもある」

男が言った。

「だから、あなたが一昨日の夜のことを何もおぼえておられないとしても、当然かもしれません。でしたら……もう一度、話をきいていただけませんか。そうして、一昨夜のように彼に協力する気持になっていただけませんか」

女のひたむきな声が、かえってわたしの警戒心をそそった。新手の詐欺《さぎ》か。脅迫《きょうはく》か。

「帰ってください。困ります。わたし、スナックなんて行ったこともないんですから」

「そう言われてしまうと、ちょっと腹がたつなあ。まるで、おれたちが言いがかりをつけてるみたいだ。酔っぱらっておぼえていないというのなら納得するけれど」

「そちらこそ、言いがかりだわ。帰ってください」

こわがっているのをさとられまいと、語気を強めたが、声がうわずった。

「これ、あなたのハンカチです」

女はバッグからたたんだ白いハンカチを出した。

「一昨夜、彼が荒れていて、グラスを割って怪我《けが》をしたので、あなたが貸してくださいました。昨日、わたしが洗って干したんですけれど、血の汚れが少し残ってしまいました。ごめんなさい。おかえしします」

「わたしのじゃありません。気持悪いわ、血のついたハンカチなんて」

「思い出していただけるかと思ったんですけれど」

「一一〇番を呼びますよ。帰ってください」

二人は目で相談しあっているようにみえた。

男のひどく落胆した表情には、芝居とは思えないものがあった。

「人ちがいをしていらっしゃるのよ。本当に、わたし、新宿でお酒を飲むようなこと、したことがありませんもの」

わたしは少し声をやわらげた。

「ユキちゃん、帰りましょう」

あきらめたように、女がうながした。

「名刺だけ、あれしたら?」

「一昨日、わたしてある」

「でも、念のため、もう一枚」

男はうなずいて、水色の名刺を出した。

「気がかわったら、連絡してください。といっても、もう日にちの余裕がなくて……。たのみます。今日じゅうに、ここに電話してください。ぼくは、これから帰って、電話の前で待っています。夜中でもかまいません」

わたしは名刺の文字を目で追った。

日本映画監督協会会員　由木捷治《ゆきしょうじ》
「映画の方《かた》なんですか」

「そうです」

警戒心がゆるんだ。

「どういう御用だったんでしょう」

「出資の件です」

「出資？」

ふたたび、わたしは身がまえた。

「出資をしてくださるという……」

「冗談じゃないわ」

思わず笑ってしまった。

「だれかに、いたずらされたんですよ、あなたたちもわたしも。映画におかねを出せるようなうちにみえますか」

二人を押し出し、わたしは鍵をかけた。

名刺にもう一度目をむけた。

日本映画監督協会。

映画という文字が、何か華やかだ。

しかし、出資など、とんでもない。

わたしがわずかばかりの小金を持っていることを、どうやってかぎつけたのだろう。

薄気味悪さを払いのけるために、わたしは下駄箱の整理に没頭しようとこころみた。

母の遺品となった草履《ぞうり》や古靴。母の足になじんだ靴は、幅が広くぺちゃんこで、わたしの足にはあわない。捨てるほかはあるまい。

母が死に、葬儀や初七日《しょなのか》、四十九日のささやかな行事がすんで以来、ここ二月《ふたつき》ほど、ほとんど他人と口をきいていない。買物はスーパーマーケットですませるから、レジで勘定を払うだけ。隣近所の人と顔をあわせても、お天気のあいさつをかわすぐらいのものだ。

母は社交好きで、生命保険の外交という仕事を、少しも苦にしてはいなかった。成績も営業所ではトップの方だったらしい。

——わたくしも早くに主人をなくしましてね、中三と小学校六年と、娘を二人残されて、どうしようと思いましたんですよ。ところが、主人が生命保険をかけておいてくれたものですから、ほんとに助かりました。わたくしがいい例ですよ。決して損なおすすめはいたしません。

父は株屋だった。はじめ証券会社につとめていたのだが、後に独立して、顧客を持つと同時に手張りもした。わたしが子供のころ、家の生活は浮き沈みがはげしかった。坂の上の屋敷町に住んだり、陽当《ひあ》たりの悪い窪地《くぼち》にうつったりした。

父が死亡したのは、家の状態が沈んでいるときだったが、理財の才のある母は、生命保険が下りたのを頭金に、家に隣接した空地を買い足し、木造のアパートを建てた。家賃の三分の二ぐらいは銀行ローンの返済にあてるから、さしあたってはたいした収入にならないが、二十年で償還し終われば老後は楽になるという計算だった。

母が働くようになって、父の生前より、暮らしはむしろ落ちついた。つましくはあったけれど、債鬼《さいき》に責められるということはなくなった。

わたしは鬼っ子なのだろう。姉は母の気性をひいたのか、何ごとにも積極的であり、スポーツも万能だった。わたしときたら、運動神経はまるでない。珍しく発奮して自動車の教習所に通ったことがあるが、試験にパスし免許証を手にするまでに、ふつうの人の三倍はかかった。

高校を出て、わたしも人なみに就職したのだが、半年でやめてしまった。わたしは他人との距離のとりかたが下手《へた》なのだ。職場をいくつか変えたが、いつも長続きしないのはそのせいだ。どの職場にも、耐えがたい上司や同僚が必ず一人二人いて、この人さえいなければうまくいくのにと思う。しかし、その相手がほかに移っても、また新たな苦手があらわれるのだから、たぶん、わたしの方が悪いのだ。

半年ほど前、血圧の高かった母は、蜘蛛膜《くもまっか》下出血で倒れ、全身不随で寝たきりになった。わたしはそのとき、食品会社の経理事務のアルバイトをしていたが、やめて母の看病に専念した。

母は、わたしを受取人に二千万円の生命保険に入っていてくれた。税金をひかれたけれど、それでも一千万を越える額が銀行の通帳にふりこまれた。その数字をみると、わたしは少し心強くなる。

古靴を入れた段ボールの箱を裏へはこぼうと、玄関の戸を開けた。

引戸の前に、紙片が落ちているのに気づいた。

この家の地図だ。さっきの男が、ポケットにでも入れるつもりで落としたのにちがいない。拾いあげて、見なおした。まちがいなく、駅からわたしの家への道すじだ。隅に住所と名前もしるしてある。わたしの家の所番地だ。

名前に目をやって、とまどった。

天野鞆子《ともこ》

わたしの字によく似ていた。しかし、わたしが書いたのであれば、その名前は、

天野弓子《ゆみこ》

と記されているべきなのだ。

だれかのひどいいたずらだ。

わたしはぞっとした。

だが、頼って相談できる相手を、わたしは持たない。

2

都立大学の駅前の喫茶店で、シナリオライターの梶浩三《かじこうぞう》は、由木捷治と石上梢《いしがみこずえ》を待っていた。

ドアを押し入ってきた由木の、足に鎖がついたような歩きかた、そうして二人の表情から、結果はすぐに察しがついた。

「おれも行った方がよかったかな」

「男が二人顔をそろえたら、ますます硬化したかもしれないわ」

「気がかわったのか、あの女性《ひと》」

「スナックなど行ったこともないと、しらをきられたわ」

「それはひどいな」

「でも、あれで嘘《うそ》をついているんだとしたら、助演女優賞ものだわ」

黙りこんでいた由木が、声だけ笑った。

「たしかに、主演女優って柄《がら》じゃなかったな」

「〈あるまん〉での彼女は、主役もやれる花があったわ。素面《しらふ》の彼女は、まるで……」

「酔うと人がかわるというのはあるけれど、あの女の場合、完全に二重人格だな」

「本当におぼえていないのかもしれないわ、あの様

子では。……でも、酒を飲んだということぐらいは、記憶にあって当然だわ。その点は、意識的に嘘をついているわね、彼女」

「めろめろに酔っぱらっての話だったからなあ」

由木は疲れを放り出すように、

「初対面で二千五百万。冷静に考えれば、そんなうまい話があるわけはない。大手の映画なら億単位で金が動くから、二千五百万、何かはした金のような錯覚《さっかく》を持ってしまうけれど、個人にとっちゃ大金だよな。おれなんか、五万の家賃が払えないでいる」

「もう一度酔っぱらわせたらどうだ」

梶は言った。

「酔っぱらわせて、契約書に判をつかせてしまう」

「へたしたら、これだ」

由木は手首をかさねた。

「監督は知らないことにしとけ。おれがやる」

「梶さんて、理性的で常識があって、十分に大人って感じなのに」

「マジで怕《こわ》いことを言うよ、この人は。あたり屋をやって金を作ろうなんて、冗談ぬきで言う」

テーブルに両手をつき、由木は躰をひきあげるようにして立った。

「おれはとにかく、アパートに帰っているよ。ひょっとしてあっちの気がかわって、電話がかかってくる……という夢でもみている」

店を出て行く由木の背中を見送り、

「栄養失調でダウン寸前てざまだ」

梶は言った。

「夢と希望という栄養ね」

と梢が、

「都立大学の駅から坂をずっとのぼって行く間、由木ちゃんもわたしも、うまくいきそうだなって、かなり確信してたのね。ところが、坂をのぼりつめて、それから地図にしたがって右に折れると、今度は下り坂なのね。だんだん不安になってきて、そして、坂の一番下、おりきったところのちょっと裏手だったのね、彼女のうち。どぶ川がそばを流れていて、小さい傾きかけたような平家《ひらや》なの。とても、二千五百万ぽんと出せるような家がまえじゃなかったわ。でも、金持ちって、案外つましい家に住んでいたりするからって、めげそうになる気持を叱咤《しった》してね、ベルを鳴らしたの。戸を開けた彼女がまた、もさっとしたかっこうで、すごいイメージ違うんだものね」

「人違いってこと、なかったの？〈あるまん〉で会ったのは、彼女の姉さんとか妹とか、あるいは双子のかたわれとか」

「ひとりきりで住んでいるって言ったわ」

「金なんて全然持っていないのに、酔っぱらって大言を吐いたのか、それとも高利貸しか何かで、かくし金はたっぷり持っているのか。持っているんなら、吐き出させたいな。しめあげてでも」

「軟派《なんぱ》でやったら」

「軟派なら、由木の守備範囲だ」

「由木ちゃん、高校のころは硬派だったってけどな」

「あいつ、女をその気にさせるのはうまいよ。テクニックじゃなくて、率直なんだな。やりたいときが寝たいときって感じで、飯食《めし》いましょうぐらいのあたりまえかげんで迫る」

「そうね」

梢は笑ってうなずいた。

北風に缶からがころがるような笑いだと梶は思い、梢に対して残酷なことを言ってしまったらしいと気づいた。

「古いのをやっているな」

と、話題をかえた。

「え？」

「この歌」

「ああ、玉脇愛子《たまわきあいこ》の“Long Good-by”ね」

「はやったな、これ。七〇年のころ」

「バリのなかでね」

「梢はあのころ、高校だろう」

「うちの高校、やったのよ。かなり激しかった」

「梢も？」

「わたし、大勢でわあっとやるの、どうしてもだめだったのね。一人一人、少しずつ違うでしょう。でも、わあっという勢いで、その違う部分、むりに削って一つに嵌《は》めこんでしまうでしょう。それができなかった。でも、あれ、あのときもっと、きちんとやっておくべきだったのね。高校生だもの、戦略なんて下手《へた》よね。あとに残ったのは管理の強化だけ。あのとき、死んだ同級生もいるわ。自殺した。集団と個人のギャップを埋められなかったのね」

「〝流氷の涯《はて》〟の主役の女に、玉脇愛子ってどうかな」

梢は返事をためらうふうにみえた。

「どう、玉脇愛子っての、いいキャスティングだと思わないか。〝流氷の涯〟は由木の作品だから、おれの考えをおしつけるわけにはいかないが」

その思いつきは、梶を捉《とら》えた。

「玉脇愛子の存在そのものが、この作品にふさわしいじゃないか。七〇年のころ、玉脇愛子はすでに神話だった」

「反戦歌を武器にしたアジテイターとしてね」

「あまり好意的じゃない口ぶりだな」

「あのころ、わたしたちの高校で彼女をよんだのよ。まだ闘争が激しくなる前、学園祭に出てくれるように。すごく高いギャラを言われて、びっくりした。わたしたちも甘かったのね。何となく、彼女を商売でうたっている人とは思わなかったのね。わたしは、玉脇愛子より梶さんの方を尊敬する」

「あれ、あれ」

と、梶はてれくさがった。

「梶さんは、ぱくられて実刑だったものね」

「昔のこと」

梶は苦笑した。

「昔のこと、と、割りきってしまえないのが、今度の脚本《ほん》の核でしょう」

「だからこそ、玉脇愛子はぴったりだよ。七〇年の影を現在までひきずっている。それに、最近、〝愛子AGAIN〟とかいう自叙伝《じじょでん》を出して、かなり話題になっている。そういえば、あれ、梢がゴーストやったんだっけな。なんだ、梢、彼女とはずいぶん接触があるじゃないか」

タレントや役者がものを書くとき、ほとんどの場合、ゴースト・ライターを使う。石上梢も梶と同業のシナリオライターで、シナリオの仕事だけではとても生活費にみたないから、ずいぶん雑文も書き、何人ものタレントのゴースト・ライターもひきうけている。タレント業はぱっとしないのに占いがよくあたるという触れこみでマスコミに返り咲いた女性タレントのゴーストで、占いの本を書いたこともあれば、犬の飼育法や痩身《そうしん》美容の本も書いている。石上梢の名が表にあらわれることはない。そのたびに、わたされた資料だけでは足りず、自分でもしらべる。浅く広く雑学が身につきそうなものだけれど、試験勉強と同じで、仕事が終わると、たいがいのことは忘れてしまう。

「玉脇愛子ね……」

梢は、考えこむ顔になった。

「監督に推薦してみよう。監督は、野崎あけみあたりをイメージしているようだけれど、おれは玉脇が絶対だと思うな」

「ギャラ、高いことというんじゃないかしら」

「梢、くどいてみろよ、低ギャラで協力してくれるように」

ピンクばかり作ってきたということで、信用されないかな、と梶はつぶやいた。

「今度撮《と》るのは、ピンクじゃない。由木が、どれほどこの一本に賭《か》けているか、玉脇愛子に……」

3

部屋の隅の棚《たな》の上で、電話機は沈黙をつづける。由木捷治は湯呑《ゆのみ》に焼酎《しょうちゅう》を注いだ。

肌寒いので、押入れから電気炬燵《ごたつ》を出そうと思うが、それもおっくうだ。毛布だけひきずり出して、躰に巻きつけた。毛布のカヴァーにピンクの小さい花が、彼にはおよそ不似合に刺繍《ししゅう》してあるのは、別居している久美の手仕事で、由木はいささかやりきれなくなった。

別れると言いだしたのは、久美の方だった。——もう疲れたの。こんなの、生活っていえないわ。おかねの心配ばかりしていなくちゃならない。そっちは、たまにおかねが入ればポーカーだ麻雀《マージャン》だって。おかねがなくたって賭《か》けごとばかりやってて。女の人からはしょっちゅう電話がかかってくるし。あたし、捷ちゃんの何なの。もう全然、女と思っていないんでしょ、あたしのこと。

友人の部屋に当分居候《いそうろう》する話がついたと、出ていった。下着や服の着がえをスーツケースに詰めているのが、ちょっとした外国旅行にでもでかけるというふうで、可憐《かれん》にみえた。

三年、もたなかったな、と思った。結婚したとき、久美は十九だった。まだ二十二だ。結婚し、一年あまりで、久美の躰に惹《ひ》かれなくなった。ほかの女なら、ぶすでも年増《としま》でも、かたわらにいれば、その場かぎりの欲望はおぼえるのに。ことに、自主映画を作ることに由木が没頭しだしてから、久美は痩《や》せた。由木は、彼が強《し》いている苦痛をみせつけられるような気がした。

ベルが鳴った。

由木はとびつくように受話器をとった。

「なんだ、久美か」

なんだ、はないでしょう、とか、だれかほかの女のひとの電話を待っていたの、とか、こういうとき言いそうなせりふは戻ってこず、

「炬燵、使っている?」

「まだだ」

「サーモスタットがこわれているから、使う前になおさないとだめよ」

「わかった」

「それだけ」

由木が会話をつづけるのを待つつもりか、それだけ、と言ってから、沈黙の空白がつづいた。

「電話虫が鳴いてるの、きこえる?」

「なんだ、それ」

「電話機のなかに、電話虫が棲《す》んでいるのよ。たった一匹で。ジーと鳴いているでしょ」

「ばか。切るぞ」

そう言ったが、久美が切るまで待った。

切れたので、受話器をおくと、また鳴った。

「昼間、妹に会ったんですってね」

久美の声ではなかった。はっと直感した。

「あなた、天野さん？」

「ええ」

「妹？　それじゃ、ぼくが会ったのは……」

「妹の弓子。弓子からきいたわ。あなたが来たこと」

「どうりで、話がまるで通じなかった。おかしいとは思ったんだ。妹さんかア。はぐらかされたのかと思って、きついことを言ってしまった。実は、がっかりしていたんです。あなたの話が頼みの綱だったのに、心がわりされたかと」

「気がかわったりはしないわ。ただ、二千五百万という話だったでしょ」

「そうです」

「一千万は、すぐにつごうがつくの。明日にでも、小切手をきれるわ。あと千五百万は、少し時間がかかるの。待ってくださる？」

「もちろん、待ちます」

「それじゃ、とりあえず一千万、おわたしするわ」

「ちょっと待ってください。そんなに簡単にぼくを信用していいんですか。あなた、いま、素面《しらふ》？」

「どうして？」

「酔っぱらっていない？」

電話のむこうの声は笑った。たのしそうな声だが、アルコールが入っているふうではなかった。

「妹さんといっしょに、あの家に住んでいるんじゃないんですね。妹さん、ひとりだと言っていた。あそこの地図を書いてくれたから……」

「いっしょに住んでいるのよ。でも、わたしは気まぐれで、しじゅう旅に出たりしているから、妹は同居人とみなしていないのかもしれないわ」

「妹さん、ぼくがあなたとまちがえたのだと、思いつかなかったのかな」

「最近、母が死んだの。それで妹は少しぼうっとなっているから。あまり気がまわる方ではないのよ」

「見知らぬ人間が突然押しかけて、一昨日はなんて狎《な》れ狎れしくしたんだから、警戒されて当然だけれど……。妹さんには悪いことしたな。よろしく言っといてください」

「それじゃ、明日にでも、またね」

「待ってください。これは、あまり強調したくないんですが、あとで、こんなはずじゃなかったと言われても困るので、一昨日も言ったけれど、もう一度はっきり言います。映画の出資は、あくまでも投機なんですよ。確実な投資じゃないんだ。そりゃあ、ぼくだって最初から失敗をみこしたものを作るつもりはない。興行的に成功させたい。いくらいいものを作ったって、共感して観《み》てくれる客がいなくては、失敗作だ。後世の評価を待つなんて悠長なことは言っていられない。でも、あたらせるために曲げたり削ったりは絶対したくない。はずれたらね、出資した金はかえってこないんです。きいてます？」

「きいてるわ」

「ぼくに返済能力があれば、あなたから借金します。映画があたろうと失敗しようと、あなたに返済する。このときは、もしあたれば、ぼく自身のもうけになる。しかし、はずれた場合、どうあがいても、ぼくには返せない。だから、危険を承知の上で出資してくださいと頼んでいるわけです。あたれば、出資のわりあいに応じて出資者に利益が分配されます。ぼくは一銭も出資していないのだから、どれほど映画があたっても、ぼく自身は利益を得られない。決まった監督料をもらうだけ。こういうシステムです。わかります？」

「ええ」

「そういう条件で、出資してくれますね」

相手の答えがかえるまでに、間があいた。由木は後悔した。相手を不安にさせるようなことばかり言ってしまった。おりると言いだすかもしれない。

「一千万は、約束どおり出資するわ。でも、残りの分、少し考えさせてください。実は、不動産を担保にして銀行から借りるつもりだったのよ。でも、その不動産は妹の名義なの」

「ちょっと待ってください。立ちいったことをきいてしまうけれど、天野さん、おかねが遊んでいるわけではない」

「そうね」

「それじゃ、無理はしないでほしい。妹さんの名義の不動産を担保になんて、それはいけないよ」

「妹は臆病《おくびょう》なのよ。使わないでただ持っているのなら、持っていないのと同じことだわ。食べるぶんくらい自分で稼《かせ》げばいいのに、親の残してくれたものにしがみついて、情けないわ」

それはいけないよ、と、きれいなことを言ったけれど、後悔が舌にのこっている。

「わたしがそう言うと、妹は、思い出してと言うの。子供のころ、お米が買えなかったことがある。米びつの底に薄く白いお米が散らばっている。それを手でかき集めると、手のひらにブリキの米びつの冷たい感触がつたわる、あのときの不安、忘れられないと言うの」

「そんなに……貧しかった?」

「ときも、あったの。その不安は、もう、理屈ではなく妹の心にしみついているみたいね。わたしはやりたいことに使ってゼロになったって悔いないわ。お金がほかの形にかわったってだけのことじゃない。でも、妹とのトラブルはうっとうしいから、わたしの自由になる一千万だけで了承していただけたら」

「了承も何もないですよ。ありがたいです。助かる。でも本当にいいんですね」

「一つ条件があるのよ」

「何ですか」

「映画を作るのに、わたしも参加させてください。もちろん、専門的な知識は何もないわ。だから雑用でも何でもするわ」

「撮影に興味がありますか」

「ええ、おもしろそう」

声がはずんでいる。

「たいくつするかもしれませんよ。でも、見たければ、いつでもどうぞ。それで、小切手ですが、まちがいのないよう、立会人をおいて受けとります。六《ろっ》本木《ぽんぎ》に、ジョリーフィルムという洋画の輸入と配給をやっている会社があります。そこが、ぼくの自主映画製作資金、総額五千万のうち、半分の二千五百万を出資してくれることになっています。残りの二千五百万を自力で作らなくてはならないので、苦労しているわけなんですが。そこの社長に立ち会ってもらって、契約書を作ります。その方が天野さんも安心でしょう」

「わたしはあなたを信頼しているのよ」

「そう簡単に他人を信用するのは、危険ですよ」

「わたし、賭けるのが好きなの」

「それじゃ、明日。待ち合わせ場所はどこがいいですか」

「どこでも」

「渋谷《しぶや》の、東急文化会館のそばの『フランセ』わかります?」

「わかると思うわ」

「三時半ごろで、どうですか」

「けっこうよ」

電話が切れた後、一人で祝杯をあげた。梢や梶たちに、早く朗報をつたえたいと思った。

スナックのカウンターで、たまたま隣りあわせに腰を下ろしたというだけの、いわば、ゆきずりの相手なのだ。一千万出すというのは、度胸がいいのか、軽はずみなのか。

彼は、天野鞆子との出会いを思いかえした。

その夜、彼は、ひどく荒れていた。九分《ぶ》どおり出資を承知してくれそうだったところから、リスクが大きいから手をひくと、ことわられたのだ。ジョリーフィルムは半額出資をOKしてくれているが、残りの二千五百万円を期日までにととのえなければ、ジョリーも下りる。切羽《せっぱ》つまっていた。

由木は、二十三の年から、十一年、八十本を越すフィルムを撮ってきたが、すべて、ストーリーも役者の演技やカメラワークの巧拙もそっちのけで、女の開いた股《また》、うねる臀《しり》、もみしだかれて紅《あか》みを増す乳房、そうしてあわよくば映倫が見のがした恥毛《ちもう》の一すじに目をこらす、そういう観客を対象にしたものであった。

ピンクを何十本撮ろうと、映画監督の実績としては認められない。

この世界に足をふみ入れたのは、最初はアルバイトのつもりだった。同じアルバイトなら、土方《ドカチン》よりはるかにてっとり早く金になり、おもしろくもあった。助監督の名称で、雑用をこなしているうちに、映画作りに興味が湧《わ》き、やがて監督として一本をまかせられるようになった。

浅間《あさま》山荘事件、連赤のリンチ、テルアビブ国際空港襲撃とつづいたころであった。状況とかかわりあった問題作を生みだしていたATGが衰退の兆《きざ》しをみせ、洋画の娯楽大作に押されて、実験作や前衛的な作品は観客を動員しにくくなってきていた。前年に大映《だいえい》が倒産している。由木捷治がピンクを撮りつづけた十一年間は、映画産業があがきながら不況の底へ落ちてゆくその時期であった。

八十本あまりのピンク映画を撮りつづけるあいだ、由木は、シナリオもほとんど自分で書いた。ピンクであろうと、訴えかける思いをこめることはできる。ことに最初のころ、彼は、ファックシーンを五分に一度はいれろという制約のなかで、社会への憤《いきどお》り、野性と自由を渇望しながら堕《お》ちてゆく男へのシンパシー、女の底知れぬしたたかさに対するナイーヴな畏怖《いふ》、それらをシナリオにストレートにぶちこんだ。

共感したといって、彼にコンタクトを求めてくる者もいた。現在シナリオを共同執筆することの多い梶浩三や石上梢も、そのようにして知りあった仲間だ。梶は、沖縄の娼婦《しょうふ》を素材にした彼のフィルムを観て賞讃し、それ以来のつきあいだ。

しかし、重いテーマを織りこんだ作品、欲情を刺激する以外の要素に重点をおいた作品は、たいがいのピンク観客からは敬遠される。

製作会社のしめつけがきびしくなり、干されかけた。

心がみたされないなかで、彼は、いくつかの一般用劇映画のシノプシスを考えていた。決して陽の目を見ることのない、彼の思いを託した企画書が、アパートの机の抽出《ひきだ》しにたまった。

劇場用の一般映画の製作費は億単位だが、ピンク映画は三、四百万どまり、撮影日数もクランクインとして数日でアップ。演技プランを練る時間の余裕はないし、それを要求されもしない。

ピンク映画を撮ってきたというだけで信用されず、彼のオリジナル企画を採用してくれる製作会社、配給会社は、これまでなかった。

たまたま、ピンク洋画の輸入配給会社ジョリーフィルムの社長が、由木と同世代ということもあり、彼の企画書に関心を持った。半額出資というところまで話が進んだ。残りの二千五百万は、自力で期日までにととのえろ。それができなければ、手をひく。

彼は金策に奔走し、ほかの仕事は手につかず、収入はとだえ、久美が家を出るまでになった。

ようやく、土地成金《なりきん》の息子で出資してもいいというのがあらわれ、息をついたのだが、その男はすぐに、リスクが大きすぎると前言をひるがえし、話はこわれた。

由木が天野鞆子と新宿のスナック〈あるまん〉で出会ったのは、彼が切羽つまり、最初から協力している梶や梢たちと、あたり屋でもやるかと冗談めかしてやけっぱちが口をつくほどになった夜であった。

The wind doth blow tonight, my love
And a few small drops of rain

梢がくちずさんでいた。

——きれいな曲だな。

梶が言った。

——何て歌?

——アーノルド・ウェスカーの〝四季〟のなかで女が歌う劇中歌よ。作曲はだれだか知らない。

I never had but one true love
In a cold grave she has lane

——おぼえたい?

——ああ。

——こんど、テープに吹きこんであげる。

水割りのグラスを右手に握りしめ、

——おい、賭けろよ。

と、由木はわりこんだ。

——何の賭け?

カウンターのむこうで水割りを作っていたリョウが訊いた。

——握って割れるか割れないか。

——ばかね、やめなさい。

リョウは眉《まゆ》をひそめた。

言葉はおねえだが、芯《しん》に気骨のあるリョウと、由木はうまがあっていた。もう一人、カオルという若い男の子がリョウの下で働いている。

——賭けるか。おい、割れないと思うだろう。割れないと思うやつは、千円はれよ。

——おもしろそうね。わたしも賭ける。

と、千円札をカウンターにおいたのが、由木の隣りに腰かけた見知らぬ女であったのだ。金ラメ入りの黒いセーターに、金茶色のメタリックなベルト、黒いカーフのシガレットパンツ。アイシャドウとルージュが濃かった。

——握って起《た》つか起たないかの方がいいじゃないの。わたし、握らせてあげるわよ。

リョウが言い、カオルが笑い声をたてた。

——左手でやれよ。

梶が低い声で言った。

由木はグラスを握った手に、鬱屈《うっくつ》した力のありったけをこめた。グラスは砕け、カウンターに流れた酒に、血が雲の模様をつくりながら溶けていった。

——彼女に一杯あげて。

女がカウンターにおいた千円札を、由木はリョウにわたした。

——ばかだよ、おまえ。

梶が言った。

——あの話、だめになりそうなの。

手を血まみれにした由木のばかげた行為をかばうように、梢がリョウに告げた。

——ジョリーが下りちゃったの?

リョウもいきさつは知っていた。

――ジョリーは二千五百万出すっていうんだけどね、残りの二千五百万、できそうでできない。出すっていってた人が、この土壇場《どたんば》にきて、下りちゃって。

――何の話？

と、女が横から口をはさんだのだった。


ドアがノックされた。

「だれ？」

「わたし。梢」

由木は、いきおいよくドアをひき開けた。

彼女から、連絡まだない？　半ばあきらめた口調で土間に立った梢は、由木の表情を照りかえして、みるみる明るくなった。

「ＯＫなのね！」

由木は梢の肩をつかんでひき入れ、ドアを閉めると、抱きすくめた。

いきなり唇をあわせ、抱きしめた躰をゆすぶった。

「でも、まだ足りないのよね」

ようやく事情を説明した由木に、梢は指摘した。

「ああ、あと千五百万」

「ジョリーに約束した期限は？」

「明後日」

「もう三、四日のばせないかしら。ジョリーの社長に頭をさげて」

「心あたりがあるのか」

「まあね」

梢はあいまいにうなずき、由木の腕のなかで目を閉じた。

4

師走《しわす》の町は、嫌いだ。ジングルベルとサイレントナイト、ホワイトクリスマス、赤鼻のトナカイ、町中がパチンコ屋になったように騒々しい。

銀行のなかでも、ジングルベルを流していた。

アパートの家賃は、銀行の口座に振りこまれる。

現金で受けとると、気が大きくなって無駄づかいしてしまいそうでこわいのだ。毎月一定額をカードでおろし、生活費にあてている。母の発病以来、アルバイトをやめていたので、現金収入は家賃しかない。それも、ローンの返済がまだすんでいないから、残るのはわずかな額で、生活費は母が残してくれた生命保険を預金した分にくいこんでいる。早く仕事をみつけなくてはならない。

そう思いながら、生活費をひき出すついでに窓口に通帳を出して、現在高を記入してもらった。

かえってきた通帳のうしろのページを何げなく目にしたとき、わたしは頭から血がひくのをおぼえた。税金をとられたあとの生命保険の、端数を普通預金にいれ、一千万は二年満期の自動継続定期にしておいた。総合口座の通帳のうしろに、￥10,000,000の数字が記入されているのをながめるのが、心のささえだった。

わたしは窓口に立ち寄った。よほど青い顔をしていたのだろう、

「どうなさったのですか」

窓口の女子行員の顔まで青ざめた。

「これ、解約になっています。何か……何か、まちがいじゃありませんか」

「定期ですか」

二十《はたち》そこそこの女子行員は、まるで自分が重大な過失をおかしたかのように慄《ふる》えだした。そのうろたえぶりに、わたしの方が少し落ちつきをとりもどした。

女子行員は通帳をつかんであたふたと席を立ち、奥のデスクにいる男の行員に、わたしの方を指さしながら通帳をみせた。

男の行員は、眉をひそめて立ち上がり、窓口に近づくにつれて、営業用の薄笑いに顔をつくりかえた。

「天野さまですね。先日はどうも」

この男の顔はよく知っている。母の生命保険金一千万円を定期にしたとき、手続き事務をやった男で、そのときは、わたしは奥まった衝立《ついたて》のかげの、ソファのある小部屋に通され、支店長まであいさつにあ

らわれてお茶などふるまわれたのだった。小さな支店に、一千万の定期の客は、なかなか大切だったのだろう。

「奥でお話をうかがいましょうか」

案内されたのは、入金したときと同じ奥の小部屋だった。

「何か、先日の定期解約の件でご不満がおありとか？」

「あの……これ……」

わたしは口ごもった。

「あのとき、満期の期日前に解約なさると利息がご損になるということはご説明したはずですが」

口調は明らかに慇懃無礼《いんぎんぶれい》だ。

「解約なさらなくとも、定期を担保にお貸しできると申したのに、ききいれていただけず、残念でした。で、ご用件は？」

「あの……解約、だれが……」

「は？」

「だれが解約の手続きをしたんでしょう」

行員は、わたしの質問の意味をとりちがえた。

「私がやりましたが。小切手を作ったのは別のものですが、何か不都合でも？」

「いえ、解約をしに来たのは……？」

行員はあっけにとられた顔でわたしを見た。

「どうも、何をお知りになりたいのか、よくわかりませんが。あのとき、天野さまのほかにどなたかみえられたのですか」

「え、天野さまって、わたし？」

行員の表情が微妙に変化した。

「わたしどももいそがしくて、ご冗談の相手をしている暇はないんですがね」

「解約の手続きに、だれが来たんですか」

「どうも、弱りますな。天野さまおひとりでみえたと思っておりましたが」

「天野さまって、わたし？」

思わず、同じ質問をくりかえした。

「また、ご冗談を」

「わたしが解約の手続きをしたとおっしゃるんです

か」

「どういうおつもりで、妙なことを言われるのかわかりませんが、先日、たしかにおひとりでみえ、手続きをなさいました。まさかお忘れになったわけではありませんでしょう」

よく考えてみてください、わたしに似た別人だったのではありませんか、そうたずねかえそうとしたとき、行員は席を立った。次に入ってきたときは書類を持ち、もう一人の行員をともなっていた。

解約手続きの書類には、わたしの筆蹟《ひっせき》による署名と、銀行に届け出ずみの印鑑による正確な捺印《なついん》があった。もう一人の行員は、おろした一千万で小切手を作ったのは自分だ、金額が多いからはっきり記憶している、わたしが小切手を受けとったのも確認している、と断言した。

彼らは最初、わたしが何か不当な言いがかりをつけて一千万円を二重どりしようと企《たくら》んでいると疑ったようだ。警察に行って白黒をつけてもいいと強硬なことを言ったが、やがて、うすきみ悪そうな表情になった。遠まわしに、健忘症か何か異常な病気かもしれないから、病院でみてもらえとすすめた。

冷やかに、わたしは送り出された。

お茶はでなかったなと、わたしは思った。

わたしとよく似た女が、わたしの名をかたり、わたしの印鑑を使い、わたしの一千万円をだましとった。——そう考えるのが常識というものだ。

それなのに、詐欺にあったとその場で強く主張できなかったのは、うすぼんやりとではあるが、自分の記憶に自信がもてない、奇妙なことが二、三あったからだ。

だからといって、一千万円もの大金を解約し、そのいっさいをおぼえていないなどという馬鹿げたことがあるとは思えなかったけれど。

家に帰り、わたしは、机の抽出しから二枚の名刺を出して並べた。どちらも、水色のカード。同じ書体で同じ名前。同じ住所。

日本映画監督協会会員　由木捷治
一枚は、ふいに訪れてきた男がわたしによこしたものだ。そうして、もう一枚は、その後バッグのなかに入っているのをみつけたのである。男が、スナックでわたしにはじめて会ったとき名刺をわたしたと言ったが、わたしはそんな記憶はなかった。しかし、それらしい名刺が、バッグに入っていたのだ。

わたしには説明がつかなかった。どうして、あの男の名刺がバッグの中に。

わたしはなるべく気にかけまいとつとめているのだけれど、不気味なことはほかにも起こっていたのだ。

たとえば、黒い革のスラックスだ。いえ、このごろはスラックスなんていう人はいない。パンタロンともちがう。おそろしく細い、このごろの呼び方でいえば、パンツだ。こんなのを穿《は》いたら、臀から腰の線が、はちきれそうにくっきりあらわれてしまう。洋服箪笥《だんす》の奥にさがっていた。それから、華やかに金ラメの入った黒いセーターだ。どちらも、わたしのじゃない。

たとえば、畳の上の紅いしみだ。エナメルの液のように艶《つや》があり、すっかり乾いているので、爪《つめ》でこすると剝《は》げ落ちた。

たとえば、真紅のマニキュア液と、鼻につんとくるマニキュア除去液だ。鏡台の抽出しの奥の方に、かくれていた。

更に、おそろしく踵《かかと》の高い黒いサンダルシューズだ。

まるで、このうちに、もうひとりの女が棲みついたかのよう。

マニキュア。もしかしたら、母が生前買って、わたしに知られるのは気恥ずかしいものだから、鏡台の抽出しの奥深くつっこんでおいたのかもしれないではないか。

そんな考えが、一時のがれのごまかしだということはわかっている。母の死後、抽出しのなかは何度も見ている。マニキュア液は、突然出現したのだ。

わたしは押入れを開けた。下段の手前の方のこましたものを出すと、奥に小型金庫があらわれる。土地家屋の権利書など、大切な書類をしまってある。

うすっぺらな書類に金庫は大げさすぎるけれど、机の抽出しなどでは、鍵をかけておいても不安なのだ。

ダイヤルをあわせ、扉を開けた。

権利書は異状なかった。だが、見なれぬ一通の書類が、いっしょに入っていた。

固苦しい約款《やっかん》を並べた契約書で、その契約は、『天野鞆子』と、『流氷の涯製作事務所　代表由木捷治』とのあいだにかわされたもので、『天野鞆子』が映画製作に一千万円の出資をすること、及び出資の条件として撮影に参加することを記載していた。

わたしは、しばらく茫然《ぼうぜん》としていた。

押入れから出した雑多なもののなかに、古びたアルバムが混っている。わたしはそれを膝にのせ、開いた。

一枚の写真。

二人の女の子が並んでいる。海岸だ。水着の躰はまだずん胴で、それでも年上の子は、のびやかな手足が小気味よい。精悍《せいかん》さと繊細《せんさい》さが表情に同時にあらわれている。もの怖《お》じしない挑戦的な眼は、その一瞬をカメラに捉えられたので、次の瞬間には気まぐれに変化しそうだ。

年下の方は――この年ごろの三歳の差は大きい――まだ形のさだまらぬゴムの塊りのような幼児だが、上目づかいの目つきに、一生かわらない淋《さび》しい烙印《らくいん》がある。

淋しい、というのは、わたしのナルシシズムだ。しかし、いじけた目つきとは言いたくない。

姉とわたしの幼いころの写真だ。

天野鞆子。それが姉の名前だ。

十八歳で死んだ。

だれが、死んだ姉の名をかたり、わたしの財産をまきあげたのだ。

あの男、由木捷治という男が黒幕なのだ。そうとしか考えられないではないか。

この家の地図を記した紙に、『天野鞆子』の名を見出《みいだ》したときも、わたしはあっけにとられた。

その後、わたしはそのことをあまり考えないようにつとめてきた。うすきみ悪すぎたのだ。

しかし、一千万円という金がかたりとられたからには、考えないわけにはいかない。

銀行員まで、わたしと見まちがえるくらいよく似た女。——いや、あの銀行員も、由木とぐるなのだ。

銀行員が共犯なら、わたしと瓜二《うりふた》つでなくてもかまわない。印鑑だって偽造できる。

でも……銀行員が、そんな危《あぶな》っかしい詐欺に加担するだろうか。一千万円は、わたしにとってはかけがえのない大金だけれど、下手をすれば一生を棒にふるかもしれない詐欺の対象にしては、みみっちすぎる金額ではないか。由木と、同行した女と、行員と——それも、二人だ——四人で分配したら、ほんのはした金になってしまうではないか。

行員が共犯という考えは捨てなくてはなるまい。

それに……この契約書を金庫にしまったのはだれなのか。ダイヤルの数字を知っているのは、わたしと母だけだ。母が死んだいま、わたしのほかにこの金庫を開けられるものはいないのだ。数字はどこにも書きとめてはない。母の誕生日とわたしの誕生日の数字をくみあわせたもので、二人ともそらでおぼえていた。

わたしではなくては開けられない金庫が開けられていた。

わたしの印鑑が使われていた。

書類のサインはわたしの筆蹟だった。

銀行員が二人、わたしが定期を解約したと証言した。

見おぼえのない洋服と靴。

そうして……

二枚の名刺。一枚はもらったおぼえがないのにバッグに入っており、由木捷治はそれをスナックでわたしに与えたと言っている。

女が彼にわたしたという地図には、死んだ姉『天野鞆子』の名が、わたしの字で書かれてあった。

一千万円を出資するという契約書にも、『天野鞆子』の名が、わたしの字で書かれてあった。

他人の身に起きたことであれば、わたしだって、すぐに推察しただろう。

そういうことが現実にあるということを、まるで知らないわけではなかった。

人格の分裂。

Aという人間が、あるとき突然、Bという別の人格になる。Bとして行動したあいだの記憶はAの意識に残らない。

まさか。

わたしは、ぞっとして、打ち消した。

罠《わな》にかけられたのだと考えた方が、はるかに現実性がある。

人格の分裂。二重人格。

それこそ、罠を仕掛けた人物が――おそらく、由木捷治と名乗る男が――わたしにそう思いこませようとしていることなのだ。

さまざまな小細工。

見なれぬ服や靴、名刺などをひそかにしのばせ、わたしと酷似した女を替玉に使い、筆蹟をまねて行員をだまし……。

でも、あの男が、どうして姉のことを知っていたのか。姉のかつての友人だろうか、あの由木という男は。

姉から、わたしについて聞いていたのか。

臆病で優柔不断な妹。いつも、行動的な姉を羨《うらや》みひがんでいた妹。二重人格があらわれるにはもってこいの性格ではないか。

しかし、罠と言いきることはできなかった。

金庫をどうやって開けたのか。印鑑をこっそり盗み出し、もとに戻しておくなど、できることなのか。

更に……わたし自身の記憶の不確かさが、わたしを不安にした。

毎日、同じことのくりかえしで時をすごしている。そのためか、天野鞆子として由木とスナックで会ったことになっている夜、わたしはどのようにしていたか、明確に思い出せないのだ。たぶん、いつもと同じように、近くのスーパーで買物をしたか、あるいは残り物でもあれば どこにも出かけずに家で夕食をすませ、テレビを観て、寝たはずだ。テレビ。何を観ただろう。夜はたいがいテレビをつけているけれど、よほど面白い番組でもなければ、見終わったとたんに忘れている。

銀行で定期を解約したことになっている日、わたしは何をしていただろう。

そうして、もう一つ、わたしを不安にさせることがあった。

由木捷治という男を思い浮かべるたび、躰のなかに、何かとろけるような感覚が走る。

会いたい、あの男にもう一度会いたいと、ああ、わたしは思っているのだ。何ということだろう。

ただ一度会っただけの男、しかも、わたしの金をだましとったのかもしれない男に、恋してしまったのだろうか。そんな馬鹿な。

わたしは、鏡台の前に坐《すわ》った。抽出しを開け、持ってはいるけれどめったに使ったことのない口紅やアイシャドウをとり出した。友人の結婚披露宴に列席するとき、買い揃《そろ》えた一式だ。

ファウンデーションを額《ひたい》、頬《ほお》、鼻すじ、頤とぬりひろげ、パウダーで上からおさえる。

頬紅を刷《は》く。アイシャドウを、濃くぬって瞼《まぶた》にくぼみをつける。眉を描く。くちびるを紅筆でふちどり、紅をさす。

わたしは、鏡のなかの顔にみとれた。それから、洋服簞笥から金ラメ入りの黒いセーターと黒い革のパンツ——わたしが買ったおぼえのないもの——を出して身に着けた。

姉に似てはいない。

これは、わたしだ。わたしだけれど……わたしじゃない。

美しい、と、わたしは思った。

奇妙なことに、わたしは、鏡のなかの女に嫉妬《しっと》のような気持を抱いた。

この女は、由木捷治に逢《あ》ったのだ。新宿のスナックで。酒を飲み、奔放にふるまい、一千万円の出資を約束して、彼の心を奪ったのだ。

その一千万は、わたしのお金なのに。

黒ずくめの、わたしの目にさえセンシュアルな魅力をただよわす女を鏡の奥にみつめながら、わたしの確信は強まりつつあった。

これが、由木が会った天野鞆子なのだ。わたしなのだ。

しかし、わたしは、何もおぼえていないのだ。この〈わたし〉が、由木捷治とどのような言葉をかわしたのか。スナックで、どのような時を彼とともにすごしたのか。

一千万。ええ、わたしの——天野弓子の意志で、由木さん、あなたに出資するわ。

わたしはつぶやき、とんでもない、と、ふるえあがった。

とんでもない。由木捷治という男に事情を話し、とり戻さなくてはならない。

ありあまる財産の一部じゃないのだ。映画なんて、よほどのことがなくては、近頃、赤字ばかりだというではないか。

わたしは、ひとりきりなのだ。病気になっても、だれも助けてくれやしない。おかねだけが頼りなのだ。

華やかな化粧と服装にふさわしくない、いくじのない繰《く》り言《ごと》を、ブザーの音がさまたげた。

わたしは、ひそかにみだらな行為をしているところを邪魔されでもしたように、うろたえた。化粧を落としたり服を着かえたりしている余裕はないので、しかたなく、そのまま玄関に出た。

顔見知りの新聞の集金人が、驚いてわたしをみつめ、それから笑顔になった。

「きれいですね、今日は」

眠れない夜を、わたしは過した。無防備に眠りこけているあいだに、わたし自身が消えてしまうのがおそろしい。

翌朝、いつもとかわりなくめざめ、ほっとした。

わたしは自由《じゆう》が丘《おか》の書店で、心理学や精神病理学の通俗解説書を手あたり次第に求めた。

躰に異常をおぼえたものが、医師に病名を宣告されるのが怖くて、ひとりで家庭医学書などを読みあさるように、二重人格について書かれたものに目をとおした。

だれでも、自分のなかに、もう一人の自分を持っている。コントロールが適確に行なわれていれば、第二の自我はあらわれてこないけれど、地表に押さえつけられたマグマのように、それは噴出の機会を狙っている。

ジキルとハイドはフィクションだが、人間の真実をついている。

現実の症例をしるした本が、何冊かあった。おそろしいことに、第二の自我があらわれている期間の記憶を、正常な〈私〉は持たないが、第二の自我は〈私〉の記憶をあわせ持つということを知った。

つまり、私は、〈鞆子〉が何を考え何をしているのかさっぱりわからないのに、〈鞆子〉は、私、弓子を、知りつくしている、ということなのだ。

医者に行くべきだろうか。

日本では、アメリカのように、気軽に精神分析医に相談できる状況になっていない。

暗い鉄格子の部屋。薬漬け。

信頼できる医師を、わたしは知らない。

もし、優秀な医師が治療してくれて、〈鞆子〉が消滅したら、みじめな、臆病な、弓子ばかりが残るのだ。

〈鞆子〉。それも、わたしなのだ。

鞆子が消えたら、わたしは由木と逢う時間まで失ってしまう。

由木。一度会っただけの男が、どうしてこれほど慕《した》わしい。

鞆子は由木とどんな時間を持ったのか、わたしは知りたい……。

5

由木捷治は、頭をさげた。相手は、玉脇愛子である。石上梢と梶浩三も同行した。

連絡があって『玉脇音楽事務所』によばれた。プロダクションの形をとっているが、所属は玉脇愛子ひとりである。原宿《はらじゅく》の駅に近いビルのなかに、事務所はあった。

マネージャーの長谷《はせ》も同席している。

「梢ちゃんにくどき落とされて、出資を承知したのよ」

玉脇愛子は、きどりけのない笑顔をむけた。

初対面だが、玉脇愛子の名と顔と歌は、由木にとって親しいものなので、以前からの知りあいのような錯覚を持つほどだ。

「梢ちゃんからきいたでしょうけれど、最近出したわたしの本、梢ちゃんにてつだってもらったの。おかげで、わりあい評判がよくて、もう三版まで出たのよ」

「読みました」

由木は言ったが、実はまだ三分の一も読んでない。

「由木さんの仕事に協力してくれないかと梢ちゃんにたのまれたとき、彼女へのお礼として、少しぐらいのカンパはしようかなという軽い気持だったの。ところが、シナリオを読んでみて、わたし、歯車がガチッと嚙《か》みあったような気がしたわ。まるで、わたしのために書かれた脚本《ほん》みたい。梶さんが書かれたのね」

「監督と梢と、三人の協同です。というより、最初の構想は監督、それから三人で徹底的に話しあい、最終的にぼくがまとめあげたわけです」

「由木さん、どう？　出資の条件として、この主役、わたしにくださらない」

「玉脇さんが主演を？」

梶がわきから躰をのりだした。

「実は、ぼくも、玉脇さんにお願いできたらと思ったんです。しかし、監督に話したら、十分なギャラが出せないから、むりじゃないかと」

「ギャラのことは、あらためて話しあいましょう」

「出資はしていただけるんですね」

由木は念を押した。

「千五百万の出資は、うちの事務所としては大変な冒険なんですよ」

マネージャーの長谷が口をはさんだ。

「貧乏プロですからね。ぜひ成功させてもらわないと、うちはつぶれます」

「成功するわよ」

玉脇愛子は言った。

「梢ちゃんにくどき落とされたと言ったけれど、訂正するわ。シナリオを読んで、わたしの方が積極的になったの」

「ぼくが危惧《きぐ》するのは、話が暗すぎるのではないかということなんですよ」

長谷マネージャーは、あまり乗り気ではない口ぶりだった。

「率直に言って、玉脇先生のイメージアップにはならないと思うんです。この女主人公は、大衆の支持を得る魅力に欠けているんじゃないですか。その点、シナリオをもう少し考えてもらえませんかね」

「具体的に、どういう点でしょう」

梶は、身がまえた。

「第一に、七〇年をとりあげたという点が、今の大衆の興味からはずれていますね。

女主人公は、富豪の令嬢である。それが、過激派に誘拐《ゆうかい》された。身代金《みのしろきん》を要求して、活動資金にするためですね。ところが、女は、誘拐犯たちと共同生活をしているうちに、その一人を愛するようになり、思想的にも影響され、彼らといっしょに、銃器店襲撃に加わる。——これは、アメリカだかどこだかで、実際にあった話を下敷きにしていますね」

「そうです」

「女は、男にほかに愛人がいることを知り、怒りのあまり、彼らを裏切り、当局に密告する。グループは壊滅《かいめつ》し、男は実刑を受ける。銃器店襲撃では、店員、警察官のあいだに死傷者が出ていたため、刑は重かった。男は、この事件のとき、たまたま怪我をしていて、実際の行動には加わらなかったのだが、女の証言によって、主犯とみなされた。

男も女も心から愛していた。愛人がいるというのは、女の誤解だった。

女は、もとの階級の生活に戻る。しかし、結婚はせず、刹那《せつな》的な刺激を求めて日を過す。ことに、狩猟に没頭する。

刑期を終え出獄した男は、北海道の道東の漁港に流れ、あざらし射ちで暮らしている。

冬のオホーツク海に、あざらし猟をたのしむために訪れた女が、男と再会する。

愛憎の葛藤《かっとう》の末、男と女の猟銃による決闘。相討《あいう》ちのように倒れる。ほとんど心中《しんじゅう》といえる死であった。

ざっと筋を追うと、こんなところですね」

「まあ、そうです」

「男がどうも、みじめったらしくて、いいところがないですね」

長谷は容赦《ようしゃ》ない。

「女も、要するに、男にふりまわされているだけで、主体性がないじゃないですか。過激派と行動を共にするのも、それを裏切るのも、男への想《おも》いが原動力で、思想の裏づけがない。玉脇先生は、七〇年において、革命を志向する学生運動と共闘しましたが、それは、男に影響されてというようなものではなかった」

「長谷さん、そのことについては、話しあったじゃないの。この映画は、男と女の物語よ。パセティックで、山場もあり、強いインパクトをもった異色の恋愛ものになるわよ。女のキャラクターも、おもしろいわ。非常に自我の強い、外国の女優でいえば、ジャンヌ・モローでもやりそうな役よ。監督の演出次第で、大人の女の魅力を十分にあらわせるわ。ただ、一つ注文をつけると、女が男を裏切るのは、女に、男が見えてしまったから。つまり、女にとって、男が卑小すぎた。男の実像が、先に、女の幻想を裏切っていたのだ。そういうふうにできないかしら。その方が、女が大きくなるわ。男にふりまわされるのではなく、女の壮麗さが男を破滅させてゆく」

「考えてみます」

「それは、たしかに、玉脇さんの言われるとおりですね」

由木と梶はほとんど同時に言い、長谷マネージャーが、

「そこまで先生がのっているのなら、ぼくはこれ以

上反対はしません。いろいろ言うのも、要は、ぼくとしてもこの作品、ぜひ成功してほしいからです。成功というのは、観客動員のことですよ。いくら批評家がほめてくれても、客が入らなかったら、どうしようもない。失敗作です」

「わかっています」

由木が声を強めた。

「客の入りが勝負だということは、あなたがた以上に、ぼくにとって切実な問題です。後半の、男と女の再会と決闘の場所を流氷のオホーツク海にしたのも、ヴィジュアルな効果を狙ったんです。ストーリーの上からいえば、どこに設定してもいい。しかし、荒寥《こうりょう》とした美しさは、流氷の海以外にないと思った。あまり長尺にせず、たたみこむように緊迫感を盛りあげるつもりです」

窓からななめにのびた夕陽が、紅潮した由木の顔に翳《かげ》を濃くした。

「この一作に、賭けています。絶対、成功させます」

「監督が脱げといえば、わたし、脱ぐわよ」

玉脇愛子は大胆な笑顔をみせた。

「由木さんなら、最高の魅力をひきだすように撮ってくださるでしょう」

「それは、自信があります」

由木も、少しくつろいだ笑顔になった。

6

「あの女、だれだい」

背後でささやく声が耳に入った。

明らかに、わたしをさしている。わたしは躰を固くした。

場ちがいなところにいる。

透明人間になってしまいたい。

しかし、わたしは、由木を見ていたい。

金屏風《きんびょうぶ》を背に、長いテーブルの前に、由木と主演女優の玉脇愛子、主演男優の高田《たかだ》草平《そうへい》、プロデューサー、ジョリーフィルムの社長が並んで腰かけ、マスコミ関係者が半円形にとり巻いている。

『流氷の涯《はて》』製作発表記者会見
金屏風の上のボードには、そう大書されている。

「由木監督の気迫に、私はうたれたのです」

ジョリーフィルムの社長がスピーチをつづけていた。

「男同士、意気に感ずるということはあるものだ。大手は臆病で、安全牌《パイ》にしか手を出さない。よし、私が引き受けようじゃないか。社運を賭《と》して——は大げさだが、ジョリーフィルムは、由木くんの〝流氷の涯〟を全面的にバックアップすることにした。そう私に決心させるだけの力が、由木くんの持ちこんだ企画書には、あった」

テレビやスポーツ紙などの腕章をつけた男たちはメモをとり、カメラマンのフラッシュが光る。

隅の柱のかげに身をかくすようにして、わたしは由木の真剣な表情に見いっている。そのほかの人間は、ほとんど目に入らない。

出演女優じゃねえよな。

また、ささやきが耳を打つ。

真紅のオーガンディーのパーティードレスが気恥ずかしい。

製作発表などという晴れがましい席に、わたしは出るべきではなかったのだ。

出たがったのは、〈鞆子〉だ。

一昨日、若い男の声で電話がかかってきた。

——天野さんですか。森川です。

——森川さん？

——ええ。このあいだは、どうも。製作発表の日どりが決まったので、お知らせします。

——あの……製作発表といいますと？

——天野鞆子さんでしょう、そちら？

——いえ……。

ちがいます、と言おうとして、わたしは口ごもった。

——あ、妹さんですか。声がそっくりなんで、まちがえました。鞆子さん、おられますか。

わたしはどぎまぎし、いま留守です、と答えた。

——それじゃ、伝言お願いします。ぼくは、〝流氷の涯〟のスタッフで、助監のサードの森川といいます。お姉さん、ご存じです。ときどきお目にかかっています。ところで、用件なんですが、明後日、一月二十五日、午後三時から、品川のホテル・グロリアで、〝流氷の涯〟製作発表の記者会見があります。そう、鞆子さんにお伝えください。

——あの……記者会見に、姉が？

——正式に記者会見を行なうのは、監督とプロデューサー、主演の玉脇さんと高田さん、ジョリーの社長、それだけなんですが、会見の後、簡単な立食パーティーがあり、鞆子さん、出たいと言っておられましたから。

——姉は、ときどきお会いしているんですか。

——スタッフルームに、何度かみえましたよ。妹さんも、興味があったらお寄りください。代官山《だいかんやま》の古アパートを一部屋借りて、スタッフルームにあてています。パーティーも、よかったら、どうぞ。

わたしは出席するつもりは少しもなかった。それなのに、今朝、わたしは、真紅のドレスが壁にかかっているのに気づいた。

昨日、わたしは何をしたかしら、と思いかえすと、その一日は、まるで空白だった。

記憶のない時間。わたしの躰が〈鞆子〉にのっとられている時間。

鞆子は、わたしの記憶を共有している。

森川がわたしに告げたメッセージを、鞆子も受けとった。

昨日、鞆子はいそいそと、パーティーに出る服を買いととのえたのだ。

そのくせ、かんじんの今日、彼女はあらわれない。

わたしは、化粧し、真紅の服を着てみた。

ちょっと、ためすだけ。そう自分に言いわけしながら。

これも鞆子が昨日買ったらしい銀色のハイヒールを履き、表通りに出てタクシーを拾った。ホテルの前まで行くだけ。途中で、〈鞆子〉があらわれるかもしれない。たぶん、あらわれるだろう。華やかなパーティーに出たがっているのは、〈鞆子〉なのだ。

わたしは、人目にたつのは嫌いだ。他人の目が怕《こわ》いのだ。ひっこんでさえいれば、何も傷つかないですむ。

紅いドレスは、わたしをいくらか大胆にした。

ホテルに着くと、記者会見はもうはじまっていた。

オーガンディーのドレスは、歩くたびに音をたて、何人かがふりかえってわたしを見た。

ジョリーフィルムの社長のスピーチが終わると、由木に、記者たちの質問が集中した。

「クランクインは、いつからですか」

「二月一日の予定です。北海道ロケから入ることになると思います」

「北海道は、シナリオでは後半の舞台ですね」

「流氷の時期をはずすと、一年のびてしまいますから。まず、流氷のシーンから撮ります」

「ロケの場所は、北海道のどの辺ですか」

「羅臼《らうす》を予定しています。知床《しれとこ》半島の、オホーツク海に面した漁港です。流氷の具合によっては、網走にも行くことになるかもしれません」

「二月の知床は、極寒期じゃありませんか」

「零下《れいか》二十度とかきいています」

「凍死しないでくださいよ」

月並な冗談が、笑いをよんだ。

「クランクアップは？」

「三月中旬。公開は五月中旬の予定です」

「ゴールデンウィークにやらないんですか」

「ゴールデンウィークの公開作品は、すでに決まっているので」

「かなり暗いストーリーだから、ゴールデンウィークにはむかないということも、あるんじゃないですか」

「じっくり観てもらえたらと思っています」

「映画の娯楽性ということは」

「もちろん、十分考えています」

「玉脇さんは、脱ぐんですか」

笑い声に、

「堂々と脱ぎますよ」

玉脇愛子が、ゆったりした笑顔で答えた。

「濃厚なエロティシズムは、この作品に不可欠だと思っています」

　由木がつけ加えた。

「ぼくの方が、玉脇さんに圧倒されそうでね、怕いよ」

　高田草平が言い、雰囲気がくだけてきた。

「それじゃ、ファックシーンは、かなり期待できますね」

「映画史に残る名シーンになります」

　由木の答弁にもゆとりが生じた。

「そこはもう、由木さん、年季が入っているもんな」

「だてにピンクを十年撮ってはいない」

「十一年ですよ」

「今までに、何本撮りました？」

「八十本……かな。正確には、ちょっと」

「早撮り低予算のピンクと、今度の一般劇場用では、かってが違うということは」

「根本的には変わらないですよ。むしろ、悪条件で鍛えられているから、強いですよ、ぼくらは」

「玉脇さんは、映画初出演で、大変な悪女を演じられるわけですが」

「悪女というのは、魅力があるわ。ことに、男にとってラ・ファム・ファタールである女というのは」

「七〇年は、玉脇さんにとって、何だったのですか」

「必然、ね」

「監督が、いま、七〇年をとりあげるということは」

「七〇年は、語るにはまだ、時期が早いのかもしれない。しかし……」

　言葉は、ほとんど意味を持たずに、わたしの耳をかすめさる。

　これまで知らなかった感覚が、わたしを浸している。由木に、〈靹子〉は躰を愛されたのだと、確信が浮かぶ。靹子の記憶を何も持たないのに、躰の感覚は、確実に、記憶をよみがえらせている……。

　深い睡《ねむ》りから突然醒《さ》めるように、暗い騒がしいスナックのカウンターにいる自分に気づいた。

　煙草《たばこ》の煙が低い天井の棰《たるき》にからまりただよい、L

字型のカウンターに並んだ人々が黒い影のように揺れていた。

夢のなかに、目ざめたと思った。

隣りに由木がいた。そうして、わたしの躰は由木にもたれかかり、由木の左手を、わたしの手のなかに握りしめていた。

由木の右手はグラスを持っていた。

どちらが夢なのか？

ホテルでの記者会見か。暗いスナックか。

わたしは、いま、鞆子なのか、弓子なのか。

わたしの前にも、グラスがあった。

カウンターの中の若い男に、

「リョウ」

と、由木は右手のグラスを出した。

リョウと呼ばれた男は、氷を足し洋酒のびんをかたむけて注いだ。もうひとり、リョウより若い少年のような男が、ほかの客に水割りをつくっている。

カオル、と呼ばれている。

強いにおいが鼻孔を刺した。


カウンターの隅の電話がけたたましく鳴り、カオルが受話器をとった。

「由木さん？　いるわよ」

梢ちゃんから、と、受話器をわたした。

「おれだ。え？」

由木の表情がかわった。

「わかった。すぐ行く」

「どうしたんだ」

受話器をもどした由木に、隣りの席の男がたずねた。

「久美が、車にはねられた。救急病院にはこんだそうだ」

そう言いながら、由木は立ち上がっていた。

「知らせてきたのは、梢か？」

「そうだ。製作発表のあとなら、ここに流れていると見当をつけたんだろう」

「おれも行こう」

「いそいで行ってあげて。ああ、梶さん、忘れもの。煙草とライター」

由木といっしょに出て行きかけた男は、ちょっと足をとめ、煙草をポケットにつっこんだ。

わたしは、ひとり心細くとり残された。

「いいことと悪いことと、重なるわねえ」

リョウは吐息をついた。

「どうしたんだい」

客が訊く。

「由木ちゃんの奥さんが、交通事故らしいわ」

「久美ちゃんが?」

「そう」

「由木、別れるとか、もう別れたとか、きいたけれど」

「別居中。まだ正式に離婚はしていないのよ。久美ちゃんは、何たって、由木ちゃんに惚《ほ》れてるんだから。ただ、由木ちゃんがああいうふうでしょう。いっしょに暮らすのがちょっと大変になっちゃって、久美ちゃん、ノイローゼみたいだったから。荒れてね、きっと、今も、酔ってふらふら歩いてては ねられたのよ」

「せっかく製作発表の記者会見までこぎつけたっていうのに、また、しんどいことだな」

「軽い怪我ならいいけれど、長期入院なんてことになったら、困るわねえ。ね、天野さん」

リョウは、わたしに話しかけた。

「そうですね」

わたしは口ごもった。

「あら、天野さんまで沈みこんじゃって。まあ、心配したってしかたないわよね。もう一つ、つくりましょうか」

わたしの前のグラスに、氷を入れ、洋酒を注ごうとする。

「いえ、わたし、飲めないんです」

「あら、いやだ」

リョウが笑い、カオルも隣りの客も大きな笑い声をあげた。

「急にしおらしいことを言っちゃって。ほら、金魚ちゃん、お飲みなさいな」

「金魚ちゃんか」

と、隣りの客は、また笑った。

真紅のけばけばしいドレスだ。

記者会見のホテルと、いまいるスナックと、共通しているのは、この紅いパーティードレスだ。胸に、しみがついている。

ようやく、のみこめてくる。パーティーの最中に、鞆子があらわれ、いままた消えたのだ。しみは、立食パーティーでの、肉汁か何からしい。

わたしは、両手に顔を埋めた。不安と寂寥《せきりょう》が胸に牙《きば》をたてた。

II　流氷の涯《はて》

1

根釧《こんせん》原野は雪におおわれていた。

遠い地平に針葉樹林が青ずんだ翳《かげ》を帯び、鉛色《なまり》の空を刺す。

鴉《からす》がときたま、暗緑色の影を、縹渺《ひょうびょう》とつらなる雪原に落とす。

釧路空港から西春別《にししゅんべつ》、中標津《なかしべつ》と、ロケバスは縦走する。

二十人ほどのメンバーが乗りこんでいた。

監督の由木、助監督三名、カメラマン、同助手三名、照明、同助手二名、装飾、スクリプター（石上梢）、メーク、スチールマン、録音、製作進行、同助手、演技者の高田草平と玉脇愛子。長谷マネージャー、そして、天野鞆子《ともこ》。

ふつうのロケ隊のほぼ半数の編成である。

製作進行の助手が一人、現地の受入れ態勢をととのえるために一足先に行っており、助監の一人と撮影、照明の助手が各一名、機械運搬のため別行動で、ワゴンで先発していた。

梶浩三は、助監のセカンドとして、ロケバスに同乗していた。

いよいよクランクインし、北海道ロケまで漕《こ》ぎつけたにもかかわらず、彼は、漠然とした気重さをおぼえていた。

シナリオライターは、脚本《ほん》が完成すれば、あとは撮影にまでつきあうことはないのだが、梶は、これまでも、由木との仕事のときは助監を買って出ることが多かった。

とりわけ、今度は、作品が仕上がるまで由木と行動を共にしたい思いが強い。この一作に執着があった。手なれたピンクとは違う。

スタッフは、日頃由木と組むことの多い気心の知れた者ばかりであり、由木がようやく念願の一般劇場用を撮ることになったのをよろこび、積極的に協力している。梢もスクリプターをひきうけた。チームワークがとれ、いい雰囲気だ。

気重さの原因は、入院中の久美をひとり残してきていることにある、と、梶は思う。

病院は一応完全看護で、付添いは不要になっており、東京にいる久美の姉が、しじゅう見舞っては、こまごました用を足している。

しかし、久美は由木に傍《そば》にいてほしいにちがいない。心細く淋《さび》しい思いをしていることだろう。

事故というよりは、発作的に車の前にとび出したようにもみえたの。

梢は、監督には言わないでね、と、梶にだけ、そのときの様子を打ち明けた。

警察のしらべには、酔った久美が、信号を無視して車道を突っ切ろうとした、と話してある。

製作発表の日、久美は、会いたいから店に来てと梢に電話をかけてきた。久美は、〈魔衣〉というスナックでアルバイトをしている。

由木と別居してから、久美は連夜泥酔し、ひどく荒《すさ》んでいた。

自分から言いだした別居だけれど、それは由木の心が離れてしまっているのに形だけいっしょにいるのが耐えられなかったからだ。

別居することで、逆に由木の気持をひきもどせないかとも思ったらしい。

梢が〈魔衣〉に行くと、久美はもう、ろれつがまわらないほど酔っていた。

あまりひどいので、ママが、看板前に帰らせた。梢は送っていき、タクシーを拾おうとしているときの事故だった。

梢は、いま、梶の隣りのシートで、窓ガラスに頭をもたせ、窓外に目をむけ、小声でくちずさんでいる。

The wind doth blow tonight, my love
And a few small drops of rain

I never had but one true love
In a cold grave she has lane

「梢、好きだな、その歌」

「古めかしい歌だけどね。前に梶さんに約束したわね、吹きこんだテープあげるって」

「〈あるまん〉でな。おぼえてる」

「持ってきてあげたわ」

「ものおぼえがいいな」

バッグから出した小さいカセットをわたし、つづけた。


「今宵《こよい》風吹き恋人よ」

と、うしろの席から声がした。長谷マネージャーだった。

「長谷さん、知っているんですか」

「アーノルド・ウェスカーでしょう。いい曲だ。今宵風吹き恋人よ。それに雨さえ降りまじる」

「たった一つのまことの恋。かの人冷たい墓の下」

と、梢はつづけた。

「久美、病院で淋しい夜を過しているんだろうな」

梶は、口にした。

入院費、手術代と、由木にはほとんど捻出《ねんしゅつ》不可能な出費を、肩代わりして用立てたのは、梢だった。郷里の父親から借りたということだ。梢にしても、ゆとりのある暮らしをしているわけではない。収入は食べるのがやっとという程度だ。苦しくても、これまで郷里の親に金銭の援助をたのんだりはしなかった。親の反対を押しきって米子《よなご》から上京し、不安定な仕事をしているのだから、決して世話にはなるまいという意地があるのだろう。

それを、由木のために、さげたくない頭をさげて借金した。

梢は由木を愛している。口には出さないが、梶の目には、はっきり見てとれる。おそらく、一度か二度、あるいはもっと、梢は由木と躰《からだ》の愛をかわしている。由木にとっては、渇いたときに、たまたま手もとにあったビールを飲むのとかわらないのだろうが、女は躰のなかに刻みめを残される。

梶は、ななめ前の席に目をむけた。

天野靹子が由木にしなだれかかり、人目もはばからず、由木の手をもてあそんでいた。

標津《しべつ》の町をぬけると、右手の窓外に、氷塊が密集したけものの背のように盛りあがり目路《めじ》はるかつづくオホーツク海がひろがった。日が落ち、海は暗かった。

知床半島は、短刀の刃先のように海に突き出し、知床岳《だけ》、硫黄山《いおうざん》、羅臼《らうす》岳、遠音別《おんねべつ》岳と連なる山脈が脊梁《せきりょう》をつくる。

やがて窓の外は銀灰色の薄闇《うすやみ》に包まれ、右手の海も左にそびえる連山の裾《すそ》も、粉雪まじりの風のなかにあった。

海沿いに北上するバスのライトのなかに、針葉樹林が一瞬銀色にきらめき、後方に流れ去る。激浪の盛りあがりをそのまま凍結させた流氷群は、このあたりでは接岸しておらず、青黒い海面が帯のようにのぞき、氷塊は沖にゆくほど密度をまして、海を埋めつくすひろびろとした氷原となり、その涯《はて》は垂れこめた空に溶けいり、紗幕《しゃまく》のように降りしきりはじめた粉雪の裾を薄墨《うすずみ》色にぼかした。

はりつめた静寂《せいじゃく》が外気を凍らせ、バスの騒音がきわだった。

「梢」

「なに？」

「ほら、あれが羅臼の灯だ」

行手に、黄ばんだ光のかたまりが、ぼうっと浮かびあがっている。

「停泊している漁船のカンテラだよ。荷揚げをしている。最初ロケハンに来たとき、何だろうと驚いた」

「翼よ、あれがパリの灯だ」

梢は笑って言ったが、梶の耳には、妙に淋しくきこえた。

2

「それじゃ、今日は、ロケ第一夜ですから、とりあえず乾杯といきましょう」

最年長者であるカメラマンの沖山の音頭で、いっせいにグラスをあげる。

大広間での夕食であった。

一人一人の前に置かれた膳《ぜん》には、刺身だのフライだの、変わりばえのしない旅館料理が並んでいる。北海道らしい食物といえば、鮭《さけ》の刺身を凍らせたルイベぐらいなものだった。

予算を押さえてあるので、豪華な食事はのぞめない。

明日の朝が早いから、酒はなるべく控えるようにと製作進行が前もって注意したのだが、心のはずみが、つい、度を過させた。

はじめは二列にむかいあって膳についていたものが、次第に席をうつし、話のあうもの同士がかたまりはじめる。

中心は、玉脇愛子と高田草平だった。

ことに玉脇愛子は話し上手で、聞き手をそらさない。コンサートなどで、聴衆に語りかけ雰囲気を盛りあげるのになれている。

外国にも旅を重ねているので話題は豊富だし、犬と猫が喧嘩《けんか》したというようなありふれた話でも、玉脇愛子の語りをとおすと、とほうもなくこっけいな情景がみなの目に浮かぶ。

いつのまにか、彼女を中心に、みなが寄り集まっていた。

もっとも、二十人もいると、そのグループに入りきれなくてはみ出すものが何人かはいる。

梶は、少しはなれて、水割りを飲んでいた。

時折、皆がどっと笑うと耳をかたむけ、また一人の酒にもどった。

部屋のもう一方の隅に、数人がかたまり、そのなかに天野鞆子がいた。

鞆子はひどく酔っているらしく、玉脇愛子の話にきこえよがしにけちをつけた。

「ずいぶん偉そうに話すのね、あの人。他人の旅行の話をきかされたって、こっちはおもしろいわけないのに。ねえ、森川くん」

あいづちを求められた助監サードの森川は、困ったように、あいまいに首を動かした。どちらの機嫌もそこねるわけにはいかない立場だ。

「ねえ、ユキ、こっちにいらっしゃいよ」

玉脇愛子の隣りにいた由木は、あとで、というふうに、ちょっと手を振った。

席を立った梶に、

「もう寝るの？」

梢が訊《き》いた。

「いや、煙草《たばこ》が切れた」

「キャビンでよければ、あるわよ」

「おれは、ハイライト」

玄関ロビーの自動販売機で五箱ほどまとめて買い、一服してついでにトイレに行き、広間に戻りかけると、カメラマンの沖山が部屋を出てくるところだった。

「おひらきですか」

「いや、大変なお座敷になっちゃって、ぼくは、もう、逃げるよ」

部屋にもどった梶の目に、服をぬぎ捨て胸をあらわにした天野鞆子がうつった。

3

「お早うございます」

梶は、沖山カメラマンの隣りに腰を下ろした。

「今日も雪だな」

朝の味噌汁《みそしる》のにおいが、食堂にただよっている。

沖山カメラマンは、窓の外に目をむけた。

「じきに晴れますよ」

膳をはこんできた女中が断言した。

「天気がかわりやすいんですよ」

昨夜、到着してから夕食をとったときは、大広間に全員集まったが、朝食は起きたものから、かってに食堂でとる。

「ゆうべは」

と、沖山は目まぜしながら苦笑した。

食堂にいた数人が、いっせいに笑い声をたてた。やりきれなさの混った笑いだ。

チーフ助監と、サード、メーク、照明といったスタッフたちである。

ゆうべは、の一言で、通じあった。

「すごいメトラだな、あれは」

「これから、毎晩あの調子かね」

「いや、もう飲まさないよ、あの女には」

「亀さんがおもしろがってけしかけるから悪いんですよ」

「けっこう、いい躰していたな」

「いやだね、ああいうストリップは、何か痛々しくて」

沖山が言った。

「これが、セッちゃんが脱ぐのなら、おれたちもからっと受けとめられるんだが」

「どういう意味ですか、それ」

メークの宇部《うべ》節子《せつこ》が笑いながら抗議した。

「セッちゃんは陽性だからね、飲んだ勢いでわーっとストリップをやっても、気持よくてあとに残らないってこと。彼女のは、どうも、柄《がら》にないことを……。あれは、しらけるよ」

「まるで、わたしなら柄にあってるみたいじゃないですか。わたし、やりませんよ、いくら酔っぱらったって」

「あれは、玉脇さんにはりあったんだね」

とチーフ助監が、

「玉脇さんは、人づきあいがうまいし、話も人をたのしませる、たくまざる色気があるから、もてる。スター性というのは、天与のものなんだな。それとはりあおうというのだから、勢い、過激になるよな」

「玉脇さんも人が悪いよ。かなり優越感をもって見物していたね、あれは」

「梢ちゃんが一人、気をもんでいた」

「その後が、夜這《よば》い」

と、助監サードの森川。

「夜這い？」

梶は聞きとがめた。

「あれ、梶さん、気がつきませんでした？」

「おれも知らないよ」

と、沖山が、

「だれがだれのところへ」

「当然じゃないですか。彼女が監督の部屋へですよ」

「天野女史が？」

「そう。おれ夜中に便所に起きたら——部屋にないから、廊下に出たでしょ、そうしたら階段の上の方からきこえたんですよ。ユキ、開けてよ、入れてよ、って戸を叩きながらわめいてるの」

「そういえば、何か騒がしい声がきこえたな。こっちは夢うつつだから、何の声だかよくわからなかったが」

「男顔負けだね」

「森、今夜はおまえが行ってやれよ、彼女の部屋へ」

「パスですよ、おそろしい」

「けっこう美女だし、躰もいいじゃないか」

「おれ、苦手だよ、あのひと」

しっ、と、宇部節子が制した。しかし、新たに入ってきたのは照明助手と製作進行助手で、すぐに話に加わった。

「おれもきこえたよ。監督、女難だな」

「それで、どうしたんだ、監督、部屋に入れてやったのか」

「静かになったから、そうなんでしょ」

寝不足の目をした由木が入ってきたので、話はとぎれた。

「ゆうべ、天野女史が夜這いに来たって?」

梶は、隣りに坐《すわ》った由木に、遠慮ない口をきいた。

「ああ。すぐ追い返した」

「なるほど、女中さんの言うとおりだ。もう晴れてきた」

沖山カメラマンが言った。

窓越しにみえる空は、汚れをぬぐわれた碧《あお》いガラスのように、一変していた。

旅館は海に面した崖《がけ》の中腹にあり、道路側からみると二階建てだが、海側からは五層になっている。玄関ロビーは、一階にあるようにみえて、実は三階にある。食堂は二階。玄関ロビーから更に一階、地下におりてゆく感じだが、窓からの見晴らしはいい。

流氷群は、沖の方に密集していた。

少しも動かないように見えるが、天候次第で、一夜のうちに陸つづきになるほど結氷し、また群塊にわかれて流れ去り海路を開ける。

沖の流氷は、燦々《さんさん》と朝日を照りかえし、虹《にじ》色の帯をつらねていた。舞いかわす海鳥の翼のへりがナイフのようにきらめいた。撒《ま》き散らされた銀粉のような遠い群れが、みるみる近づくと、錫箔《すずはく》ほどになり、氷上に舞い下り、また別の群れが舞い立った。

左手は、突き出た建物の翼棟が視界をせばめていた。新たに建て増された部分で、ロケ隊のメンバーの部屋は、ほぼ、その棟にわりふられている。

食事を終えた梶が窓べりに倚《よ》って煙草をくわえ、ライターをつけると、由木が立ってきて、横からその火を、自分の煙草にうつした。

「厄介《やっかい》なことになりそうか」

「何が？」

「天野靹子」

「いや……」

「追い返す算段をするか」

「むずかしいだろう」

「妹がいたな」

「ああ」

「妹に電話して、むこうで急用ができたから、至急帰京するようにと、姉に偽電話をかけさせるとか」

「そんな小細工をしたら、あとがかえって面倒だ」

お早うございます、と声をかけて、スタッフが次々に入ってくる。食事を終えて部屋にもどる者もいる。

玉脇愛子と高田草平が前後して入ってくると、あたりが華やいだ。

4

九時、ロケバスは旅館を出発し、埠頭《ふとう》にむかった。

小さい漁船に分乗する。

男がアザラシを射つ場面である。

玉脇愛子と高田草平が劇用船に乗る。本職の運転士が同船した。

監督とカメラマンの乗る船はやや大きい。この船にカメラを据え、主演二人の乗る船に接近し、あるいは少し離れ、撮影する。

山下という地元の猟師が猟銃をもっていっしょに乗りこんでいる。俳優が銃を射つのは形だけで、実際は本職が仕とめる手はずである。スクリプターの梢とメークの宇部節子、セカンド助監の梶、照明チーフもこの船に乗る。

劇用船とカメラ船は、モーターボートタイプのごく小さいものだが、三艘《そう》めの母船は、やや大きく、甲板を貼《は》り、手摺《てすり》もついている。チーフ助監がハンドトーキーで監督の指示を受けながら指揮をとる。この船にもカメラを据えてあり、撮影助手のチーフが操作してロングを撮る。

エンジンの音をひびかせて劇用船がまず出航する。

それを追う監督の船が動き出そうとしたとき、天野鞆子が、危い！　ととめるスタッフの手をふり払って、母船からとび移ってきた。

　事情を知らない猟師が手をさし出して鞆子を助け乗せた。由木が残るように命じ、言い争っているあいだに、船はすでにかなりの距離を進んでいた。

　どこまでも青黒くひろがる海面に、蓮《はす》の葉に似た薄氷が一面に浮いた。半透明の氷の丸葉は、触れれば消えそうな儚《はかな》さでひろがりただよう。その先に、流氷群が、うねり逆巻く獰猛《どうもう》な波の形をそのままに、盛りあがった。

　船は氷塊のあいだにわけいった。

　氷の陸地が出現したように、海原は氷の原と変り、ひび割れのように間を走る水路を船は行く。遠目にすきまなくつらなっているようにみえる氷原のあいだの藍《あい》色の水路は、わけいると、何十メートルの幅をもっていた。

　尾白鷲《おじろわし》が、氷の岩に佇立《ちょりつ》し、昂然《こうぜん》と孤高を保っている。


防寒具で厳重に身をかためているが、むき出しになった顔面を烈風が刺した。

　撮影はほとんどNGもなく、順調にすすんだ。そのために生じた気のゆるみか。

　だれも、次の瞬間事故が起きるなどとは、予想もしなかった。

「次、玉脇さんのアップです。玉脇さん、こっちの船に移ってください」

　ハンドトーキーで梶が呼び、二つの船が接近した。

　船は波と風にゆらいだ。猟師の山下が、乗り移る玉脇愛子の手をささえた。愛子の足がこちらの船板を踏み、山下が手をはなしたとたん、船が揺れ、玉脇愛子は足をもつれさせ、前につんのめった。梶は手をのばしたがまにあわず、傍にいた梢と天野鞆子が、倒れこむ玉脇愛子と三つ巴《どもえ》にからまり、一人が水に落ちた。

　梶は、落ちる女の片腕を、死物狂いでつかんでいた。

　由木や沖山も手を貸し、総がかりでひきあげた。

氷海の厳しい冷たさは、一瞬で心臓を停止させるほどの力を持っているが、空気をたっぷり含んだダウンの防寒着が、弱い躰を守った。

それでも、梢は半ば失神していた。

梶が手を出す前に、由木がいそいで濡《ぬ》れたダウンジャケットとオーバーズボンをぬがせた。自分のジャケットをぬいで梢に着せようとする由木を、梶はとめた。

「あんたが倒れたら、困る」

梶は、自分の防寒着で梢を包みこんだ。

毛糸の帽子をぬがせると、濡れた髪が凍りはじめていた。

手袋は指にはりつき、むりにぬがすと、皮膚がはがれ、血をふいた。

そのあいだに、沖山がハンドトーキーで母船に連絡をとり、運転士は船首を陸地にむけた。

母船は陸に連絡して医師を用意させ、接岸すると医師をのせて、再び沖にむかい、陸をめざす監督船と落ちあった。

梢を母船に移し、強心剤を射つなどの応急手当てがほどこされた。

梢は旅館にはこばれ、助監サードの森川と製作進行がつきそい、他の者は船で沖に出て、撮影が続行された。

5

夕方、ロケ隊が宿に戻ってくると、梢は玄関ロビーで出迎えた。

「大丈夫なのか」

由木が訊くと、梢はうなずいて、ふいに由木にしがみつき、胸に顔を埋めた。

いつにないことだった。梢は、めったに、人前で感情を爆発させたりはしない。

なだめるように由木が肩をたたき、梢はすぐに躰をひきはなし、恥ずかしそうな笑顔を浮かべた。

玄関ロビーに、フィルム缶をつめた箱がはこび下ろされる。

スタッフは部屋にひきあげてゆき、撮影助手がひとり残って、フィルムを整理する。

広間での夕食は、昨夜のような大酒宴にはならなかった。

「梢、まだ顔色が悪いよ」

梶は梢のグラスにビールを注いだ。

「あのね……」

梢は言いかけて、言葉をのみこんだ。

「何だ」

「うん……あとでね」

梢が言いさしてやめた言葉のつづきを、梶はついに聞く機会を持たぬことになった。

その夜、梢が墜死《ついし》したからである。

夕食後、寝るにはまだ早く、部屋にひきこもる者もあれば、飲み直しに外に出てゆく者もある。

梶は、梢が何か言いかけたのを忘れていた。

外に飲みに行くのもおっくうで、風呂《ふろ》に入った。風邪《かぜ》をひきかけている気分だった。烈風の吹きさらす船上で、ダウンジャケットを脱いだのが躰にこたえたのかもしれない。梢はよく、肺炎にもならず、何ごともなくすんだものだ。女の方が芯《しん》は強いのか。

大浴場は最下階にあり、窓の外は岩塊にさえぎられて海面はみえない。

黒い空に雪片が舞いはじめていた。めまぐるしくとびかい、めまいを誘う。窓越しに波のとどろきがひびいた。

宿の浴衣《ゆかた》の上に丹前《たんぜん》を羽織《はお》り、部屋に戻ろうと廊下を歩いていると、助監サードの森川に呼びとめられた。森川はまだ学生で、学校の方はさぼりっ放しで映画に足をつっこんでいる。

「梶さん、監督が呼んだはりますよ。部屋にいったら、いてはらへんから、風呂かなと思って来てみた」

「何の用だい」

「今日撮ったカット、明日リテイクするとか、しないとか。食堂で待ったはりますよ」

石油ストーヴが燃える食堂に、由木と玉脇愛子、高田草平、沖山カメラマン、森川、長谷マネージャーがテーブルをかこんでいた。

「梶、スクリプト・シートをみせてくれ」

「あれは、梢にわたしておいたよ。どうして？」

梢が海に落ちた事故のあと、梶がスクリプターをつとめた。

各シーンのカットごとに、アクション、カメラ、ダイアローグなどをメモしておく。映画は芝居のように一場面を一貫して演じとおすのではなく、いくつかのカットにわかれる。撮影のつごうで、画面では連続しているカットが、時間をおいて撮《と》られることもある。

前のカットでは腕時計をしていたのに、つづくカットではその腕時計がない、というようなミスが生じたりする。スクリプターは、小道具のはしばしまで、注意深く記録しておかなくてはならない。

「船上のアップを撮ろうとしたときに、あの事故があっただろう」

と、由木は、

「玉脇さんが、梢の手をこすって暖めていたのを、おれはおぼえている」

玉脇愛子は、うなずいた。

「そのとき、たしか、玉脇さんは、自分の手袋をぬいでいた。そのあと、手袋をはめないままで、アップを撮ってしまったような気がするんだ」

「手袋をぬいだままでは、冷たくてたまらないから、無意識にはめたんじゃないかと、ぼくは思うけれど」

高田草平が言った。

「母船の甲板で、石油の空缶に炭をいれて、火をたいていたでしょう。そこで手を焙《あぶ》ってあたためたのはおぼえているのよ。そのあと、わたしも、手袋をはめたかどうか、たしかな記憶がないの」

「アップのあとで、またぼくとのからみがある、あそこでは、たしか、あなたははめていたよ」

「スクリプト・シートを持ってきてくれ。しらべてみる」

「手袋まで、メモしておいたかな」

梶は自信がなく、

「それを記録するのがスクリプターの仕事じゃないか」

由木にどなられ、

「すまん」

おとなしく頭をさげた。

由木は不機嫌に、煙草を灰皿にねじりつけ、たてつづけにもう一本ぬいた。

「梢はもう寝たかな。ちょっと行って受けとってくる」

エレヴェーターの上昇ボタンを押した。スクリプターはやはり、女性の仕事だな、梢ならこんなミスはしないだろう。小道具やアクセサリーの一つ一つまで、克明にメモしてあるのだろう。

スクリプト・シートに記載してなくても、宇部セッちゃんなら、おぼえているんじゃないかな。

メークのセッちゃんは、役者の髪や服装にも細かく気を配っているし、彼女が何も言わなかったというのは、手袋に関しては由木や玉脇さんの思いすごしではないのかな。

しかし、小道具のミスは、撮影中、まま起きることで、何人もの目が見ていても、とんでもないポカが、あとでわかることがある。

少しでも疑いが生じたら、念をいれてたしかめるにこしたことはない。

リテイクといっても、アップの場面だから、撮影時と同じように沖まで船を出さなくても、ごまかせるだろう。いや、由木は、今度の場合は、そんなルーズなやりかたは許さないか。早撮りでピンクをやっつけているときなら、かなり杜撰《ずさん》なこともやるのだが。

梢の部屋は最上階の角《かど》部屋で、メークの宇部節子と同室である。酒の強い宇部節子は、食事のあと、二、三人のスタッフと外に飲みに出ている。

ノックをしたが返事がなかった。

寝ているのかと思いながら、ノブをまわして押すと、同時に中から引き開けられ、梶は前のめりになって、思わずノブから手をはなした。

「梢」

室内はまっ暗で、冷やりとした風が頬《ほお》をかすめた。

「梢、電気をつけるぞ。いいか」

壁付きのスイッチを、手さぐりでつけた。

八畳の和室で、二組の蒲団《ふとん》が部屋いっぱいに敷きのべられ、一つは寝乱れたあとがあった。

角部屋なので、右手と奥正面と二方に窓があり、正面の窓は閉ざされカーテンがひかれているが、右手の窓は開けはなされ、氷片をふくんだような冷たい風が吹きこんでいた。

開いた窓のわきの壁に、流氷の風景を描いた八号ほどの日本画の大きな額《がく》がたてかけてあった。奇妙だな、と、一瞬思った。壁にかけてあるのがふつうだろうに、なぜ、おろしてあるのか。

その疑念は、ほんのちょっと心を掠《かす》めただけだった。

室内にだれもおらず、窓が開け放されていることに、直感的に感じた不安が、心をしめた。

ドアが中から引き開けられた気がしたのは、錯覚《さっかく》か。

窓の下縁は腰ほどの高さで、鉄の手摺がとりつけてあるが、躰をのりだせば墜《お》ちる可能性はあった。

この酷寒に、何だってわざわざ窓を開け放したのだ。

下をのぞきこんだが、底は闇に沈んでいた。

右手の下の方に、鉤《かぎ》の手に折れた本棟の食堂の窓が明るかった。

窓から何かのぞき見て、あわててとび出していった、ということなのだろうか。窓を閉める余裕もなく。

スクリプト・シートは、床《とこ》の間《ま》においたスーツケースの上にあった。

ふいに、叫び声が窓からとびこんだ。

梶はのり出して見下ろした。闇の底に、懐中電灯らしい灯が三つ四つ揺れ動き、騒がしい声は、そのあたりからきこえた。

梶は部屋を走り出た。

エレヴェーターで最下階まで下りたものの、出口を探すのにてまどった。

スリッパのままだが、かまわず外に出た。

崖の斜面に建てられた建物なので、ととのった庭はない。

海に落ちこむ岸壁とのきわの狭い道をすすむと、人が集まっていた。

懐中電灯の光が集中するなかに、由木がしゃがみこみ、仰《あお》のいて倒れた梢の手を握りしめていた。

弱い光のなかに浮き出した梢の顔は、夜の海のように青黒くみえた。その首に、黒いものが巻きつき、くねくねとのびていた。

6

梢の首に三重に巻かれ、くいこんでいるのは、宿の浴衣といっしょに供される黒いしごきであった。二本を結びあわせて輪にし、その一方の端が首に巻きつけてあった。

後頭部は、指で触れても骨が砕けているのがわかった。

急報を受けた警察署員がかけつけるまで、遺体を動かすわけにはいかず、烈風にさらされて、待った。


食堂にロケ隊員が集まり、事情聴取を受けた。

——もう一足早ければ……。

梶は、テーブルを叩きつけたい思いだった。

「これで全員ですか」

捜査主任の加藤《かとう》警部補に訊かれ、

「外に出ているものが数人います。じきに帰ってくると思いますが」

製作進行の赤石が応《こた》えた。

「梢が墜ちたのは、梶と一足ちがいだったと思います」

由木の声は掠れた。

「墜ちたというより、落とされたというべきだろう」

と、沖山カメラマンが、

「何とも残忍なやり方だ。絞め殺して投げ落とすなんて」

加藤警部補は、激昂《げっこう》した沖山を手で制し、

「由木さん、つづけてください」

と、うながした。

「梶が梢の部屋にスクリプト・シートをとりに行き、

ぼくたちは、その窓のそばで、何となく外をながめていました。そのとき、梢が墜ちたのです。あっ、と叫ぶ目の前で、墜ちていったんです」

握りしめた拳《こぶし》の関節が、白く骨を浮きださせた。

「突き落とした人影は見ませんでしたか」

由木は首を振った。

「まっ暗だったんですよ」

と、高田草平が、

「いまは、刑事さんたちが梢ちゃんの部屋をしらべているので明るいが、あのときは灯が消えていた。まっ暗でした。この食堂の灯りがとどく範囲だけが明るい。その空間を、まるでスポットライトを浴びたように落下するところを見てしまったんです。一生忘れられない光景だ。……それから、すぐ灯がついた」

「ぼくが電灯をつけた」

梶は言った。

「たぶん、ぼくが最初ですわ、声をあげたの」

と、森川が、

「あ、あ、あーっ、と悲鳴をあげてしもたんです。梢さん、まるで、海に落下してゆく鳥みたいに……」

「足のない小鳥ね」

玉脇愛子が低い声で言った。

「光のなかを、梢さんは、墜ちていったわ」

「テネシー・ウイリアムズでしたね」

長谷マネージャーがうなずいた。

すきとおるように碧い鳥、空の色にまぎれ、ほとんど姿のみえない鳥。梶も、昔読んだ戯曲を思い出した。

足がないので、木の枝にとまってやすめない。生きているかぎり、とびつづけなくてはならない。憩《やす》むときは、死ぬときだ。『地獄のオルフェウス』だった。梢は、ようやく、憩んだ……。

「墜落の時刻は？」

「時計をみる余裕などあらしまへんでした」

森川は少しつっかかるように言い、

「十時……二十分前後ではなかったかと思います」

長谷マネージャーが口をはさんだ。

「あの……そのくらいです」

と、食堂の隅にひかえている従業員たちのなかから、若い女中が遠慮がちに、もう一人の、同じ年ごろの女中と、はげましあうように手をつないで立ちあがった。

「十時二十……二、三分です」

「どうして、わかるんだね」

加藤警部補は、声をやわらげた。

「わたし、高田さんと玉脇さんのサインが欲しくて、でも、いそがしくて、なかなか頼めなくていたんです。このサッちゃんも、サインがほしくて、食堂に高田さんたちがいるから、今なら頼めるかな、でも、監督さんと仕事の話らしいから、邪魔したら叱《しか》られるかなって、二人で、食堂《ここ》の隣りの炊事場でもじもじしていたんです。お仕事の話、いつ終わるかと、時間を気にして、ときどき時計を見ていたので……。皆さんが叫び声をあげてとび出していったんですけど、そのちょっと前に、時計を見ているんです。二十二、三分ごろでした」

もう一人が、そうなんです、と、うなずいた。

「たぶん、そのくらいだと思います」

と、製作進行の赤石が、

「ぼくは森川が呼びに来て事件を知ったのですが、そのとき、ちょうどテレビがコマーシャルにきりかわったところだったから、十時半より少し前、二十八分ぐらい、でしょう。進行助手の山本くんが、ぼくの部屋でいっしょにテレビを見ていました」

「犯人は、あのとき、まだ部屋にいたんだ」

歯ぎしりする思いで、梶は言った。

「ぼくがドアを開けるのと、中からひき開けられるのが、いっしょだった。犯人は、押し開けたドアのかげに身をひそめて、ぼくが開いた窓に気をとられたりしているあいだに、逃げたんだ。あのとき、ふりむいていたら……」

「残念でしたな」

加藤警部補も吐息をついた。

「まったく、わかりませんでしたか。ちらりとも見なかったですか」

「口惜《くや》しいんですが……」

「それにしても、絞殺した上で突き落とすというのは、どういうことなんですかね」

と、高田草平が、

「あまりに残忍な手口じゃないですか。絞めただけで十分でしょう。なぜ、突き落とすんだ」

「それに、しごきを二本結んで長い輪にしてあるというのも、奇妙だな」

沖山カメラマンが、

「絞めるなら、一本で十分だ。絞殺というからには、相手のすきをみて、しごきを首にかけてしめあげたんだろう。二本の両はしを結んで輪にするなんて悠長なことを、なぜやったのかね。ね、梶くん、どう思う」

「犯人にきいてください」

梶は声が荒くなった。

「そうして、三重に巻きあげてあるんだ。むごいよ」

なおもつづける沖山を、

「やめてくれ！」

由木がさえぎった。

「梢は自殺かも……」

「自殺？　まさか、あんなやりかたで」

「十時から十時二十分ぐらいのあいだ、皆さん、どこにいましたか」

警部補も、自殺という由木の言葉は無視し、質問をつづけた。たしかに自殺にはふさわしくない状況であった。

「アリバイですね」

赤石が心得たようにうなずいた。

外に飲みに出たまま、まだ帰ってこない者が数人いたが、残っている者は、ほとんど、部屋でテレビを見たり、就寝したり、風呂に入ったりしていた。二、三人ずついっしょなので、相互にアリバイを証明できた。スチールマンの栗田《くりた》孝也《たかや》だけが、同室の録音技師が飲みに出ていて、一人で部屋に残っていた。

「栗田さんの部屋は、石上さんの部屋の、廊下をへだててまむかいですね」

部屋の見取図に名前を書きこんだ表を、加藤警部補はひろげている。

「そうです」

「何か気づいたことはありませんか。物音などきこえませんでしたか」

「ドアを閉めてテレビを見ていたので、梶くんが梢ちゃんの部屋に入ったのも知らなかったですよ。とび出していった音も」

「石上さんと同室の、宇部節子さん、メークさんですね。この人は?」

「外出中です。まもなく戻ると思いますが」

「あのひとがいないな。天野さん。出かけたのかな」

赤石が気づいて言ったとき、刑事が二人入ってきて、加藤警部補に小声でささやいた。二人の刑事と警部補は、しばらく低声で話しあい、〝自殺〟とか、〝釘《くぎ》〟とかいう言葉が、ときどき、梶の耳に入った。

「梶さん、由木さん、それから、石上さんの部屋の係の女中さん、いっしょに来てください」

警部補は命じて、食堂を出た。

7

「この額だがね、いつもこうやって、下ろしてあるのかね」

加藤警部補にたずねられ、係の若い女中は、とがめられでもしたように、大きく首をふった。

部屋のなかでは鑑識課員が指紋の検出作業を行なっている。

「その釘にかけてあります。今日、わたしが、掃除したときも、きちんとかけてありました」

女中が釘に手をのばして示そうとすると、さわらないで、と刑事の一人が鋭い声を出した。

「梶さん、どうでしたか。あなたがこの部屋に入ったとき、この額はどういう状態になっていましたか」

「そういうふうに、おろして壁にたてかけてありました。おかしいなと、ちょっと思いましたが……」

L字型の、頑丈な釘であった。八号の額の重量をささえるのだから、かなり堅牢《けんろう》なものだ。

「梶さん、ドアを内側からひき開けられたということだが、それは、確かですか」

警部補の質問は、今度は梶にむけられた。

「どうしてですか」

「錯覚ということは、ありませんかね」

そう問いなおされると、記憶があやしくなる。梶は、あのときの感触を思いかえした。

「由木さん、さっき、石上さんは自殺では、ということを、ちょっと言われましたね。何か、石上さんには自殺する動機があったんですか」

「ええ……」

「どういうことですか」

「ぼくの女房が、自動車事故で入院しているんですが……。腰椎《ようつい》を骨折し、もしかすると下半身の運動機能が麻痺《まひ》するかもしれません。その事故について、梢は、自分に責任があると思いつめているようでした。ぼくにだけ話したのですが……。女房は、ぼくとの生活がうまくいかず、ノイローゼぎみでした。ノイローゼというのは、どうも便利な言葉ですが……情緒不安定という方が正確かもしれません。別居して、友だちのアパートに居候《いそうろう》し、スナックで夜働いていました。

製作発表の記者会見のあった日の夜、梢は女房――久美というんですが――久美に呼ばれて彼女の働いているスナックに行った。久美はひどく酔っていて、梢を呼びたてたものの、まともに話をするふうでもなかった。タクシーで家に送っていこうと、梢は久美といっしょに店を出た。

久美は、ぼくが久美に冷淡なのは、ほかに好きな女がいるからだろう、その女というのは梢だろう、という意味のことをいって、梢を責め、からんだ。製作発表ということも、久美にはつらかったのかもしれません。ぼくの仕事から、自分がはじき出されてしまっている。

金の工面《くめん》がつかなくて、ゆきづまっていたとき、久美はその生活に耐えられなくて、愛想づかしのように、ぼくからはなれてしまった。ところが、玉脇さんや天野さんの援助のおかげで、製作が軌道にのった。玉脇さんの出資は、梢の尽力によるものだった。

久美は、たまらなくて、そのたまらなさを、その夜、梢に全部ぶつけたようです。一番ぶつけやすい相手をえらんだということでしょう。

梢は辛抱《しんぼう》強く、久美の罵《のの》りを受けとめていた。しかし、ふっと、自制心がはずれてしまったというのです。

久美に、言いかえした。ひとこと言いかえすと、ほかの言葉がつづいて口をついた。ぼくを愛している、とまで梢は言ってしまった。わたしは監督の仕事を助けているけれど、あんたは邪魔をし、監督を困らせているだけではないか。久美はかっとなり、梢を突いた。反射的に、梢は身をかわして、久美を突きかえした。久美は車道に泳ぎ出て、車にはねられた。車の運転手は、二人が争っているのを目にしなかったので、久美がいきなり車道にとび出してきたと証言した。久美も、警察のしらべに、酔って車道に出たと言い、梢との喧嘩のことは話さず、梢をかばった。

久美は、一生下半身が不自由になるかもしれない傷を負った」

「その心の重荷が、石上さんを自殺に追いやったというのですか」

「しかし、さ」

梶は、思わず由木にむかって、

「梢が、久美ちゃんのことで悩んでいたにしても、この一作が成功するまでは、自殺なんか……。ようやくクランクインした段階で」

「仕事が軌道にのったことで、かえって気がゆるむってこともある。金集めの段階で、梢は、せいいっぱいやってくれた。見ろよ、梶、あの黒い深い闇。ひとりで眺めていたら、すっと躰が吸いこまれそうな気がしないか。おそろしい淋しさ、虚《むな》しさを感じないか。おれでさえ……おれも、ふと不安や気落ちにとらえられる。この一作の成否は、おれ個人の問題ではない、かかわっている大勢の人間に影響を及ぼす。おれにそんな力があるか。降りしきる雪が黒い海面に吸いこまれてゆくのを窓から眺めていると、躰を投げ出してしまったら楽になるなあという誘惑をおぼえる。梶、おまえ、そういう気持に誘われたことはないか」

「だって、梢は、ただとび下りたわけじゃない、絞殺だぜ」

「それなんだが」

と、加藤警部補が、

「石上さんの首に巻かれたしごきに、裂けめがあった。そうして、この、額をかけるためのL字釘に、しごきの繊維が検出されたのです。しかも、釘は少しゆるんでいる。私も、実は、自殺ということはまったく考えていなかったのだが、他殺としても、たしかに奇妙な点があった。さっき、高田さんや沖山さんが言われた二点です。絞殺だけで十分なのに、なぜ突き落としたのか。なぜ、しごきを二本つないで輪にしたのか。L字釘にしごきをかけた痕跡《こんせき》が発見されたところから、自殺の可能性も考えられるようになった。自殺とすれば、この二点が説明がつきます」

「どうしてです」

「石上さんは、縊死《いし》を考えた。ところが、この部屋には、紐《ひも》をかけるのに適当な鴨居《かもい》も何もない。どうにかかけられるのは、そのL字釘だが、二センチぐらい突き出しているだけだから、やりにくい。ふつうにやったのでは、はずれてしまう。首に巻きつけ、一端を釘にかけ、躰を窓から放り出せば、宙吊《ちゅうづ》りになって縊死できる、と、こう考えたのではないでしょうか」

「そんな……」

「死のうと思いつめたら、それしか頭になくなるよ」

と、由木が、

「縊死ということで、頭がいっぱいになっている。確実な方法は、いま、主任さんが言った方法しかないと……おれも思う」

「何も縊死をはからなくても、自殺なら、窓からとび下りるだけでも……」

「万一の失敗を怖《おそ》れたんじゃないかな。ああ、おれに、こんなことを喋《しゃべ》らせないでくれよ」

「十階、二十階という高層なら、墜ちれば確実に死亡するが、五階だから」

と、警部補も言った。

「しかし、縊死と絞殺では、索溝がちがうから判別がつくとききましたが」

梶は反駁《はんばく》した。反駁しながら、自殺かも……という思いも強くなってきた。梢に殺意を持つ人間がいるとは思えなかった。

「今言ったようなやり方だと、自殺でも他殺でも同じ状態になりますね。首に紐を巻き、躰を窓の外に投げ出すのが、自分か、他人か、というだけのことだから。それとももう一つ、絞殺の場合は、被害者が首にかけられた紐をはずそうと抵抗するところから、のどに被害者自身の爪《つめ》の傷がつき、爪のなかに皮膚の小片などが残るものですが、石上さんは、検死で、それがみられなかった。まだ、指紋の照合とか、剖《ぼう》検《けん》の結果などによって、どういうことになるかわからないが、一応、自殺の線も考えられるということです」

「あの額のガラス面の指紋が梢のものだったら、ぼくも自殺説を認めるな」

アルミ粉末をふりまいている鑑識課員たちを見ながら、梶は言った。

ふと、梶は思いあたった。もし、他殺であれば、客観的には、おれが一番の容疑者になるのではないか。おれが部屋に入る直前に、梢は墜ちた。

そう証言するのは、おれだけで、おれが墜とした、とみられてもしかたがないのだ。

刑事は、おれを疑って、わざと自殺説などもちだして、反応をみているのだろうか。

こちらに疚《やま》しいところはまったく無くても、いやな気分だ。

自殺だとしたら……と、梶は、もう一つのことに思いあたり、愕然《がくぜん》とした。

自殺を決意した梢が、首にしごきを巻き——ああ、いやな想像だ——それでもまだとび下りるのをためらっているとき、おれのノックの音——その音が、梢に決断を与えた。まるで、合図を受けたように、梢は窓を越え、闇に身を投じた——やめてくれ！

「主任、外出していた連中が帰ってきましたが」

刑事が連絡に来た。

「よし、すぐ行く。食堂に待たせておいてくれ」

梶は、部屋を出しなに、もう一度ふりかえった。

畳に下ろされ、壁にたてかけてある絵は、ガラス面が指紋検出用のアルミ粉末をまぶされ銀色に鈍く光っていたが、その奥に、荒寥《こうりょう》とした氷海と、屹立《きつりつ》した一羽の尾白鷲の鋭い目が、あった。この目は、すべてを見ていたはずなのだ、と彼は思った。

「嘘《うそ》でしょ、梢ちゃんが死んだなんて」

宇部節子が、取乱して叫んでいた。

「メークの宇部節子、それから、照明助手の小林と細谷、録音の安田、外出していたのは、この四人だそうです」

赤石が加藤警部補に告げた。

「天野さんもいっしょに出ているのかと思ったんだが」

「誘いませんよ、あんな酒乱」

「すると、やはり部屋で寝こんでいるのかな。さっき声をかけたが返事がないから、外出中かと思った」

「呼んできてください」

警部補は命じ、

「宇部さんは、石上さんと同室だったね。何か気づいたことはなかったですか。思いつめているようだとか」

「思いつめているといったら、この〝流氷の涯〟の成功ですよ。ただ、ひたすら、それだけ。あと、久美さんのことを心配していましたけれど。久美さんというのは監督の奥さんで、自動車事故で入院しているんです」

「そのことで、自分の責任だと悩んでいましたか？」

「さあ……そういうふうには言わなかったみたいですけど……。下半身が不自由にならなければいいがとか、そんなふうなことです」

食堂に戻ってきた森川が、

「天野さんの部屋、いくら叩いても呼んでも、返事があらしません」

と告げた。

「行ってみよう」

加藤警部補は、食堂の隅に心配そうにひかえている旅館の主人に、マスターキーを求めた。

「天野さんの部屋は、四〇一、四階の角の部屋です」

森川は先に立って案内した。


マスターキーであけた四〇一号室は、梢の部屋と同じ造りで、天井の蛍光灯が、天野鞆子の寝顔を照らしていた。

鞆子は化粧も落とさず、セーターのまま熟睡していた。額《ひたい》に薄く噴いた汗が、脂《あぶら》じみていた。

枕《まくら》もとに湯呑《ゆのみ》と小さい薬びんがあった。薬びんには、レッテルはなかった。

捜査主任は眉《まゆ》をひそめ、鞆子の瞼《まぶた》を指でおし開いた。黒くあらわれた瞳《ひとみ》に天井の灯がうつった。頭をかかえあげ、頬を平手でたたき、名を呼んだ。

「すぐに医者をよんで。それから洗面器と水を。高木、吐かせろ」

主任に命じられ、警官の一人が、立てた膝《ひざ》の上に鞆子の躰をうつ伏せにし、膝頭でみぞおちを押した。もう一人が口をこじ開け、指をさし入れた。

梶は目をそらせた。由木が部屋の外に出るのにつづいた。

「無惨だな」

由木はつぶやいた。

8

頭のなかで鐘が鳴っている。警鐘《けいしょう》のようにうるさい。絹紐で脳髄《のうずい》をしばりあげられるような痛さ。全身がだるく吐き気がする。だれかが話しかけてくる。一人でゆっくり休ませてほしい。

「致死量を服《の》んだようではありませんね。睡眠剤は常用しているのですか」

いいえ。わたしは、重い頭をふった。

「不眠症の人が眠るために服んだにしては多すぎるようですね。何のために服んだのですか」

男が枕もとにあぐらをかき、わたしをのぞきこんで、暖かみのない声で問いかける。

医者らしい男が、わたしの右手首をとり、脈どころに指をあてている。

もうひとり若い男がいて、これは手帳に何か書きこんでいる。

「いつごろ服みましたか」

「おぼえていません」

「今日の夕食は、皆といっしょに大広間でとったのですね」

「はい」

この男は、だれだろう。

「そのあとの行動を話してください」

「……部屋にかえって、……やすみました」

「この部屋ですね」

「はい」

「食事の終わったのは、何時ごろですか」

「おぼえていません」

「部屋には、何時ごろもどってきましたか」

「おぼえていません」

「夕食は七時ごろからはじまりましたね」

「はい」

「九時ごろには、だいたい、皆さんすんだようですね」

「はい」

「ほかの人の話では、あなたは八時ごろにはもう大広間にいなかったようですが」

「……はい」

「そのあとで、石上梢さんの部屋に行きましたか」

「……わかりません」

「わからないということはないでしょう。行ったんですか」

「梢さんにきいてくださいませんか」

「何を言っているんですか。石上梢さんは墜死したではないか」

男の声が、いっそう冷たくなった。

墜死……？　わたしは、言葉の意味をとらえようとした。

「十時から十時二十分ごろ、あなたは、どこで何をしていましたか」

――わからない。何も記憶がない。鞆子があらわれていたのだ、きっと。鞆子なら、答えられる。わたしには、何もわからない。なぜ睡眠剤など服んだのかも。わたしは、そんなもの、持っていなかった。鞆子は、いつ、どこで手にいれたのか。なぜ、鞆子は睡眠剤など服んだのか。

「梢さんが墜死したって……本当ですか」

「あれだけの騒ぎになっていたのを、知らなかったんですか」

「わかりません」

「あんたの言うことは、ひどくおかしいね。石上さんが死亡した十時から十時二十分ごろ、あんたは、どこで何をしていたね」

「わからないんです」

「わからないというのは」

「記憶がないんです」

「あんたは健忘症かね」

わたしは答えられなかった。二重人格だなどということを、あっさり信じてくれるだろうか。

「もう少しくわしく話をききたいので、署まで来てもらえませんか」

「警察のかたなんですか」

男はうなずいて、黒い手帳をみせた。

「くわしく話を、って、何の話でしょう」

「石上梢さんの墜死についてだよ」

「わたし……何か、疑われているのですか」

「そのことで、いろいろ話をききたいんですよ。また睡眠剤自殺などやられても困るので、あんたを保護するという意味もあってね、来てもらいます」

「梢さん、墜死って、あの……どういう……なぜ？　どこから墜ちたんですか」

「その前に、なぜあんたが睡眠剤を多量に服んだか、その理由を教えてほしいね」

警察に来いという。疑われているのだ。

わたしが梢を突き落としたとでも……。

突然、あざやかに、昨夜のある情景が浮かびあがった。

今夜のことは知らない。梢の墜死のことは知らない。睡眠薬のこともわからない。知っているのは、鞆子だろう。

しかし、昨日は、わたしは、弓子だった。

ただ、おそろしく酔っていた。

そのために、自分でもぞっとするほどのひどいことをしてしまった。そのとき、わたしはわたし自身だった。鞆子があらわれたのではなかった。だから、まるで他人の行動を見るようにではあるけれど、酔ったわたしの行動を思いおこすことができる。

由木の部屋の前で、ドアを叩き大声で名を呼んだ。はしたないだの、あさましいだの、どんな罵りの言葉をつらねても、言いつくせない。酔いは、あれほど自制心を消滅させ、本性をさらけださせるものか。

由木に会いたい、いえ、あからさまに認めよう、抱かれたい、躰で愛してほしい、ああ、飾りなく言おう、彼の性器をぶちこんでほしい、と、わたしの心にあるのは、それだけだった。願望がそのまま行動にあらわれた。

細くドアが開かれた。由木は、わたしを追いかえそうとしたのだろう。彼の手がわたしの肩を突く前に、わたしは強引に戸を押し開けた。

石上梢が、敷きのべられた蒲団の上に、端座していた。裸身であった。灯りを頭上から浴び、乳房が真珠母《しんじゅぼ》のように光っていたのをおぼえている。

強い目をまっすぐわたしにむけ、身じろぎもしなかった。膝の上においた手の肘《ひじ》をはり、毅然《きぜん》として、わたしをはねかえしたのだ。

由木は目をそらせ、うろたえていた。わたしは、肩を落とし部屋にもどった。

わたしは、打ちのめされていた。

だが、〈鞆子〉は、どう感じたのだろう。

憎んだのではないか。〈鞆子〉は、敗北をみとめなかったのではないか。

今日、梢が海に落ちた。あれは、本当に事故だったのだろうか。わたしたちが三つ巴になってもつれあったそのときに、瞬間的にあらわれた〈鞆子〉が、梢に何らかの攻撃をしかけたという疑いを、わたしは捨て切れないのだ。引き寄せてとめるかわりに、ほんの少し、押すか突くかすれば、だれの目にも事故と思える状態で、梢を海に落とすことは、不可能ではなかった。

そうして、今夜の事件だ。

わたしは、夕食後部屋に戻って蒲団に横になりやすんだ。そのあと、叩き起こされるまでのあいだ、わたしの記憶は欠落している。

〈鞆子〉が梢を墜死させ、睡眠剤を服んだのか。わたしは、知らない……。

9

翌日、ロケ隊は撮影を続行することを許可されたが、警官が数人同行した。玉脇愛子のアップは、念のため撮りなおした。カメラ船にも母船にも警官が乗っていた。

旅館に帰ると、前の道路に警察車がとまっていた。六人の目撃者——由木、玉脇愛子、高田草平、沖山カメラマン、森川、長谷マネージャー——と梶、赤石製作進行の八人が食堂に呼ばれた。

加藤警部補と二人の刑事が待っていた。

「ぼくはかまいませんが、高田さんと玉脇さんは休ませてもらえませんか。強行撮影で二人とも疲れています」

「いや、いいですよ、協力しましょう」

高田草平が気さくに言い、玉脇愛子も疲労の濃い顔に微笑を作ってうなずいた。

赤石は女中に命じて、熱いコーヒーをはこばせた。

「昨日は自殺ではないかと言いましたが、鑑識と剖検の結果からみて、他殺の線が濃くなったのです」

「といいますと？」

赤石が訊きかえした。由木は、口をきくのも大儀そうに、椅子《いす》に躰をもたせかけている。

「一つは、額《がく》に、被害者石上さんの指紋がまったく検出されなかったのです」

「すると、だれの指紋が？」

「旅館の従業員の古いものがあっただけです。つまり、額を下ろした人物は、手袋などをして、指紋を残さないよう注意したということですね。また、ドアのノブには、梶さんの指紋しかなかった。当然残っているはずの石上さんの指紋もない」

「犯人が拭《ふ》きとってしまったわけか」

沖山がうなずいた。

「もう一つは、のどの索溝です」

「あれは、他殺でも自殺でも、この場合、同じようにつくという話ではなかったですか」

梶は問いかえした。

「昨日推察したように、首にしごきを巻き、他のはしをL字釘にかけ、窓から躰を投げるということであれば、そうです。

すぐにしごきが切れ、落下したとしても、瞬間的に、強い力がのどにかかる。そのとき、のどから耳のうしろにかけ、斜上方に、擦過《さっか》の痕跡が残るはずですが、そういう痕《あと》はみられなかった。

つまり、釘にしごきの繊維が残っていたり、しごきに裂けめがあったりしたのは、偽装ではないのか。昨日のように、自殺という誤認にみちびくためであって、実際は、釘にしごきをかけたりはせず、窓からいきなり落としたのではないか、ということです」

「なぜ、そんなことをしたんですかね」

と、沖山が、

「昨日も問題になった点じゃありませんか。しごきで絞殺したら、それだけでいい。それを、また、突き落とすなんて。絞殺しただけでは、不安だったんですかね」

「その点ですが、生体損傷と死後の傷は、専門医にはみわけがつくということを知っていますか」

「ああ、生活反応の有無《うむ》とかいうやつですな」

沖山は即座に応じた。

「このごろは、素人《しろうと》の人たちの方が、いろいろくわしいですな」

「下山《しもやま》事件で、死後轢断《れきだん》かどうか騒がれたじゃないですか」

「石上さんの場合、後頭部に脳挫傷《ざしょう》があった。これは、現場での検死でも、もちろんわかったのですが、あのときの状況から、墜落の結果生じたものと一応考えた。

ところが、詳しい検査の結果、ほかの傷には生活反応がないのに、後頭部のその傷にだけは反応がみられた。

すなわち、何か鈍器様のもので殴打《おうだ》して昏倒《こんとう》させ、それから首にしごきを巻いて絞め、自殺にみせる細工をしてから、窓から落とした。

宙吊りの自殺の紐が切れて落下した、とみせかけることは、頭部の傷をごまかすために必要だったわけです」

「その犯人は、生前と死後とでは、傷の生活反応がちがうという知識がなかったんやな」

とつぶやく森川に、赤石が、

「おまえ、知っていたか」

「知ってまっさ。生活反応て、具体的にどういうふうにちがうのか、ようわからんけど」

「他殺とすると、昨日の梶さんの証言、だれかが中にいたらしいということが、きわめて重要になります。もう一度、よく思い出してほしいんだが、何か、気づいたことはないですか。残り香《が》とか、ちょっとした気配とか、何かありませんか」

「不注意でした。悔やんでいます。あのとき、どうして、もっと……」

「しごきに裂けめがあって、釘に繊維が残っていた、いいますやろ」

と、森川が、

「それ、梢ちゃんの躰を吊り下げといて、ですね、しごきに裂けめを作っておいて、少し時間がたってから切れる、いうふうにできませんやろか。そうしたら、犯人はその場におらなんでも、落とせる」

「そのときは、歴然と、索溝が上方に残るね。それがみられなかったと、さっき言っただろう」

警部補に、少しうるさそうに言われ、

「あ、そやった」

「おれが、犯人と鉢合《はちあ》わせするところだったというのも、知っているだろう」

梶が言うと、

「梶さん、これ、冗談で言うとるんやから、怒らんでほしい。梶さんが犯人と共犯でさ、そのとき、犯人がいた、いた、と、嘘の証言……するわけないよ、わかってま。梶さんが梢ちゃん殺すやつに手貸すわけあらへん。わかってま。せやけど、ロケ隊のだれ一人、梢ちゃんを殺そうなんて思うやつ、いてへんで。だれが……だれが、梢ちゃん……」

森川の瞼が赤くなって、泪《なみだ》がたまった。

「アリバイのない人が二人いるわけで、天野鞆子さんは、自殺防止の意味もあって、当署に保護していますが、もう一人、栗田孝也さん、彼について、何か参考になる話はありませんか」

「栗田くんは、まあ、気むずかしいといえば気むずかしい男ですが、殺人など、とても考えられませんね」

沖山が言った。

「女性関係はどうですか」

「特にルーズでもない、ふつうでしょう」

「ふつうって、どこらへんを基準にしてですか、沖さん」

森川は、まだ泪のたまった目で、冗談口をたたいた。気分がうわずっているのだろう。

「森、口に気をつけろよ。下手《へた》な冗談が、他人にひどい迷惑をかけることがあるんだぞ。ことに、今のような場合」

梶にたしなめられ、

「すんません」

森川はちょこっと頭をさげた。

「栗田さんと石上さんのあいだは、どういうふうでしたか」

「べつに……。特に親しくもないが仲が悪いなんてことは全然ない、それこそ、ふつうの関係ですよ」

赤石が答えた。

「ほかの人のいる前では言いにくいが、というようなことがあったら、後で、わたしの方に来て話してください」

と、警部補は、皆の顔をまんべんなく見わたした。

「天野さんについては、どうですか。出資者ということでしたね」

「天野さんは、元気にしていますか」

はじめて、由木が口をひらいた。

「あの天野鞆子と呼ばれている女性ですが、実は天野弓子という名だということは、知っていましたか」

警部補の言葉に、

「いや、弓子さんというのは、妹です」

「天野鞆子という人物は、実在しないのですよ」

由木も梶も、あっけにとられた。

「そんな……。だって、ぼくは弓子さんにも会いましたよ」

「本人が、そう申したてたのです。自分は弓子だ、と。それで東京の方に連絡して照会したのですが、たしかに、天野鞆子は十五年前に死亡、妹の弓子だけが生存しています」

「それでは、彼女は、姉さんの名前をかたっていた……何のために」

「その点は、精神科医に話すといって、がんばっているのですがね。天野弓子が犯人とすれば、心神耗弱《こう　じゃく》でも言いたてるつもりなのかもしれない。なにしろ、犯行時の記憶は全然ない、鞆子がやったことだ、などと支離滅裂《し　り　めつ　れつ》なことをいう」

「それじゃ、あのひとが……」

玉脇愛子が声をあげた。

「あのひとが梢ちゃんを」

「まだ、何ともいえません。天野弓子は、実際錯乱《さく　らん》していて、でたらめを口走っているのかもしれないので」

「撮影は続行してかまいませんね」

製作進行の赤石が、訊いた。一日のびれば、それだけ支出が大きい。

刑事たちがひきあげた後、由木は、

「お疲れさん。高田さん、玉脇さん、ゆっくり休んでください」

「夕食は、他の連中はすませたので、皆さんの分はここにはこぶそうです」

赤石が告げた。

梶は、由木を目で呼んで、自分の部屋に誘った。

「天野靭子——いや、弓子か——彼女のことなんだが」

「おどろいたな。何だって、死んだ姉さんの名前をかたっていたのか。おれが会った弓子というのは、陰性な、内気そうな女だった」

「しかし、ぱあっと派手にやりたい気持だって、あるだろう。素顔では勇気がでない。仮面をかぶると、人間は大胆になれる」

「変身願望というのは、よくあるらしいな。おれは、そんなのは持ったことがないが」

「姉の名前を名のっているあいだは、別人のように、ふだん押さえている部分を発散させていたというとか。ケッセルの昼顔だな。貞淑《ていしゅく》な人妻が、昼顔と名のっているときは、淫蕩《いんとう》きわまりないあいまい宿の娼婦《しょうふ》。あのときのカトリーヌ・ドヌーヴはよかったな。彼女と、おまえ、寝たことがあるのか」

「ある」

由木は言った。

「梢と親しいところをみせつけたか」

「どうして」

「彼女が梢に殺意を持ったとしたら、嫉妬《しっと》だろう」

「嫉妬ぐらいで一々殺していたら」

「嫉妬というのは、ものすごい殺人動機だぞ」

「遊びなれていると思った。一度や二度のセックスが、何の拘束的な意味も持たないという遊びのルールぐらい、当然心得ていると思った」

「それは、おまえのかってだよ。おまえだけが無傷だというのが、腹立たしい」

「この仕事があがったら、上映までこぎつけたら、そのあとは、おまえの気のすむように決着をつける」

「どう決着をつけようが、梢が死に、天野靭子——いや、弓子が殺人をおかしたという事実はかわらない」

「天野弓子が殺人をおかしたと、どうして決めつけるんだ。まだ、結論は出ていないんだぞ。疑いが濃くなったというだけのことだ。天野弓子は、無実だよ。おれは信じている」

「彼女がきいたら喜ぶことだろう」

「彼女が嫌疑を受けるとは……」

「なぐりつけて、しごきで絞めて、窓から……」

「やめてくれ」

「女にできるかな。男だって、よほど残酷なやつでなくては……。男なら、栗田ということになるが、まさかな」

「とにかく、撮る」

由木は自分に命じるように言った。

10

翌日、梶は製作進行の赤石と釧路空港に車を走らせた。劇用車として一台チャーターしてある車である。梢の父親が遺体をひきとりに米子から出てくる。東京で乗り継ぐので、朝一番の機で発《た》っても到着は昼を過ぎる。

梢が欠けた上に、梶が戦列をはなれるのは撮影の進行には不都合だが、梶は傷心の父親を自ら出迎えたいと思い、その日のスクリプトは森川にまかせた。由木が出迎えるのが礼だろうが、せっかく快晴の一日をむだにすることはできなかった。

雪をかぶった防風林は刀身の列のようにきらめいた。

風が強く、機の到着は一時間あまり遅れた。

赤石は『石上様』とサインペンでしるしたボール紙を胸の前にかかげた。

客の数は多くはなく、小柄な初老の男を、梶はすぐにそれと見わけた。灰色のコートにマフラーを巻きつけ、痩《や》せた小さい顔がその上にのぞいていた。梶が見わけたのは、くぼんだ柔和《にゅうわ》な眼が、いたいたしく沈んでいたからである。

「このたびは」

「映画の方《かた》ですか。娘がえらいご厄介を」

父親は猫背の背をいっそうかがめた。

赤石が運転席に着き発進すると、すぐ、

「どういうことだったのでしょうか」

父親はたずねた。

「電話で知らせてもろたのですが、何かようわかりませんでした」

「まだ、私たちにもよくわかっていないのです」

殺人という言葉を、梶は口にしかねた。

「早う嫁にいけと、家内なども言うてやっとったようですが」

父親は気弱な笑顔をみせ、それが泣き顔にみえた。空港から羅臼までの長い走行のあいだに、疲労した父親は少し酔って吐いた。

晴れわたっていた空が、中標津を過ぎるころから吹雪《ふぶ》きはじめた。日没には間があるのに、急に暗くなり、雪がちらつきだした、とみるまに烈風が加わり、乱舞する雪が視線をとざした。

「ひでえな、これは」

赤石は舌打ちし、速度を落とした。


舞いあがった雪煙はフロントグラスに、つぶてを叩きつけたようにはりつき、ワイパーは雪の重みにしなった。樹林も海も、鉛色の渦のむこうにかくれた。

ようやく旅館に着くと、ロケ隊は撮影を中止してひきあげてきていた。

司法解剖を終えて警察からかえされた梢の柩《ひつぎ》は、ロビーに近い一室におかれ、白い菊が枕頭《ちんとう》に飾ってあった。

「由木です。このたびは」

長身の由木と並ぶと、梢の父親は、子供のように貧弱にみえた。しかし、娘を失った父親の哀《かな》しみが、威厳のような力を細い躰にそえていた。

柩の蓋《ふた》を開け、縫合《ほうごう》の痕《あと》をみたとき、父親は骨ばった手で顔をおおった。指のあいだから、涙がしたたった。

「どうされますか。こちらで火葬にされますか。それとも」

赤石が訊いた。

「このまま、米子まではこべますかの」

「それは大丈夫です。手続きすれば、航空会社の方でちゃんとはからってくれます」

「家内も、これの兄や妹たちも、骨にする前に会いたいでしょうから」

「では、今夜はこちらで一泊なさってください。明朝の飛行機を手配しておきます」

赤石はきびきびと段どりをすすめた。

「今夜は、仲間みんなで、通夜をします」

由木が言い、

「ありがたいことです。梢もよろこびましょう」

「石上さん、お疲れのところを、さっそくなんですが、少しお話をうかがいたいのです」

刑事が横から言った。

「道警の中井といいます」

「は？　ドウケイ？」

「警察の刑事さんですよ」

赤石がささやいた。

「警察？　なんでまた！　梢はなにか……」

「まだ、ご存じないんですか」

「窓から墜ちて死んだとかききましたんですが」

「ちょっと席をはずしてもらえますか」

中井刑事は、梶たちに言った。

父親と二人の刑事を残し、梶たちは食堂にひきあげた。沖山と森川がコーヒーを飲んでいた。

「梶さん、きかはりました？」

と森川がさっそく、

「あの中井いう道警の刑事さんが言うたはったけど、天野さんね、ただ姉さんの名前を使《つ》こてただけやなくて、二重人格や主張したはるんですって」

「二重人格？」

「ほら、一時、評判になったの、ありますやろ。イヴ・ホワイトとイヴ・ブラック。あんなふうなん」

「へえ、本当かい」

赤石が目を大きくした。

「テレビドラマにもなったっけな。しかし、本当にあるのかね」

「イヴかて、実話ですよ」

「二重人格といわれると、思いあたるふしはあるな」

と沖山が、

「彼女、たしかに、躁鬱《そううつ》かと思うときがあったな。えらく積極的で、はでやかで、人おじせず行動しているときと、何かおどおどしているときがあった」

その積極的なときでも、それが身について自然にみえるときと、ぎごちなく虚勢をはっているようにみえるときがあった、と梶は思った。

「刑事さんは、二重人格なんて、てんから嘘と思ったはるようですよ」

「アリバイがなくても、スチールの栗さんのように、部屋で一人でテレビを見ていたというのなら自然だが、二重人格だの記憶がないだの、おかしなことをもちだされて、かえって疑いを強めたようだね」

と沖山が、

「心神喪失をよそおって無罪にしてもらおうという計算だとみている。その上、睡眠剤だろう、狂言自殺めいた。警察の心証は最悪だよ。もう一つ、灰皿のことがある」

「灰皿がどうした」

「部屋に一つずつ、南部鉄のでかい重い灰皿がそなえてあるだろう。梢ちゃんの部屋だけ、その灰皿が紛失していた。あれでなぐりつけて窓から捨てたと、警察ではみている。梢ちゃんが墜ちた窓ではなく、もう一つの、海に面した方の窓だ」

「女が、そこまでやるかね。なぐって、首をしめて、だろう。それから、窓から放り出す。男だって、よほど残忍なやつでなくてはな」

「自殺にみせかけるための細工だから……まるで、おもろがってやってるみたいですね。あの部屋にあるものを、うまいこと使こうて」

「部屋に血痕はなかったのかい。なぐりつけたときの」

「鈍器だから、血がとび散るということはなかったんだろうな」

「天野靹子——弓子か——とにかく、相当な女ではあったぜ。ストリップだろう、夜這いだろう、思いこんだら、がむしゃらにやってのけるというたちだ。

殺人をおかして、しかも無罪になる方法というのを、十分に考えたんだろう」

赤石が言うのを、

「やめろ」

由木は強くさえぎった。

「天野さんは、そんなひとじゃない。まだ容疑をかけられているだけの段階で、犯人ときめつけるような言いかたはするな」

「二重人格というのを、信じるか」

梶は言った。

「本当だろう」

「だとしたら、天野弓子はともかく、彼女の第二の自我である天野靹子は、そのくらいやりかねないと、おれにも思える」

「おまえまで……」

「彼女でなければ、栗さんということになる」

「栗さんが梢ちゃんに迫り、ことわられたので、かっとなって灰皿でなぐっちまった。梢ちゃんが失神し、助かりそうもないので、あんな細工をしてごまかした？　そういえば、栗さんは？」

赤石が訊《たず》ね、

「警察に呼ばれている。今夜はあっちに一泊だろう」

沖山が言った。

「梢の親父《おやじ》さんに礼を言ったか？」

梶は由木に小声で訊いた。

「何の？」

「久美の入院費を出してもらっているだろう。おまえ、ぼうっとしているから、念のため」

「……ああ、まだだ。あとで」

「ショックやろな、親父さん。もののはずみで窓から墜ちたぐらいに思ったはったんやろからな」

うなりをあげるブリザードが窓をゆらした。風だの樹だの、海、大地、外の自然がいっせいにどよめきたち、荒れ騒ぎ、人間をおき去りにして饗宴《きょうえん》をひらいているような不気味な音であった。

The wind doth blow tonight, my love

梢の歌声が、清冽《せいれつ》な細い水流のように、梶の耳によみがえった。

Ⅲ　水辺に眠る

1

わたしのために選ばれた国選弁護人は、二重人格というわたしの主張を信じきってはいないようにみえた。

「何しろ、あまり稀有《けう》なことなのでね。もし、無罪になりたいために嘘《うそ》をついているのなら、わたしにだけは本当のところを話してくれなくては困るよ」

嘘などついてはいない、とわたしは言った。

「それでは、まず、精神鑑定が必要になるんだが……。これが、なかなか厄介《やっかい》でね、検察官から裁判官に鑑定留置状を請求し、発行してもらわなければならない。それから、令状に指定された病院に入れられて、精神科医の鑑定を受ける。精神科医が正常と鑑定したら、弁護はきわめて困難になる。あなたが故意に嘘をついたとみなされ、裁判官の心証は悪くなる。万一、精神異常と鑑定されれば、強制入院だ。覚悟がいりますよ」

精神鑑定の要請は、わたしにとっても、大きな賭《か》けだった。

〈鞆子《ともこ》〉があらわれなければ、わたしがいくら二重人格を訴えても、医師にも正常としかみえないだろうから。

人間はだれしも正常でありたい。それを、わたしは、異常を認めてほしいと願わざるを得ないのだ。

勾留中《こうりゅう》に、由木が撮影の合間をさいて面会に来てくれた。弁護人の接見のときとちがい、係官が立ち会った。

撮影は順調に進んでいる、と由木は言った。

「二重人格ということを、なぜ、かくしていたんですか」

とがめる口調ではなかった。哀《かな》しそうにきこえた。

「こわかったんです。知られたら、どんな目で見られるか。病院に入れられるのも、こわかった」

「今は、昔とちがって、いい病院はたくさんあるようですよ。早くに、医者に相談すれば……」

「わたし、鞆子でもいたかったの。のびのびと、たのしみたかった。ことに……」

「許してください」

と、由木は言った。

「鞆子を、愛してくださったことをですか。わたし、何もおぼえていないのが哀しいんですけれど、鞆子を愛してくださったんですね。いいえ、許してくれなんて言わないでください。言われたら、わたし、みじめです。すばらしい花だったのだろうと思います。鞆子にとって——つまり、わたしにとって。ただ、そのために、もし鞆子が……梢さんを……そうだとしたら、おわびするのはわたしです。わたし、もし、鞆子が犯行をおかしているのであれば、無罪になろうとは思いません。鞆子のしたことは、わたしの心の奥底にある願望のあらわれなんですから。でも、わたし……弓子は、梢さんを殺したいなどと思ったことは、一度もなかった。あのとき……あなたの部屋で梢さんを見たとき、あのひとを美しいと思ったのです。誇りが、梢さんの肌をかがやかせていました。わたしはそのとき、みじめで哀しかったけれど、奇妙なことに、梢さんとわたしを一体化して、何か誇らかな気持すら、感じたんです。わかってくださいます？　たとえば……ある芸術作品から深い感動を受けたとき、それを創造した人と同じ高みに自分をおいたような感じを持ちますでしょう。梢さんの誇りを理解したとき、わたしは、梢さんにみすえられているわたし自身であると同時に、梢さんだった。嫉妬《しっと》に狂って、梢さんを呪《のろ》い殺したい、そうなるのがあたりまえなのかもしれません。弓子は、梢さんに圧倒され、讃美してしまったけれど、口惜《くや》しい、哀しい、憎い、という感情を押し殺し、それを全部〈鞆子〉に背負わせてしまったのでしょうか」

「天野さん、自分を信じていてください」

由木は言った。

「検察官の勾留は最も長くて二十五日です。期限までに、起訴か不起訴か、どちらかになるのを知っていますね。あなたは、証拠不十分なんてことではなく、堂々と無罪にならなくてはいけない。ぼくも力をつくします。ただ、いまは撮影中で、何もできない。精神鑑定を要求なさい。鑑定には、かなりな時間がいるはずです。クランクアップして上映にまでこぎつけたら、その後は、あなたを救い出すことに全力を注ぎます。辛抱《しんぼう》していてください。加害者だが心神喪失のために無罪というのではなく、潔白な人間として無罪にならなくてはいけないんです」

「わたしがやっていないと、信じてくださるんですか」

「あなたは、梢を殺したりはしていない」

「どうして、由木さん。本人のわたしでさえ信じきれないで苦しんでいるのに」

「あなたが自分を信じないで、どうするんです」

「だって、〈鞆子〉は、わたしの思いもよらないことをやってのけるのですもの。あなたとの出会いがそうでした。お酒なんて飲んだことのなかったわたしが、新宿のスナックで……。由木さん……〈鞆子〉を……〈鞆子〉の躰《からだ》を、あなたは抱いてくださったんですね」

由木は、うなずいた。

わたしは伏せそうになった目を、乳房をみせたまままわたしを見すえた梢のように、強く由木にむけた。

「どのようにして？　わたしは、知らないんです。……知りたいのです」

「あなたが、出資金の小切手をわたしてくれた日です。銀行の口座に小切手を入金した後、あなたを送っていこうと、車に乗りました。ぼくは、感じていました。あなたが——鞆子さんが、と言いましょうか」

「いいえ」

「あなたが、男の躰を求めていることを。ぼくも、あなたとすぐにわかれたくない気分だった。このまま少し遠出しようかと誘うと、あなたはうなずいた。帰りが夜になってもかまわない？　明日になってもかまわない、とあなたは言った。ぼくは車を第三京《けい》浜《ひん》に乗り入れ、鎌倉にむかった。あなたの手が、運転するぼくの腿《もも》におかれた」

「鞆子は、あなたを誘ったんですね」

「景色のいいところで夕食を、と考えていたのだけれど、ぼくらにとって、食事はどうでもよくなった。手近なモーテルに入った」

「どんな部屋だったんでしょう」

「あなたの潔白が立証されたら、いっしょに、もう一度そこに行きましょう」

わたしたちは、机をはさんでむかいあっていた。

由木はふいに立ち上がると、係官が制止する暇を与えず、机越しにわたしの手を握って立たせた。前に引き寄せ、わたしの手を彼の股間《こかん》に押しつけた。ファスナーが開けてあった。

係官があわててどなりつけた。

面会は中止され、由木は退去するよう命じられた。

このような躰の愛の表現を、わたしは、このときまで知らなかった。やさしく肩を抱き寄せてくちび

るを重ねる、というのがラヴ・シーンだと思ってい
た。
わたしの手に、彼の愛の感触が残った。
くちびるをあわせるよりも、はるかに力強く。
そのとき、言葉が耳に浮かんだ。肉声を聴くよう
に、はっきりときこえたのだ。
――こうやっていると、おれ、安らぐんだ。
同時に、光景が眼裏に見えた。
走る車のなかに、由木とわたしがいる。
わたしだけれど、〈靹子〉だ。
靹子の手は、運転する由木の股間にある。ファス
ナーはひきあけられ、熱い肉にじかに触れている。
血の疾《はや》い動きが感じられる。靹子の上体がゆっくり
と由木の膝《ひざ》に倒れ、わたしは口のなかに由木の血が
脈打つのを知る。
数日後、梶が面会に来た。
このあいだのようなことがもう一度あったら、以
後、接見は禁止すると、係官にきびしく言いわたさ
れた。
梶の目も、きびしかった。わたしに気を許してい
ないようにみえた。
「何か必要なものがあったら言ってください。差し
入れます。由木にいわれてきました」
「何もいりません」
「その後、〈靹子〉さんはあらわれないんですか」
「わたしにはわからないわ。梶さんも、わたしが嘘
をついていると思います？」
「二重人格というのは、あり得ることだと思います
よ」
「わたしが梢さんを……と思っていらっしゃる」
「そうでないことを願っています」
「由木さんのように、わたしを信じてはくださらな
いのね」
「由木は、梢は自殺だと言っている」
「あなたは？」
「ぼくには何とも言えない」
「警察では、自殺の線もしらべてくれるでしょうか」

「他殺の形跡があまりに歴然としています」

「由木さんは、わたしは絶対やっていないと力づけてくださったわ」

「ぼくもそう言えたらいいんだが」

梶のあいまいな話しぶりをきいていると、由木はわたしを哀《あわ》れんで、疑いをかくし、心にもないはげましを口にしたのだろうかと、気持が萎《な》えた。

精神鑑定の要請も、不安になる。国選弁護人のいうとおり、正常と鑑定されたら、なぜ嘘をついたのだ、犯行をごまかすためだと、追及は容赦《ようしゃ》ないものになるだろう。わたしには、答えようがない。

精神科医の前に鞆子があらわれて、彼女の知っていることを逐一《ちくいち》話してくれればいいのだが。

それにしても、彼女が犯行を告白すれば、それは受けいれられるだろうが、否定した場合、鞆子が真実を語っているかどうか、わたしにさえわからないのだ。

黒は明白に黒だが、白は、汚《けが》れない純白とはなり得ない。

梢が自殺であったとしても、遺書でもみつからないかぎり、決定はできないだろう。

唯一、わたしが無垢《むく》になれるのは、梢の死が他殺であり、わたし以外の真犯人があらわれることだ。

梶は、だれか梢の部屋にいたと主張している。それが〈鞆子〉でないとしたら、あのときアリバイのないのは、スチールマンの栗田孝也だけだ。

警察は、栗田を十分に調べたのだろうか。アリバイがない点では、わたしも栗田も同じだ。わたしだけが疑われるのは、睡眠剤で自殺まがいの行為をしたことと、二重人格、記憶の欠如を言いたてていることによる。

鞆子は、なぜ、睡眠剤を服《の》んだりしたのだろう。睡眠剤を、どうやって手にいれたのだろう。

わたしを罠《わな》におとしいれるためか。

だれか、わたしの人格転移に気づいた者がいて、それを利用したのではあるまいか。

だれ？　犯人にきまっている。犯人は、わたしをのぞけば、物理的に、栗田以外にはあり得ない。

わたしはその疑いを、梶の前で口にしてしまった。

「わたしのおかれた状況があまりに疑わしいから、警察はわたしを被疑者とすることで満足して、栗田さんをしらべつくしてないのではありませんか？　栗田さんが、わたしの二重人格に気づいていたとは考えられないでしょうか」

立会いの係官が耳をそばだて、記録をとっている。かまいはしない。わたしは栗田に関心をむけてほしいのだ。

梶は、さあ、と言葉をにごした。係官の前で、仲間への嫌疑を濃くするようなことは、めったに喋《しゃべ》れないと用心したのだろう。

そういえば、梶にしたって……。

自分がまっ先にうたがわれるような状況で殺人をおかすものはいない。それが、梶が嫌疑をまぬがれた理由だった。

しかし、わたしというダミーを前もって用意しておけば。

梶がわたしの二重人格と、鞆子でいるときの記憶を弓子が持たないことに気づいていたとする。

何らかの理由で、梶は石上梢を殺さなくてはならない。

わたしに睡眠剤を服ませる。

いつ？

どうやって？

この点は、あとで考えよう。ひとまず、おいて、先に進もう。

わたしを眠らせておき、梢の部屋に行き、殴り、自殺をよそおわせて突き落とす。

だれかが部屋にいたようだ、と言う。

いや、梶は、そんなあいまいなことではなく、わたしが逃げて行くところを見た、と、はっきり名ざせばいいのだ。

その方が、犯人を決定できるではないか。

もう一つ、梶犯人説には欠点がある。

あのとき、梶が梢の部屋に行ったのは、梶の自発的な行動ではない、ということだ。たまたま、スクリプト・シートをとってくるよう由木に命じられたから行ったのだ。

いいえ、と、わたしはもう一度思いかえす。

梶はあの夜、梢を殺害し、わたしに嫌疑をかける計画をたて、まず、わたしに睡眠剤を服ませた。適当なときに、梢を殺害するつもりでいた。梢の部屋に行く用事ができたので、そのチャンスを利用した。

そんな自分が疑われることがわかっている状況で殺人をおかす馬鹿はいない。

それを、逆手にとった。わたしというダミーを用意してあるから、安心して。

おもわくどおり、由木たちは、梶を疑わなかった。

なぜ、梶は、わたしを見た、と名ざさなかったのだろう。

あいまいな方が、わたしへの疑いが強まると思ったのか。

あるいは、あからさまにわたしを犠牲にするのはさすがに心苦しく、名を出さず、警察の捜査が自然にわたしにいきつくのにまかせたのか。

梶にしろ、栗田にしろ、いつ、どうやって、わたしに睡眠剤を……。夕食のとき以外にない。あのときなら、たぶん、だれにでもチャンスはあった。みな、行儀悪く席をうつしたり動きまわったりしていたのだから。鞆子が自分で服んだのなら、犯行後ということになるけれど……。

「栗田には、たしかにアリバイがないが」

梶の声に、我れにかえった。

「梢に殺意を持つ動機も考えられないんですがね」

「梶さん、あなたは?」

大胆なことを、わたしは口にしていた。

「ぼくが？　何ですか」

「あなたには、動機は」

梶は、ほとんど苦笑した。ことさら強い声で、

「ありませんよ」

と言いきったのは、メモをとっている係官を意識したのだろうか。

菓子パン二個に味噌汁《みそしる》というのが、ここの留置場の朝食だ。ジャム、餡《あん》、クリーム、チョコレート。

カレーパンのときもある。味噌汁の実は、じゃがいもとキャベツか、じゃがいもと玉葱《たまねぎ》。この二種類が交互に出る。

じゃがいもと玉葱の日、病院に連れて行かれると知らされた。鑑定留置になったのだ。

ロケ隊は、その前日、北海道ロケを終え、帰京している。わたしを助けてくれる者は、一人もいない。わたしは、自分で自分を助けるほかはない。

わたしが潔白であるならば、だ。

鞆子が殺人者であるなら、わたしは刑を受けることはいとわないつもりだ。しかし、死刑だけは、おそろしい。

せめて、わたしの人格の半分が行なったことだと認め、何年かの自由を法に捧げることで、わたしを許してほしい。

由木は、わたし自身を信じろ、と言ってくれた。

彼は、〈鞆子〉をもよく知っている。鞆子もまた、殺人をおかすような人間ではないと、彼は信じてくれているのだ。

わたしの手に、手錠がかけられた。検察庁に押送《おうそう》されたときに、手錠は経験ずみだ。しかし、なれることはできない。

係官がわたしの手首を握り、手錠を回転させて、きつすぎないか具合をしらべ、小さい鍵で輪のはしをつつくようにして締めた。

右と左の手首にそれぞれ嵌《は》められた金属の輪は、小さいリングの鎖で接続され、鎖の中央の輪だけが少し大きい。その輪にロープを通し、裁判所に押送されるほかの二人と数珠《じゅず》つなぎにされ、バスに乗せられた。

バスのなかには、ほかの署からの護送者がすでに数人乗っていた。

発進するはずみに、躰がゆれ、右と左の手錠がぶつかり、接続部の小さい輪が鈴のような音をたてた。この音を、死ぬまで忘れることはないだろうと思った。わたしは、手のひらに由木の肉の感触をよみがえらせようとした。由木はわたし一人を誠実に愛していてくれるわけではないのだ、あれは、たぶん、哀れみだったのだ、と認めながら。

2

「死亡したのがスクリプターで、まあ、不幸中の幸いだった」

プロデューサーの山崎は言った。

帰京した由木たちと、スタッフルームで打ちあわせ中であった。

準備段階では、アパートの一室を借りてスタッフルームにあてていたが、その後は、東洋映画撮影所の一室を借用している。セット撮影も、ここのスタジオを利用する。

ソファを二脚むかいあわせ、隅に事務机をおいた細長い部屋の白壁に、スケジュール表とロケのスチール写真が貼《は》られてある。

山崎プロデューサーはフリーだが、東洋映画とは関係が深く、〝流氷の涯《はて》〟の配給と宣伝も東洋がひき受ける話が進んでいる。

当初のプランは、ジョリーフィルムが配給も行なうことになっていたが、洋物ポルノ専門のジョリーより、東洋映画の方が全国に封切館を持っているから興行的に強いし、宣伝力もある。そのかわり、客の大量動員を要求される。

——なぜ、おれは、山崎をなぐりつけないのだろう。

梶は、くってかからない自分をいぶかしみ、おれも場所柄《がら》をわきまえているのだな、と思った。

これが酒場で飲んでいるときなら、いきなり、なぐっただろう。

いまここで、山崎を責めても徒労だ。

失言だったと詫《わ》びさせ、とり消させたところで無意味だ。心のなかの痛みは強すぎた。その上、映画の成功という一点だけを第一義に考えれば、山崎プロデューサーの言葉は真実をつきすぎるほどついていた。

「苦労したんだぜ、イメージダウンにならないように。玉脇愛子と高田草平のあいだに大人の愛が生まれたというような艶《つや》のあるゴシップなら、積極的にでも流したいところだが、殺人ではな。下手《へた》に騒がれると、クランクアップ前にぽしゃってしまう。東洋映画が配給をひき受けるかどうかという正念場だしな」

警察は、天野弓子を容疑者として逮捕したと公表したが、動機については、取り調べ中としか言っていない。二重人格という弓子の主張も、発表していないのは、意図があって伏せているのではなく、あまりに馬鹿げているからとりあげないということらしかった。

加害者も被害者も華やかなタレントではないところから、マスコミもしつっこく後を追わない。警察の発表どおり記事にし、芸能週刊誌などが由木監督や主演の高田、玉脇の簡単なコメントをのせた程度であった。

人気のあるテレビタレントがニューヨークのホテルで強盗に刺されるという事件があり、プレスの芸能関係の目はいっせいにそちらにむいていたので、梢の死はそのかげにかくれた。

「天野弓子の公判がクランクアップ後になることを願うよ」

赤石が言い、

「いや、封切後の方がいい」

山崎が、

「殺人がらみでは、どうしても作品のイメージが暗くダーティーになる。テレビも、スポットを流さないなんて言いだしかねない」

打ちあわせ終了後、梶は由木の車に便乗して、撮影所を出た。

多摩川の流れに近い、調布《ちょうふ》市染地《そめち》に撮影所はある。敷地は全盛時の半分ほどになり、手放した部分は団地アパートがたちならんでいる。

この一帯は、なぜか最近急に鴉《からす》が増えた。薄墨《うすずみ》色の靄《もや》のような遠い群れが、灰色のアパートの上を、高く低く波立ちながら移動して行く。河原の枯草のあいだに、新しい緑が芽ぶきはじめている。北海道はまだ深い雪のなかだろう。梶は、死んだ女と殺したと言われている女の顔を瞼《まぶた》の裏から消そうとした。

多摩川沿いに走り、和泉《いずみ》多摩川から世田谷通りに入る。背後に陽《ひ》が落ちていった。

梶のアパートは池尻《いけじり》、由木は千駄《せんだ》ケ谷《や》なので、

「寄っていくか」

梶のアパートの前で車をとめた由木を誘った。

「そうだな」

由木はエンジンを切った。

六畳一間の梶の部屋は、書物とテレビ、コンポとヴィデオセットで二畳ぶんぐらい占められ、残った空間は癇症《かんしょう》にかたづいている。

「山崎さんの言いようはひどかったな」

二人だけになると、つい口にでた。

「死んだのがスクリプターでよかったとは、何というう……」

「ああ……」

「由木、おまえは、梢は自殺だと言ったな。あれだけ他殺の証拠があっても、天野さんが起訴された今でも、そう思っている?」

由木は、わずかにためらった。……そう、梶には感じられた。

「いずれ、はっきりするさ」

由木は言った。

「自殺であったとしたら、天野さんは、いわれのない苦痛を味わわされているわけだ。しかし、指紋といい、傷の生活反応といい、自殺の線はないだろう。それに……」

梶が言葉を切ったとき、それに、何だ? と問いかえすように、由木は目をあげた。

「睡眠剤を服《の》んだというのがな。中途半端《はんぱ》な量を。不眠症の者が眠りにつくためとしては、多すぎた。致死量には足りなかった。警察が狂言自殺とみるのも、当然だ。——おれと入れちがいに部屋をぬけ出したけれど、姿を見られたかもしれないと思うと、恐怖にいたたまれなくなった。そういうとき、薬に手がのびるのは、どんな気持からか……」

由木が黙っているので、梶は、ひとりで数えあげ

た。

「本当に自殺するつもりだったが、生存本能が量を控えさせた。

恐怖の現実からひたすら逃避するために、いいかげんな量を服んだ。

警察が疑っているように、犯行を悔やみ、自殺まではかったのだ、と示すことで、情状酌量を期待した。

……もう一つの場合が考えられるな」

「何だ」

「犯人が、嫌疑を天野さんに転嫁《てんか》するために、罠にかけた。この場合、犯人は、彼女が二重人格という病的な状態にあることに気づいており、それを利用した。犯行に先立ち、あらかじめ彼女に睡眠剤を服ませる」

「どうやって」

「食事のとき、飲みものに混ぜるとか……方法はあるだろう。皆、かってに席をうつって、動いているから。彼女は部屋で眠る。犯人は、梢の部屋に行き、犯行に及ぶ。窓から落とす。警察のしらべでは、兇《きょう》器《き》——たぶん鉄の灰皿——でなぐり、絞殺し、落とした。あわよくば、自殺とまちがえられるだろう、他殺となれば、記憶のあいまいな天野弓子に嫌疑がかかるだろう。

その場合……梢が墜《お》ちたときアリバイがないのは、天野弓子ともう一人、どうしても、スチールの栗さんということになるな」

「栗田を疑っているのか」

「2マイナス1イコール1という、数式上の問題だ」

「あらかじめ天野弓子に罠をというふうことになると、計画犯罪だ。栗田に、そんな動機があるか」

「わからん」

「調べてまわったりするのは、封切まで待てよ。警察にまかせておけ」

「天野さんが無実に泣いているとしても、〝流氷の涯〟の成績の方が大事か」

「今のおれにはな。それしかない。ほかのことは、すべて目をつぶる。耳をふさぐ。ここまできたのだ。

こけさせて……たまるか。必ず成功させる。それまで、よけいなことをおれに言うな」

由木の目には、一つのことにとり憑《つ》かれたものの、兇暴《きょうぼう》な火があった。

せめて一度ぐらい、やさしい気持で梢の声をきかないか。二人で、梢を思い出してやらないか。おれたちが思い出すとき、梢はよみがえる。忘却は完全な死滅だ。

言葉にはしなかったが、由木ならわかるだろう。梶は、カセットケースから、梢にもらったカセットをえらび出した。

The wind doth blow tonight, my love
And a few small drops of……

由木は立って、スイッチを切った。

「帰る」

「悪かった。辛すぎたな、聴くのは」

部屋を出て行く由木の背を、あぐらをかいたまま見送った。

たしかに、辛すぎた。思い出をなつかしむには、なまなましすぎる。梢はまだ、彼の心のなかで息づいていた。おそらく、由木の心のなかでも。

3

ブルドーザーが土を掘りかえしていた。

病院の建物の一部が改築中で、歩く足もとを、たえまない地ひびきがおそった。

久美は、定員八人の大部屋の隅のベッドに寝ていた。

髪にブラシもいれず、パジャマの前がはだけていた。

「しばらくだね。どうだい」

「どうって、べつに」

投げやりな口調だった。

「セット撮影がはじまったので、由木はいそがしくて、なかなか来れないんだ」

「わかってるわ」

「何か、いるものはないかい。買ってくるよ」

「ないわ」

とりつく島のないそっけなさだった。

隣りのベッドは中年の女で、退屈しのぎになるのだろう、こちらの話にきき耳をたてている様子だ。

久美は、仰向《あおむ》いたまま目は梶の顔からそらせ、毛布のへりを指先に力をこめてよじっている。

「予定どおり、三月中旬にはクランクアップ、五月封切となりそうだよ」

「そう」

「配給も東洋がひきうけることが確定した。ポスターができたんだけど、見る?」

「帰ってよ」

久美は、いきなり荒い声を出した。

由木の仕事から、久美がはじき出された淋《さび》しさを持たぬよう心をつかったつもりだったが、逆に心ない仕うちをしてしまったのかもしれない。

「そして、カントクに言ってよ。スパイをよこしたりしないで、って」

「何のことだい。おれがスパイ?」

「そうなんでしょ。捷《しょう》ちゃんに、様子をみてこいって言われたんでしょ。あれからもう、わたしのところに刑事は来ないわよ。安心しなさいって、言っておいて」

「どういう意味なんだ」

「わからなければ、いいわよ。とにかく、わたしは捷ちゃんを裏切らないからって、そう伝えてよ」

「おれには何の話かわからないけれど、……伝えておくよ。一人で困らないか」

気がたっている相手をなだめようと、話題をかえた。

「いくら完全看護でも、不自由だろう」

「あたりまえじゃないの。不自由よ。これ以上の不自由はないっていうくらい、不自由よ。見ればわかるじゃないの。わかりきったことを言わないで。梶さんが毎日ついていてくれるわけじゃないんでしょ。帰ってよ」

そのとき病室に入ってきた女が、

「梶さん」

と声をかけた。

久美の姉の明子で、その手に持っているのが、新聞紙をかぶせてあるけれど、久美が人目にさらしたくない容器だと気づき、梶は視線をはずした。

明子はベッドの下にそれをかくし、

「いそがしいんでしょ」

と笑顔になった。

明子は映画や演劇といった方にはまるで関わりがなく、塗装工と結婚している。子供はいないので、久美の世話もできるのだろう。梶は、二、三回、会ったことがあった。

「お姉さん、毎日こっちに？」

「いいえ。ときどき。毎日ってわけにもいかなくて」

「大変ですね」

と言ってから、この言葉も久美を傷つけるだろうなと思った。

「帰ってよ。もう、来ないでよ」

「久美ちゃん」

明子はたしなめ、

「お大事に」

と病室を出る梶を、廊下に追ってきた。

「ごめんなさいね。ひどいことを言って」

「むりないですよ。脚の方、やはり、だめなんですか」

「リハビリをきちんとやれば、あるていど動けるようになるらしいんですけど、いまのところ、精神状態を安定させる方が先なのよ」

「由木は、来ましたか？」

「ええ、ロケから帰ってから、一度か……二度かしら」

「ぼくも、もっとたびたび来たいんだが、時間がなくて」

「来てくださると、久美も喜ぶわ。帰ってなんて言っているけれど、あれはすねて甘えているんですよ。来てやってください。淋しくて不安でたまらないようなのよ」

「久美ちゃんに、おかしなことを言われてしまった。スパイに来たのか、とか、裏切らないと由木に言ってくれ、とか。何のことかわかります？」

「ああ、それ……」

明子は、思いあたることがあるようだった。

「今は、言わない方がいいんじゃないかしら。あの、梢さんの……犯人がつかまっているんでしょ。だから、もう、いいのかもしれないけれど……捷治さんにきいてからでないと、かってには喋れないわ」

「何か、あの事件に関係があるんですか」

「久美が悪者にされちゃったようで……でも、捷治さんにたのまれたから、警察のしらべがきたとき、久美も口裏をあわせたんだけれど……。久美もかわいそうなのよね。本当に捷治さんのことを好きなんでしょうね。でも、まだ子供だから……。捷治さんの大事なときにとび出しちゃったりしてね。捷治さんがはじめのころのようにかわいがってくれないのが、不満だったのね」

「ずいぶん苦労させられたんですよ、久美ちゃんも。で、その、久美ちゃんが悪者にされたというのは、どういうことなんです。気になるな」

「言いかたが大げさすぎたかしら。梢さんが悪者にされた、といったらいいのかしら。何にしても、たいしたことじゃないのよ」

「たいしたことでなければ、話してもらえませんか」

「捷治さんがいいと言ったらね」

「今、きいたことから、だいたい察しがつくな。梢は自殺だと思う、と、由木は刑事に言っていた。おれにもそう言った。その原因は、梢と久美ちゃんが、由木のことで争い、久美ちゃんが梢を突いた。梢は身をかわし、逆に久美ちゃんを車道に突き出してしまった。車が久美ちゃんをはねた。一生、下半身が不自由になるかもしれない。そのことが、梢の深い負いめになっていた。映画が軌道にのり、ふっと心にゆるみが生じたとき、夜の深みに吸いこまれるように、梢は身を投げたのではないか。由木は、そんなふうに推測していた」

「ええ……そういうふうに、捷治さんは、警察の人にも話したんですってね」

「実は、ちがうんですね」

「ここまで話がすすんでしまったら、黙っていても意味ないわね」

「そうですよ」

「久美は……梢さんと喧嘩《けんか》などしなかった。久美は、わたしにそう言ったわ。最初、車にはねられた直後のとりしらべで、久美は、自分が酔っていて、車道にとび出し、はねられたと言った。そのとおりなの。梢さんといっしょにいたのだけれど、とび出したのは、久美自身の過失よ」

「それを、どうして……」

「梢さんの事件のあった次の日だったかしら。捷治さんは、北海道からわたしに電話をかけてきて、梢さんの墜《つい》死を告げたの。どうも、事故という状況ではない。しかし、いま、大切なときに、他殺というようなことで騒がれては困ると思い、自殺の線を強調した。警察に、動機として、いま言ったようなこと――梢さんが久美の大怪我《けが》に責任があるということね――を、作りあげて喋った。警察から調べがきたら、口裏をあわせてほしい、という頼みだったの。久美に言ったら、それでは、あたしが梢さんの家族から恨《うら》まれてしまう、と泣いたわ。わたしは、久美を車椅子《いす》にのせて病院の公衆電話に連れて行き、ロケ先の旅館に電話して、久美を捷治さんと直接話させたの。久美は納得したわ。天野とかいう人が容疑者として逮捕されたそうだから、もう嘘をついていなくてもいいんでしょうけれど、捷治さんの許可があるまではと、久美は、黙っているの。いじらしいのよ」

なぜ、嘘の理由まででっちあげて、自殺説に固執したのだろうと、梶は不審に思った。

「長話してしまって、わたし、もう行くわ。久美には、わたしが喋ったこと、内緒にしておいてくださいね。知れたら、あの子、どんなに怒るかしれないわ」

「立ちいったことをきいてしまうけれど、入院、お金がかかるでしょう。大丈夫なんですか。由木は目下、とても金の余裕はない。映画作りで借金をかかえこんだ状態なんだから。もちろん、ぼくも金はまるで無いけれど、もしあれなら、仲間からカンパをつのりますよ」

「そっちは、今のところは心配いらないの。捷治さんが、まとまったものをわたしてくれたの。……二百五十万ほど」

「よく、金があったな」

梶は驚いた。

「五十万は、監督料の一部を先払いしてもらったんですって。二百万は、梢さんが実家のお父さんから借りてくれたということだったわ」

「梢が実家から都合したということはきいていたけれど、二百万も……。梢の実家って、リッチなんですか」

「そうなんでしょうね。久美は、それも、捷治さんが離婚の慰藉《いしゃ》料のつもりなんだろう、と気をまわしたり……神経過敏になりすぎていて、困るわ。もう少し時がたてば落ちつくんでしょうけれど」


一時やんでいた地ひびきが、また、はじまった。

病院を出、停留所の前でバスを待ちながら、由木はなぜ……と、考えていた。

他殺よりは自殺の方が、イメージダウンは少いかもしれない。

しかし、由木がからまっての三角関係のあげく、梢が久美を怪我させたの、梢がそれを苦に病んで自殺したのという話は、取りあげようによってはかなりなスキャンダルだ。

天野弓子の逮捕は、ほとんどマスコミを騒がせなかったのだから、自殺説は放棄していいはずだ。

天野弓子に面会に行ったとき、彼女からきいたところでは、由木は、〝あなたは絶対やっていない〟と、弓子を力づけたそうだ。

なぜ、そう言いきれるのか。

由木は、弓子が犯人ではないと、確信を持てるのか。

由木は、梢が自殺であると知っており、その原因を公表することができないため、嘘の理由を捻出《ねんしゅつ》したのだろうか。

真因を発表すれば、映画の製作に支障をきたす。あるいは、続行が不可能になる。そのため、伏せている。

さすがに、弓子を犯人と是認《ぜにん》することは、由木にはできない。だから、自殺説を言ったのか。真因はかくして。

自殺であったら、額《がく》に梢の指紋がなかったことや、頭の傷に生活反応がみられたことは、どうしてなのか。

渋谷行きのバスに乗り、空いた後ろの席に腰を下ろしてからも、梶は考えつづけた。

梢が由木を恋していたことは、梶の目にもみえていた。その恋が報《むく》いられなかったために自殺……。梢はそれほど稚《おさな》くはなかった。久美よりは、はるかに感情は成熟していた。映画の完成前に、――ロケに着手したばかりの段階で自ら命を絶つということは、梶には納得しがたい。

由木が、真犯人を知っており、それを公表できない立場にあるとしたら……と、思いついた。

その犯人を名ざすことは、今はできない。映画が完成するまで、伏せておかなくてはならない。誤認逮捕された天野弓子への、すまないという思いが、由木のあの言動となってあらわれた。

しかし、あの場合、犯人になり得るのは、スチールマンの栗田孝也だけだ。栗田をかばうことが、それほど大切か。冷酷な言いかただが、スチールマンは、ほかの者で代用がきく。天野弓子が逮捕されるのと、それほど大きな差はない。

代用できないのは、監督の由木、カメラマンの沖山、主演の玉脇愛子と高田草平だ。

しかし、この四人とも、はっきりしたアリバイがある。サード助監の森川、長谷マネージャーといっしょに、食堂で、梢が墜ちるその瞬間を目撃している。

偽証ということはどうか。

梢は実は、もっと前に、殺されてあの場に倒れている。

かけがえのない四人のうちの一人が犯人であることを、由木は知っている。

ほかの者をひきこみ、あの瞬間、墜ちるところを目撃したと、偽証させる。

無理だな、と、梶は、思わず口に出してつぶやきかけた。

一人や二人ではない。六人が口を揃《そろ》えて偽証しなくてはならないのだ。

映画完成への思い入れも、深浅《しんせん》はまちまちだ。

由木は、どのような犠牲を払っても、と思いつめているだろう。

玉脇愛子も、大金を出資しているのだから、是非《ぜひ》成功させたいだろう。しかし、偽証が発覚したら、彼女の歌手生命はおそらく絶たれる。その危険をおかしてまで、由木に協力するだろうか。

まして、ほかの者たちは、一本の映画に、そこまで自分を賭けないだろう。

最初に声をあげたのは、森川だという。

その声につられて、実際には見ていない光景を、見たと思いこんでしまう。

六人、という人数では、こういう錯覚《さっかく》をいっせいに起こさせるということも不可能だ。

偽証させる、ということであれば、何も、梶を梢の部屋に行かせることもない。由木はむしろ、彼を偽証の仲間にひきこむべきではないか。事情によっては、梶は、他の者よりよほど信頼のおける協力者になり得るのだ。

その上、あの部屋には、たしかにだれかいた。ドアを内側からひきあけたものがいたではないか。

そう考えてくると、犯人は天野弓子か栗田孝也というところにたどりつく。思考は堂々めぐりして、出発点にかえった。

由木は、どうして、確信ありげに、あなたは絶対やっていないと、天野弓子に語ったのか。由木はなぜ……。

もしかして、由木は、おれが梢を殺して突き落としたと思っているのだろうか。映画が完成するまで、おれをかばうつもりか。

しかし、状況としては、たしかにおれが疑われてもしかたがないけれど、おれに梢を殺す動機がないことぐらい、由木は承知しているはずではないか。

「お客さん、終点ですよ。渋谷ですよ」

運転手の声が、スピーカーからきこえた。

他の客は皆降り、彼一人が残っていた。

4

梁《はり》にとりつけられたライトが、玉脇愛子の裸体に熱い光を浴びせていた。

透明な薄皮の下に、けだるい夏の昼下がりの果肉が抱きつつまれ、腐敗しとろける寸前の甘やかな胸《むな》乳《ち》に、男の指が黒く刻印を捺《お》していた。

ドーム型の第二スタジオは、アパートの内部を模したセットをすっぽりおおい、セットの内部は灼熱《しゃくねつ》する夏の一室だが、肋材《ろくざい》やベニヤ板がむき出しになった裏にまわると、冷気が靴の底から腹に這《は》い上る。

玉脇愛子が脱ぐという情報に、珍しく取材記者の数が多かった。

由木は、ロケのときの緊張がほぐれ、のびのびと演技をつけ、玉脇愛子も悪びれず、応《こた》えていた。

「カット」

玉脇愛子は、高田草平の腕の下から起き上がり、眼の奥に残っている陶酔《とうすい》のうるみを、す早く消した。

「玉脇さん、すばらしい躰をしているじゃないですか。今までみせなかったのが、もったいない」

記者たちの無遠慮な声に、余裕のある笑顔をかえした。

終了後、梶は、森川に声をかけた。

「コーヒーでも飲んで暖まっていかないか」

「いいですね」

撮影所前の小さい喫茶店〝エルム〟は、たいしてうまくはないが、関係者がよく利用する。ほかの組の仕事をしている裏方が二、三人、くつろいでいた。

「今日は監督、のってましたね。さすがに、ああいうシーンになると、自信あるんですね。八十本の実績だな。玉脇さん、最高にきれいにとれたんじゃないですか」

「ロケのときのことだけどな」

「何か？」

「梢が墜ちたとき、はっきり見たか」

「思い出させないでほしいな。どうして」

「いや、だれかが〝墜ちた！〟と言うと、実際に見ていなくても、見たような気になってしまうことがあるだろう」

「見なきゃよかったんだけど、見ちゃったんですよ」

梶は手をあげた。森川の背後のドアが開き、スチールマンの栗田が入ってきたのだ。

栗田は梶の隣りの椅子をひいた。

「今日は、いいのが撮れたぜ。玉脇愛子、予想以上の躰をしていたな。脱ぐと、あれほど淫蕩《いんとう》な感じになるとは思わなかった。〝流氷の涯〟がこけても、玉脇さんは役者の仕事が増えるだろう」

「縁起の悪いことを言わないでくださいよ」

森川が抗議した。

「どうして、〝流氷の涯〟がこけるんですか」

「こけるとは言っていないよ」

「こけても、なんて、冗談にも言わないでくださいよ」

「わかった、わかった」

憤慨したついでに森川はトイレに立ち、二人になると、

「梶さんよ」

と、栗田は声をあらためた。

「あんた、何かおれに因縁《いんねん》をつける気なのか」

「どうして」

「あっちこっちで、おれと梢のあいだに何かなかったか、聞きまわっているそうじゃないか。おれを疑っているのか」

「疑っているわけじゃないがな」

「それじゃ、何で、聞きまわるんだ。耳に入れば、あまりいい気持じゃないぜ。今も、森川から何かひき出そうとしていたのか」

「そういうわけじゃない」

「天野弓子が犯人で、何か不服なのか……」

「いや……」

「天野でなければ、さしずめ、おれだな」

「そうなるな」

「それから、あんたも、な」

「おれじゃないよ」

「おれも、そう言うしかないな。おれじゃない」

栗田はテーブルに肘《ひじ》をつき、躰をのり出した。

「もう一つは、自殺、な」

「梢に、自殺するような事情があったか」

久美とのことは、由木は、警察と梶にしか語っていないはずだ。しかも、久美の姉に言わせれば、それはでたらめだという。栗田は何か別の事情をつかんでいるのか、それとも、由木から同じ嘘をきかされたのか。

「おれは知らんよ」

栗田は言った。

「しかし、あったかもな」

「何か、思いあたることがあるのか」

「いや……」

栗田は言葉をにごした。

「何かあるのなら、言えよ」

「おれは、無責任な噂《うわさ》を流すのは嫌いだ」

おまえが無責任におれのことを聞きまわるおかげで、おれはひどい迷惑だ。栗田は、そうつづけ、いきなり梶の横面をなぐった。トイレからもどってきた森川が棒立ちになった。

「あまり、あと味のいいもんじゃないな、人をなぐるのは」

栗田は、右手の関節を痛そうに撫《な》でた。


その翌日、あとワンカットであがるというころ第二スタジオに入ってきた男は、プレス関係者とは雰囲気がちがっていた。グレイのスーツにネクタイ、メタルフレームの眼鏡、衿足《えりあし》をすっきり刈りあげた髪、年は三十七、八。刑事とも思えない。

由木が、

「カット!」

と鋭い声をとばした。

「今日はこれで終わります」

　製作進行の赤石が、

「明日も、今日と同じ、九時からここ第二スタジオです。お疲れさん」

「お邪魔します」

　グレイのスーツの男は、由木に歩み寄って名刺を出した。

「由木さんですね」

「そうです」

「釧路病院精神科の益田《ますだ》です。おいそがしいでしょうが、少し、お話をききたいんですが」

「釧路病院というと、天野弓子さんの……」

「そうです。鑑定入院してもらっています」

「どういうご用件でしょうか」

「天野さんを最初から知っておられるのは、由木さんと、梶さん……ですね。お二人から、天野さんのことを少しうかがいたいのです」

「時間がかかりそうですね」

「多少、ゆっくり時間をとっていただけると、ありがたいですな」

「では……ぼくはこれから明日の打ちあわせがあるので、少し待ってもらえますか」

「かまいません」

「梶、エルムに先生を案内してくれ」

　エルムは、昨日よりは客が多かった。

「ここでは、あまり落ちついた話はできないようですな」

「由木が来たら、場所をかえます。天野弓子さんは、元気ですか」

「躰の健康状態という意味でしたら」

　益田医師はうなずいた。

「先生が、天野さんの精神鑑定を？」

「ぼくだけではなく、三人で担当しています。鑑定人として鑑定書に署名するのは、精神科の部長ですがね」

　由木が入って来るのといれちがいに、かたまっていた客が一度に出ていったので、店内はがら空《す》きになった。

「これなら、ここでも大丈夫だな」

「天野さんは元気ですか」

由木も、梶と同じことを口にした。

「躰は、まあね」

「精神状態は、よくないですか」

「いや、殺人の嫌疑をかけられ精神鑑定を受けている女性としては、落ちついている方だと思いますね。ときどき沈みこんで、拒否することもありますが」

「人格の変換というのは……」

「それなんですが、入院してからは、天野さんのいう、死んだ姉さん、〈鞆子〉の人格は、まったく出現していないのですよ。このままだと、正常であるという鑑定書を裁判所に提出せざるを得なくなる。しかし、ぼくには、彼女が心神喪失で無罪になろうと、もってまわった小細工をしたとは、どうも思いにくいのですよ」

益田医師の口調は、率直で誠実みがあった。

「先生は、二重人格という症例を、これまでに手がけられたんですか」

梶はたずねた。

「いや、はじめてです。実は、ぼくとしてもおおいに興味がある。是非あらわれてほしいんだが、あいにく……。あなたがたは、はっきり、〈鞆子〉を見ているわけですね」

「〈鞆子〉と名のる女に、最初、会ったのです」

梶は答えた。

「正常な弓子さんとは、よほど違っていましたか」

「ぼくらはいつも、〈鞆子〉とつきあってきたので、弓子さんの方はよく知らないわけですが、〈鞆子〉さんは、よくいえば積極的、開放的、明朗、悪くいえば、いささかでしゃばりで騒々しい、思慮に欠ける、というふうでした」

「天野さんの言うには、弓子であるときもみなさんの前では鞆子のふりをしていたということですが」

「何かおかしいと思うことはありましたね。むりに虚勢をはって賑《にぎ》やかにしていると感じたときもあります。そういうときが、弓子さん本人だったときなんでしょう。おい、監督、何か言えよ」

「梶の言うとおりです。二重人格が嘘ということはないでしょう。それは、ぼくら、裁判で証言もできます。しかし、二重人格だから、犯行時自分の行為に責任がもてなかった、だから無罪だ、というのでは、やはり天野さんは殺人犯だったということになり、濡衣《ぬれぎぬ》だった場合、汚名の晴らしようがないですね」

由木はやはり、天野弓子の完全な潔白にこだわっているなと、梶は思った。

「それは、ほかに犯人がみつかれば、天野さんの潔白が問題なく立証できますがね」

「公判は、いつですか」

由木は訊《き》いた。

「それは、こちらがいつ鑑定書を提出するかによりますね。検察側は、早く決着をつけろとせっつきますが、精神鑑定というものは、十分に時間をかけて慎重にやりませんとね」

「どのくらい、かかるものなんですか」

「ケースバイケースですが……。かなり以前、通り魔事件と呼ばれた、十六歳の高校生がゆきずりの子供を十一件も、傷害暴行した事件がありますが、これなどは、最初二箇月半、鑑定留置、更に数箇月後にもう一度、三週間入院させ、ようやく鑑定書を作っていますね」

「天野さんの場合は、どうでしょう」

「鑑定書には、精神鑑定の結果だけでなく、家族歴、生活歴、現在症、と、正確にしらべて記述しなくてはなりません。ぼくが上京してきたのも、天野さんの家族歴、生活歴を自分でしらべるためです。だから、まだ少し時間がかかると思います」

「なるべく、時間をかけていただきたいのです」

由木が言った。

素人《しろうと》がよけいな差出口《さしでぐち》をすると思ったのか、温厚な益田医師の眉《まゆ》がちょっと険《けわ》しくなった。

「長びけば、天野さんの苦痛が増すんですよ。私たちとしても慎重は期しますが、不必要に被疑者の苦痛を長びかせたくはありませんな」

「いや、性急な結論が出ないことを希望したものですから」

「それは、何度も言っているように、慎重にやります。あなたがたが天野さんに会った最初からの様子を、なるべく具体的に話してください」


新宿のビジネスホテルに泊まっているという益田医師を、由木は自分の車で送った。梶もいっしょに乗りこんだ。世田谷《せたがや》通りは環八《かんぱち》の交叉点《こうさてん》で渋滞《じゅうたい》し、益田医師は、東京は車が多いと嘆息した。

「先生は、ずっと北海道ですか」

「生まれも、大学も、勤務先も」

と、益田医師は笑った。

「二重人格などという珍しい症例にぶつかることはないので、興味がありますよ」

由木は何か言いかけて、やめた。

慎重に時間をかけてしらべてくれと言いたいのを、あまりにくどくなるから押さえたのだと、梶は察した。

益田をホテルに下ろした後、

「飯《めし》でも食うか」

梶は誘った。おたがい、アパートに帰っても、一人だ。

「車だから、飲めないけれどな」

撮影に入ってから、由木はずっと深酒を控えている。

車を公共駐車場に入れ、青梅街道沿いの焼肉屋に入った。

「天野さんの無罪を、おまえは確信しているのか」

灼《や》けた鉄網に脂《あぶら》をぬりつけながら、口にした。

「なぜ？」

「そんな口ぶりだから」

「しらべるのは警察の仕事だ」

「おまえはまるで、天野さんが無罪だと知っているような話しかたをしている」

「思いすごしだ、おまえの」

「自殺説は、どうなった」

梶は追及した。

「捨ててはいない」

「久美の怪我《けが》に、梢が責任がある、だから、ということだったな」

「そうだ」

明子からきいたことを、梶はだまっていた。明子との約束だ。破るわけにはいかない。

「いったい、なぜ、天野さんの鑑定をのばさせたがる？」

「封切前に、他殺とマスコミに騒がれると、イメージダウンになる。観客動員にひびく」

「それだけの理由か」

ほかに何がある？　という表情を由木はつくり、箸《はし》で肉をかえした。

5

季節がないような銀座界隈《かいわい》も、五月の半ばとなると、さわやかな風が吹きぬける。ショウウィンドウのなかも、ひどく陽気に明るい。

東洋映画の本社がある東銀座の東洋ビルは、一、二階が封切館になっている。

入口には〝流氷の涯〟の絵看板があげられ、氷海を背に猟銃をかまえた玉胁愛子のクローズアップで、背後に高田草平の横顔がかさなる。

封切初日、由木と梶は、開場の三十分前から、入口のもぎりの近くに立った。

客の入りを見るためである。由木は緊張に頰《ほお》が青白くなっていた。

一本のフィルムが完成したら、あとは、宣伝にまかせるほかはない。

あたるかこけるかは、初日の観客動員数によって、ほぼ見とおしがつく。初日の入りがそれほどでなくても、口コミで尻上がりに入りがのびることもあるが、そういう例は多くはない。あたる映画は、封切前から人の口にのぼり、期待感がすでに十分に高まっているものだ。心血を注ぎ年月をかけたフィルムでも、受けとめる観客が冷ややかに手をひっこめたら、死児となる。

よほど前評判の高い作品でなければ、近頃は、開場三十分も前から長蛇《ちょうだ》の列ができるなどという現象はなくなっている。

それでも由木は、この場に足に釘《くぎ》打つようにして、立つ。通行人はほとんど立ち止まりもせず通りすぎる。

梶は、由木の背を、いたましいものを見るように見た。

爆発的な入りにはならないだろうということは、封切前の手ごたえで、梶には予想がついていた。由木も、おそらくわかっている。しかし、ひょっとしたら……あるいは……という思いを捨てきれないのだ。

プレス試写のあと、新聞などにのった批評は、悪くはなかった。ことに、玉脇愛子への讃辞は多かった。

しかし、軽くたのしめるものを求める時流には歴然と背をむけた作品だ。〝七〇年〟という素材は、いま、人の心を惹《ひ》く力はなかった。むしろ、しらけさせた。

一人の人間の思いこみと、大衆の求めるものは、必ずしも一致しない。

わかっていても、由木はそれを撮《と》らずにはいられなかったのだ。

いいではないか、と、梶は由木の背に呼びかける。おまえもおれも傷だらけになった。梢は贄《にえ》となり、燔祭《はんさい》に捧げられた。力足りなかったと思うな。おれたちは撮りあげたのだ。それをこそ勝利と思え。

開場十分前。ようやく、若い二人連れが切符売場の前に立った。

「早すぎちゃったね」

「どこか、もう開いているところに入ろうか」

売場の窓口を開けろよ、と梶は言いたくなる。たかが十分ではないか。しかし、従業員はまだ来ていない。おれが、かわりに売ろうか。

若い客たちにとって、一本のフィルムは、絶対、唯一無二のものではないのだ。二人は去った。

数分後に、三十二、三の男が立ったが、すぐ立ち去った。

スチール写真の前にいったん立ちどまって眺めても、そのまま去ってゆく人々に、声をかけ、たぐり寄せたくなる。

決して、あなたたちを失望させはしない。一枚の千円札と一枚の五百円札で、二時間という時間を買ってみてくれ。千五百円。安くはない。時給五百円のアルバイターなら、三時間の労働にあたる。しかし、一人の男が何を言いたかったか、きいてみてやってくれ。彼は、あなたたちに、気楽な娯楽を提出する義務は十分に果たさなかったかもしれないが、あなたたちの心に、刺青のように消えないものを残すはずだ。

切符売りの女の子が、

「お早うございます」

と、小さいボックスに入った。入場券に日付の判を押す手の動きが見える。

もぎりが、カウンターの上にプログラムの束をのせた。

開場のベルが鳴り、若い男と女が、一番のりを少してれているように、入ってきた。

由木は、いきなり手をさし出して、二人の手を握った。

二人は、めんくらったように由木を見、首をかしげながら場内に入っていった。

梶のかたわらに、館の支配人が来て立った。やはり、入りを心配している。

開場前に並んでいた気の早い何人かが席についてしまうと、あとしばらく客足がとだえた。

「今日は土曜でしょう。日曜の方が人出が多くて、それだけ入りがいいということもあるんですよ」

支配人は由木に話しかけた。

善意のなぐさめであることはわかっていたが、あたる映画は、土曜も日曜も、大差はないのだ。あたらない映画も。

開映近くなると、入場者は多少ふえた。

再びベルが鳴り、通路との境のドアが閉められる。

「どうです、奥でお茶でも」

支配人が誘うのをことわり、由木は場内に入った。

梶もつづいた。

次回上映作品の予告篇がはじまっていた。

椅子を占めた黒い頭を数える。

七分《ぶ》ほどの入りだ。まあまあではないか。

やがて、画面に、白い氷海がひろがる。

氷上に毅然《きぜん》と立つ尾白鷲《おじろわし》のクローズアップ。猟銃の音。たたきつけるように、タイトル。

試写室で見るのと、一般客といっしょに見るのとでは、まるで印象が違う。観客の息づかいが、フィルムに新しい生命を与える。


三日つづけて、由木は、新宿、渋谷と、めぼしい封切館をのぞいてまわった。梶は影のように、つれだった。

客の入りを見るのが目的ではあったが、一枚の布の上に作り出される虚構の世界のなかに由木は浸りこみ、現実に戻ってくるのが辛いのではないか——そう、梶は思った。

四日め、昼ごろ、梶は電話の音で起こされた。前夜——というより、今朝がたまで、新宿で深酒したので、頭の芯《しん》が痛んだ。

不機嫌に受話器をとると、由木の声だった。

「東洋の営業部から知らせてきたんだが……」

声をきいただけで、梶にはぴんときた。

「打ち切りか」

予定は三週間続映である。キネマ旬報《じゅんぽう》の月間スケジュール表などにも、そう公表してある。

しかし、成績が思わしくなければ、二週間、あるいは一週間で打ち切って旧作とさしかえることは、ざらに行なわれている。

最悪の場合は、フィルムが完成しても、収益をいくらかでもあげるどころか上映経費で赤字になりそうだと判断されれば、陽《ひ》の目を見ずにおくら入りとなる。

「二週間で切るそうだ」

「そうか……」

過去に観客動員の実績のあった旧作をリバイバルして穴を埋めるのだろう。

「これから東洋の本社に行く」

「呼ばれたのか」

「いや、押しかける。予定どおり三週間やるよう、談判する」

無駄だ、と思った。利潤をあげることにしか意義を認めない営業が、いったん打ち切りと決定したものを、取り消すはずがない。

「おれも行こうか」

「いや、いい」

「暴れたりするなよ」

「まさか」

「素面《しらふ》で行けよ」

「ばか」

ずぶといようで、気が弱いところもある。昼間から、勢いづけに飲みもすまいが。

「あとでまた、連絡してくれ」

「わかった」

切れてから、顔を洗いに立った。

歯ブラシを口につっこみながら、ドアの郵便受けにさしこんである朝刊を抜いた。

流しで口をゆすぎ、顔を洗って、蒲団《ふとん》の上にあぐらをかき、新聞をひろげた。

大見出しにざっと目をとおし、めくる。

海外の情勢をつたえる二面の下に、女性週刊誌の広告が大きくのっている。

『流氷の涯』の文字がゴチック白ぬきで、目についた。

特集でも組んでくれたのか、それにしては、特別な取材もなかったようだが、と、目をむけると、

『流氷の涯』にまつわる黒い影
撮影中に起きた殺人事件は、
由木捷治監督をめぐる愛欲のもつれか？

どぎつい惹句《じゃっく》であった。

もつれか？　と疑問符をつけて責任を回避するのは、常套《じょうとう》手段だ。断言していないから、事実と違っても名誉毀損《きそん》にはならないということだ。

すでに上映中なのだ。いま、スキャンダルが活字になっても、足をひっぱる結果にはなるまい。むし

ろ、人々に関心をむけさせる梃《てこ》入れになるかもしれない。

そう判断して、宣伝部がことさら流した情報か。

その記事をのせているのは、〈女性ウィークリー〉一誌だけだった。

梶はジーンズをはき、スポーツシャツを着て、外に出た。

本屋の店頭には、女性ウィークリーが山積みになり、表紙のモデルが口もとだけ虚《うつ》ろにほほえみかけている。

一冊求め、手近な喫茶店に入った。

胃にも酔いが残っており、食欲はまるでない。紅茶を注文した。体調が悪いときは、てきめんにコーヒーがまずい。


一人の男の愛を、二人の女が争う。ありふれたことだと言ってしまえば、それまでだ。

しかし、そのために、一人の女は死に、もう一人は殺人犯の疑いをかけられ、獄中にある、となると、ありふれたこと、と見すごせなくなる。

二月四日、『流氷の涯』撮影中に、羅臼のロケ宿で、悲惨な事件は起きた。

このロケに、スクリプターとして参加していた石上梢さん（29歳）が、旅館の窓から墜落《ついらく》して死亡した。最初は自殺かと思われたが、警察のしらべによると、鈍器で撲殺《ぼくさつ》された上、自殺をよそおって投げ落とされた可能性が強いという。

容疑者として逮捕された天野弓子（30歳）は、この映画に出資した一人で、撮影にはついてまわっていたという。それも、一人の男への強い愛執がなせることである。

一人の男――というのは、この映画の監督、由木捷治さん（34歳）である。中年まっ盛《さか》りといえど、一見二十代の若々しさを保つ由木監督、なかなか女性にもてるらしく、被害者の石上梢さんも、本来の職業はシナリオライターなのに、由木監督の身辺に常につきそっていたいところから、スクリプターとして参加したということらしい。

墜死事件の前に、船上ロケの最中に、石上梢さんが冷たい海中に落ちかけたという事件も起きている。これもどうやら、天野弓子が、事故にみせかけて突き落とそうとしたものらしい。

凄《すさ》まじい女の争いだが、その根幹を成す男の不実が、何の咎《とが》めも受けていないのは、何ともわりきれぬ思いだ。


軽薄で無責任な文章に、梶はうんざりした。……といわれている。……らしい。最後にとってつけたような、正義派ぶった一言。

由木は、これを目にしたのだろうか。めげもしないだろう。入りの悪さの打撃の方が、はるかに大きい。女の問題など、由木はスキャンダルとは思っていない。

〝流氷の涯〟が終わったあと、梶はさしあたって次の仕事がなく、半失業状態だった。久美を見舞いに行くか。

私鉄のホームで、屑籠《くずかご》に女性ウィークリーを放り捨てた。

バスに乗り継いで、病院前で降りる。

病室をのぞくと、ベッドは空《から》だった。

「リハビリに行っていますよ」

隣りのベッドの女が教えた。

梶は、リハビリテーションの部屋をのぞいてみた。

平行にとりつけた二本の手摺《てすり》に両腕をかけ、久美は、額《ひたい》に汗をにじませながら、少しずつ躰を前に進ませようとしていた。

積極的にやる気力がでてきたのだな。

明子が手摺の一方の端に立って、真剣な目を久美にむけている。明子まで汗ばんだ額をしていた。

梶を見ると、

「えらいでしょ」

明子は、ちょっと得意気に久美をさした。

「えらいよ」

梶も、すなおにほめた。

「梶さん、見ていてね」

久美が言った。

「ギャラリーが多い方が、はりあいがあるもの」

「元気が出たね」

「負けちゃいられないって気になったのよ」

手摺に躰をもたせかけ、久美は息をはずませた。

明子は、スポーツタオルで久美の汗を拭《ふ》いた。

車椅子に久美をのせ、病室に連れもどり、梶も手を貸してベッドに寝かせた。

「〃流氷の涯〃、あまりあたってないみたいね」

久美は、言った。その声の底に、かすかなはずみを梶は感じた。

「わたしが、昨日、渋谷で見てきたのよ」

と、明子が、

「四時ごろの回だったけれど、がらあきで淋《さび》しかったわ」

シーソー・ゲームのようだなと、梶は思った。

〃流氷の涯〃が大成功をおさめ、由木が輝かしく世の注目を浴びていたら、久美はいっそうみじめに落ちこんだのかもしれない。

由木の映画の不成功を久美はよろこんでいる。意識していないのかもしれないが。由木を愛しているからだ。由木に、下りてきてほしいのだ、久美は。失意の由木となら、またいっしょに、対等の気持で暮らしはじめることができる。久美が由木をはげます立場になれる。

「まあ、由木としては、悔いのない仕事をしたのだから」

「はっきり言って、あの映画、あまりぴんとこなかったわ」

明子は言った。

「姉さんには、わからないのよ」

久美は、自分なら、十分に理解できる、と言いたげに、

「捷ちゃんにたのんで、ヴィデオにしてもらうわ」

「由木、来たかい」

「まだ、いそがしいんでしょ」

「でも、入院費なんか困らないようにしてもらってあるから」

明子が言いそえた。

夜になっても、由木からの連絡はなかった。東洋映画の営業との交渉はうまくいかなかったのにちがいない。

〈あるまん〉に電話をいれてみた。

「由木、行ってる？」

「みえてませんよ、今夜は」

失意の姿は人目にさらしたくないのかもしれない。

梶は迷い、結局アパートを出て、新宿に行き、〈あるまん〉のドアを押した。

女性ウィークリーを、リョウも目にしているのだろうが、こちらを不愉快にさせる話題は持ち出さない賢さを、リョウは持っている。

他に客が少なかったので、梶の方からつい、

「あれ、見たかい」

と口にした。

「ひどい記事ね。由木さん、読んだのかしら」

「まあ、宣伝になるだろうさ」

「天野さんの二重人格のことは、書いてないのね」

「もっぱら、由木の不実を責めたてていたな。二人の女をだまし、そのために、天野さんと梢が争って、梢を天野さんが突き落としたというふうに」

「天野さんの精神鑑定をしているとかいうお医者さんが、ここへもみえたのよ」

「益田さんといったかな。釧路の……」

「そう。梶さんも会いました？」

「セットに来たよ」

「天野さんから、ここのこともきいたとかって。二重人格が立証されるようなことはなかったかって」

「本当なら刑事がしらべることとなんでしょうにね」

と、カオルも話に加わった。

6

多摩川の河原に駐《と》めてある白いギャランのなかで男が死んでいるようだと一一〇番に知らせが入ったのは、翌日の午前八時半ごろであった。

通報者は、近くの商店街の従業員が作っている野

球チームのメンバーである。

スーパーマーケットやテナントビルがあるので、従業員の数は多い。七つのチームがあり、春と秋、勝ち抜きの試合が行なわれる。早朝六時に河川敷にもうけられたコートに集まり、開店までの時間をプレイにあてている。

車は、ひねこびた松が群生するかげにあった。

河川敷に駐車してあったり、そのなかで人が眠っていたりするのは、かくべつ珍しいことではないから、従業員たちも、最初はまるで気にとめなかった。

眼鏡専門店チームの主将が投げたアウトコース高めの球を、喫茶店チームの打者が打ちかえした。かっとばしたが、とんでもない方にそれた。補欠兼球拾いの少年が球のあとを追い、ギャランの近くに来た。マフラーにゴム管がさしこまれ、ガムテープでしっかり固定され、そのゴム管は車体に沿って這い上がり、運転席の窓の隙間《すきま》から中に入りこみ、隙間はガムテープで目貼《めば》りされていた。

運転席の男は、ハンドルに上体をもたせかけ、顔を伏せていた。黒い革のジャンパーを、肩に羽織《はお》っていた。

所持している名刺から、身もとはすぐにわかった。

日本映画監督協会会員　由木捷治

Ⅳ　裏切りの日

1

　五階で、エレヴェーターを降りた。

　雑誌や週刊誌の編集室に特有のにおいを、梶は感じた。紙のにおい……かもしれなかった。いくつもの机の上におかれたゲラ刷りがただよわせる紙とインキのにおい。

　人のにおい。

　人のにおいは、どんな会社であろうと、室にこもっているのだろうが、あわただしい編集室にただよう人のにおいは、独特なものがある。

「女性ウィークリーの編集室はここですね」

　入口に近い机でゲラに赤をいれている男に訊《き》いた。

「田沢さんにおめにかかりたいのですが」

　田沢は、編集長の名である。もちろん、面識などない。週刊誌の裏表紙に編集人として明記してあるのを見ただけだ。

「梶といいます」

「梶さん？　どういうご用件ですか」

「記事のことで、ちょっと、うかがいたいのです」

「どの記事ですか」

「〝流氷の涯《はて》〟のロケ中に、石上梢が死亡した事件についての記事です」

「それが、何か？」

「田沢編集長か、この記事を書いた記者の方に会いたいんですが」

「記事は、編集部全体の共同責任ですから」

「編集長はおられますか」

「面会の予約をしてあるんですか」

「いえ」

「いま、外出中です」

「この記事について、あなたに訊いて、責任のある返事をもらえますか」

「今も言ったように、共同責任ですから。梶さん……でしたね、どういう関係の方ですか」

「〝流氷の涯〟のシナリオを書いたものです。撮影中は、由木監督の下で助監もつとめました」

「由木さんは、どうも、お気の毒なことでした」

編集者は、援《たす》けを求めるように、室内に目を走らせた。数人の男たちが、書物やゲラで砦《とりで》をきずいた机にむかっていたが、どれも、顔はあげないが全身でこちらの様子をうかがっているようだ。

「で、ご用件は？」

「そちらのお名前をうかがえますか」

「まず、用件をききましょう。どういうことですか」

「ロケ中の事件を、その当座はべつに問題にせず、作品が上映されている最中に、とりあげたのは、どういう意図からですか」

「それを訊きに来たんですか」

「そうです」

「ぼくには、わかりませんねえ。直接この記事にはかかわっていないので。ぼくは、続きもの――連載まんがとか、連載対談とかのページを持っているので」

「話のわかる方は、どなたでしょう」

「それが、さっきも言ったとおり、共同責任だから、特定の個人が全責任を持つというわけにはいかないんですよ」

「べつに、あの記事が由木の自殺の原因になったと言っているわけではないんです」

「当然ですよ。そんなことを言われたら、当方としては、返事のしようもない」

「ほかの週刊誌は全く沈黙しているのに、おたくだけが、どぎつい見出しで、本誌独占！　というやつをのせていますね」

「そりゃあ、特ダネをのせようと、各社、しのぎを削っていますよ。たまたま、うちはあれをスクープした。あの記事に、何か不満がありますか。不正確なことは書いてないはずですよ。仄聞《そくぶん》は仄聞として書いている」

「疑問符をつけさえすれば、どんな中傷も許されるということですね」

「あれが中傷記事だといいたいのですか」

「由木や、ロケのメンバーから裏付けをとった様子はありませんね」

「だから、断定はしていないでしょう」

「ふつう、ああいう記事をのせるのなら、当事者の談話をとるんじゃありませんか」

「いや、由木さんからは一応話をきいたはずですよ」

「いつですか。ぼくは何もきいていないな」

「由木さんは、スケジュールを一から十まであなたに話していたんですか」

「いや……しかし……、いつ、だれが由木にインタビューを?」

「それは、フリーのライターに依頼したのでしょう。うちの編集部員ではないです。ところで、私もいそがしいんですがね」

「ぼくが知りたいのは、なぜ、今の時点で、こと新しくあの事件をおたくだけがとりあげたのかということなんですよ。内容についてかれこれ言うつもりはありません」

「同じことをくりかえさせないでくださいよ。くどいな。いいですか。女性週刊誌が、常にいっせいに同じニュースをとりあげるとはかぎりませんよ。むしろ、独自性を打ち出すことに腐心しているんです。うちでは、この問題をとりあげよう、と編集会議で決まった。他の社は関係ないですよ」

それにしても、ずいぶん荒っぽい記事ですね、と追及したいのを、梶はおさえた。

質問をくりかえしても、堂々めぐりになりそうだと考え、編集部を出た。からめ手からやってみよう。

睡眠剤を服《の》み、愛車の中に排気ガスをひきこんで、由木は絶命していた。

自殺、と、警察は判定した。

〝流氷の涯〟の成績不振。上映打ち切りの通告。追い討ちをかけるような女性ウィークリーの記事。

遺書はなかったが、状況は、自殺を思わせた。たしかに、由木を精神的に追いつめる材料は揃《そろ》っていた。

そうして、由木を殺害する動機を持つ人間など、身近にいる梶にさえ、思いあたらなかった。

由木の死を、警察も、即座に自殺と断定したのではなく、関係者に入念な聞きこみを行なったあげくの結論であった。

梶も、質問を受けた。

思いがけないことです、としか、梶には言いようがなかったのだ。

深酒が慢性的な自殺だというのなら、由木は、それをやってはいた。

しかし、たかが一本の映画がこけたからといって、生命を絶つほど、それほど、よく言えば生一本《きいっぽん》、純粋、悪くいえば青くさい――年齢では、由木は、なかった。念願の一本が客を呼べなかったからといって、再起不能になるほど老いてもいなかった。

彼には、まだ、エネルギーも時間も、十分にあったはずだ。

由木を直接知らぬ世間は、そうして警察は、自殺説で満足した。条件が八十パーセントはととのっていたからだ。

自殺一本にしぼりきれない段階では、久美もかなり厳しくしらべられたという。

由木が、久美を受取人に生命保険に入っていたからである。久美も、それを知っていた。

――それも、喧嘩《けんか》の種の一つだったのよ。

久美は梶に言った。

――わたし、いやだったの、捷《しょう》ちゃんが、そんな……先々のことをきちんと計算するなんて。がむしゃらで無鉄砲で、子供みたいなところのある捷ちゃんが好きだったの。あまりでたらめだから……お金が入れば、すぐにポーカーでしょ、コイコイでしょ、一銭もないくせに撮《と》りたい映画を撮るって……わたし、とうとう、捷ちゃんのところをとび出してしまったけれど……好きだった。

久美が直接手をくだすことはできない。それで、委嘱《いしょく》殺人の事実はなかったか、明子が訊問《じんもん》を受けた。潔白はすぐに立証された。その夜明子は自宅を出ていない。

疑いをもたれたというだけで、久美は憤激し、泣いた。


梶がドアを開けたとき、〈あるまん〉は、まだ客が一人もおらず、リョウとカオルがつき出しにする切干大根《きりぼし》を煮つけていた。

「早いのね、梶さん」

壁にとりつけられた鏡の左右に、薔薇《ばら》の束が吊《つ》り下げられ、色はそのまま、葩《はな》は紙細工のようになっている。一つは、梢の訃《ふ》とともに下げられた。もう一つは、由木のための弔花《ちょうか》である。リョウとカオルの弔意を知るのは、〝流氷の涯〟の関係者ぐらいなものだ。

「リョウさん、納得できるか、由木が自殺だって」

梶はカウンターに肘《ひじ》をついた。

「どうして？　そりゃあ、梶さんが認めたくないのはわかるけれど、でも、自殺でないとしたら、他殺でしょう。なお、むごいじゃないの。それに、あんな手のこんだことをして由木さんを殺そうとする人なんて、考えられないわ。飲んで喧嘩して、はずみで刺されたというのなら、あり得るけれど」

「この店、いろんな人種がくるだろう。女性ウィークリーの仕事をしているフリーライターは、来ないかな」

「フリーライターはずいぶん大勢みえるけれど、女性ウィークリーにも書いている人、だれかしら。きいてみます。いそぐ？」

「なるべく早い方がいい」

「あの記事は、ひどかったわね。でも、女性週刊誌としては、おとなしいくらいじゃないの」

「おれもそう思う。世間は、あの記事も由木を自殺に追いつめた原因の一つとみなしているけれど、あんなのは、何のパンチ力もないよ」

「それなのに、なぜ、ライターを探すの？」

リョウは長い箸《はし》でつまんだ切干を手のひらにのせて、味見した。

「いい味よ」

小鉢《こばち》に盛りつけ、梶の前においた。

「水割り?」

カオルが梶のボトルを棚《たな》から下ろした。

「いま言ったように、あれが、自殺の原因の一つと、世間からみられているからさ」

「つまり、今頃になってあの問題をむしかえしたやつは、由木さんの死を自殺と世間に認めさせたがっている、ってことね」

リョウの、きびきびした反応の早さが、梶は好きだ。賢い男だと、梶は思っている。小悧口《こりこう》なのではなく、賢いのだ。腰のすわった、気骨のある男だ。

「あたってみておきます」

と約束して、三日後に、リョウは情報をもたらした。

「あの記事を書いた本人ではないけれど、知っているという人がいましたよ。ここに、二、三日うちに連れてくると言っているわ」

「角立《かどだ》たないようにやるよ」

毎夜、梶は、〈あるまん〉に立ち寄った。


「いらっしゃい」

入ってきた二人連れに声をかけたリョウは、梶に目くばせした。

「どうぞ」

と、梶の隣りの席をさした。カオルが、すばやく熱いおしぼりを出す。

「こちら、このあいだお話ししたシナリオライターの梶さん。こちら、清水さん」

リョウはひきあわせ、あとはかってに、というように、ほかの客の方に行った。

清水もその連れも、梶と同年輩にみえた。

常連らしい清水の方は、そういえば梶も、顔に見おぼえがある。その連れがこの店にはじめてなのは、あたりを見まわしている様子でそれとわかる。

「〝流氷の涯〟のシナリオを担当した梶です」

「清水です」

相手は気さくに応じた。

「リョウちゃんからききました。女性ウィークリーの記事を取材したのは、こいつです」

「どうも」

と、清水の連れは、悪びれもせず、ちょっとうなずいた。

「梶です」

梶は名刺を出した。日本シナリオ作家協会会員の肩書が入っている。スナックで名刺の交換などしたくはないが、相手の名前を知りたかった。

「藤代《ふじしろ》です」

相手の出した名刺には、藤代彰《あきら》と名前だけがしるされていた。

「ことわっときますが、ぼくは釧路の警察に行ってコメントをとってきただけであって、あの記事を書いたわけじゃないです」

「女性ウィークリーの編集部から、依頼されたんですか」

「そうです」

気さくそうだが、口数は少ない。いくぶん警戒ぎみなのだろう。

「どうして、あの問題をとりあげることにしたのか、理由は言っていませんでしたか」

「〝流氷の涯〟を上映中だから、話題性があるとみたんじゃないですか」

「天野弓子さんの犯行動機は、梢への嫉妬《しっと》と、警察では言っているんですか」

「だいたい、そんな見解のようでしたね。ただ、本人が犯行時の心神喪失を言いたてているので、精神鑑定にまわしてあるとかということでした」

「鑑定医からは取材されたんですか」

「警察では、病院も担当医の名も教えてくれなかったんですよ。公判前に騒がれたくないということなんでしょうね。こっちも、むきになって取材するほどの関心もなくて、警察の談話だけをメモしてきたんです。時間的にも余裕がなかったし」

「急に決まった企画なんですか」

「そうでしょうね。上映打ち切りの話が出ていたから、なお、いそいだんじゃないですか。上映が終わってしまってからでは、鮮度が落ちすぎますからね」

「この問題で、由木にインタビューしたのはだれか、わかりませんか」

「いや、それはしなかったようですよ。ぼくがとってきたメモだけで、記事をまとめたみたいですね」

「それは、ちょっと乱暴だな」

「ぼくもそう思いましたよ。要するに、時間の余裕がなかったということなんでしょうね」

「編集会議で、だれかが、この問題をとりあげようと提案し、それがとおったわけですね」

「そうでしょうね。ぼくらは、編集部から、これこれの取材をしてきてくれと言われて、そのとおりにするだけだから、それ以上のことはわからないんですがね」

「由木監督は、よほど、あの一作に賭《か》けていたんでしょうね」

話のとぎれたところで、清水が口をはさんだ。

「ぼくも、見ましたよ。七〇年をとりあげたことで、商業政策としては損したんじゃないですかね。男と女の話にしぼりこめば、べつに七〇年じゃなくてもいいという気がしたが、でも、やはり、由木監督としては、避けては通れないことだったんでしょうね。しかし、興行的にあたらなかったからといって……。残念ですね、次作をみたかった」

「由木がきいたら喜んだでしょう、次作を期待していただけるのは」

「ぼく……思ったんですがね」

と、藤代が、

「由木さんは、あの一作で、言いたいことは言いつくした。二作めを作る気はなかった。自殺は、あの作品の延命策じゃないですか。監督の自殺は、マスコミの話題になるでしょう。遺作となった〝流氷の涯〟というのは、どんな作品だろう、と、一般の人が興味をそそられる。二週で打ち切り予定のところが、最初のスケジュールどおり、三週続映になるかもしれない。ひょっとしたら、監督自身が、女性ウィークリーに流したのかもしれないじゃないですか。ロケ中の事件をむしかえしたくなるような情報を」

「しかし、それによって映画館に客が入るところを、自分の目で見るのでなくてはなあ。あんたの説は、人間性の本質を無視した空論だよ」

清水が反駁《はんばく》した。

「あんた、たとえば、自分の署名記事をのせたいだろう。自殺がその有効な手段になるという状況があったとして、だ、自分の名が活字になったものを目にする前に、死ねるか」

そのあとは、抽象的な一般論になった。

別の店に梯子《はしご》をしようと、二人は梶をさそった。梶はことわり、ここの勘定は自分が持つと言った。

「この問題で、何か耳にしたことがあったら、知らせてください」

「いいですよ。実は、あなたに何か因縁《いんねん》をつけられるのではないかと、ぼくは内心、身がまえて来たんです」

藤代は、別れるというときになって、言った。

「監督の自殺に、あの記事が一つのプッシュになったように、世間で言われていますからね。ぼくは、自分の言いぶんを主張するつもりで、気負ってさえいた。不愉快な話にならなくて、よかったです」

藤代は、握手を求め、清水と連れだって出ていった。

藤代彰と署名の入った原稿を、どんなにか、あの男も書きたいことだろう。

——由木は、やはり自殺だろうか……。

確信がゆらいだ。

夜の時は、よどんで流れないようだけれど、出ていった客の空席を埋める新たな客は少くなり、やがて、カウンターの客は梶一人となった。

「お待ちどおさま」

リョウが、グラスをかたづけながら言った。

リョウと話したくて、ほかの客がいなくなるのを梶が待っていると、リョウは気づいていた。

「カオル、外の灯消して」

カオルがスイッチに手をのばしたとき、ドアが開いて客がのぞきこんだ。

「ごめんなさいね。もう看板なの」

「だめ？　一杯飲ませろよ」

「悪いわね。また来てくださいね」

「今夜は早いんだな。灯がついているから、まだ開いていると思ったのに」

「いま、消しました。ごめんなさい」

カオルが言った。みれんがましく、ゆっくりと、ドアは閉まった。

「思い出した！」

梶は、突然カウンターをばしっと叩いた。

「何を？」

「由木が自殺ということは、あり得ない」

「どうして」

「天野弓子のことだ。由木は、まるで、天野弓子の無実を確信しているみたいだった。天野弓子に、あなたは絶対やっていない、と断言さえしたそうだ。天野弓子の口から、ぼくはそれをきいた」

「由木さんから直接じゃないのね」

リョウは念を押した。

「由木は、ぼくには、梢の自殺説を強調した。久美の怪我《けが》に梢が責任を感じていた、というようなことを動機にあげて。しかし、その動機というのは、由木のつくりあげた嘘《うそ》だったんだ。久美は、酔って車道にとび出してはねられた。久美が自分でそう言っている。しかし、由木にたのまれて、梢のせいで怪我したと、警察には口裏をあわせている。

つまり、由木は、そういうことで梢の死を一応かたづけておきたかったんだ。他殺よりイメージダウンにはならない……ということがあるかもしれない。しかし……スキャンダルであることにはちがいないよ。由木をはさんでの三角関係だ。

由木は、梢の死の真相を知っていたんじゃないか。しかし、それを上映前にはあかすことができなかった。何か、作品が徹底的にダメージを受けるようなことだからだ。あれを成功させるまでは、すべてのことに目をつぶる、耳をふさぐ、とさえ、由木は言いきっていた。

だから……由木が自殺するとしたら、必ず遺書を書き、真相を、明らかにしたと思う。真相までは知らなかったにしても、少くとも、天野弓子を無実とする根拠を警察に告げるはずだ。

そうだ、天野弓子の鑑定医がセットに来たことがある。そのときも、由木は、鑑定になるべく時間をかけてくれと言っていた。心神喪失の鑑定が出て無罪になっても、それは、天野弓子が殺人をおかさなかったという意味にはならない。殺してはいるが、認識がなかったから、処罰はできない、ということだ。とりかえしのつかない汚名は残る。由木は、それを避けたがっていた……としか思えない」

「すると、梢ちゃんの死の真相を明かされては困る人が、由木さんを殺して、自殺にみせかけた、というわけね」

「そう……」

「梢ちゃんは、たしかに殺されたのね。自殺じゃないのね」

「自殺だとしたら、額《がく》のガラスに指紋があるはずだ。頭の傷は、生きているうちになぐられたものだ。……栗田だな、やはり。だが、由木は、なぜ、天野さんを犠牲にしてまで栗田をかばったんだろう」

「スチールマンは、映画屋さんの身内だから？」

「天野さんも大切な出資者だ」

「栗田さんの方が、マスコミ種になりやすいと思ったのかしらね」

「そんなことはないよ。タレントとはちがう。有名人でもない。とにかく、明日にでも栗田を問いつめてみる」

2

安っぽい絵本に描かれる西洋の城に似ている。

城門の鉄扉《てっぴ》は自動ドアで、前に立つと左右に開いた。

とっつきの小窓の脇に料金表が貼《は》り出してある。

「休憩じゃないんだ。映画の撮影の連中が来ているだろ。どこでやってるの？」

「三階の三〇二号室ですよ。右の階段を上がってください」

小窓のなかの女が応《こた》えた。

だれとも顔をあわせずに出入りできるモーテルが

最近は多いが、ここは、古いシステムのままだ。

302とナンバープレートを打ったドアをノックする。

「はい」

野太い男の声だ。

梶はドアを開けた。

二室つづきで、手前は居間風にソファやテレビを置き、奥の間はダブルベッドが一つ。
七、八人の男たちが動きまわっている。
ソファは隅に押しやられ、バッテリーやライトなどの機材が乱雑に置かれ、長い太いコードが床にうねっている。

三台のライトがベッドをかこみ、からみあった男と女を光の網にとらえていた。

テスト中とみえ、二人とも気のない顔つきで、腰の動きもにぶい。

監督とカメラマンが、うごめく二人を横目に何か相談しあっている。

スチールマンの栗田は、所在なげに隅にしゃがんでいた。

ピンクは、セットを組むと費用がかかるので、しばしば、本物のモーテルやラブホテルの一室を利用する。

「お邪魔します」

スタッフに声をかけ、

「出られるか」

栗田に訊いた。

「ちょっとなら、な」

栗田は立ち上がり、足がしびれたのか、ふくらはぎを揉《も》みながら廊下に出てきた。

「ここで立話というわけにもいかないな」

「隣りに喫茶店がある」

野郎二人でモーテルを出るのも、変なものだな、と梶は苦笑した。

「で、何の話だ？」

席につくなり、栗田はきりだした。

「梢とあんたのことを、きいてまわったと、なぐられたことがあったたな」

「ああ」

「もう一度なぐられることをきく。どうして梢を殺した」

「おれが？」

「そうだ」

「梶さんよ、おれが犯人だとして、そんなことを訊かれて、あっさり喋《しゃべ》ると思うか」

「おれは、刑事じゃないし、プロの探偵でもない。頭もよくない。どうやったら犯人を追いつめられるのかわからない。だから、率直に訊いてしまう」

「どうして、おれが犯人なんだ。天野弓子という立派な犯人がつかまっているのに」

「天野弓子には、由木を殺すことはできない」

「由木さんは自殺だろう」

「そう思うか。由木が自殺すると思うか」

「もう一つ、ねばり腰で、次のを撮ってほしかったよ。批評は悪くなかったんだ。……といっても、こけたとなると、かねを出してくれるところがねえだろうな。一度ああいうのを撮ったら、もう、ピンクには戻りたくないだろうしな。おれも……また、ああいうのにつきあいたかった」

「栗さんの撮ったポスター用の、よかったよ」

「役者がよかった。ところで、あんた、どうして由木さんが殺されたと思うんだ」

「由木は、天野さんが無実だと思っているようだった。梢の死の真相を知っているのに、〝流氷の涯〟が上映されるまでは、それをかくしておこうとしているようにみえた。だから、自殺なら、必ず、天野さんの無実を証明する遺書を残すはずだ」

「そこんところは、おれにはもう一つわからないが、おれが由木さんまで殺したなんて疑っているのか」

「疑いたくないが、データを検討すると、そういうことになる」

「アリバイ調べがディテクティヴの初歩だろう。由木さんが死んだ夜、おれは、仕事で高知にいたよ。嘘をつく夜は二時ぐらいまでスタッフと飲んでいた。嘘をついたって簡単にばれることだ。気のすむまで調べてみるがいいよ」

「そうか」

と、梶は笑顔になった。

「あんたが犯人とは、どうしても思えなかったよ。しかし、データが……」

「おれは、梢は自殺じゃねえかと思うんだがな」

「どうして」

「無責任な噂《うわさ》を流すのはいやだからと、おれが口をつぐんでいたことがあったろう」

「ああ」

「おれの部屋は、梢の部屋のまむかいだった。あのときも刑事にきかれたが、ドアを閉めてテレビをつけていたから、物音は何もきこえなかった。ただ……梢のあの事件の起きる、どのくらい前だったかな。二十分か……。正確なところは、時計を見たわけじゃないから、あれだが、おれは便所に行こうと思って部屋を出た。由木さんが階段を下りてゆくところだった」

あの部屋の並び、おぼえているか？　と、栗田は、指でテーブルの上に図を描いた。

「梢の部屋は一番はしで、隣りに階段だ。廊下がのびて、両側に部屋が並んでいる。階段を由木さんは下りてゆく。おれは、べつに声もかけないで便所に行った。あとで、梢の事件が起きてから、おれは思ったんだ。由木さんはあのとき、梢の部屋へ行ったんじゃないかって」

「どうして。ほかの部屋かもしれないじゃないか」

「ほんのちょっとしたことなんだ。あの階段は、三、四人並んで歩けるほどの幅の広いやつだった。おぼえているか」

「うん」

「階段の右寄り、手摺《てすり》ぎわを、由木さんは下りてゆくところだった。階段の右は、梢とおれの部屋だけだ。ほかの部屋から出てきたのなら、左から廊下を歩いてきて、直角に折れ曲がって階段を下りるのだから、近い側、左側、壁寄りを下りるのが、自然な躰《からだ》の動きじゃないか。もちろん、絶対とはいえないが……」

「由木が梢の部屋から出てきたとしよう。それが何か？」

「最初、自殺かもしれないという説が出ただろう。おれは、あのとき、由木さんが何か梢ちゃんを自殺に追いつめるようなことを言ったか、したか、そんなことをちょっと考えた」

「しかし……」

「待てよ。他殺の疑いが濃くなったというんだろう。他殺説の根拠の一つは、頭の傷が、絞殺される前、生前のものだ、ということだ。仮説として言うんだから、怒るなよ。由木さんが梢を殴ったということも考えられるだろう」

「失神するほどか。そして、放っといたというのか」

「由木さんは、梢を殺したと思い、部屋を出た。そのあとで、失神からさめた梢は、自殺をはかった。あの、警察が推察したやり方で、縊死《いし》をはかったんだが、しごきが裂けて、釘《くぎ》からはずれて落ちた」

「由木が梢にそんな酷《ひど》いことをするか。しかも、殴ったあとで、人も呼ばず放っておくなんて……。額《がく》の指紋はどうなる。梢の指紋がなかったことは」

「持ち方によっては、必ずしも指紋が残るとはかぎらない」

「頭にあれだけの怪我をした人間が、あの重い額を釘からはずしたりできるか。それに、おれが行ったとき、あの部屋にいたのは、だれだ。かくれてこっそり出ていったやつは」

「おれは、一つの仮説を言っただけだよ。気にいらなければ、無視してくれ」

「由木は、たしかに気が短くて、かっとなったら、ぶんなぐるくらいのことはやる。久美も、なぐられていた。しかし、女を鉄の灰皿でなぐるなんてことは、どんなに頭に血がのぼったって、やらない。なぐるなら、素手だ。……殺すつもりなら、べつだが」

最後の言葉は、相手に聞きとれぬほど低い声になった。

由木が、梢を殺しかけたのか。それなら、梢があとで自殺をはかるのもむりはない。由木も、映画の上映がすむまで、真相をかくしたいだろう。監督の殺人未遂となれば、これ以上のスキャンダルはない。

だが、どれほど逆上するような事情があったからといって、由木が梢をあんな危険な兇器《きょうき》でなぐるか。打ちどころが悪ければ死ぬとわかっているような重い鈍器で。

否定しきることはできなかった。

知りつくしているようでも、他人の心のなかなど、完全にわかるものではない。

梢と由木のあいだに、どのような事情があったか、梶にはうかがい知ることはできないのだ。

梶は、由木に無垢《むく》であってほしかった。自分が、こうであってほしいという像を、由木の上に見たがっていた。実際には、由木は、久美を泣かせ、自分の映画の成功のために、無実とわかっている天野弓子を放置していたらしいふしがある。

奔放でいい。作品のために、エゴイストであってもいい。女たらしであろうとかまわない。ただ、薄汚ない卑劣漢《ひれっかん》でだけは、あってくれるな。

「由木が梢の部屋に行ったらしいということを、警察には話さなかったのか」

「出てくるところをはっきり見たわけじゃない。階段の右寄りを歩いていたなんて、まるで不確かな話だろう。デカにチクるのは嫌いだ。警察に話すなんて、考えてもみなかったさ」

梶は、バスに乗った。

どこといって行くあてはなかった。

環八と二四六号線が交叉《こうさ》するところでバスを降りたのは、ここで乗りかえれば、由木が発見された多摩川の河原に出られると気づいたからだ。

土手の上をサイクリング車が走り、河原はやわらかい青草がのびている。

貸ボート屋を兼ねた茶店の床几《しょうぎ》に、梶は腰を下ろした。母親につれられた子供が、水辺にしゃがみこんで水をはねかえしていた。

由木は、おれに、梢の部屋にスクリプト・シートをとりにいかせた。

そうだ、このことを栗田に言ってやらなくては。

由木が梢に失神させるほどの怪我をさせ放ってお

くのも狂気の沙汰《さた》だし、ましてその部屋に、しれっとしてスクリプト・シートをおれにとりにいかせるなど。

由木は、梢がスクリプト・シートを持っていることを知らなかった。おれが持っていると思っていた。梢にかえしたと、おれが言ったのだ。それじゃ、とってきてくれと、由木は言った。

由木が梢の部屋に行ったのなら、シートがそこにあることを知っているはずだ。由木は知らなかった。だから、由木は梢の部屋には行っていない。階段の右を歩こうと左を歩こうと、関係ない。由木は潔白だ！

梶は胸のつかえがおりた気がした。少しのあいだでも疑ったことを由木にすまなく思った。

犯人は天野弓子だ。由木は哀《あわ》れんで力づけてやっただけだ。映画の興行的な失敗に、耐えがたい挫折《ざせつ》感から自殺した。

筋はとおってるじゃないか。

忘れろ、と彼は自分に言った。

そのとき、由木が自殺かどうかをたしかめる方法が一つあるのを思いついた。

梶は、いま、時間だけは十分すぎるほどあった。金は、助監料がまだいくらか残っていた。そうして、彼は、さしあたって、思いつくままに、かたはしから試し射ちをする以外に、なかった。

思いたったその足で、彼は公衆電話を探した。

河原から国道に上り、車のゆきから車道を突っ切って駅前の広場にむかう。

黄色く塗られた電話をとりつけたボックスが三つ並んでいた。

梢の父親からもらった名刺を札入れから出し、電話番号をたしかめた。勤務先と自宅と両方しるしてある。ポケットに、百円玉は五枚あった。右手に握りこみ、受話器をはずすと、一枚スロットに落とし、自宅の番号のプッシュボタンを押した。

三、四回ベルが鳴り、嗄《しわが》れた女の声が応じた。

「石上さんのお宅ですか」

「そうですが」

「梢さんのお母さんですか」

「はあ、そうです」

「東京からかけています。長距離なので、手短かに言います。ぼくは、梢さんといっしょに映画の仕事をしていた、梶といいます。実は……ちょっとうかがいたいのですが、監督の由木が最近死んだのを、ご存じでしょうか」

「はあ、由木さん……。そういえば、ニュースで……。梢がお世話になっとった、あの由木さんが、と、うちでお父さんとも話しておりました。何とも……」

「その由木の女房が入院したとき、たいへんお宅に世話になりまして」

「いえ……何のことですやら。梢がお手伝いでもいたしましたんでしょうか」

「いや、入院費など、梢さんがそちらから用立てていただいて、おかげで由木は大助かりしたのですが、きちんと返済したでしょうか」

返済してあれば、自殺覚悟の身辺整理とみなすこともできる。

もっとも、自殺他殺をみきわめる決定的な証拠にはならない。

借金の返済は必ずしも自殺を意味しないし、返済の余力がないままに自殺したかもしれない。

しかし、由木に、まとまった金を返済する能力はないはずだった。覚悟の上での自殺なら、せめて、詫状《わびじょう》の一本ぐらい、梢の実家に送るのではないか。由木は社会の常識的なしきたりにはきわめてルーズな男だけれど、自殺するというのに、そのくらいのけじめはつけるだろう。死後、金銭のことであれこれ言われるのは、彼のダンディズムが許さないのではないか。

「うちで用立てたといいますと……いくらほど？お父さんが梢にやったんでしょうか。わたしは何も……」

「二百万円、つごうしていただいたと」

「とんでもない！」

悲鳴のような甲高《かんだか》い声が受話器からひびいた。

「そんな大金、お父さんが梢にわたすはずがありませんよ。何かのお間違いではないですか」

「失礼ですが、ご主人に……」

たしかめていただけませんか、と言いかけて、梶はやめた。父親が、何か内緒のへそくりを娘に融通したのであれば、母親には真実を告げないかもしれない。

料金追加をしらせる音がした。

「すみません、公衆電話なので、いったん切ります。また後ほど」

言葉の途中で、切れた。

売店で、千円札でハイライトを買ってコインを豊富にし、父親の勤務先である市役所にかけた。

「総務課の石上さんをお願いします」

数秒待って、

「もしもし」

と、聞きおぼえのある声がきこえた。

「石上さんですか。東京の、梶といいます。お忘れかもしれませんが、羅臼のロケ先で、一度お会いしています」

「はあ、梶さん……。おぼえております」

語尾がやさしく尻上がりになるのは、土地の訛《なま》りだろう。

「ちょっと、うかがいたいんですが、監督の由木の女房が入院したとき、梢さんが、お父さんから融通していただいた金のことですが……」

「は？　何のことでしょうかの」

「二百万円、梢さんがお父さんから都合してもらって、由木に用立ててくれたでしょう。そのことで……」

「はあ？　二百万円？　梢がそんな大金を持っとりましたんですか」

「お父さんが貸してくださったのではないんですか」

「そんな仰山《ぎょうさん》な金、お恥ずかしいですが、うちには、あそんどりませんわ。梢が監督さんに二百万円……。東京では、女子《おなご》が一人で働いとって、ようけ貯金がリョウは、鳥もつを炒《いた》めながら、言った。

〈あるまん〉の開店は、七時である。まだ十五分ほど早い。開店早々にとびこんでくる客も少ないから、二、三十分は水いらずで話ができそうだった。カオルが心得て水割りをセットする。

「梢ちゃんが、実家からと嘘をついて、由木さんに渡したのかも」

「でも、それなら、梢のお父さんが羅臼に来たとき、礼を言うだろう。由木だって、そのくらいの常識はある」

「いろいろな場合が考えられるわね」

鳥もつ炒めをカオルにまかせ、リョウは、紙とボールペンを棚の抽出《ひきだ》しからとり出した。
1　二百万、梢が出した。
a　その出所について、梢が由木に嘘をついた。
b　梢は由木に真実を告げ、由木が久美に嘘をついた。
2　梢は関係なく、由木が金を工面《くめん》した。
「敬称略よ」

「嘘をついたのは、梢ちゃんかもしれないわね」

3

子さんに嘘をついたんだ。どういう金だ、あれは。
——どういうことなんだ。由木、なぜ、久美や明
ボックスの窓を叩かれた。あとの者が待っていた。
失礼しました。電話を切り、ぼんやりしていると、
「何もきいとりませんがの」
の話はでなかったんでしょうか」
られたとき、監督に会われましたね。そのとき、そ
「お父さんが、梢さんの遺体をひきとりに羅臼に来
せいいっぱいというところだった。
で、アパートの家賃を払ったら、あとは食べるのが
のくらいの金は貯《た》めるだろうが、梢の仕事は不安定
せるOLとか、売春に手を染めているものなら、そ
親がかりで、サラリーは全部自分の小遣《こづか》いにまわ
「できないことはありませんが……」
できるもんなんでしょうかの」

梶は、紙を自分の方にむけ、〝1＝c〟と書き足した。

c　出所について、梢は由木に嘘をつき、その嘘を信じて、由木はそのまま久美に告げた。しかし、梢の父親が来たときは、由木はすでに真実を知っていた。だから、父親にはなにも言わなかった。

「ずいぶん、ややこしいのね、この1のcは」

リョウは目をとおした。

「梢は、その金の出所を、絶対に由木には知られたくなかった。ところが、由木は知ってしまった。そのために由木は梢をなじり、なぐり、梢はたまらなくなって自殺した……ということも考えられるから」

「自殺ということは、あり得ないんじゃないの」

と、カオルが鍋《なべ》をかきまわしながら、

「だって、梢ちゃんが墜死《ついし》したとき、部屋に犯人がいたんでしょ」

「いつも、そこでひっかかる。おれの錯覚《さっかく》かなあ」


「ねえ、なぜ、天野さんが犯人ではいけないの」

カオルは訊いた。

「由木は、どうも、天野弓子は無罪だと思っているようだった。……困ったことに、天野弓子でなければ、殺せたのは、おれか栗田。もちろん、おれじゃない。栗田には動機がない」

「ほんとにないかしら。十分にしらべたの？」

と、カオル。

「梢ちゃんが、どうやって二百万円作ったかということを、まず、考えてみない」

と、リョウが、

「あまり、人には言えない手段だったのね。公明正大なことなら、実家から借りたなんて話が出てくることないものね」

「二百万。人によっては、たいした額じゃないだろうけど、梢ちゃんやぼくたちには大金よね」

カオルが言う。

「梢ちゃんを侮辱《ぶじょく》するような話だけれど、売春、脅迫《きょうはく》、泥棒、詐欺《さぎ》」

「どれも、梢ちゃん、やりそうもないわねえ」

「そのどれかと、スチールの栗田さん、関係ないかしら」

　カオルが言った。

「栗田もおれたちの仲間だよ、二百万なんてまとまった金を、持っていたためしがない」

「でも、何か致命的なことで脅迫されたら、サラ金から借りてでも、工面するでしょう」

「脅迫ねえ……」

　梶は、心にひっかかるものを感じた。

「栗田さんが梢ちゃんに脅迫されて、二百万出し、ロケ先で、チャンスをつかんで梢ちゃんを殺した。梢ちゃんのお父さんが来たとき、由木さんは、お金のお礼は言わなかったのだから、このときはもう、お金の出所を知っていたわけよね。それだったら、栗田さんをかばうかしら、由木さん。だれも疑われていないのならともかく、無実の天野さんが逮捕されたというのに。そんなむごいこと、するかしら」

　リョウが言った。

「売春、泥棒、詐欺……」

　と、カオル。

「いやだな。梢ちゃんが汚れちゃう」

「梢は、玉脇愛子から、千五百万、出資させている」

　梶は言った。

「よく出したなと、おれはあのとき、ちょっと驚いた」

「脅迫？」

　カオルがのり出した。手がお留守になり、もつが焦げつきかけている。いそいで火をとめた。

「玉脇愛子の半自《じ》叙伝《じょでん》のゴーストを、梢はやったんだった」

「ゴーストをやるために、いろいろ調べていたら、何か玉脇愛子の秘密を握ってしまった？」

「ということも考えられる」

「でも、殺したのは、玉脇さんじゃないですね」

　と、カオルが、

「梢ちゃんが墜《お》ちたとき、みんな、食堂にいたんだったでしょ。由木さん、玉脇さんと、高田草平さん、サード助監の森川くん。沖山さん、玉脇さんのマネージャー。六人が揃って嘘つくなんて、むりですよね」

「おれもそれを考えてね、もし、由木が偽証を必要とするなら、誰よりもまず、おれをパートナーに選ぶはずだと思ったよ。おれは、決して裏切らない。よくよくとなったら、さしちがえる」

　酔ったなと、梶は思った。きざな言葉が、我れ知らず、口をついている。

「こんなこと、ありえないと思うわよ」

　と、リョウが、

「ありえないと思うけど、一つの可能性として、ちょっと考えてみて。玉脇愛子が、由木さんに、梢ちゃんに脅迫されていることを話す。そうして、自分をとるか、梢ちゃんをとるか、迫る。梢ちゃんをどうにかしなければ、自分は役を下りる、と言う。由木さんとしては、映画の完成まで、玉脇さんはかけがえがない。玉脇さんをとる。梢ちゃんに自決しろという」

「それはないですよ」

　カオルが叫び、梶も、

「梢だって、死ねないよ、そんなことでは」

　と笑いとばそうとしたが、由木が梢を殴打《おうだ》したという、栗田の仮説が、このとき浮かんだ。

　脅迫されていると玉脇に訴えられ、由木は梢の部屋に行き、口論になった。由木のために脅迫もしたのだと、梢は言う。由木が、かっとして、手近にあった灰皿でなぐりつける。まさか……。

　しかし、この仮説を認めて、先にすすんでみよう。

　由木は、梢が死んだと思う。騒ぎたてるわけにはいかない。そのままにして部屋を出る。いつまでも梢を放置しておくのが気がかりで、口実をもうけて、おれを梢の部屋に行かせる。スクリプト・シートがあの部屋にあるのを承知の上で、まず、おれに、よこせという。ワンクッションおいた。ドアをノックされ、梢は、由木をかばって、自殺した……。

「危険ですよ」

　と、カオルが、

「玉脇さんが脅迫されていたとしても、それを由木さんに話すのは、自分で自分の首をしめるようなものじゃないですか。玉脇さんが由木監督にとってかけがえがないのは、映画が完成するまででしょ」

「あるいは、上映終了まで」

と梶は言い、どきっとした。上映終了を待たず、由木は死んでいる……。

4

細い帯がゆるやかに弧を描いて、中海《なかうみ》と美保《みほ》湾をわかつ。東岸は、地形をそのままに弓《ゆみ》ケ浜、あるいは夜見《よみ》ケ浜と美しい字をあてられる。空港は、西岸寄り、中海のへりをかすめて、機は着地する。

タクシーを拾い、米子市内方面にむかう。

電話で一応、来意は通じてある。梢の母親は、空港までだれか迎えに出しましょうかと言ってくれたが、辞退した。

市街地の西のはずれ、法城寺《ほうじょうじ》のそば、と、念入りに説明してもらってあったが、それでも少し迷い、タクシーを下りて、木立の多いおだやかな道を歩きまわった。

農家に少し手をいれたような造りの、軒の深い家をようやく探しあてた。

広い土間が裏までつきぬけている。

声をかけると、初老の女が顔をのぞかせた。

「東京の」

と、自己紹介するまでもなく、

「まあ、ようお出《い》でになりました。どうぞ、どうぞ」

と、招じ入れられた。

「遠いところを、ようまあ。お父さんは役所に出ておりますが、夕刻にはもどりますから」

座敷の床《とこ》の間《ま》にはめこまれた仏壇の扉を、母親は開き、線香をあげてやってくれと言った。

まだ新しい位牌の前で、梶は手をあわせた。

「いつぞやは、失礼しました。入院費用を用立てていただいたというのは、こちらのまちがいでした」

「そうですやろ。おかしいと思いました。お父さんも、あんたさんから電話もろて、何のことやらとめんくらってでしたわ。けど……梢がどうして二百万もの……」

「いや、それもまちがいだったんです」

ひとまず母親を安心させるために、梶はそう言った。

「あの娘《こ》、東京でどういう暮らしをしておりましたんですかねえ。うちは、お父さんもほかの子供たちも固い一方ですのに、なんであの娘だけが……」

母親は、いそいで横をむき、洟《はな》をかんだ。

「お願いしておいた梢さんの遺品ですが、見せていただけますか」

「はあ、どうぞ。いつぞや、刑事さんがみえられて、いろいろしらべて行きなさいましたが……」

「北海道から?」

「さあ、どこですか。警察のお人としかききませんでしたが」

「二人で来たんですか」

「いえ、お一人でした」

「どんな人でした」

「どんなと言われても……」

「若いとか、中年とか、太っているとか瘠《や》せているとか」

「ふつうのお人でしたねえ。あまり太っても瘠せてもいなさらない。年は……そう、あんたさんより少し上ぐらいですかねえ」

梢のものは、これにまとめてあって、と、母親は押入れから段ボールの箱をいくつかひきずり出した。梶は手を貸した。

「書いたものやら、本やら、そんなものばかりですわ。もうちょっと娘らしいものがあるかと思いましたら。場所ふさげなので処分せにゃいけんと思うとりますが、もう少し置いといてやらんと、哀れでねえ」

「ここでひろげていいですか」

「どうぞ、ごゆっくりなされませ」

段ボール箱につめられたものの大半は、梢が仕事のために収集したと思われる資料であった。シナリオを書く際に集めたらしいものもあるが、ゴーストライターの仕事の資料が多かった。一つの作品ごとに一まとめにされ、タイトルをつけてある。整理がゆきとどいていた。由木も梶も、こんな綿密な整理はしない。シナリオを書くためにロケハンをし、イメージ写真を撮ったりしても、取材メモやネガは、一つの仕事が終わると雑多なもののなかにまぎれこんで紛失してしまう。

『玉肪愛子氏〝愛子AGAIN〞資料』

新聞や週刊誌などの、玉肪愛子に関する記事のコピーが、袋にまとめてある。

目をとおしながら、

「お母さん、この前来た警察の人は、ここから、何か持って行きましたか?」

「はあ、ノートを何冊か持っていきなさったようですね」

泊まって行きなさったらいい、何なら、お父さんが皆生温泉《かいけ》にご案内しましょ、米子の駅からバスで二十分とかかりませんのです、母親は熱心にすすめた。

娘を失った父親と、湯の宿で語りあかすのは辛すぎた。最終便で帰京すると梶は言い、母親を嘆かせた。

5

アパートの部屋の壁には、由木と梢の、それぞれ四つ切りに引きのばしたパネルがかかっている。

死者といっしょに暮らしている気分だ。

十七時五十分の最終便で米子を発《た》った梶は、十九時五分羽田に着き、途中で食事をして十時ごろ帰宅した。

「刑事だなんて言って、梢の取材ノートを持ち去るのに、差押え許可状もみせていないし、差押え物の目録もわたしていない。梢のおふくろさんの無知につけこんだ偽《にせ》刑事だよ、あれは」

声に出しはしないが、梶は二人に語りかけていた。

「一人で来たというのもおかしいだろう。梢、おまえ本当に脅迫なんかしていたのか？」

由木よ、と呼びかけながら、梶は、棚から焼酎《しょうちゅう》のびんを出した。

「ばかだよ、おまえは」

カセットデッキのスイッチをＯＮにした。

The wind doth blow tonight, my love
And a few small drops of ……

梢の声に、梶は、あわせた。

電話のダイヤルをまわした。

「リョウ？　どうです、元気？」

「梶さん、ごきげん？」

「ごきげんなものか」

「どこで飲んでるの？　できあがってるみたい」

「米子から飲みっぱなし。飛行機のなかで、ポケットびんを二つあけて、羽田に着いてまた飲みまして」

「あとは、〈あるまん〉で飲みましょうよ。出ていらっしゃいよ。米子って……梢ちゃんのおうちまで行ったの？」

「そう、日帰り。さっき帰ってきた」

「日帰り？」

「飛行機に乗っている時間は、正味一時間十五分だ。かるいよ」

「待って、歌声がきこえる。梢ちゃんの声みたい」

「梢の幽霊がここにいるんだよ。きかせてやろうか」

梶は受話器を持ったまま躰をずらし、テープを頭まで巻き戻し、スピーカーの傍に寝ころんだ。

「きこえるだろう」

「いい歌ね。そういえば、梢ちゃんがくちずさんでいるのをきいたおぼえがある。声だけ残っているのって……辛いわね」

「ウェスカーの〝四季〟の劇中歌だといっていた」

「ウェスカーといったら、〝調理場〟しか知らないけれど。昔、青俳がやったわね」

「リョウさん、古いこと知っているんだな」

……I never had but one true love
In a cold grave……

「梢ちゃんとお酒飲んでいるの？　いいわね」

「由木もいっしょだよ。三人で飲んでいる」

「ぼくも仲間入りしたい」

「おいでよ」

「今は残念だけど」

「店が大事か」

「食べていかなくちゃね。米子で、梢ちゃんのお父さんやお母さんに会ったんですか」

「おふくろさんだけ」

「何か収穫ありましたか？　ただお悔やみに行ったわけではないんでしょ」

「何もなかった。なかったことが、一つの収穫ということになるかな」

「どういう意味でしょう」

「あるべきものが、なかった。リョウさん、ふつう刑事って、ききこみをやるときは、二人でつるむよな」

「そうらしいわね。ぼくも、テレビの刑事ものでしか知らないけれど、たいがい、少し年くって、くたびれたかっこうして、でも、捜査にかけてはベテラン、というのと、若くてちょっとかっこうよくて、むこうみずで要領がいい、そういうタイプのコンビが多いみたいね、テレビでは」

「梢の実家にあらわれた刑事は、一人だったんだ」

「刑事が梢ちゃんのところに行ったんですか」

「遺品をしらべに」

「東京で、しらべたんじゃないんですか」

「そのはずだよね。おまけに、その刑事と称する男は」

〝アイノさんですね〟

ふいに、梢の声がきこえた。

梶は思わず身ぶるいした。

たしかに、梢の声であった。

〝昨日はどうも。今日はゆっくりお話をうかがえます？〟

「アイノさん?」

リョウがききかえした。

「テープだ」

不用になった取材の古テープの、頭に歌を吹きこんでいたのか。歌が終わってから空白がつづくので、今まで気がつかず、とめて巻き戻していたのだ。リョウと喋りこんでいて、とめるのを忘れた。

〝話ったってね〟

男の声。

〝玉脇さんとは親しくしておられたんですね〟

〝あんた、みんな知っているんでしょう。あらためて、おれにきくこと、ないじゃないの〟

〝むりにうかがわなくてもいいんです。ただ、昨日、アイノさんが、もう一度会おうと言ってくださったから〟

〝ききたくないの、あんた、おれの話〟

〝どちらでもいいんです。話したくないことを、むりに話していただかなくても〟

〝そうつっぱねられると、天邪鬼《あまのじゃく》でね、聞いてほしくなる〟

〝どうぞ。うかがいます〟

〝あまり、固苦しくならないでくださいよ。や、どうも。酒にだけは意地汚くて〟

そこまでは、ふつうの会話だったが、そのあとは、つながりぐあいがぎごちなくなった。

マザーテープから、必要な部分だけを抜きとって再録したらしい。

〝つまり、彼女は安全地帯にいて、アジるだけだった。そこを、おれは非難した〟

〝愛しあっていた。たがいの躰を食いあうような、あんな激しい肉欲は、もう、おれにはないね〟

〝銃砲店襲撃に加われと、おれが命じたんだ。本当に、おまえ、やる気があるのか。やっている人間は、現実に、ガス銃で射たれ、傷つき、死んでいる。おまえは何も傷ついていないじゃないか〟

〝そうだよ、その記事にあるとおりだ。二人死んだ。一人重傷を負って逮捕された。逮捕されたのが、おれだ。警官の方にも死傷者が出たから、刑は重かった。懲役十二年の実刑だった。八年で出所できたけれど、もう、何をする気もなくなってしまった〟

〝やはり、裏切られたということが、大きかったんだな。取り調べのとき、きかされたんだよ、愛子が……そう、あの女が……〟

〝玉脇愛子さんが、密告したんですね〟と、梢の声。

〝ああ〟

テープは、そこで終わった。

梶は裏返しB面をセットした。そちらには何も吹きこまれていなかった。

「梶さん、ぼく、これからそっちに行きます」

リョウの声がきこえた。

「……店は」

「カオルにまかせます。一人で大変すぎたら、今夜は早じまいさせます」

梢、おれを嗤《わら》えよ。

梶は写真の梢に言った。

ドジでばかで、まぬけだったな、おれは。

おまえは、万一のときを思って、あいつを告発できる証拠品をおれに渡しておいたんだな。

だが、おまえも、もっとおれを信頼してくれてもよかったんだぜ。由木のために、〝流氷の涯〟のために、切羽《せっぱ》つまって脅迫をやろうというのなら、おれに言ってくれれば、共犯になった。おまえが一人でやった後なら、打ち明けてくれれば、おまえをかばいとおしてやった。みすみす……。

そう言いかけて、梶は気づいた。

玉脇愛子に、梢を突き落とせるわけはないのだ。もっと前に墜ちたのを、六人の人間が揃って偽証した、というのでもないかぎり。

玉脇愛子
由木捷治
高田草平
沖山カメラマン
森川サード助監
長谷マネージャー

梶は、紙に六つの名前を書き並べた。

前にも、一度考えたことだ。この六人が揃って偽証することがあり得るか。結論は、否、だった。

玉脇愛子が犯人だという前提に立って、もう一度考えなおしてみよう。

ゴーストライターとして、玉脇愛子の自伝を書くとき、梢は、綿密に取材しているうちに、アイノという男にたどりついた。どのようにしてか、梢が死んだ今、詳しい事情はわからない。

アイノは、藍野だ。梶は、思い出した。

シナリオを由木と梢と梶、三人で練っているときだ。

銃器店襲撃に、女が参加する。しかし、女は男を裏切り、密告する。この部分は、梢が出した案だった。梢は古い新聞の切り抜きを見せ、〝こんなエピソード、使えるんじゃない〟と言った。

過激派の三人の学生が群馬県の銃砲店を襲った。警察はその情報をつかんでいたので、手配をかためていた。学生たちは銃器を携帯していたので銃撃戦になり、二人は警官の弾丸にあたって死亡、もう一人は重傷を負って逮捕された、という記事であり、三人の学生の名前と年齢も発表されていた。

逮捕された学生の名前が、藍野《あいの》浩二《こうじ》だった。

相野という苗字《みょうじ》ならざらにあるが、藍野は珍しく、また、名前が、梶の名〝浩三〟と一字違いであるところから話題になり、記憶に残ったのだ。

梢がゴーストで書いた玉脇愛子の自叙伝に梶も目をとおしたことがあるが、この部分は何も書かれていない。梢が自発的に削ったのか、玉脇愛子が削除させたのか、みごとに、魅力的な虚像が書きあげられていた。

梢も商売だから、わりきって、そのときは本の目的に添うものを書いた。

しかし、腹におさめかねる気持もあって、シナリオに、その部分を混ぜいれたのだろう。

女主人公の設定は、玉脇愛子とは全く違っているから、一般観客が愛子と女主人公を結びつけることはない。愛子だけは気づくだろうが。

由木の映画が、資金調達がうまくいかず挫折しそうになったとき、梢は、脅迫者になることを思いついた。

　確信犯の恋人を裏切って警察に売った女。

　共に確信犯として行動したというのなら、たとえ逮捕歴ができ前科一犯となっても、玉脇愛子の過去をいっそう輝かしいものにするだろう。しかし、裏切りはいけない。玉脇愛子のイメージのためには、最悪である。

　いま、それが暴露されても刑事責任はないが、玉脇愛子の歌手生命は終わる。世人から石を投げられ、ひきこもるほかはなくなる。

　玉脇愛子は、梢の『強請《ゆすり》』に応じ、不足している千五百万の出資を承知した。

　そのかわり出演の申し込みをしたのは、梢の動きをみはり、場合によっては抹殺《まっさつ》の意志を持ったからか。

　久美の入院費の二百万も、梢は、玉脇愛子に出させたのだ。由木には、実家から借りたと嘘をついて。

　二百万は、玉脇愛子にしてみれば、それほど大金ではあるまい。しかし、先に千五百万出させられている。この後、ことあるごとにゆすられるのでは、と、梢抹殺の意志をいっそう固めた。

　ロケの船で、梢が落ちかけた事故。あれは、玉脇愛子が、揺れたはずみにみせかけて梢を海に落とそうとしたのではなかったか。

　愛子の殺意は跡づけられた。

　しかし、実際に手はくだしていないのだ。

　突き落としたのは、この六人以外の者だ。

　栗田孝也……。

　栗田が玉脇愛子にたのまれて？

　それでは、一人の脅迫者が消えたかわりに、新たに脅迫者となる可能性も持ったものがあらわれるだけではないか。

　マネージャーの長谷は、どうか。共犯者としては、信頼のおける相手かもしれない。しかし、長谷は、みんなといっしょに、食堂にいた。梢の部屋にいたのは、長谷ではない。

　玉脇愛子が、由木に偽証をさせたとしたら？　墜ちるところを、由木と愛子と二人で目撃した、と。

実際には見ていないのに。

　二人だけなら、できる。長谷もいっしょに口裏をあわせるだろう。だが、ほかにまだ、三人いるのだ。

高田、森川、沖山。

　玉脇愛子が天野弓子を使嗾《しそう》して犯行をおかさせた、ということは?

　どのようにして?

　愛子は、天野弓子の二重人格に気づいていた。〈鞆子《ともこ》〉であるときにそそのかせば、〈鞆子〉は、どのような思いきったこともやってのける。しかも、本来の弓子に戻ったとき、〈鞆子〉の記憶は持たない。愛子にそそのかされた記憶も消えている。……といっても、そう都合よく、警察の取調べのとき弓子に戻っているかどうか。

　リョウがおとずれてきたのは、そのときだった。

「梶さん、わかりましたよ」

　リョウは言った。

「あのとき、梢ちゃんの部屋のドアを梶さんが押し開けたとき、同時にだれかが内側にドアをひいたと言ったでしょ。ドアをひき開けたのはね、梢ちゃんなんです」

「そんな……」

「そうして、梶さん、怒らないでね、梢ちゃんを墜としたのは、梶さんなの」

V　裁きの庭

1

「はい、玉脇音楽事務所ですが」

マネージャーの長谷が、電話に応《こた》えている。

鋭敏な野生のけもののように、玉脇愛子は、危険が迫っているのを直感した。

ずいぶん急な話ですね、と応えている長谷の声音《こわね》と、神経質な彼の指の慄《ふる》えに、それを感じとったのだ。

「むりだと思いますが、スケジュールをしらべて、後ほどお返事します」

受話器をおろした長谷に、なに？　と、玉脇愛子は目で訊《き》いた。長椅子《ながいす》に躰《からだ》をくずした膝《ひざ》の上に、タイプ印刷のシナリオがある。〝流氷の涯〟は一般受けはしなかったが、玉脇愛子の演技者としての迫力は人の目にとまり、テレビドラマ出演の話がいくつかきている。

「梶からだ。由木監督をしのぶ集まりを、あのときの関係者だけでやるから、出席してほしいというんだ」

「いつ？」

「明日の午後九時から。仲間うちで話しているうちに急にきまったことだというんだが、それにしても急すぎる。ことわるだろう？」

「どうして」

「行くつもりか」

「スケジュールはあいているんでしょう」

「ふさごうと思えば、すぐ、ふさがる。気になるのなら、わたしだけ代理で行ってくる。あなたが行くことはない」

長谷は、愛子の隣りに腰をおろした。その膝に、愛子は頭をのせて躰をのばした。

「わたしは、行きたいわ」

「どうして」

「ハンターは、仕とめた獲物の首を壁に飾るわ」

壁に飾るかわりに、燔祭《はんさい》の女祭司として、獲物の祭りをつかさどりたいのだ。獲物は、最後まで、わたしのものだ。

「いつか、あなたの首が壁に飾られるようになるのが、怕《こわ》い」

「そのときは、あなたの首もいっしょでしょう」

「わたしの首ひとつでいい。あなたの壁に飾ってほしい」

「とうに、飾っているわ」

「みとめるよ。おれはあなたに仕とめられてしまっている」

長谷の指は、愛子の髪にふれた。

「わたしに、すべてまかせればよかったのだ。あなたが自分でやることはなかった。あんな危険なやりかたで」

「集まりに来てくれといっているだけでしょう、むこうは。何を怯《おび》えているの」

「あなたも怯えている」

「皮膚をはぎとられたように、敏感になっているのよ、犯罪者は」

「あなたは、犯罪者であることに酔っているから、ぶっそうだ」

「大声で誇りたいくらいだもの。わたしは人殺しだ、って」

「その前に、わたしが叫ぶよ。わたしがやった、と」

「わたしの栄光を奪うの？」

このような会話は、二人の性感をかきたてるのに効果があった。長谷の手は、愛子の腿《もも》に位置をかえた。

「梶に、返事をしてちょうだい、わたしが出席する、って」

虚脱しきって、呼吸だけが荒い長谷の躰を、愛子は少しつきのけるようにして命じた。

2

由木の白いギャランが、玉脇音楽事務所のあるビルの前にとまっている。

運転席にいる若い男は、愛子には初顔であった。

「由木がよく行っていた〈あるまん〉というスナックの」

愛子を座席につかせ、自分も隣りに乗りこんで、梶が紹介しかけると、

「カオルです」

若い男は、名乗った。

「由木さんの葬式のとき、受付けをやりましたから、ぼくの方では玉脇さんをおみかけしています」

助手席についた長谷が、

「わざわざ迎えに来ていただいて、どうも」

「場所がわかりにくいといけないので」

梶は言い、カオルは車をスタートさせた。

明治通りを新宿の方向に向かう。

「御苑《ぎょえん》のそばだから、すぐです。〈あるまん〉の、リョウという男の住まいがあるマンションでやります」

「これは、由木さんの車ですね」


何となく居心地悪く、長谷は言った。

黙っている方が無難だと思いながら、酔ったときのように、制馭《せいぎょ》のきかない力が、彼を駆りたて、言葉を口にのぼらせる。

薬で睡《ねむ》らせた由木の躰を、深夜、愛子と二人で、酔いつぶれた人間を歩かせるように左右からかかえ、この車にはこび入れた、そのときの感触がよみがえる。

車に乗せ、あとの作業は、彼がひとりでやった。その前に、もう一人、彼は手にかけている。愛子が梢を抹殺《まっさつ》したとき、連鎖的に、藍野浩二をも抹殺しなくてはならなかった。梢がインタビューに来たことなどを藍野の口から警察に話されることを怖《おそ》れた。

八階建てのマンションの前で、カオルは車をとめた。

「こっちです」

と、梶は先に立って案内する。

一階のエントランスホールは、南側の庭につきぬ

けている。ホールの右側にエレヴェーターがあるのだが、梶はそれは使わず、庭の方に行く。

庭といってもごく狭いものだが、つらなった植えこみが殺風景《さっぷうけい》なブロック塀《べい》をかくしている。

建物の南側は、バルコニーが張り出し、どの窓もカーテンを閉ざしていた。

カメラマンの沖山とサード助監の森川、それに、玉脇愛子も長谷も見知らぬ男が三人、庭に集まっていた。

「よくおいでくださいました」

見知らぬ一人が声をかけた。

「〈あるまん〉のリョウです」

梶がひきあわせた。残る二人の初対面の男は、かかわりがないというふうに、目礼もせず、少しはなれて立っている。

沖山と森川があいさつしたが、その表情はぎごちなかった。

由木をしのぶ集まりだというが、吹きさらしの庭でそれが行なわれるというのか。


これは、私的な裁きの庭なのだ、と、愛子は直感した。

よほど決定的な証拠を、彼らは握ったのか。

そうであれば、警察に告げているはずだ。こんな芝居がかったことをするのは、証拠がないからだ。心理的にわたしを追いつめ、自白させようというのだ。

「高田さんはみえないんですか」

長谷は訊いた。

「ほかの仕事に入っておられるので」

「スタッフの人たちは全員集まるのかと思ったんですが、これだけですか、今夜の参会者は」

「あまり大げさにしたくなかったんです」

梶は言った。

あの人たちは？　と、見知らぬ二人をさしてたずねたい気持を、愛子はおさえた。答えはわかる気がした。長谷も同様なのだろう、二人の姿がまるで目に入らないようにふるまっている。

しらをきりとおすのは、むずかしいことではない、と、愛子は思う。だが、誇りたくもあるのだ。そうですとも、わたしは、あなたたちのできないことをやってのけた。

「まさか、ここで追悼会《ついとう》をやるのでは」

長谷が、焦燥《しょうそう》にあぶられるように、口をひらく。

黙っていなさい。あなただって、気づいているだろう。わたしを糾弾《きゅうだん》しようと、彼らは企《たくら》んでいる。

「あそこが、私の部屋なんです」

リョウが指さした。

五階の角の部屋の窓が明るい。

「こちらにまわってください」

建物に沿って、リョウは右に曲がった。

「あの窓も私の部屋のです」

窓は開き、手すりに黒いかげがのりだし、躰を二つに折って頭を垂れている。

「梢ちゃんです」

リョウは言った。

「風が刃物のような、北の羅臼の旅館です。あのときは、梢ちゃんの部屋は暗く、外もまっ暗で、窓の様子はみえなかったんだそうですね。今日は、あかるくしました」

この男は、芝居じみたやりかたが好きなんだわ。

「もったいぶったことはやめてほしいな」

長谷が、うんざりした声で言う。

「だれが、死者の代役をやっているんですか」

「ピエロです」

リョウは、あっさり言った。

「ぼくの大事にしているピエロ人形なんですけど」

リョウは名のとおった人形師の名をあげ、その人の個展を見に行ったとき、一目で気にいって、

「無理して買ったんです。等身大の、哀《かな》しい顔のピエロです」

「それじゃ、ぼくは、梢の部屋にスクリプト・シートをとりに行ってきます」

梶が言った。

「玉脇さん、いっしょに来ていただけますね」

「あのときを再現するの？　わたしはあのとき、食堂にいたのよ」

「今日は、梢の部屋で行なわれたことの目撃者になってください。玉脇さん、どうぞ」

梶はうながした。愛子がいっしょに歩き出すと、見知らぬ男がついてきた。

エレヴェーターに乗りこんだのも、その男と梶と愛子と、三人だった。

函《はこ》のなかでも、男は自分を透明人間だと思ってでもいるように、無言だった。

五階で降り、501とナンバーを打ったドアの前で、梶は立ち止まった。

「梢の部屋です。ぼくは、ドアを開けるんですが」

男と、梶ははっきり視線をまじえた。

「中井さんに開けてもらいましょう。ドアを内側からひき開けられた手ごたえを、感じてほしいんです」

男の視線が、玉脇愛子の目とあった。

「道警の中井です」

男は名のった。

ドーケイ？　道警、北海道の道と、警察の警、と、字が浮かび、やはり、と驚きはしないつもりが、みぞおちが固くなった。

中井刑事は、無造作にドアを押し開けた。ドアはいきおいよく開いた。

ダイニングとリビングをかねた洋室の、ドアと直角にあたる右側の壁の窓が開けはなされており、手すりを越えて、ピエロのズボンの裾《すそ》が一瞬ひるがえり、消えた。

窓の方に行きながら、中井刑事は、逃亡をおそれるように愛子の腕をつかんでいる。愛子はふり払った。

「はなしてください」

刑事は窓から下をのぞいた。

見るまでもない。

大地には、梢がたたきつけられているのだ。

それを、わたしは食堂から眺めた。

単純な殺人装置は、梶がドアを押し開けた瞬間に、作動した。

「梢の躰は、窓の手摺《てすり》に、腰から二つに折れて前のめりにかけられていた。頭の方が重いから、このままでは転落します。落ちないのは、しごきでドアのノブにつながれていたからです。

　二本のしごきを結んで長い輪にした一端は、梢の首に三重に巻きつけられている。もう一方の端は、ぴんとはりつめた長さで、ドアのノブにひっかけてありました。内開きのドアを開けると、紐《ひも》は躰の重みにひかれてノブからはずれ、辛うじて均衡《きんこう》を保っていた躰はもんどり打って墜《お》ちた。

　額《がく》を下ろしてL字釘《くぎ》にしごきをかけたように思わせたのは、偽装です。

　梢の死を思いかえしてください。

　最初は単純に、絞殺して突き落としたと思われた。なぜ、二重の殺し方をしたのか、不明だった。

　次に、首にしごきを巻きつけ、他の端をL字釘にかけて、躰を窓の外に投げ出す方法で自殺したと思われた。しごきと釘に、その痕跡《こんせき》が残っていた。ふつうに縊《い》死《し》できるような適当な鴨居《かもい》などが、あの部屋にはなかった。

　なぜ、単純に投身しないのかという疑問には、失敗をおそれたという解答がある。ドアを中から開けられたというぼくの感じは、この場合、錯覚《さっかく》とみなされた。

　三転して、そのようにして自殺したと思わせた他殺、という結論になった。脳挫傷《ざしょう》に生活反応がみられたことと、額に梢の指紋がなかったことから導きだされたものです。

　このような厄介《やっかい》な手段を犯人がとらなくてはならなかったのは、ひとえに、梢の躰とドアのノブを結ぶ、ある長さの紐が必要だったこと、梢の墜死《ついし》体《たい》に長い紐がついていても不自然ではない状況を作らなくてはならないこと、そうして、ドアのノブに注意をむけさせないため、という理由によります」

「躰が墜ちる重みが、一瞬、ドアにかかって、内側からひき開けられたように錯覚させられたのだね」

　中井刑事が言った。

「人間の躰は人形より重いから、もっと強くひかれる感じを受けただろうね」

「よく考えれば、ぼくは、ドアを開ける前にノックしている。それなのに、犯人が内側から開けるということはないわけだった」

「内側のノブにかけるんでしょう。犯人はどうやって外に出るの」

　愛子は嗤《わら》ったが、悪あがきだと内心承知していた。相手はこの装置を作りあげてみせたのだから。

「紐をひっぱりながら外に出て、手が入るほどのすき間を残して紐をノブにかけ、手をぬきとってドアを閉める。二人でやれば、むずかしくはない。二人……あなたと、由木だ」

　梶はつづけた。

「部屋を出ようとする者と入ろうとする者の鉢合《はちあ》わせは、実際、起きた。ぼくがドアを開けるより、ずっと前にだ。由木が梢の部屋に入ろうとしたとき、ちょうど、酷い行為を終えたあなたが、ドアのノブに細工をしようと鍵を開けたところだった」

　梶は、息切れしたように、少し黙った。

「由木は、あなたの様子がおかしいのに気づき、部屋に押し入った。あなたは、しごきを手に握りしめ、ひっぱっていたはずだ。そうしなくては、梢の躰が重心を失って墜ちてしまうからだ。

　由木がどれほど驚愕《きょうがく》したことか。

　居直ったあなたは、梢の脅迫《きょうはく》のことなどを話し、逆に、由木に協力を求めた」

　ドアをひき開けたのは梢ちゃん、墜としたのは梶さん、リョウは梶にそう語り、殺人装置を説明した。その夜、このリョウの部屋で、カオルと三人で実験したのだった。

「あなたは一足先に去り、由木が階段を下りてゆくところを、栗田がみかけた」

「どうして、わたしがやったの？　由木さんが一人でやったことではないの？　なぜ、わたしなの？」

　梶は部屋の隅に行き、カセットデッキのスイッチをいれた。

〝アイノさんですね。昨日はどうも。今日はゆっくりお話をうかがえます?〟

〝話ったってね……〟

〝玉脇さんとは親しく……〟


テープは、伏兵《ふくへい》だった。

わたしは顔色がかわっただろうか。

長谷が、梢の実家をおとずれ押収してきた危険物のなかに、テープもあった。だから安心していたけれど、テープはいくらでもコピーがつくれることが、唯一の不安の種ではあった。コピーをだれかに渡してあれば、とっくに告発されているはずだ。何事も起こらないのだから、その点は大丈夫だと思っていたのだが。

しかし、これが決定的な証拠になるだろうか。

刑事の視線を感じる。わたしがここに来る前に、刑事は梶たちから話をきき、このテープも一度耳にしているのだろう。だから、今は、わたしを観察することに注意を集中している。

危険な方法ではあった。長谷には、ばかなことをと言われた。実際、由木に見られてしまっている。

しかし、被害者が墜死するところを加害者がほかの者といっしょに見ている、そのはなれわざを思いついたとき、わたしは、魅力にとらえられてしまったのだ。

「由木は、映画が封切られるまで、あなたをかばいとおさなくてはならなかった。心ならずも……本当に、心ならずも、あなたの共犯とならざるを得なかった。だが、由木はそのときは知らなかった。知らなかったのだ、あなたがもう一つ、天野さんにも罠《わな》を仕掛けていたことを。由木は、〝自殺〟でかたがつくと思っていた。

あなたは、天野さんの二重人格に気づいていた。だから、彼女に睡眠剤を服《の》ませ、彼女自身、自分の行動に確信が持てないようにして、嫌疑をむけさせた。天野さんは逮捕された。由木は……彼女の苦痛と、自作の成功を秤《はかり》にかけ……、後者をとってしまった」

梶の声は、低くなった。

「彼は、天野さんに苦痛を強《し》いるのは苦しかったので、梢の自殺を強調し、その後も、映画の封切がすむまで公判がのびるように、必死で願っていた。

精神鑑定が長びき、公判はおくれていた。公判になれば、封切前であろうと、由木は真相を語らねばならなかっただろう。

一方、あなたにしてみれば、封切が終われば、由木は真相を公表するにちがいない。その前に、由木を……抹殺しなくてはならなかった。あなたにとっては倖《しあわ》せなことに、映画は不入りだった。由木は打ちのめされていた。自殺にいたる状況を完璧《かんぺき》にするために、女性週刊誌にあの事件を三角関係のもつれとして匿名《とくめい》でたれこんで、暴露的な記事にさせた」

梶は、窓の下を指さした。人の背丈ほどもあるピエロ人形が、首に長いサッシュベルトを巻きつけられ、リョウに抱きかかえられているのが見下ろせた。ほかにも、数人の人が屯《たむろ》している。

長谷に、初老の女が頭をさげている。

「いつぞやはどうも、刑事さん」

女が長谷にあいさつする声が、風にのって五階までとどいた。

「梢のおふくろさんだ」

梶は愛子に言った。

「由木をしのぶ集まりに、米子から出てきてもらった」

中井刑事が、愛子に強い目をむけて訊いた。

「長谷さんが、警察官と名のって、石上梢さんの取材メモを持ち去ったのは、なぜですか」

答えはわかっているくせに、と、玉脇愛子は、さげすむように刑事を見た。わかりきったことを、型どおりに訊問《じんもん》する刑事の愚直さを嗤《わら》った。しかし、その先につづく型どおりの運命を見すえるのは、恐ろしかった。

わたしは、まだ、何も認めてはいない。と玉脇愛子は思った。

3

由木は、おれにドアを開けさせた。おれに、梢を墜とさせた。森川に命じることもできたのだ。スクリプト・シートをとってこいと。しかし、由木は、敢《あ》えておれを名ざした。スクリプト・シートは口実にすぎない。ドアを開ける手が必要だった。犯人を含む人々の眼前に、梢を落下させる手が。

そう思ったとき、梶は、いっしょに地獄に墜ちてくれ、という由木の声を聴いた。梢は、由木のために脅迫者となり、殺された。由木は、梢を殺したやつの共犯者となった。おれだけが無傷だった。

由木は、おれを仲間はずれにしなかったのだ、と、梶は思った。

おれの手で、梢を地に叩きつけさせた。そうだ。森川を介入させることではないのだ。おれの手がやるのが当然な行為だった。おれたちは、一つの傷のなかに包みこまれた。墜とすことで、おれは梢を抱きとめた。由木の苦痛もいっしょに抱きとめたのだ。

4

スーツケースに、わたしは服をつめた。ダウンジャケットをいれたので、スーツケースはふくれあがった。

春の街を歩けるような服は持ってきていない。スカートが一枚ある。スカートと厚ぼったいセーター。長靴！　いくら北海道でも、もうゴムの長靴で歩いている人はいないだろう。病院のなかでは、ずっとスリッパを履《は》いていた。革の靴を一つ買わなくては。

看護婦が呼びに来て、院長室に連れていかれた。院長と、担当の益田医師と、思いがけないことに、梶もいた。

「とうとう〈鞆子《ともこ》〉さんはあらわれなかったね」

益田先生は言った。

「ちょっと残念だな」

梶は、わたしのスーツケースを持ってくれた。

「迎えに来てくださるとは思いませんでした」

病院の門を出てから、わたしは言った。

「申しわけありませんでした」

梶は頭を垂れた。

「あら、梶さんがそんな……」

「由木にかわって、お詫《わ》びします。由木が生きていたら、あなたの前に膝をついたと思います」

「わたし……思いきって自分をさらけ出してしまって、とても心が……躰も、軽くなっているんです。酔って、ずいぶん恥ずかしいことを言ったりしたり、したんですけれど、……よかったと思います。好きな人のことを好きだ、と言えて。それに、わたし、自分が梢さんを殺したとは、思いませんでした。そんな願望は、かけらほども、わたしのなかにはなかったんですもの。由木さんを……好きでした。由木さんとかぎらず、男の人に愛されたいと……思っていました」

わたしは恥ずかしくなって、

「雪がないと、まるで別の街みたい」

と話をそらせた。

若葉の翳《かげ》を窓ガラスにうつして走ってきたタクシーを、梶は手をあげてとめた。

「空港へ」

梶は命じた。

「靴を買いたいの」

わたしは言った。

相馬野馬追い殺人事件

罠のある風景

1

法螺貝《ほらがい》の音を合図に、狼火《のろし》が打ち上げられた。

灼《や》けつく夏の空に薄墨《うすずみ》色の煙がしみのように滲《し》みひろがり、小さい黒い点が浮かんだ。舞い落ちるにしたがって、細長くよじれた布の姿をあらわす。

旗差物《はたさしもの》をなびかせ、騎馬武者の群れが、右手の鞭《むち》をさしのべ、落下してくる神旗《しんき》をからめとろうと寄り集まる。

幾度となくくりかえされた競技が終わりに近づき、丘の斜面を埋めた万を越える観客は、倦《あ》きはじめていた。単純な競技だが、神旗争奪戦と、呼称はものものしい。

曳地忠晴《ひきちただはる》は、膝《ひざ》の上の孫を隣りの空いた椅子《いす》にうつした。

スチールの椅子は、老人が長時間の見物に耐えるには固すぎた。

首すじにつたう汗をぬぐった。痩身《そうしん》の彼はあまり汗をかかない方だし、天幕が陽《ひ》をさえぎっていたが、ハンカチはすでに、さわるのも不愉快なほど濡《ぬ》れていた。

「疲れましたか」

うしろの席から、徳丸玄一郎《とくまるげんいちろう》が気づかうように声をかけた。徳丸も曳地と同年、今年古稀《こき》をむかえた。農夫のように褐色《かっしょく》の皮膚が、汗に濡れてかえって艶《つや》をましている。

「いやいや」

あまり気をつかわないでくれという意味をこめて、曳地忠晴はかるく手をふった。

七月二十四日。相馬野馬追祭《そうまのまおいさい》の当日である。

祖先伝来の甲冑装束《かっちゅうしょうぞく》に身をかためた騎馬武者が集い、行列と神事の後に行なう甲冑競馬と神旗争奪戦が、メインイヴェントであった。

せりあがった斜面の頂上にもうけられた天幕の下の椅子席は、来賓《らいひん》のための招待席で、一般の観衆は頭を陽に焙《あぶ》られながら斜面に腰を下ろしているのだから、これ以上の待遇はのぞめない。

曳地忠晴は、六人の老人グループの一人として、招待席にいた。

「徳丸くん」恰幅《かっぷく》のよい大村清記《おおむらせいき》がふりむいた。

「せっかくのきみのお膳立《ぜんだ》てだが、どうにもこれは暑くてかなわんな」

ワックスをかけたような赭《あか》ら顔にゆたかな銀髪が威厳をそえている。

招待席には中年から老齢の客が多いから、この老人のグループが特に人目をひいたわけではない。

しかし、祭事の開始前に、彼らの席を確保するために椅子にはりわたしたテープに下げられた紙札には、目にしたものをいぶかしがらせる文字がしるしてあったのである。

『白国政府閣僚各位御席』

「もうほどなく終了です」

「来年はもう少し、快適なところでやりたいものだ」

来年……このなかの何人の顔が揃《そろ》うことか、と曳地忠晴は思った。

四十年前は三十五人のメンバーだった。戦後はじめて、旧メンバーが集まった去年の会では、とにかく十一人が健在であり、九人出席した。その時点で、すでに鬼籍《きせき》に入っている者が、消息がわかっただけで十二人。連絡のとれない消息不明者が三人。連絡はとれたが病気その他の理由による不参加者が八人。

この一年で、更に三人欠けた。今年の参加者は六人。

もっとも、その六人のうち、曳地自身をふくめた五人までが、いわば功成り名とげた人生の勝者ばかりといえる。

曳地忠晴は、防衛大学社会科学教室教授の職を停年で退き、現在は無職だが恩給があり、生活の心配はなかった。

彼は、幼い孫の手をひいて席を立った。真由《まゆ》の様子で、トイレに行きたがっているとわかったのである。五歳になる真由は、去年、小児麻痺《まひ》にかかり、軽い後遺症が残った。喋《しゃべ》りかたが不明瞭なのだ。何度もききかえされるのが、子供の心には傷になったのだろう、めったに口をきかなくなった。そのため、知恵おくれに見られたりするが、人一倍、思考力も感性も鋭いと、曳地は見ている。神経質で疳《かん》が強く、人の顔色を敏感に読むのも、曳地には気がかりだった。小さい手の感触は彼の骨ばった手のなかで溶けそうにやわらかかった。

「便所ですか。私も行こうか」大村清記が立つと、つられたように他の者もつづいて立った。

「やれやれ、やっと解放されるか」五十嵐秀臣《いがらしひでおみ》が苦笑した。

「どうも、ひどい目にあった」

「たまには、こういうのも珍しくていいんじゃないですか。あなたなんか、いつも随行つきの大名旅行なんだろうから」

「そういうきみもだろう」

「いや、相談役などというのは、名前ばかりの閑職《かんしょく》だからね。もう浪人も同じだよ」

「まあ、今回は徳丸くんの顔をたてて、鄙《ひな》の味をたのしむことにしよう」

「曳地くんは、お守《も》り役までおおせつかって、御苦労なことだな」

「息子さんは、奥さんと別居されとるということだったね」

「どうもお恥ずかしいことだ。若いもののすることは、わからん」

曳地の末の息子、司《つかさ》は、ここ二年あまり、妻と別居している。五歳の真由は妻の早枝《さえ》の手もとにおり、早枝が仕事を持っているので、昼間は保育園にあずけられ、月に一度、土曜と日曜、司がめんどうをみる、という生活がつづいている。

野馬追祭に、司は真由を連れて同行したのだが、退屈したのか、真由を曳地におしつけ、席をはずしていた。

頂上の仮設便所は、裏の崖《がけ》のきわにもうけられ、五つのブースに仕切られた板囲いの粗末なものだ。フィールドの下の入口付近にも二、三箇所設置されていた。

三時を少しまわっている。競技が終わりに近いとみて、そろそろ帰り仕度の人たちが集まり、便所は混んでいた。どの板戸の前にも数人の行列ができていた。一番左のはしの戸には、『使用禁止』の紙が貼《は》られている。

行列はたちまちのびた。競技が終了したとみえる。がまんしきれなくて泣き声をたてる子供がいる。母親たちは子供をものかげに連れていって、ズボンの前を開けてやったりしている。

真由は力んだ顔でこらえている。曳地忠晴は女たちにならって真由を木かげに連れて行き、無骨な手つきで小さいパンツを下ろそうとした。

真由は首をふって拒んだ。

「いうことをききなさい」

小さくても女の子だ、人の目につくのを恥ずかしがっているのだと、曳地にも察しがついた。

「もっと見えないところなら、するね」

真由は小さくうなずいた。

手を握って、便所の裏の崖を、歩きやすいところを拾っておぼつかなく下りた。

「おじいちゃんは目をつぶっているから、草のかげでしなさい」

草をわけて下りる音がつづいた。

「危いから、一人で下りるんじゃない。そこでしなさい」

目を閉じているわけにはいかず、見開くと、真由は斜面の草のあいだに腰を落とし、なおも下りて行こうとしていたが、急に立ち上がり、這《は》い戻ってこようとする。

「どうした。そこでしなさい。だれも見ていない」

真由は強情に首をふる。

見下ろした曳地の目は、窪地《くぼち》の底に丈高い夏草にかくされて横たわっている人の姿をみとめた。

踵《かかと》をふみしめながら、曳地は斜面を下り、近づいた。

うつ伏せた右の肩に、矢が立っていた。

萌黄糸縅《もえぎいとおどし》の二枚胴、籠手《こて》、佩楯《はいだて》、臑当《すねあて》を共づくりにした武者姿である。額《ひたい》に結んだ白鉢巻《しろはちまき》は汗と泥に汚れていた。

曳地は更に近づき、のぞきこんだ。二十七、八歳、鎧《よろい》が重そうな華奢《きゃしゃ》な男であった。鼻すじの細い唇の薄い、甘い顔だちだ。

半眼にひらいた瞼《まぶた》のあいだからのぞく眸《ひとみ》は鉛《なまり》のようで、少し斜視になり、絶命を明らかにしていた。

「真由、見るんじゃない。こっちに来なさい」

真由が泣きだしたのは、死体におびえたのではなく、ついにがまんの限界に達してパンツを濡らしたためだった。


「真由、どうしたんだ」

崖の上から声をかけたのが、息子の司だったので、

「どこに行っとった」

曳地は思わずどなりつけた。

司は身軽に崖を下りてきた。倒れている甲冑武者を見て足をとめ、それから、近づいてのぞきこんだ。

「おまえは、そこにおれ。責任者に知らせてくる」

曳地は真由を抱きかかえて崖をのぼった。

「どうしたのだ」大村清記が寄ってきてたずねた。

「下で、人が死んでいる」

「人が?」

「変死らしい。肩に矢がささっていた」

「矢とはまた……。どこだ?」

「ここからでは見えない」

「どら、行ってみよう」

「私は責任者に知らせてくる」

大村は興味を持ったように、崖を下りはじめた。

軍者の札をつけた責任者をさがしに行こうとした曳地は、便所の方で騒がしい声がしているのに気づ

いた。

「なかでだれか首でもくくっているんじゃないの」

女の声に、曳地は走り寄った。

「このなかで、だれか？」

『使用禁止』の札を貼った戸の前に、人だかりがしている。

「いえね、子供ががまんできないっていうから、汚れていてもかまわないから、使おうとしたら、戸が開かないんですよ。中から鍵閉めっ放しなんて、おかしいからね」

「中にだれもいねえだら、鍵かけられねっぺ？」

「使わさねえように、どこかとめてあるのかね」

「いや、外からはとめてねえわね」

「そのままにしておきなさい」曳地は強く言った。

「責任者がくるまで、むやみにいじらない方がいい」

「下りてはいかん」とどなっている大村の声がきこえた。曳地と大村の様子から、下の方に異変があるらしいと感じた人々が、好奇心にかられて崖を下りはじめたらしいのだ。放っておけば、現場が荒されてしまう。現場保存が大切だという知識ぐらいは、曳地も持っていた。

「人が死んでるってよ」

「どこに」

大声がかわされている。

「行ってみっぺよ」

「どこォ？」

「便所の裏の崖下だと」

声につられて、どやどやと人々が走りだす。

曳地が見ると、その野次馬《やじうま》のなかには、鎧の肩に布札をつけた軍者たちも混じっていた。

便所の前に群がっていた人々も、走って行った。緊急を要する者だけが後に残った。

軍者に知らせる役はすんでしまったようなものだ。

曳地忠晴は、『使用禁止』の紙札が貼られた戸をノックしてみた。もちろん、応《こた》えはない。何人もの人間がいじりまわしたらしいから、今さら指紋に気をつける必要もないと、戸の把手《とって》を前にひいた。たしかに内鍵がかかっているらしい。

汚れすぎなどの事情で使用を禁じたのなら、内鍵はおかしい。不心得者が貼紙を無視して使用することのないよう、戸を固定するにしても、外から板きれでも打ちつければすむことである。

隣りのブースの戸を開けた女に、ちょっと失礼と言って、その内鍵をみた。

金輪に鍵の先端をひっかける、もっとも簡単な掛け金だ。これなら、外から糸などで操作して締めることはできる。しかし、板を打ちつける方がはるかに面倒がない。適当な板きれも釘《くぎ》もなく、管理者にだれかミステリーマニアがいて、密室作りの初歩を応用したのか。

空いたブースで用をすませた者は、あわただしく崖の方に走ってゆく。野次馬に加わるつもりなのだろう。

警察の初動捜査班がくるまで、せめて便所の戸だけでも、そっとしておいた方がよさそうだ。

「曳地さん、やはりここでしたか」

徳丸玄一郎が声をかけた。

「大村くんたちは、どうしています」

「下ですよ」

「しょうがないな。野次馬といっしょになって」

「いや、さすがですよ。大村さん、五十嵐さん、川《かわ》野《の》さん、高原《たかはら》さん、四人で軍者を叱咤《しった》して、死骸《しがい》のまわりにピケラインをはり、野次馬を近寄せないようにしていますよ。こっちでも何か異変があるときいて、曳地さんが一人で手を焼いているのではと来てみたんだが」

「これなんだがね」曳地は戸をさした。

「開かないそうですね」

「内から掛け金がかかっているらしい」

「これなら、外から簡単に開けられますがね」

「わたしも、すき間に何か薄いものをつっこんではねあげれば開けられるとは思ったんだが、警察がくるまでいじらない方がよかろうと思って」

「体当たりをしたって開きますよ」

「まあ、やめておこう。また、死体の第一発見者になるのはごめんだ。警察にはもちろん通報したんだろうな」

「したと思いますよ」

「徳丸くん、その、下手《したて》に出た話しかたはやめてくれないかな。喋りにくい」

「べつに、下手に出ているつもりはありませんよ。長年の癖です」

「死骸を見たかい」

「見ました」

「土地の人間かな」

「私は知らない顔だが、野次馬のなかに、原町《はらまち》の何とかいうスナックのマスターだと言っているのがいたようです」

「地元の人間か。それなら、すぐ身もとはわれるな」

「まるで刑事のようですね、曳地さん」

「テレビの悪影響だろう。息子と孫は、どうしているかな。まさか、息子は真由を連れてわざわざ下におりたりは……」

「いや、下におられましたよ」

「息子が？　それでは、孫は」

「お嬢さんも」

「まったく、しょうのないやつだ。小さい子供にあんなものを見せるとは」

「どうも、せっかく皆さんに来ていただいたのに、たいへんなことになって」

「あなたがあやまることはないよ。いっしょうけんめい、皆に珍しいものを見せ、楽しませようと計画してくださったんだ」

「しかし考えてみれば、曳地さんにしろ、大村さんにしろ、皆さん、海外旅行もよくなさるだろうし、世界各地の珍しい行事も見ておられる。こんな田舎《いなか》に来ていただいて、かえってお気の毒でした」

「いや、あなたが無理に誘ったわけじゃない。野馬追祭を見ようと言い出したのは、大村くんだ」

「イギリスのBBC放送にもとりあげられたというくらいの祭りなので、いくらかでも喜んでいただけるかと思ったんですが」

「殺人事件にぶつかるなどというのは、めったにないことだから、皆喜んでいるでしょう……と言うのは不謹慎のそしりをまぬがれんな」

ようやく、警察車のサイレンの音が近づいた。

野次馬を追いたて、ロープをはる警察官のひとりをつかまえ、便所の戸が開かないのだと曳地が言うと、警官はあきれはてたという表情で、そんなことはあと、あと、と、どなった。

「しかし、中で人が死んでいるのかもしれんのだよ、内側から鍵がかかったままということは。崖下の男を殺した犯人が便所のなかで自殺しているということも考えられる」

警官は急に真剣な顔つきになった。一人がその場をはなれたのは上司に指示をあおぎに行ったらしい。

ほどなく、数人の係官が、甲冑姿の祭事の役員とともにやってきた。

緋縅《ひおどし》の具足をつけた中年の男は、徳丸玄一郎の長男で、原町に近い小高町《おだかまち》で総合病院をいとなむ徳丸英正《えいせい》であった。

「原町署の古谷《ふるや》警部補です」と、徳丸英正は曳地にひきあわせた。

「こちらが、曳地さん、死体の第一発見者だ。さっき、下で紹介した大村さんたちと同様、社会的に地位の高い方なんだから、失礼のないようにたのむよ」

「いや、一介の浪人ですよ」

「死体発見の状況については、後刻あらためて、くわしくうかがいます」

古谷警部補は、歯ぎれよく、

「この便所ですが、なかに自殺死体があるとか」

「いや、それは伝達のまちがいです。中から鍵がかかったままなので、不審を持ち、ひょっとしたら、だれか自殺でもしているのかもしれない、しらべた方がいいと進言したまでです」

「なるほど」

行事が終わればすぐにとりこわせるよう、ごく手軽に作られた便所である。

屋根は桟《さん》を組んだ上に板をわたし、波板トタンをかぶせてある。

閉ざされた戸のすき間から、横にわたされた掛け金の一部がのぞき見えた。

　主任の指示で、係官の一人が二、三枚かさねた名刺をすき間にさしこみ、鍵をはねあげると、苦もなく開いた。

　自殺死体などはなかった。自殺に適した個室のなかは、空《から》であった。

　そのかわり、窓に奇妙なものがとりつけてあった。

　窓は崖にむかって開いている。明りとりのための小さい窓で、すりガラスの引違い戸が嵌《は》めてあるのだが、それがそっくりとりはずされ、あいた穴に、弓が横むきにとりつけてあったのである。

　これも、死体に突き刺さっていた矢と同様、手作りらしい、小さい粗末なものであった。

2

　天幕の下の椅子に腰かけ、曳地たち六人のグループと、真由を抱いた司、徳丸英正は、捜査主任を待った。事件への好奇心から、待たされることに不平を言うものはいなかった。

「あの窓から狙って射たということかな」

「命中するかな、うまく」

「よほど達人でなければむりだろう」

「しかも、相手は鎧を着ているのだから、矢のたつ場所はかぎられる」

「この場合は肩にあたっていたが、あれでは致命傷にならない。死因は何かほかのことだ」

「弓を固定してあったのは、その方が命中率が高いということかねえ」

「狭い場所で、弓を縦にひきしぼるのはむずかしい。横に固定して、カタパルト式に使用したということか」

「窓から上方を狙うのは楽だが、下にむけて射るのはむずかしいんじゃないか」

「なぜ、弓を置きっ放しにしていったのだ」

「取りはずしている暇がなかったんじゃないか」

「内鍵のかかった戸から、どうやって抜け出した」

「あんなのは、糸を使えば、簡単に外からしめられる」
「それにしても、弓を持ち出す方が、糸を使って内鍵を閉めるより早いじゃないか」
意見の交換に熱が入る。
曳地忠晴は、口数が少なかった。このような経験が、真由の鋭敏なやわらかい心にどのように残るかと、気重かった。
それでなくても、両親の別居が傷を与えていはしまいかと気になっている。
ようやく古谷警部補がやってきて、待たせた非礼を詫《わ》びた。
「先ほどちょっと御紹介いただきましたが、なにぶん、ああいう状況でしたので、恐縮ですが、あらためて御名前、御職業などうかがいたいのですが」
大村が名刺をわたし、他の者もそれにならった。
㈶国民経済研究所顧問
大村清記
N＊＊銀行相談役
五十嵐秀臣
日本＊＊公団理事
川野義治
東進物産監査役
高原有恒
「皆さん、今は第一線を退いておられるが、元某省局長とか、元大学教授とか、たいへんな方々ばかりだ」と、徳丸英正が言葉をそえた。
「そちらの若い方は？」
「ぼくですか」
「私の息子です」曳地はひきあわせた。
司は、『日本医事出版営業部』と勤務先名の入った名刺をわたした。
「医学関係の書籍を出しているところです」
「わざわざ当地にお越しいただき、光栄です。ところで、早速ですが」と、古谷警部補は質問に入った。
中央の有力者たちときいても、さして恐縮した様子も媚《こ》びた様子もみせず淡々としているところが、曳地は気にいった。
死体発見の模様を、曳地は簡潔に語った。

彼の事情聴取が一段落したところで、

「便所の貼紙がいつごろから貼ってあったものか、気づかれた方はおられませんか」警部補はたずねた。

「甲冑競馬が終わってから、神旗争奪戦がはじまるまでの休憩時に、わたしはあの便所を使ったが、そのときは貼紙はなかった」

皆を代表するように大村清記が言い、二、三人がうなずいた。

「どうも。おかげで犯行時刻の上限が決められます。ほかに何か、変わったことや不審なこと、お気づきのことがあったら、どんな些細《ささい》なことでも教えていただきたいのですが」

「被害者の身もとはわかったのですか」

「地元の人間なので、顔見知りがおり、すぐにわかりました。黒木史憲《くろきふみのり》といって、原ノ町の駅のそばの、『炎馬《えんば》』というスナックをやっている男です。年齢は二十九歳」

「そういえば、徳丸くん、きみの息子、いや、ここにおられる院長ではなく、八束《やつか》……喬雄《たかお》くんといったか、彼が落馬したあの事件は……関係ないだろうな」

言いかけた言葉を、大村清記は、自分で打ち消した。

「その、八束喬雄さんというのは？」

すばやく耳にとめた主任に、

「息子です」

徳丸玄一郎がこたえた。

「苗字《みょうじ》がちがうのは、養子にでも？」

「親父の、昔の不倫の子だ」

徳丸英正が冗談めかした。

「そういう内輪《うちわ》のことは、いいだろう」

大村清記がたしなめるように言った。

「汗顔《かんがん》のいたりです。放ってあった妾腹《しょうふく》の子なのですが、私もこの年で、いつお迎えがくるかわからない。喬雄はほかに身寄りもなくひとりなものですから――といっても、もう三十を過ぎたのだから、むこうにしてみればかえって迷惑なことだったかもしれませんが、長男とその家族に、この際ひきあわせておこうと、祭り見物にことよせて、招《よ》んだのです」

「迷惑はわたしの方だがね」英正は苦笑した。

「その八束喬雄さんが、落馬事故にあったのですか」

「事故というか……」

「投石があったんだそうだ」

　大村清記が言った。

「鎧兜をつけて馬を走らす、あの甲冑競馬とかいうやつの最中に」

「八束喬雄さんも出場したんですか。騎馬会員ですか」

「いや、東京者です」

　徳丸玄一郎が答えた。

「その話は、関係ないだろう」

　英正院長がさえぎった。

「一応、きかせてもらいましょう。八束さんは、いま、どこに？」

「退屈して先に帰ったのかして、甲冑競馬に出たあと、姿を見ませんな」英正院長が答えた。

「投石落馬の様子を話してください。何時ごろ起きたのですか」

「時計を見たわけではないが、甲冑競馬が一時にはじまり、三番めのレースに出場したのだから、一時十五分から二十分ごろですかな」

「競技には、とび入りで出たのですか」

「わしの息子の代走だった」

「院長の息子さんというと、たしか、高校生の……」

「高校二年です。それがレースに出る予定だったが、暑気あたりして気分が悪くなったとかで、喬雄が代走した」

「息子さんの甲冑をつけてですか」

「そうだ」

「旗差物も息子さんのをつけて？」

「ああ」

「投石犯人は、わかったのですか」

「いや、子供のいたずらだろう」

「犯人は、息子さんとまちがえて狙ったのかもしれませんね」

「単純ないたずらだよ。息子は、他人に石を投げられるようなおぼえはない」

「息子さんの名前は？」

「洋史《ひろし》」

「いま、どこに？」

「家に先に帰った」

「洋史くんは、黒木史憲と知りあいということはないですか」

「あのスナックのマスターとかいう、殺された男とか？　息子は未成年だ。知りあいのわけがない。息子はきみ、この殺人事件とはまったく関係ないよ」

「八束喬雄さんはどうでしょう」

それは親父にきいてくれ、というように、徳丸英正は、父親の方を目でさした。

「喬雄は、この土地ははじめてです。あれが洋史くんの代走をしたということも、七曲りをかけのぼってくるまで、わたしたちは知りませんでした」

孫を、くんづけで呼ぶことに、英正の家におけるいい玄一郎のありようが察せられた。

「八束喬雄さんは、徳丸さんのところに滞在中ですか」

「今夜もう一泊して、明日帰京する予定です」

「いつからこちらへ？」

「昨日来ました。実のところ、私はまだ、喬雄とはろくに顔をあわせておらんのですよ。わたしは、昨日から友人たちと原町に宿をとっており、喬雄は小高町の英正のところに泊まったので、今夜はこちらの宿に喬雄もよんで、みなで夕食をいっしょにと考えていたのですが、どうも帰ってしまったらしい」

3

曳地早枝は、煙草《たばこ》を二本ぬいてくわえ、火をつけると、一本を運転席の八束喬雄にわたした。

ハンドルに両手をかけたまま、喬雄はくちびるで受けた。

カローラは、磐梯《ばんだい》スカイラインを猪苗代湖《いなわしろこ》にむけて走っていた。

父とろくに言葉もかわさず立ち去ってきてしまっ

たことを、喬雄はいくぶん心残りに感じていた。父にたずねてみたいことがあった。しかし、早く二人だけになろうと早枝に促されると、父とはまたいつでも会えるという気になった。

「早枝が出てこれるとは思わなかったな」

「わたしも、だめだと思っていたのよね」

喬雄は無意識に後頭部を撫《な》でた。

「あのとき、頭を打ったの？」

「さわるなよ。痛い」

「東京に帰ったら、医者にみてもらった方がいいかもしれないわね」

「兄貴の息子とまちがえられたのかな。鎧も旗も、洋史のだったから」

「洋史くんて、何か人に恨《うら》まれるようなことをしたの？」

「知らないよ。今度が初対面で、これまでまるっきりつきあいはなかったんだから」

「もっととばそうよ」

「よし」

喬雄はアクセルを踏みこみ、スピードをあげた。

4

「司、おまえは、あの射殺された男を見知っているのか」

宿の浴衣《ゆかた》に着かえながら、曳地忠晴はたずねた。

「どうして？」

司は、驚いたような目を父親にむけた。

三十を過ぎ子供まであるというのに、顔だちに稚《おさな》さが脱《ぬ》けきらない。

「知るわけないでしょう」

汗に濡れたシャツを脱ぎ捨てた司は、広縁の隅にそなえつけられた冷蔵庫からビールを出し、有料テレビのスロットに百円玉を落とすと、スイッチをいれた。

「お父さんも飲みますか」

「風呂《ふろ》からあがってからの方がうまそうだ」

司はビールの栓をぬきコップに注いだ。

真由が、父と祖父のどちらにともなくつぶやいた。

曳地忠晴には、「のどがかわいた」ときこえたのだが、司はきこえなかったのか、のどをそらせ、一気にビールを流しこんだ。

曳地忠晴は、冷蔵庫から、ジュースを出してやった。

「お父さん、どうして、ぼくがあの男を知っていると思ったんですかね」

司の声に、何かぎごちない、とりつくろったものを曳地は感じた。

どうして、と訊《き》かれても、これと理由をあげられない、漠然とした印象であった。

死体を見たとき、司はひどく驚き、やがて、驚きをおしかくすと、曳地が知っている独得な表情があらわれた。

四十近くのおそい年になってできたせいもあり、曳地は末子の司を溺愛《できあい》してきた。上の三人の子供はそれぞれ結婚して堅実な家庭を作っている。妻はすでに病死し、曳地は長男の一家と同居している。妻と別居中の司は、近くのアパートに一室借りてひとり暮らしであった。

司は、子供のころからよく嘘《うそ》をついた。嘘が発覚するまで、実に愛らしい無邪気な表情をみせるので、幾度も、周囲のものはだまされた。

一例をあげれば、七つ八つのころだ、司は座敷ですぐ上の兄と喧嘩《けんか》し、とっくみあいになった。つきとばされて縁側にころげ、曳地が丹精している盆栽の鉢《はち》を割った。鉢のかけらで手を切り、騒ぎになった。叱《しか》られたのは、つきとばした兄の方であり、怪《け》我《が》をした司は、母親がおろおろと手当てした。そのいちぶしじゅうは、曳地の目の前で演じられた。

そうだった。演じられたのであった。司のころげかたは、いささか不自然に彼の目にうつった。わざわざ鉢の棚《たな》の方にころげていったとしかみえなかった。そうして鉢は、ほとんど音をたてずに、くずれるように割れた。

鉢は、すでに割れていたのだ。割ったのは司であり、しまったと思い、ごまかす方法を考えたのだろう。そっとつなげておき、兄ちゃんにつきとばされて割ってしまったという状況を父親の目の前でつくりあげ、情状酌量させた。

幼い子供の悪知恵は、たまらなく不愉快だった。詰問《きつもん》すると、司は愛くるしい目をみはり、知らないよ、とえくぼを浮かべた。

そのときは、まだ存命だった妻が司の肩を持ち、証拠もないのにひどいことを言う、と曳地を責めた。だが、妻も、司のたくみに嘘をついてごまかす性癖に気づかざるを得なくなったようだ。

息子の嘘を知るたびに、曳地はきびしい体罰を与えた。だが、それは、息子の性格を矯《た》めなおすかわりに、いっそう巧《たく》みにごまかす知恵をつけさせる効果しかなかった。証拠をつきつけられ、どうにもかくしきれなくなるまで、無邪気な顔をみせるので、曳地もつい、自分の臆測《おくそく》がまちがっていたかと思いそうになり、それだけに、やはり嘘とわかったときの怒りと情けなさは大きく、折檻《せっかん》の手に力が入った。悪循環であった。

いま、司は早枝と別居しているが、おそらく非は息子の方にあるのだろうと、曳地は思っている。司も早枝も彼に相談をもちかけたりはしないので、彼としては干渉《かんしょう》するわけにもいかず、幼い真由をひそかに哀《あわ》れむほかはなかった。

「奇妙な殺しかたをしたものだな」

「何が?」広縁の椅子に腰かけ、窓の方に目をむけたまま、司は応じた。

「便所の窓に仕掛けた弓矢だ」

「まったくね」

「失礼します」と、部屋の外から声がかかった。

「徳丸くんか。かまわん。入ってください」

襖《ふすま》をあけて顔をのぞかせた徳丸玄一郎は、

「疲れましたか。どうも、たいへんなおまけまでついてしまった」

「すごいパフォーマンスでしたよ」司が、はしゃいだような声で言った。

「殺人つきの祭典なんて、見ようったって見られるものじゃない」

「お嬢ちゃんは、だいぶくたびれたとみえますね」

座蒲団《ざぶとん》に頭をのせて、真由は眠りこんでいた。

「一風呂浴びて休憩したら、夕食にしますから、大広間に集まってください」

「大広間ですか。六人——いや、司と真由をふくめて七人半か。少し広すぎるんじゃないですか。ゆうべのように、だれかの部屋に集合すればいいんじゃないかね」

「ちょうど、ここで軍者の慰労会がありましてね、執行委員長の原町市長をはじめ、副執行委員長の小高町長、原町助役、新地町長、以下軍者たちがざっと五十人ほど集まります。それで、市長はじめ軍者全員の意向として、我れ我れ白国閣僚一同に敬意を表して、いっしょの席に御招待したいというのですよ。野馬追祭は当地の誇りなので、それに中央のお歴々がわざわざ足をはこんでくださったと皆喜んでおってね。昨夜、我れ我れだけで十分に旧交をあたためたことだし、今夜は、こちらの好意を受けてもらえませんか」

「それは恐縮だな」

「大村さんたちも、快《こころよ》く諒承《りょうしょう》してくれました」

眠っている真由をひとり残すわけにはいかず司が部屋に残り、忠晴は大浴場にいった。

川野と五十嵐が、先に湯舟に浸っていた。一足おくれて入ってきた高原は、曳地と並んで浴衣を脱いだ。陰毛にまじる白い毛やみじめな男根がいやでも目に入り、曳地は、自分の老いを鏡に見る思いがした。

「大村くんは？」

「自宅に電話をいれている。もうじき来るだろう」

「大村は、若い細君をもらったから、ねずみにひかれんかと気がかりでならんのだよ」

湯からあがってきた川野が笑いながら言い、腰にタオルを巻くと、脱衣所の隅で首をふっている扇風機《せんぷうき》の前にスツールをひっぱっていき、またがって背に風をあてた。彼の下腹は蚕《かいこ》のように白く、贅肉《ぜいにく》と皮下脂肪でこんもり丸かった。

「奇妙な殺人方法だったな」

湯舟のなかで、高原は曳地に話しかけた。

「色男だったし、スナックのマスターということだから、色ごとのもつれかな」

「矢で射るというのは、ずいぶんと古風で大仰《おおぎょう》だな」曳地は応じた。

「祭りにあわせた趣向だろう。芝居気のある犯人とみえる」五十嵐があがり湯をしみの浮いた躰《からだ》にかけながら話に加わった。

「殺すのなんのとやらなくとも、いずれ人間死ぬときは死ぬ。お先に」涼《すず》み終えた川野は出て行った。

「曳地くんは、ゴルフはやるんだったかな」

高原は話題をかえた。

「いや、私は無粋でね、せいぜい、碁と盆栽の世話ぐらいなものだ」

「それは残念だな。次回は、ゴルフトーナメントはどうかと思ったんだが」

「海外まで足をのばすのはどうだ」脱衣所から五十嵐が言う。

「いや、日本がいい。日本の温泉が一番だよ。ここは沸《わ》かし湯なんだろう」高原の声は浴室の壁にひびく。

部屋にもどり、曳地は司と交替した。

眠っている真由に目をやりながら、ビールをコップに注いだ。

ふびんだな、と、つい愚痴《ぐち》っぽく思う。

それにしても、女手なしで、この年で孫の守りは疲れる。

真由がのびをして目をさました。

「お父さんは風呂だよ。真由も入ってくるか」

真由は、首をふった。

司を待たず、曳地は真由を連れて先に大広間に行くことにした。

二階の大広間には、徳丸英正をはじめ、昼間は時代錯誤《さくご》な甲冑装束に身をかためていた男たちが、ズボンとシャツのくつろいだかっこうで居並んでいた。大村と司をのぞく、メンバーの全員もすでに揃《そろ》って上座を占めていた。曳地は高原の隣りの空席につき、膝《ひざ》のあいだに真由を抱きこんだ。遠慮がちに末席に

いた徳丸玄一郎が、

「大村さんと司くんがまだみえませんね。入浴中ですか」

「あまりみなさんを待たせても悪い。はじめてください」曳地は言った。

「いや、しかし……」

「はじめよう、はじめよう」川野がうながした。

「そうですか。それでは失礼して」

執行委員長が坐《すわ》りなおし、

「どうも、諸君、御苦労さまでした。おかげをもちまして、野馬追神事、甲冑競馬、神旗争奪戦の行事は無事に終了しました」

「あまり無事でなかったんでねえの」野次が入った。

「このあと、まだ小高の花火大会と、明日の小高神社の野馬懸《のまがけ》神事があるわけですが、それは、小高町長と、小高郷騎馬会の諸君の御健闘にまかせるとして、ひとまず、乾杯といきましょう。乾杯！」

ビールの乾杯のあとに、執行委員長はつづけた。

「一千有余年の歴史と伝統を誇る、豪華勇壮な我が相馬野馬追祭は、英国のBBC放送にも紹介され、海外からの観光客も多く、名実ともに国際的な一大行事となっておるのでありますが、今回はまた、我が日本国の柱石ともいうべき方々が、その親睦《しんぼく》の集いに、わざわざ野馬追祭見物をえらばれ、遠路お越しくださったのであります。徳丸院長、御紹介を」

「まだ、おひとりみえないが」

「かまわんですよ」川野が言った。

「では、僭越《せんえつ》ですが、御紹介させていただきます」

と、徳丸英正は中腰になり、

「N＊＊銀行相談役、五十嵐秀臣先生、日本＊＊公団理事川野義治先生、東進物産監査役高原有恒先生、元防衛大学社会科学教室教授曳地忠晴先生。もうひとかた、国民経済研究所顧問大村清記先生がおられるのですが、まもなくみえられるでしょう。

なお、不肖私の父、徳丸玄一郎は、これらの方々の旧《ふる》い友人でありまして、その縁をもちまして、諸先生の御来臨の栄に浴することになったわけであります。何はさておき、今夕は、粗餐《そさん》ではありますが、日ごろお忙しい諸先生にもゆっくりくつろいでいただき、また、この後の行事もたのしんでいただく所存であります。さあ、どうぞ、やってください。どうぞ、どうぞ」

英正は手をのばし、川野のコップにビールを注ぎ足した。

そのとき、司が入ってきて、空いている席についた。

「曳地先生の御子息です」英正は紹介した。

「大村さんは、風呂か？」曳地がきくと、

「ええ、ぼくが出るのといれちがいに入ってこられましたよ」

「ちょっとうかがいたいんですが」軍者の一人が、

「白国というのは、何なんですかな。招待席に、白国政府閣僚と書いてあったのを見て、はて、白国とは何だろうと、不思議でならなかったんですが」

老人たちは、ふくみ笑いで顔をみあわせた。

荒い足音がして再び襖が開き、女中が、

「あの、こちらのお客さまが、大浴場で倒れておられます」と切迫した声で告げた。

「卒中《そっちゅう》か！」

皆が腰を浮かすのを、川野が制した。

「大勢でどやどや行っても、混乱するだけだ。徳丸院長にたのもう。医者がいて、よかった」

「しかし、ちょっと様子をみんと、酒を飲む気にもなれんよ」と五十嵐が、「とにかく、我れ我れのメンバーは行ってみよう。あとの諸君、どうぞ、かまわずやっていてください」

曳地は真由を司にあずけて廊下に出た。司は、真由を抱いて、ついてきた。

「血圧が高いようだったからな」

「炎天下に長時間いたのが、よくなかったな」

他人事ではないというように、川野と五十嵐が声をひそめあう。

脱衣所の床に、大村清記の艶《つや》のいい裸身は、うつ伏せに倒れていた。

徳丸英正がしゃがみこみ、脈をとろうと手首に指をふれ、あっ、と声をあげて、火傷《やけど》でもしたように、ひっこめた。

「どうした」

「いや、びりっときた。電気だ。危い」

「電気？　しかし……」

「それだ！」と、曳地は思わず叫んだ。

大村清記の躰は、腹から足にかけて、足拭《あしふ》きマットの上にあり、床を這《は》った扇風機のコードが、一部分、その下に敷きこまれていた。

曳地はプラグを引き抜いた。そのあいだに、曳地の指摘に気づいた徳丸英正が、コードをマットの下からひっぱり出した。

皮膜の一部が破れて、銅線が露出していた。

徳丸英正は、あらためて大村の脈をとり瞳孔《どうこう》をしらべ、沈鬱《ちんうつ》に首をふった。

「だめか。え？　だめなのか」川野がせきこんだ。

「即死だったでしょうな、おそらく」

「感電死か」

「この状況では、おそらく」

そう言いながら、徳丸英正はほかの者に手つだわせて大村の躰をあおむかせ、またがると、胸隔を押して心臓マッサージをはじめた。

「これしか方法はないのか。え？　もっと何か……。心臓がとまったのは、つい今しがただろう。何とか、もう一度動きださせる方法はないのか」

徳丸英正は額《ひたい》から汗をしたたらせ、マッサージをつづけた。

遺体はひとまず空いた一室に移され、皆はその枕《ちん》頭《とう》にいた。

旅館の女将《おかみ》は、唇まで白くして、頭を畳にすりつけ、詫《わ》びをくりかえした。

扇風機はたしかに古いものでございますが、コードがそんなにいたんでいたとは気がつきませんでした。手落ちでございました。

「我れ我れは、よく無事だったな」

高原有恒が吐息をついた。

「あの殺人マットを、我れ我れも踏んだじゃないか」

「あの……警察沙汰《ざた》になるんでございましょうか」

女将の声がふるえた。

「変死だから、届けないわけにはいかんよ」

「御内聞にというわけには……。こういう商売でございますから、一度悪い噂《うわさ》がたちますと……」

「おかみ、それは勝手な言いぶんだな」川野が声を荒らげた。

「人がひとり死んだのだ。責任の所在は、はっきりさせなくては、死んだものが浮かばれんだろう。こんな、みじめな死にかたをさせていい男ではなかったのだ。まったく、みじめだ。田舎の小汚い旅館で、ひとりで死んでおったなど……」

女将は泣きくずれた。若くつくっているが、首すじの皺《しわ》がきわだった。

5

報《しら》せを受けて事情聴取に来たのは、原町署の古谷警部補であった。鑑識課員を伴っていた。

「やはり、罪になるんでございましょうか」

女将は、すがりつくように警部補を見上げた。

「業務上の過失を問われるのは、やむを得んだろうな」

一通りの検死をすませ、脱衣所にむかう。隅におかれた扇風機のコードを、古谷は手にとった。

「いつごろ購入したものだね」

「もう、十年以上使っておりまして、一度もこんな事故はなかったんでございます」

「あたりまえだよ」若い刑事が笑った。

「一度、事故がありゃあ、その時点で扇風機を買いかえるよ」

「大村さんが倒れているのを発見したのは？」

「わたしです」

若い女中が、怯《おび》えた声で言った。

「名前は？」

「横山《よこやま》ミツ子です」

「コードは、どんなふうになっていたね？」

「わたし、コードのせいだなんて思わなかったんです。のぞいたら、年とった方《かた》が裸で倒れていて……。

脳溢血《のういっけつ》なんかだったら、動かしちゃいけないと思ったんです。さわるのもきみ悪かったし……すみません、東京からグループでみえた方のおひとりだって、顔を見てわかったものですから、すぐに大広間に知らせにいったんです」

「あんたは、どうして風呂場をのぞいたの？」

「桜の間のお客さまに、風呂がすいているかどうかみてきてくれって言われたんです。混んでいるときに入るのはいやだからって」

「そのお客さんというのは、どういう人」

「大村さまとは関係ない方でございます」

支配人が、かかわりのない客はなるべくそっとしておいてくれというように、

「小沢《おざわ》さまという、福島市内の大きい酒屋さんで、野馬追いを見物にみえた方でございます」

「大村さんの連れの人たちに、恐縮ですがといって、ここに来てもらってくれ」

支配人が呼びに行き、曳地たちが下りてきた。

「とんだご災難でした」

「昼間お会いした警察の方ですな」

「早速ですが、皆さんも風呂には入られたと思うのですが、まったく何事もなかったのですか」

「我れ我れがよく無事だったと、いまもあっちで話していたところだ」川野が答えた。

「この殺人マットを、我れ我れも踏んでいるのだからね」

「そのときは、びりっという感じはなかったですか」

「いっこう気がつかなかった。マットが乾いていたから、一応絶縁されていたのだろうな」

「コードは、そのときもすでにマットの下敷きになっていたんですか」

「気がつかなかったな」

「ほかの方はどうでしょう」

あらためて訊かれると、だれもが不確かな返事しかできなかった。

「大村さんは、ひとりで後から入られたのですね」

「そうだ」

「大村さんのすぐ前に入られたのは？」

「ぼくです」

司が言った。

「曳地司さんでしたね」

「そうです」

「小さいお嬢さんは？」

「部屋に寝かせてありますよ」

「あなたが出てから、大村さんが入ってこられたんですか」

「入れちがいでした」

「あなたは、マットを踏んでも、平気だったんですか。びりっとしませんでしたか」

「ぼくはたぶん、マットを踏まなかったと思いますよ。あのびしょびしょ濡れた足ざわりは嫌いなので、無意識によけたんだろうと思います。一々おぼえていないけれど」

古谷警部補は、次に、浴室を掃除した従業員に、コードをマットの下に敷きこんだかどうか、訊《たず》ねた。

浴室掃除にあたったのは、六十近い男と三十五、六の女中で、女中の方が脱衣所の拭き掃除をした。

「床を拭いてから最後に、お客さんがすぐに使えるように扇風機はコンセントに差しこんでおきました。コードは、はしの方に寄せておいたから、マットの下にいれるなんてこと、ないと思います。義《よし》さんが浴室を磨《みが》いて出てくるときに足をひっかけて蹴《け》りこんでしまったりしたのでなければ」

「おれは、そんなことしねえよ」義さんは憤慨した。

「コードがいたんでいることには気がつかなかったかね」

「はい、うっかりしていて……」女中は目を伏せた。

曳地たちは先にひきあげ、大村の遺体のある部屋に行った。

「家庭用の電気でも、感電死するものなのだね」と川野が、徳丸英正にたずねた。

「びりっとくるくらいのものと、かるく考えていたのだが」

「大村先生の場合は、全身が濡れていたわけだから」と、徳丸院長は、「乾いた手でちょっと漏電箇《ろうでん》所に触れたのとはちがいます。汗をかいただけでも、電気抵抗は十二分の一に落ちるんですから。濡れたマットは十分に蓄電されていた。そこを濡れた足で踏んだのだから、たまりませんよ。その上、蓄電された濡れたマットの上に、濡れた躰が倒れ、接触面積が広くなった。これでは、もう、とても助からない」

ほどなく、古谷が入ってきた。

「あなたが来たというのは、昼の事件と大村の死に何か関連があると思ったということかね」川野が、顎《あご》をぐいとあげて訊いた。

「そういう懸念もあったので、私が担当したのですが、どうやら単純な事故のようですな、これは。だれかが故意にコードをマットの下に、しのばせたとすると、殺意があったということになりますが」

老人たちは、つまらない冗談をきいたというように、笑い捨てた。

「ところで、失礼ですが、先生方と徳丸玄一郎さんとは、どういう関係のお知りあいなのですか」

かすかに微笑をかわして、川野義治が、

「いうなれば、かつて、同じ内閣の閣僚であったということだな」

息子ほども年のちがう相手を驚かしてたのしんでいるひびきがあった。

「大昔の話だよ。白国政府大村内閣」

「白国、というと、日本ではないのですか」

「この大村くんが総理だった。曳地くんは陸軍大臣。わたしは大蔵大臣、徳丸くんは海軍大臣、高原くんは企画院総裁、五十嵐くんは日銀総裁だったな」

「若いころ、そのような遊びをされたんですか」

「遊びどころではなかった。あれほど、自分を燃焼しつくした時はなかったな」

「ぼくたちの青春……というには、少し年をくっていたが、お互い、三十代の前半だったな」五十嵐が言い、

「壮春《そうしゅん》でしたね」徳丸玄一郎が微笑して言った。

「壮春か、なるほど。壮年というには、なお、血気あり、若さあり、青春と呼ぶほど青くはない」高原が我が意を得たというように大きくうなずいた。

曳地忠晴は、目を閉じた。四十年近い昔。それは、

遠い霧のなかにあるようでもあり、つい先日のことのようにも感じられた。

――南方資源を武力で獲得するということは、必ず、日米開戦を惹起《じゃっき》します。フィリピンの米艦隊が油槽船《ゆそうせん》を攻撃することは明らかです。

頬《ほお》を紅潮させ、〈海軍大臣〉徳丸玄一郎は、〈統帥《とうすい》部《ぶ》〉にくいさがったのだ。

それに対し、物量が不足な分は、精神力で補えると強硬論をとなえてゆずらなかったのが、〈陸軍大臣〉曳地忠晴であった。

だれもが、邪心なく、ひたすら真摯《しんし》であった、と、曳地は回顧する。名誉心、功名心も根底にあったことを否定はしきれないにしても。

『国防戦略研究所』が内閣直属機関として発足したのは、昭和十五年十月である。

外務省、大蔵省、内務省等、各省の若手官僚、日本製鉄、三菱《みつびし》鉱業など民間企業の幹部候補社員、尉官級の軍人等、多くの分野にわたる官民の若い精鋭が集められた。

翌年七月十八日、第三次近衛《このえ》内閣が組閣されたが、その一週間前に、研究所員による『白国』模擬内閣が、大村清記を総裁として結成された。

模擬内閣の任務は、日米開戦に関する机上演習であった。

『英米の対白国輸出禁止という経済封鎖に直面した場合、南方資源を武力で確保する策をとればどうなるか』という設問が、教官によって構成される〈統帥部〉より〈内閣〉に与えられた。〈統帥部〉は、大本営に相当する。

〈大村内閣〉の若い閣僚たちは、それぞれの専門分野におけるデータをつきあわせ、激論をたたかわせた。

南方資源の武力確保は、必ず、日米開戦を惹起する。長期戦になれば、勝算はないにひとしい、というのが、ようやく統一された結論であった。

しかし、統帥部は、南方武力進出を決定事項として、更に机上戦をすすめるよう指令をくだした。

〈陸軍大臣〉曳地忠晴は、フィリピン奇襲と日米開戦を主張しつづけた。

統帥部は、次々と状況を設定し、内閣はそれに対処する策を答申する。

現実の状況を先どりし、模擬内閣は、ついに開戦せざるを得なくなる。

蘭印《らんいん》占領により、石油、鉄鋼等の資源は確保できたが、その輸送路は大丈夫かという問題が生じてくる。

開戦となれば、商船隊は敵艦により撃沈を覚悟せねばならない。

〈経済閣僚〉は、正確なデータから、造船能力が撃沈量に追いつかぬこと、長期戦には耐え得ないことを、数字をあげて立証した。

南方物資輸送が杜絶《とぜつ》したまま、〈白国閣僚〉は机上の戦争を遂行せねばならなかった。

想定は、空襲激化の情勢となり、若い閣僚たちは殺気だった。

計算上の石油備蓄は底をつき、食糧は欠乏した。日本は焦土《しょうど》と化した。米国とソ連が手を結び、ソ連参戦は必至となった。

これらは、データによる冷酷な数字が導き出した経緯であり、動かしようがなかった。

東条《とうじょう》内閣が現実に開戦を布告する昭和十六年十二月八日に先立つこと三箇月余、〈白国政府〉は、全面降服を余儀なくされていたのであった。発足以来、わずか四十数日のあいだに、曳地らは、開戦から敗戦までを走りぬけたのである。

七十年、二万五千五百五十余日の人生のうち、四十日は束《つか》の間《ま》にすぎぬ。しかし、いつどのときと比べても、もっとも充実した、心身を燃やしつくした時であった。一億の人間のなかから選《え》りすぐられ、日本の未来を託されたという自負は、我れ我れの魂を純粋にした。私のように開戦を主張したものも、徳丸のように非戦に固執したものも、一点の私心もなかった、と曳地は思う。

冷酷な数字により、開戦は敗戦を結果することが明らかになったにもかかわらず、現実の歴史は、大村模擬内閣の苦悩の軌跡をそのままにたどった。

発足後一年で、研究所は解散となり、任を終えた若いエリートたちは、それぞれの母体にもどった。

大村清記は外務省、五十嵐秀臣は日本銀行、川野義治は大蔵省、高原有恒は日本製鉄、当時陸軍中尉の曳地と徳丸は陸軍省、というぐあいであった。その後に、各自の長い人生がつづいた。

去年の春、大村清記と五十嵐秀臣が、たまたま共通の知人の息子の結婚式で顔をあわせたことから、旧白国政府閣僚の同窓会の話がもちあがった。

彼らはすでに、生の残りの時間を数える年齢になっている。昔日《せきじつ》の栄光をともになつかしみたい気持は一致していた。

会合は料亭で行なわれた。次回は、どこか少しかわったところでやりたいという希望が出たとき、大村清記が、徳丸くん、きみがいる相馬では、何か珍しい祭りをやるんじゃなかったかね、と思いついたように言ったのだった。

6

「それでは、先生方は、戦争をいわば二度体験されたわけですね」

さして感慨もなく、古谷警部補は言った。

「私は敗戦の年に生まれたので、戦争に関しては、まったく」

「戦後の三十数年よりも、シミュレーションに明け暮れた四十日の方が、はるかに長いな」

五十嵐が言った。

「ところで、昼間の事件だが」と、川野が話題をかえた。彼は、射殺事件に好奇心をそそられているようだった。

「わたしはどうも不思議なんだが、あの死体は肩に矢がたっていた。あのくらいで致命傷になるものなのかね」

「剖検《ぼうけん》の結果がでるまでに、まだかなり時間がかかりそうなので、はっきりしたことは言えませんが、あの矢には毒物が塗布してあったようです。たぶん青酸化合物でしょう」

「なるほど、そういうことだろうと思っていた。それなら、傷そのものは急所をはずれていても確実に殺せるわけだ」

高原は、うなずいた。

「それから、あの矢ですが、犯人が便所のなかにひそんでいて射たということではないらしいのです」

「ほう?」

「正確にはわからないのですが、仕掛けがしてあったようです」

「仕掛けというと?」

「便所の窓の中から、被害者が倒れていた地点のそばまで、細いテグスが一本はりわたしてありましてね、それに足でもひっかけると矢がはずれてとぶ、と、そんなふうになっていたようなのです。テグスの痕跡《こんせき》が残っていました」

「おかしなことをしたものだね。そんなことで、うまく命中するのだろうか」川野が言うと、

「だから、矢に毒物を塗ったのだよ」と高原が、「ちょっとした傷でも命とりになるように」

「まったくあたらないということだってあるんじゃないか」五十嵐も疑わしげに言う。「狙って射ても、必ず命中するとはかぎらないのに」

「どういう装置か具体的にわからないが、かなり命中率の高い仕掛けだったんじゃなかろうか」

「どんなふうな装置だったのですか」曳地はたずねた。

「復原につとめていますが、まだ正確な結論は出ていません。そういう装置を作るメリットといえば、遠隔殺人ができる、アリバイが作れる、ということではないかと思いますが」

「アリバイ作り?　というと?」

「こういうことじゃないか」と、高原が、「何時何分に、あの地点にこい、と、被害者に犯人は呼び出しをかける。被害者は、あの場所に行き、罠《わな》にかかり、絶命する。その時刻、犯人はほかの人間といっしょに離れた場所にいてアリバイを成立させる」

「すると、何かね、警察では、あの黒木とかいう被害者の死亡時刻を、正確にわり出せたのかね」川野が訊く。

「結論から言いますと、一時半に神旗争奪戦がはじまってから二時ぐらいまでのあいだと思われます」

「一時半から二時か。そうなると、我れ我れ、全員、確実にアリバイがあるじゃないか」川野は笑って、仲間を見わたした。

「神旗争奪戦がはじまってしばらくは、皆、珍しいから席を立たず見物しておったからな」

「みなさん、アリバイが必要ですか」冗談のように、古谷は訊いた。

「死亡時刻が一時半から二時では、せっかく殺人装置を作っても、アリバイ工作にはならんでしょう」

曳地は言った。

「どうしてですか?」

「甲冑競馬が終わって、神旗争奪戦がはじまるまでの休憩時間には、あの貼紙はなくて、ブースは自由に使われていた。つまり、罠はまだ仕掛けられていなかった。古谷さん、死亡推定時刻が一時半から二時というのは、そのころには、もう仕掛けができていたということですね」

「そう考えられます。観客の何人かに訊いたところ、争奪戦がはじまって十五、六分してから便所に行ったところ、使えなくなっていたという証言があります」

「すると、犯人は、争奪戦がはじまってから、罠を仕掛けるために便所に行かなくてはなりませんね。その間、アリバイはない。ところが、死亡推定時刻が、そのアリバイのない時間と重なっているわけでしょう。罠作りにどのくらい時間がかかるか、前から計画していたのだろうから、まあ手ぎわよく、六、七分としましょうか。前後の時間とあわせて、十二、三分は人の目につかない。今の話によると、開始後十五、六分には罠ができあがっている。つまり、犯人は、開始直後ぐらいに便所に行き、罠を作った。一時半から四十五分のあいだぐらいですね。一方、被害者の死亡推定時刻は、一時半から二時。前半十数分間は、犯人にアリバイがない。これでは、何のために遠隔殺人装置を作ったのかわからない。図に描《か》くと簡単にわかってもらえると思うが」

曳地は、ありあわせの紙に描いてみせた。

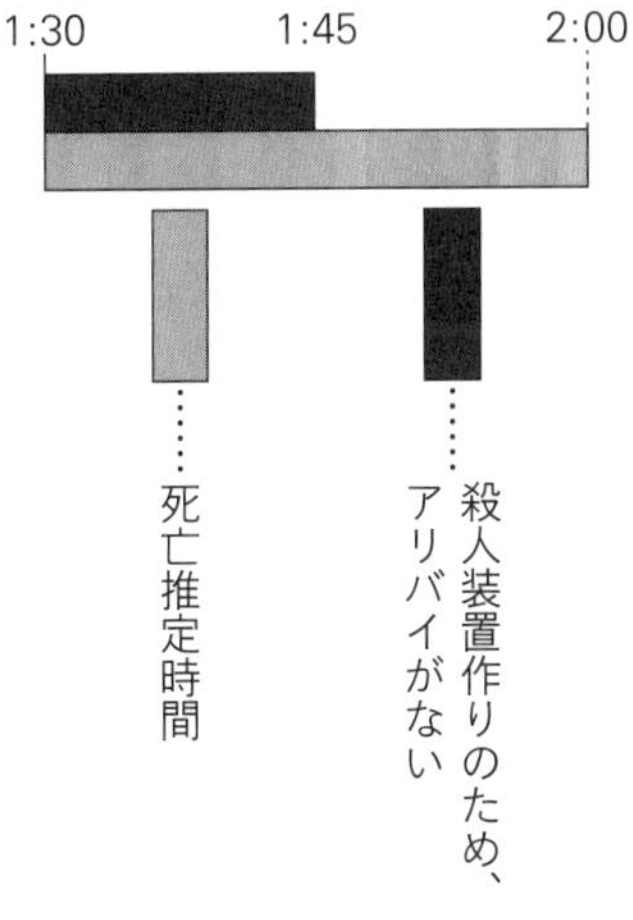

「おもしろい」と、五十嵐たちはのりだした。かたわらに大村の遺体があることは忘れられたようだった。

「データをもとに激論をたたかわした往時を思い出すね」

「考えられるのは、何か手ちがいが生じたということだな」川野が言った。

「犯人としては、もっと遅い時刻に、あの地点に行かせるつもりだったが、何かの手ちがいから、早い時間に被害者があそこに行って、罠にかかってしまった」

「その場合、人ちがいということは考えられんかね」と、高原が、

「黒木とかいう男は、まったく無関係なのに、たまたまあそこを通ったばかりに、罠にかかってしまった、ということはないかな」

「あんなところを、わざわざ通るかね。犯人が仕組んで、特に呼び出しでもしないかぎり」

「死亡推定時刻というのは、どのていど正確なのですか」曳地はたずねた。

「一時半から二時ということだが、もっと遅いということは考えられないのですか」

「死亡時刻というより、我れ我れが推定するのは、検屍《けんし》時までの死後経過時間です。もちろん、それから逆算して、死亡時刻も推定するわけですが。死後

経過時間の推定の方法はいろいろありますが、剖検の前に、現場での検屍で行なうのは、直腸内の温度測定ですね。それから、角膜の混濁《こんだく》の具合とか、死斑《しはん》の状態とか、硬直の進みぐあい、腐敗度といったところです。事件の知らせを受け、我れ我れが現場にかけつけて検屍を行なったのは、三時半ごろでした。死後経過時間は、一時間半から三時間。つまり、十二時半から二時のあいだということになります。罠が仕掛けられたのが一時半ですから、死亡時刻は一時半から二時のあいだということになります。更に、剖検によって胃の内容物を見ると、食後何時間ぐらいで死亡したかということが推定されます。黒木は中ノ郷纏場《なかのごうまといば》で――中ノ郷というのは、原町の旧称です。纏場というのは、フィールドのはしにもうけられた、出場者の溜《た》まりといったところなんですが――そこで、他の出場者たちと昼食をとっています。自分で持参した握り飯《めし》と鶏《とり》の空揚げなどの弁当で、十二時から十二時半のあいだぐらいだそうです、食事をしたのは。その消化ぐあいから、死亡時刻は食後およそ一時間ぐらいという線が出ています」

「それでは、争奪戦がはじまってすぐというあたりになりますね」

「そうです。ただ、まあ、個人差もありますし、検屍の方と総合して最大限幅をとり、一時半から二時という線を出したわけです。それより遅いということは、まず、ないと思います」

「食事を、もっと遅くにとったということはありませんかね」

「纏場でいっしょに弁当を食べた連中の証言がありますす」

「競馬が終わってからまた食べたかもしれんでしょう」

「その場合は、先に食べた昼食の分が、腸の方で検出されるはずですよ」徳丸英正が言った。

「これは、やはり、人ちがいだね」川野が結論を下すように言った。

「せっかくの遠隔殺人装置だ。アリバイがないうちに作動させてしまったのでは何もならん。無関係な人間が、早々とひっかかってしまったのだ」

「そういえば、院長先生、腹ちがいの弟さんが、甲冑競馬で投石を受けたとかいう話でしたな。しかも、弟さんは、院長先生の息子さんの鎧と旗をつけていたとかいうことでしたが」

「まさか、息子が狙われているなどというのではないだろうね」

「先生か息子さんが、何か人の恨《うら》みをかっているようなことはありますすか」

「医師として、地元の人たちから感謝されこそすれ、恨みをかうなど、とんでもない話だ」

「実際に投石を受けたという、弟さんは、どうなんでしょう」

古谷は手帖《てちょう》を出してしらべ、

「八束喬雄さんといわれましたね。いま、どこに?」

「先に帰ってしまったらしいのですよ」

「小高町の、院長先生のお宅の方にですか」

「そうだと思います」

「電話をかけて、呼び寄せよう。洋史が無事かどうかもたしかめんとならん」

徳丸英正は、あたふたと席をたった。

やがて、戻ってくると、

「洋史は、何もかわったことはないようだ。喬雄くんは、車で東京に帰ってしまったらしい。荷物をとりに寄って、そのまま立ち去ったそうだ」いささか拍子《ひょうし》抜けしたように告げた。

曳地は、大村の遺体に目をむけていた。

あまりにみじめな死にかただ。しかし、一瞬の苦痛で死ねたのは、倖《しあわ》せなことかもしれない。

襲撃者

1

磐梯山《ばんだいさん》の裾《すそ》を流れる長瀬川《ながせがわ》に沿って、国道一一五号線を八束喬雄のカローラは走り抜け、陽《ひ》が落ちる前に猪苗代湖畔に着いた。

曳地早枝は窓を開け放し、湖面をわたる風を浴びる。

喬雄は、父親といっしょに暮らした記憶をほとんど持たない。自分が私生児であることは知っていた。写真が残っていた。母親と男が、幼い彼を両側から抱きかかえるようにしている。男は頭が丸く大きく、髪を短く刈っているのでいっそう丸っこくみえる。黒ぶちの丸い眼鏡が表情をあいまいにしているが、何か冷《ひ》やりとしたものを、彼は写真のこの男に感じていた。捨てられたという先入観のためかもしれない。

彼が物心ついたとき、男はすでに身辺にいなかった。ときどき、仕送りはあったようだ。中学に入るころまでに彼が母親から得た父に関する知識は、次のような断片的なものであった。

軍人であった。満州《まんしゅう》から引き揚げてきた。母親は従軍看護婦であった。帰国の船がいっしょだった。船中で父は病みつき、母が看護した。船は佐世保《させぼ》に入港し、父は入院した。母の看護はつづいた。やがて快方にむかい、二人で上京し、そのまま同棲《どうせい》した。父は、妻子を妻の実家においてあった。

その妻の方と、どういう経緯があったのか、喬雄は母親から一方的な話をきくだけだが、父は、いったん帰郷したらしい。妻とその実家の人々は、内地に帰国していながら妻のもとに直行しなかった父を責め、父は東京で職をみつけ、妻子を呼び寄せるということで再度上京した。しかし、実家の方では、子供に病院の跡をつがせるという話が起き、妻子は郷里にとどまった。裕福な実家にいる方が妻は楽なので、敗戦と同時に失職しその上病み上がりで生活力を失った元職業軍人の夫と苦労を共にする気はなかったのだ――と、喬雄の母は言った。父は、母とよりを戻した。父の妻は離婚には応じなかった。世間体《ていい》を重んじたらしい。

だらしのない男だったんだな、と、喬雄は父のことを悪く言った。どっちにもきっぱりした態度をとれなくて……。

器用じゃなかったんだよ、と、母は弁護した。

それから父は、また母のもとを去ったのだが、その事情については、母は語らなかった。

母の話のなかに、喬雄は一つだけ明らかな嘘《うそ》を感じた。従軍看護婦だったのなら、戦後も看護婦として就職できたはずだ。ことさら経歴を詐称《さしょう》するのは、慰安婦だったからではないかという疑いが生じたのだが、その疑念を彼は押し殺した。

苦しいこと、辛くなるようなことは、なるべく気づくまいとする逃避の知恵を持ちはじめていた。

しかし、後に彼が『馬芝居』のセイさんという男に興味を持ったのは、やはり父のことが心にかかっていたからだろう。

母は彼が大学の二部に入った年に死んだ。

彼はやがて大学を中退した。現在は引越専門の運送会社の従業員である。

数年前、ふいに父がたずねてきた。どうして探しあてたのかと思った。彼が持っているのと同じ写真を持っていた。

一昨年、嫡男《ちゃくなん》のところに同居することになったと知らされ、便りは以前よりひんぱんになった。

その父から、野馬追祭《のまおいさい》を見に来ないかと招《よ》ばれた。生の残りの少ないことを自覚した父が、庶子《しょし》の彼を家族にひきあわせておこうと思ったのだろうか。

曳地早枝は、新聞社の年鑑編集室につとめている。正社員ではなく、身分は日給制のアルバイトである。高卒なので資格がないと、正社員どころか準社員にも登用されないでいるが、仕事は有能にこなす。

早枝が〝別居人〟と呼ぶ曳地司とは、喬雄はかつて親しかった。

正式に離婚してしまえば、真由の養育費など送ってこなくなるにきまっている。だから別居はしているけれど籍はぬかないのだと、早枝はそのていどのことは喬雄に話している。別居の原因はきいていない。早枝が自分から進んで話さないかぎり、喬雄はたちいらないことにしている。

早枝がつとめに出る昼間は、真由は保育園にあずけられる。月に一度だけ、土曜日曜とつづけて司が真由をひきうける。別居していても、父親と子供の接触を断ち切るのは真由のためによくないと二人で話しあって決めたのだけれど、実はわたしの息抜きにもなるの。早枝が喬雄のアパートで朝まですごすのは、そういう土曜の夜であった。

今月はもう、月のはじめに二人だけの夜をすごしている。むりだろうとは思ったが、野馬追いにいっしょに行かないかと誘うと、早枝は、真由がいるもの、と残念そうにことわった。いっしょに連れていったら？　コブつきではのびのびできないわ。


その早枝が、思いがけないことに、祭場にやって来たのだ。

まもなく甲冑《かっちゅう》競馬がはじまるというころ、喬雄は、フィールド内の纏場《まといば》にいた。纏場は高さ一メートルほどに柱をたて荒削りの杉板を渡したもので、各郷《ごう》のものが一つずつ設けられ、入口に近い側に小高《おだか》郷と標葉《しねは》郷、フィールドをへだてはるかむこうに、中《なか》ノ郷（原町《はらまち》市）、宇多《うた》郷（相馬《そうま》市）、北《きた》郷（鹿島《かしま》市）と並んでいる。

異母兄徳丸英正の息子洋史が、甲冑競馬に出場する予定で纏場にいたが、暑気あたりしたのか、気分が悪いと言いだした。

ふと気まぐれが起き、

「かわりに立ってやろうか」

洋史は、ほっとしたように具足《ぐそく》をぬぎ捨てた。

朽葉糸縅《くちばいとおどし》二枚胴の鎧《よろい》は予想以上に重かった。

「亀《かめ》の甲羅のようだ」

Tシャツの上にじかに前胴をあてて、笑いながら言った。

洋史は笑いかえす余裕もなく、青ざめた額《ひたい》に脂汗《あぶら》を浮かべ、ポリバケツから柄杓《ひしゃく》で汲《く》みとった水をたてつづけに飲んでいた。バケツにぶちこまれた氷塊がゆれ、ぬめぬめと光った。

「坊ちゃん、あまり飲まん方がいいよ」

『徳丸家』と衿《えり》に白く染めぬいた法被《はっぴ》を縞《しま》のシャツの上にひっかけた小柴隆吉《こしばりゅうきち》が案じるように言い、喬雄が具足をつけるのに手を貸した。小柴隆吉は、喬雄と同年輩で、彫りの深い精悍《せいかん》な顔だちである。左足をひきずるようにして歩く。以前は、徳丸病院の運転手をしていた。足を怪我《けが》したので退職したが、こういうときには手伝いを買って出るのだと、隆吉は喬雄に語った。

「胴はあとだ。先に佩楯《はい》をつけねば。胴の合わせめは、後を表に出すんだ。緒をしめこんだら前でひとつひねってみな。ゆるまねえから」

「重いな」

「こんなかっこうで鎧をつけたら、擦《す》れてただれっぺな」

そう言いながら隆吉は、喬雄の腰に白い上帯をまわし、鎧の上からぐいと引きしめた。たしかに、木綿のTシャツは、肩にくいこむ金具の重みをやわらげるには薄すぎた。肌と鎧のあいだに汗が流れ落ち、たまりこんだ。

房を垂らした面繫《おもがい》や胸繫で華やかに飾りたてられた馬がフィールドに群れていた。サラブレッドやアラブが大半だが、なかには鈍重な農耕馬も混る。神経質に耳を伏せ鼻孔をふるわせてとびはねる競争馬のあいだに、農耕馬はうっそりと図太く立っていた。

フィールドの周囲には柵《さく》がめぐらされ、見物人がかってに入りこまぬよう、腕章をつけた係員が木戸の脇《わき》に立っている。

具足をつけ終わった喬雄は、木戸の外を、人を探すふうにあたりを見まわしながらいそぎ足に通る若い女に目をとめた。

「早枝！」

喬雄は柵に走り寄った。具足が金具の音をひびかせた。

早枝は、あ！　と息をのんで立ちすくんだ。

「何を大げさに驚いているんだよ。おれだよ」

「喬雄！　何だって……何だって、そんなかっこう……」

「これかい？」

喬雄はてれくさい笑顔になった。早枝にからかわれそうだ。

「凛々《りり》しいだろう。そんな、幽霊を見たような顔するなよ。いくらアナクロだってさ」

「逆光で顔がよくわからなかったのよ。そんなかっこうしていたら、土地の人かと思うじゃない」

「驚くのは、こっちだよ。来られないって言ってたじゃないか。真由は？」

「どういう風の吹きまわしか、別居人があずかってくれるといって、昨日からあっちなの」

「それなら、連絡してくれたら、昨日いっしょに来たのに」

「別居人からの連絡が急だったから、昨日はわたし仕事を休めなくて。今朝、八時上野《うえの》発の『ときわ五号』に乗ったの。六時起きよ。眠いわ。こんなに混んでいるとは予想しなかった。簡単に喬雄に逢《あ》えるつもりだったの。探しまわっちゃったわ」

「運がよかったな。奇跡のめぐり逢いだ」

柵越しに手をとりあって話している二人を見て、係員が気をきかせ、木戸を開けて早枝を招き入れた。

早枝は喬雄の腕のなかにとびこむようにして、胸に頭を埋めた。鎧の胴をとおして早枝の鼓動がかすかに喬雄につたわった。

「どうしたんだよ。まるで十年ぶりの再会ってふうじゃないか」

「逢えないと思ったんだもの。混んでいて」

こんな小娘のような甘えを早枝がみせるのはめったにないことなので、喬雄は、思わず抱きしめた腕に力をこめた。早枝は、しばらく躰《からだ》をあずけきっていた。周囲の無遠慮な目が二人に集まった。喬雄が躰をはなす前に、早枝は姿勢をたてなおし、弱みをみせないいつもの表情になった。

「それにしても、凄《すご》いかっこうだなあ。どういうこ

「洋史くんは？」

喬雄は、早枝にむけられる隆吉の目をさえぎった。

「どこか日かげで休んでいなさるよ。東京からかい」と、また早枝に話しかける。なかなかの男前だから、女には自信があるのだろう。

「宿はどうした？」

隆吉を無視して、喬雄は早枝に訊《き》いた。

「まだ、とってないのよ。このあたり、どこも満員だろうな。なければ、どこかほかへ行くわ」

「今夜は、ここらは無理だろうな。車で来ているから、どこか少し離れたところを探そう」

「いいの？」

「かまわない」

纏場を下りた小柴隆吉は、朱《しゅ》房で飾った馬の首をかるくたたきながら、

「甲冑競馬に出るなら、もう仕度せんと」

喬雄にむかって大声をあげた。

「あれは兄貴のところで飼っている馬だ」

「医者だって言ったでしょ」


と？」

「兄貴の息子がばてたんで、代わりに走るんだ」

喬雄は纏場の板の上によじのぼり、早枝に手をのべた。助けを借りず、早枝は、はずみをつけて身軽にのぼってきた。ジーンズとTシャツが、早枝を年よりはるかに若くみせる。精悍《せいかん》なほどの躰つきだが、腰は子を産んだ女のふくよかな丸みを持っている。

板の上には出場者の刀や冑《かぶと》がおかれ、旗差物《はたさしもの》がたてかけられ、弁当の残骸《ざんがい》もひろげられていた。

「芝居の小道具とは、さすがにちがうだろう」

自分のものでもないのに、刀を指さしながら喬雄の口調は、ちょっと自慢げになった。

「本身《ほんみ》だよ。抜いてみな」

割りこんで声をかけたのは、小柴隆吉であった。

早枝は苦笑めいた笑顔で、手をふった。白刃《はくじん》を手に若い女が悲鳴をあげたり感嘆したりするのを相手が期待しているのがみえたからだろう。期待にこたえてのってやる親切気は、早枝は持ちあわせていない。

「ああ」

「馬で往診するわけじゃないんでしょ」

「この祭りのために飼っている」

「たった三日間の祭りのために？」

「ああ」

「かねがかかるだろうにな。やっぱり医者はもうけているんだな」

アルバイト先のわずかな給料と、別居人からのこれもわずかな養育費でやりくりしている早枝の声には実感がこもっていた。

世話をしようとか、甘い言葉をかける男は身辺にあとをたたないらしいのだが、早枝は男に縛られるよりは貧乏暮らしの方がはるかにましだと思いさだめているようだ。もっとも、喬雄は別れるにいたった具体的な事情は何も知らない。曳地司は、喬雄の知るかぎりでは、好感の持てる相手であった。

「馬にとっちゃ、迷惑な話だろうな」と、目にかぶさる面繋の房を首をふって払いのけもせず立っている馬を、早枝はながめている。

「あんなにごちゃごちゃ飾りをつけられて、暑いなかを、走りたくもないだろうに走らされて」

「サラブレッドは、走るように作られているから、走るさ」

「人間がそういうふうに作っちゃったんじゃないの」

高校生でも近ごろはものわかりがよくなって、こんな青くさいことは言わないのに、早枝はむきになり、すぐに苦笑して表情をゆるめた。

背に旗差物をひるがえし、白鉢巻《はちまき》を額に幅広くしめた騎馬武者の群れは、フィールドの中央に集合しつつあった。気がつくと、出場者は集まれという命令が、くりかえしスピーカーから流れていた。

「おとなしい馬だから、ふり落とされる心配はねえよ」

小柴隆吉がひいてきた馬に、喬雄は纏場の上からまたがった。

「腿《もも》でぎっちりしめつけてろ。あとは馬まかせにしていれば、馬の方で心得て適当にやるよ」

喬雄を初心者と思い、小柴隆吉はそう言った。

かなり年をくった馬だなと、喬雄は思った。眼に力がなかった。

馬になじんで暮らした時期があった。母親が府中《ふちゅう》にある厩舎《きゅうしゃ》の賄婦《まかないふ》をしていた。喬雄が五歳の年から小学校の五年になるまで、六年間ほどだ。喬雄は、大きくなったら馬のにおいのしないところへ出て行くのだと、内心思っていた。

馬は好きだったし、幼いころは、馬を自在にあやつる男たちを感嘆の目で見ていた。しかし、調教師や騎手たちの日常の裏側までつぶさに目にすると、自分の将来をそこにおくことは、考えられなくなった。あまり身近なものは、夢のふくらむ余地がない。

その後、馬にふれる機会はなかったのだが、大学の夜間部に籍をおいてから、アルバイトにサーカスの雑務をえらんだ。その源流をたどれば、そこには、厩舎に充満した藁《わら》と馬糞《ばふん》のむれたにおい、幼い手が感じた馬の躰のぬくもり、鐙《あぶみ》にもとどかぬ短い足でしめつけると内側からはねかえしてくる馬の腹の弾力の、遠い記憶があった。

最初は都内での興行のあいだの短期アルバイトのつもりが、地方巡業の先乗りまで引き受けるほどになり、そのサーカス団が不入りにひきつづく火災事故で大打撃を受け解散に追いこまれる羽目になった後も、更に、『馬芝居』の一座に加わり、馬とつきあう一年間がつづいたのであった。

「旗をさしてやるから、前にかがみな」

隆吉は命じ、喬雄は馬上のまま上体をたおした。幅三尺、長さ五尺の大旗の棹《さお》が、鎧の背の受け筒にさしこまれるのを感じた。

隆吉は手綱《たづな》をとって、フィールドの中央にむかって歩きだした。

鈍重な体軀《たいく》の農耕馬は、騎《の》り手のけんめいな叱咤《しった》にもかかわらず、他の出走馬が土煙をあげて疾駆するうしろを悠然と歩く。

フィールドの中央で出番を待ちながら、喬雄はそのさまを眺め、何か小気味よい思いで笑った。

みるみる、距離がひらく。図太い馬は、ふいにフィールドのまんなかをつっきりはじめた。コースの反対側に達すると、俄然《がぜん》スピードをあげた。他の馬が一周するところを半周ですませてしまったのだ。

それでも、途中で追いぬかれ、審判席のゴールを通過したのは、七番めだった。一回に十二頭が出走し、七着までが賞の対象になる。農耕馬は、かろうじて入賞の末席につらなった。

あきらかに反則で、審判員たちは少しもめていたが、馬のユーモラスなやりかたを嬉《うれ》しがったのだろう、着番をしるした白紙が、この馬の騎手にも与えられた。入賞をみとめられたのである。

手綱と鞭《むち》で、両手はふさがっている。着番をしるした紙片は口にくわえ、審判員の号令を合図に、一着のものより順に、観客席を割って七曲りの坂を駆けのぼる。このとき、また農耕馬はごねた。臀《しり》をたたかれようが腹を蹴《け》られようが小ゆるぎもせず、笑いをまきおこした。

「おめえ、器用なことをするな」

隣りの騎馬武者が喬雄に話しかけた。喬雄は、手綱を腰にまわし、腰の動きと引き締めつけた腿とで、つまり手綱をもちいないで馬に命令をつたえていたのである。

『馬芝居』についてまわっているあいだにおぼえたやりかたであった。役者たちの両手は芝居の所作《しょさ》に必要だから、手綱を手であやつるわけにはいかない。

スタートラインにつき、旗の合図で馬腹を蹴った。第一コーナーあたりで、すでに各馬のあいだに大きなひらきが生じた。

「先頭を切るのは、どの郷《ごう》の若武者でありましょうか」

レースのたびに、ひとつおぼえのように繰りかえされるアナウンスが、またもひびいている。

「はたして、どの郷の若武者でありましょうか」

黒地に風と染めぬいた旗と、赤地に井筒の二騎がトップをせりあい、つづいて四、五頭一団となったなかに、青地に七曜星《しちようせい》の旗をなびかせた喬雄は、いた。

馬をこれほど烈《はげ》しく責めるのは、喬雄にははじめてのことである。本式の競馬のような駆け引きは頭にない。テクニックを知りもしない。ひたすら煽《あお》る。馬は喬雄の鞭がなくとも、よく走った。しかし、喬雄は鞭をいれた。

十二頭の蹄《ひづめ》の音は、いり乱れているはずなのに、一定のリズムとなって躰にじかに感じられた。闘争本能が躰のなかからむき出しにあらわれるのを、快《こころよ》く解き放った。

子供のように勝敗にむきになっている自分を、何かほほえましく思うゆとりが生じ、そのとき、うしろから追いあげてきた馬が並び、更にぬきかけた。喬雄は猛然と鞭をつかった。

何着になったのかもわからずゴールを過ぎ、馬はそのまま突っ走って、第一コーナーのあたりでようやく止まった。

馬首を返して戻ると、審判係が着番を記した紙をわたした。『五』としるされた数字を、こんなものかなと、いささか気抜けした思いで眺めた。三着ぐらいには入ったかと思っていた。

着順に並ばされ、他の者にならって紙片を口にくわえる。

「のぼれ!」と審判係が野太い声でどなり、それを合図に、一着の者から順に、七曲りの坂道を駆けのぼる。

前のものが走り出す。間合をみて、喬雄はつづいた。

急角度で屈折する砂利道を、馬は心得てたくみに駆けのぼる。すでに何度も出場して馴《な》れているのだろう。

気をゆるし、ほとんど馬にまかせていくつかの角を曲がり、頂上まであと三分の一ほどという地点に来たとき、ふいに馬が大きくはね、うしろ肢《あし》で直立した。手綱をひきしぼるひまもなく、喬雄は落馬した。後続の馬の蹄にかけられる危険を一瞬思ったが、地に墜《お》ちた衝撃に、失神がつづいた。

彼が意識を失ったのは、ごく短いあいだだった。

邪魔になる背の旗がぬきとられるのも、数人にかつぎあげられはこばれてゆくのも、ぼんやり感じていた。宙をはこばれるたよりない感覚のうちで、コンタクト・レンズが眼を傷つけなかっただろうかと気にかかった。強度の近視なのだが、眼鏡はうっとうしく、コンタクト・レンズを常用している。ふだんはつけていることさえ忘れているのだが、このときは、まずそれを案じた。眼に痛みは感じないのでほっとした。大丈夫だ、歩けると言おうとしたが声にはならず、他人の手にはこばれるにまかせるほかはなかった。

やがて、冷やりとした土の上に横たえられている自分に気づいた。周囲に人垣ができ、その人群れをかきわけて、父と異母兄が走り寄って来るのを目にした。

「やはり喬雄くんだったのか。洋史にしてはどうも違うと思った」英正の声に安堵《あんど》がこもっていた。

「洋史ではなかったのか」よかった、と思わず出かかった言葉をかみ殺したのに、喬雄は気づいた。しかし腹をたてる気力は湧《わ》かなかった。意識はまだ半ば麻痺《まひ》しているようだった。

「洋史はどうしたんだね」英正は、まず訊いた。

深い睡《ねむ》りからむりに呼びさまされたような状態で、喬雄は、その質問に即座に応《こた》えられなかった。

「洋史は？」苛立《いらだ》たしげに訊く英正に、

「先に、診《み》てやってくれ」玄一郎が頼むように言い、喬雄の鎧をはずしながら、「痛むか」とたずねた。

「大丈夫です」全身から力がぬけ、口をうごかすのに努力がいった。腕や脚を動かしても激痛はなく、骨折はしていないな、と思った。

「洋史くんは、どこか日かげで休んでいるんじゃありませんか」

「休んでいる？　洋史は何か具合でも？」

「暑くてばてたようです」

「それはいかんな」しゃがみこんで、喬雄の躰をしらべていた英正は立ちあがった。「どこにいる」

「さあ」

「小柴に探させよう。小柴は下におったかね」

「纏場にいました」

喬雄は躰を起こした。ゆっくりと全身に力がよみがえってきた。ちょっとしたショックだったのだ。もう大丈夫らしい。息苦しかったのは鎧の胴のせいだ。はずしたので呼吸が楽になった。

「横になっていなさい」玄一郎が命じた。「頭を打ったかもしれない」

「いえ、もう大丈夫です」

「ここは痛むか。ここは?」

英正の指が彼の躰をまさぐり、圧《お》した。

父のそばに、数人の老人を、喬雄は認めた。

父の旧友たちというのは、あれか。

幼い女の子が、老人の一人と手をつないでいる。

喬雄は、真由と会ったことはないが、写真を見たことがあり、顔は知っていた。

なぜ、真由がここに? あの老人は、曳地司と何かかかわりがあるのか。早枝は、真由は司があずかったと言っていた。すると、司もここに来ているのだろうか。姿が見えないが……。


「吐き気はないか」英正が訊く。

「ありません」

「脳震盪《のうしんとう》の心配もなさそうだな。かるい打ち身だけだ。念のため、うちの病院で頭部のレントゲン検査を受けるといい。私は洋史をみてくる」

英正がそそくさと立ち去ろうとしたとき、

「ちょっこら、ごめんよ」と人垣をわけ、小柴隆吉がのぼってきた。

「小柴、洋史はどうしたか知らんか」

「ちょっと暑気あたりしなさったが、もう元気だよ。あとの神旗争奪戦に出るから、鎧と旗をかえしてもらってこいといいつかった」

「そうか。それなら安心だが、争奪戦に出る前に、一度、ここに来るように言いなさい。一応診察しておこう。若いものは無茶をやるからな」

「おれァ、ちょっこら馬を見てくる」

頂上の平らになった空地には急ごしらえの馬つなぎがもうけられ、レースに出ない馬がつながれて、濃い体臭をただよわせている。

一頭、つながれていないのにおとなしく立っている馬に、小柴隆吉は近寄った

「お前《めえ》、何でこけた」小柴隆吉は馬に話しかけたが、すぐに戻ってきて、英正に耳うちした。かっこうは耳うちだが声が大きいので周囲に筒抜けにきこえた。

「だれか、石でも投げたんでねえかね。鼻づらに傷ができてる。新しい傷だ。さっきまでは、そんなものはねかった」

「石を?」

「石か何かわかんねえが」

「喬雄、気がつかなかったか」英正に訊かれたが、喬雄は確答できなかった。

「石だよ。見た」というものが野次馬《やじうま》のなかからあらわれた。十二、三の子供で、石ころがとんできて馬の顔にあたり、それで馬があばれたのだ、と断言した。

「なぜ早く言わないんだ」大人たちにとがめられ、

「だって」と、子供は口をとがらせた。

誰が投石したのだ、どこから投げたのだ、という質問に、子供は何も答えられなかった。柵によりかかって疾走してくる騎馬に拍手するのに夢中だった。うしろの方から、としか子供は言えなかった。

もっとも、子供の言葉が口火となって、投石があったと証言する者が、さらに何人もあらわれた。仲間同士で、だれか石を投げたぞ、いや、おれは見なかった、届けんといかんだろ、どこに届けるんだ、見まちがいかなあ、つっこんで訊かれたら自信ないな、などと、同じような会話があちらこちらで囁《ささや》きかわされていたのだ。

一瞬のことだから、目撃者たちも確信が持てなかった。子供の発言が、それらの人々に自信を与えた。石のとんできた方角は、ほぼ一致していた。単なる落馬事故ではないというので、執行委員のうち、本陣近くにいる者が集まってきて、目撃者から話をききとったり、善後策を講じたりしはじめた。

頂上の騒ぎはフィールドまではつたわらず、騎手たちはコーナーで競りあい、背の旗が風にひるがえっていた。

喬雄が、早枝のところに行こうと立ち去りかけると、「あんた、そこにおってください」

『軍者』とするした布片を鎧の背、左肩のあたりにとめた一人がさえぎった。それぞれの役と姓名をするした布片を、甲冑武者は皆、同じ場所にとめつけている。役のない者は姓名だけである。

「小柴、洋史を呼んでこい。狙われたのは洋史だ。いや、わしも行こう。小柴、洋史はどこだ。案内しなさい」英正はうろたえ、小柴隆吉をせきたてて走っていった。

喬雄は委員たちから少し離れたところに寝ころんだ。

委員たちの話し声が耳につく。

「院長、だいぶあわてとったな」

「実際、洋史くんを狙ったんだろうか」

「いたずらでねえのかね」

旗差物は一人一人意匠《いしょう》がちがうのだから、たしかに、きわだった目印になる。投石者は、おれを洋史と思ったのか。

「どこから投げたかね」

「素手か投石器を使ったかによって、距離がちがうな」

「投石器？　そんなものを使ったら、目立つだろう」

「いや、パチンコか何か。小枝の股《また》にゴム紐《ひも》をはったやつ」

「わしたちが子供のころは、あれで雀《すずめ》を落としたが、今でも使うかね」

「パチンコといえば、今のものはこれしか知らねえんでねえか」

そう言った男は、たぶん親指を動かして玉をはじく仕草をしてみせたのだろう。

「投石なら、二つ折りの手拭《てぬぐい》に石をはさんでぶん廻《まわ》すやりかたもある。はずみをつけておいて手拭のかたはしを放すと、これは威力があるぜ」

「しかし、命中率は低いんでないかね、そのやりかたは」

下の方から歓声が湧きあがる。優勝馬が駆け上がってきて、表彰所で賞品を受けとる。

「こんなに大勢の人間がおるんだから、だれか投石の現場を目撃した者がいそうなものだがな」

「いや、皆、優勝馬が駆け上がってくるのに気をとられていたから、物かげから投げたらわからねえだろう」

「放送させたらどうだね。投石犯人について心あたりのある者は軍者まで申し出るように」

「審判席のマイクを使ってかね。そりゃあ、ちょっとまずいんでねえかね。せっかく、みんな楽しんでおるのに、気分がこわれっぺ」

「下にいる連中は関係ねえんだからな。この辺にいるやつらにたずねてみっか」

「それも手間がかかるんでねえの」

「やはり放送すべきだ。どうだね、委員長」

「そうだな」とうなずいた声は、執行委員長らしい。

「御使番！　だれかいねえのか、御使番！」

白地に黒の一文字の旗を差した御使番は、こういうときの伝令役だが、あいにく付近にだれひとりいなかった。

「しょうがねえな。だれか審判席さ行ってこい。放送するようにつたえろ」

「来年から、ハンドトーキーを備えたらいいんでねえかね。どうだ、そのくらいの予算あっぺ」

「したら、ますます、御使番の出場《でば》がなくなるんでねえの」

拡声器から割れた大声がひびいた。

「さきほどの落馬事故は、投石によるものと判明しました。心あたりのある者は、軍者まで申し出るように」

歓声があがった。数頭が一団となってゴールになだれこんできた。審判員たちもそちらに気をとられ、放送は繰り返されることはなかった。

「どうだ、大丈夫か」と父親が寄ってきたので、喬雄は立ちあがった。

「何ともありません」

「それでは、ちょっと紹介しておこうか。こっちに来なさい」

頂上の天幕の下で、老人たちに喬雄はひきあわされた。

父の招きに応じて昨日彼が小高に着いたとき、父は友人たちと共にすごすために原町の旅館にいるということで、彼はひとり初対面の異母兄の家に泊まった。あまり快い居心地ではなかった。呼びつけておいて、どういうつもりだ。

しかし、父が友人たちに紹介する口ぶりから、彼は、父が彼の身のふりかたを案じて、有力者にコネクションを持たせようという意図があったのではないかと感じた。

昨夜、異母兄の徳丸英正から、お父さんの友人というのは、たいそうな人ばかりなのだと、自慢げにきかされはした。

喬雄はそのとき、はじめて、父がエリート集団の一員であったことなどを知った。

なぜ、ほかの人たちのように、戦後も日の当たるコースを歩かなかったのか。

喬雄の問いに、異母兄は、時流に乗りおくれたってことじゃないのか、としか答えなかった。

錚々《そうそう》たる老人たちに伍《ご》して、腰は低いが少しも卑屈さを感じさせない父親を、喬雄はいまあらためてみつめる。

喬雄はこれまで、父を、しいて意識の外においてきた。もともと、成りゆきまかせののんきな性質でもあったけれど、私生児であることにこだわるまいとするのは、自分をみじめにしないための防衛策でもあった。

真由の手をひいた老人を、

「曳地さんだ」

と、玄一郎は紹介した。

「この小さいお嬢ちゃんはお孫さんだ」

司の父親か。喬雄は納得すると同時に、意外な偶然に困惑もした。

司と知りあいであることを口にしようか、黙っていようか。

早枝とのことは、べつに疚《やま》しくもないし、秘密にしておくつもりもない。だが、こんな席でめんどうなことになるのもいやだ。さしあたっては知らぬ顔でとおそう。かるく挨拶《あいさつ》して下におりた。

彼は、地位とか名声には恬淡《てんたん》としているつもりだったが、国の動向にかかわるほどの仕事をした人々を目《ま》のあたりにして、やはりいくぶんの昂《たかぶ》りは押さえられなかった。

なぜ、おやじは、男としての野心を捨てたのか。あれで満足なのか。口惜しくはないのか。自分が市井《しせい》の隅に埋もれて後半生をすごしたから、せめて庶子のおれを少しでも浮かびあがらせようと、あの連中におれをひきあわせたのか。

迷惑な話だ、と内心言い捨てたが、虚勢が皆無ではなかったかもしれない。

木戸のあたりまで来たとき、甲冑競馬が終了した。次の神旗争奪戦がはじまるまで休憩時間をとるので、人々がざわめき、歩きまわる者が多くなった。道の両側には綿あめだの、いかの鉄砲焼きだの、焼きとうもろこしだの、屋台が並び、子供たちが群れていた。

喬雄は冷えたラムネを二本買い、一本はその場で飲んだ。もう一本は早枝にやろうと、纏場にもどったが、早枝の方でも喬雄を探しに出ていきちがいになったらしく、姿が見えなかった。

騎馬武者の群れがフィールドに散り、法螺貝《ほらがい》が鳴りひびき、花火とともに神旗が打ち上げられた。

あっけないゲームだな、と、落下する旗を鞭の先にからめとり、意気揚々と七曲りを駆けのぼってゆく優勝者を見送った。

早枝がもどってきた。

「何だ、帰ってきていたの。お父さんたちのところで話しこんでいるのかと思った」

「どこに行ってたんだ」

「暑いから日かげにいたの」

「おれは、落馬したんで、上で少し休んでいた」

「あの投石による落馬って、喬雄のことだったの！大丈夫？」

「もう何ともないさ。飲む？」

「もらうわ」

早枝は、のどをそらせて一気に飲み干した。のどの筋肉が、妙になまなましく動いた。

「上に、真由がいたよ」

　喬雄が言うと、早枝は驚いて、むせた。

「どうして！　見まちがいじゃないの」

「写真でしか知らないけれど、まちがいないよ。司のお父さんといっしょだった。おれの親父《おやじ》の旧友グループのひとりに、司の親父さんもいたってわけだ。曳地さんといって紹介されたし、真由を孫だといっていたから、まちがいない」

「それじゃ、司は？　別居人もそこにいたの？」

「いや、見えなかった」

「あずかっておいて、おじいちゃんに押しつけたのかしら」

「いっしょに来ているのかもな」

「…………」

「司とおれが知りあいだということ、めんどうだから、あの場では黙っていた」

「司……来ているのかしら、ここに。ばかだわ」

「気になる？」

　早枝は、喬雄が意外に思うほどうろたえていた。

　そんなに、司に知られたら困るのか。平気だと言っていたじゃないか。別居といっても、離婚しているのと同じだというのは、嘘なのか。

　炎天下で、変りばえのしない競技がいくたびもくりかえされる。

「もう出ない？」

　とうとう、うんざりしたように早枝が言いだした。

「いま、何時？」

「二時半」

「終わるのは？」

「四時ごろかな」

「まだ一時間半もあるの。倦《あ》きたな」

「よし、出るか」

「ちょっと待っていて」

　早枝は手洗いに立った。

「おれはまだ、親父とろくに話をしていないんだけどな」

　戻ってきた早枝に言うと、

「それじゃ、喬雄だけ残ったらいい。わたしは帰るわ」

早枝と争いたくはない。二人だけで旅行をするなど、めったにないことだ。気持よくすごしたかった。

「司や舅《ちち》と顔をあわせたくないし……」

駐車場まで来るあいだに気をとりなおしたのか、弁解がましく言ったが、むりにつとめて明るい声を出しているように喬雄には感じられた。

喬雄はカローラのドアのロックをはずした。助手席に腰を下ろしたとたんに、

「熱い!」

早枝はとんきょうな悲鳴をあげた。シートはたしかに灼《や》けていたが、早枝のおどけた悲鳴は、とげとげしかったふるまいをわびるかわりと思われた。

喬雄はエンジンをかけると同時にクーラーのスイッチを入れた。

陸前浜街道《りくぜんはまかいどう》を雲雀《ひばり》ヶ原《はら》から南へおよそ七キロも下ると、小高町に入る。

神社の前を流れる小高川の朱塗りの橋を渡り、

「あれが兄貴の病院だ」

水田のひろがる農地に屹立《きつりつ》する三階建の大病院を示す。

「都会の高級マンションて感じね」

徳丸玄一郎の亡妻——英正の母親——の実家、持《もち》田《だ》家は、代々相馬藩の典医という家柄だった。英正が院長である小高中央病院は、持田家からひきついだものである。持田家では男子が病死し後継者が絶えたので、英正があとをひきうけた。しかし、設備のととのった近代的な大病院に発展させたのは、英正の手腕であった。

小高町は人口一万五千、世帯数にして三千五百戸ほどである。大がかりな設備投資をしてペイするのだろうかと喬雄は思ったのだが、名声がとおっているから、小高町民ばかりでなく、広く相馬一帯から診療に来る、市会議員やら商工会議所メンバーやら、患家も名士が多いのだと、昨日、英正は問わず語りに自慢したのだった。

土曜の午後で、病院は閉まっていた。

「レントゲン検査を受けるの?」

早枝は、いくぶん苛立たしそうに訊く。

「いや、そうじゃない」

「それなら、行きましょうよ」

「ちょっと車のなかで待っていてくれ」

「どうして」

「荷物をとってくる」

英正の私宅は、病院の敷地の地つづきにあり、古い造りの家を一部現代風に改築したものである。

前庭だけでも七、八十坪《つぼ》の広さがあり、右手の植えこみのかげに厩《うまや》と物置小屋の板壁がのぞく。厩の前を通る細い溝は道路わきのどぶに通じ、藁屑《わらくず》のまじった泥水があふれている。

喬雄は車を前庭までは乗り入れず、道のはしに寄せて止め、早枝を助手席に残した。

玄関の引違い戸は鍵はかかっていない。泥棒などめったに入らないのだろう。いたって開放的だ。もっとも、よそ者に対する扱いまで開放的なわけではない。

玄関の十五、六坪はある広い土間をはさんで、右手の新建材の二階建が改築した部分で、一階は応接セットをおいた洋間とダイニング・キチン。二階に洋史の部屋と英正の書斎がある。土間の左手は、古い造りのままで、黒光りのする太い柱にささえられた和室が四つ田の字に並び、更に納戸《なんど》や小部屋が奥につづき、その一室が玄一郎の居間にあてられている。

四つの部屋が境の襖《ふすま》をとり払い、三十畳ほどの広さになった座敷の床《とこ》の間《ま》の前には『祝　出陣』と墨《ぼく》書《しょ》した熨斗紙《のしがみ》を巻いた一升びんが並び、ウィスキーの箱が山積みになっていた。祭典第一日めの昨日、お繰り出しと宵《よい》乗りに着用した陣羽織《じんばおり》が隅の衣桁《いこう》にかかり、長押《なげし》のはしからはしまで、英正と洋史の甲冑姿の写真が、パネル仕立てや額入りで飾り並べてある。ウィスキーの箱の山には、表彰状をおさめた額が、いやでも訪客が目に入るようにたてかけてあった。野馬追祭に多年出馬し、その伝統の継承と発展に寄与したと、徳丸英正を顕彰《けんしょう》したものである。

声をかけると、英正の妻の圭子《けいこ》が出てきた。

「お世話になりました。ぼくは、これで失礼しますから。みなさんによろしく」

「まあ、そんな。まだお父さんともろくに話をしていないんでしょう」

　圭子は、喬雄がこうむった被害のことはまだ何も耳にしていないようだった。

「友だちと会ったので、いっしょにツーリングして帰ります。荷物とらせてもらいます」

「そうですか」と、圭子はしいて引きとめもしなかった。圭子にしてみれば、突然あらわれた夫の異腹の弟など、あまり歓迎もできないのだろう。

　車に戻り、「さあ、出発だ」と、勢いよく発進したのだった。

2

　猪苗代湖畔の長浜《ながはま》で、安そうな宿に入った。とびこみなので前金をとられた。夕食は途中のドライヴ・インですませてあった。


　部屋におちつくと、喬雄は立ったままシャツを脱ぎ、そのシャツで汗をぬぐった。早枝は有料テレビのスロットに百円玉を落とし、チャンネルをえらんでいる。

「テレビなんか後でさ、来いよ」

「地方局のニュースで野馬追いの投石のことをやっているかもしれないと思ったの」

「そうだな。何かわかったかな」

　チャンネルを一通りまわしたが、ニュースの時間ではなかった。

　喬雄は、立ったまま早枝の手をつかんで引き寄せた。早枝は喬雄の前にひざをつき、ジーンズのジッパーをくわえ、ゆっくり引き下げた。

　喬雄は少し前かがみになり、早枝のTシャツの裾に手をかけ、ひきめくってゆき、早枝のくちびるが股間《こかん》からはなれたとき、一気にぬがせた。ほとんど同時に、早枝の手がジーンズをむいた。

　呼吸をあわせたスポーツのように、動作の一致をたのしんだ。二人でよくやる遊びの一つであった。

乳房のあいだに早枝は喬雄のコックをはさみこんだ。

よどみを洗い流したような爽《さわ》やかさとけだるさに浸りこんでいたが、喬雄はようやく起きなおって、

「風呂《ふろ》浴びてくる」

と、素肌に浴衣《ゆかた》をひっかけた。

「行くだろ?」

「そうね」

早枝は、だるそうな声で応じ、それでも立ち上がった。

男湯と女湯は別れている。

「だれもいないから、こっちに入っちゃえよ」

「まさか。途中で人がきたらどうするのよ」

薄暗い湯舟に、喬雄はのびのびと手足をくつろがせた。父とその友人たちを思い浮かべた。親父だって、あの連中のような生き方もできたんじゃないのか……。

おれのおふくろのことが原因だったのだろうか。

母親は、くったくのないのんびりした性格の女だった。女手一つで喬雄を育てたのだから、ずいぶん苦労も多かったはずなのだが、苛立って喬雄にあたるようなことはなかった。親父はおふくろを捨てたわけなのだけれど……。根がエリートの親父には、人が好《よ》くて陽性なのがとりえで、教養もなければ気品にも欠けるおふくろが、けっきょく食い足りなかったのか。

風呂からあがり、脱衣所の洗面所の鏡の前に立った。水銀がところどころ剝《は》がれた鏡面にうつる顔をながめた。親父とおふくろと、どちらの血がどこにあらわれているのだろうか。

ま、関係ないさ、と彼はつぶやき、虫のような影が目の前をよぎるのを手で払った。

部屋にもどると、早枝はテレビに見入っていた。濡《ぬ》れた髪をかきあげた衿足《えりあし》に湯のにおいがただよっていた。喬雄はうしろから胸に手をまわし、あぐらをかいた膝《ひざ》に抱きこもうとした。

早枝は、やめて、と少しうるさそうに身をよじった。

「え、殺人？」

テレビニュースのアナウンサーの声が耳を打ち、彼も思わず叫んで身をのり出した。

野馬追いの最中に矢で射殺されたスナックのマスターの事件を、アナウンサーは告げていた。

「へえ、殺人！　惜しいことをしたな。もう少しあそこにがんばっていれば、殺人事件の現場を見れたのに」

被害者の顔写真がうつり、その下に、黒木《くろき》史憲《ふみのり》さん、と名前が出た。

「あれ？」喬雄は首をかしげた。

「あの男……」

「どうしたの？」

「……だれかに、似ている」

「だれに？」

「思い出せない。野馬追いにあわせて弓矢で殺すなんて、風流な犯人とでもいうのかな」

目の前を、ふたたび淡い灰色の虫のような影がよぎった。首をふり手で払ったが消えない。

「どうしたの？」

「蚊《か》だ」

「蚊？　何もいないわよ。羽音もしない」

「変だな。何かちらちらする」

「馬から落ちたとき、コンタクト・レンズに傷がついたんじゃないの」

「そんなことはないと思うけれど」

喬雄はコンタクト・レンズをはずし、早枝にしらべてくれと渡した。

「肉眼ではわからないけれど、小さい傷がついているのかもしれないわよ」

「ちらちら動くんだから、傷じゃないと思うけどな」

レンズをはめなおすと、妙な影は消えていた。

「なおった。レンズのはめ方が悪かったのかな。ちょっとフロントで電話をかけてくる」

「どこへ？」

「親父のところ。黙って発《た》って来ちゃったから、挨拶ぐらいしておこうと思って。ついでに、殺人事件のことも、もう少しくわしいことがわかるかどうか訊いてみる」

電話口に出た徳丸英正は、かってに立ち去った非礼をなじった。

「警察の人とかわるから、ちょっと待て」

「警察？」

「古谷さんという原町署の警部補さんだ。失礼な口をきかないように」

「八束喬雄さんですね」と、電話の声がかわった。

「あなたは、野馬追いのときに、だれかに、便所の裏の崖下《がけした》に来るよう、言われませんでしたか」

「便所って、どこのですか」

「本陣山《ほんじんやま》の頂上の仮設便所です」

「ああ、弓矢が仕掛けてあったとかいう。そんなことは、だれにも言われなかったですよ。どうしてですか」

「石を投げられて落馬したそうですが、犯人に心あたりはありませんか」

「こっちが知りたいですよ、だれがあんなことをしやがったのか、そっちで調べてもわからないんですか」

「洋史くんの鎧と旗を借りたんだそうですね。なぜ、彼のを借りたんですか」

「彼がばてたからですよ」

「崖下に来いということは、本当にだれにも言われませんでしたか。崖下という指定ではなくても、あの場所を通らなくては行かれないような場所に、来いという指示は受けませんでしたか」

「言われないよ。何度同じことを訊くんだい。こっちの質問には、何も答えてくれないじゃないですか」

「喬雄」と、電話の声が父の徳丸玄一郎にかわった。

「黙っていなくなったので、どうしたかと思った」

「友だちと会ったので。いま、妙なことを訊かれたけれど、何なんですか、崖下に来るよう言われなかったかと、しつっこく訊かれた」

「ああ、それは、黒木という男が殺されたのだ、崖下で」

「テレビで見ましたよ。便所の窓に弓矢が仕掛けてあって、それがデス・トラップになっていたとか」

「知っているのか。それなら話は早い。あの殺人が、人ちがいではなかったかという話になったのだ。その前に投石事件があっただろう」

アリバイ工作とその不備などを告げられ、

「ややこしいな。投石にしろ弓矢にしろ、ぼくは他人に狙われる理由はありませんよ」

「それから、これは昼間の事件とは関係ないという古谷さんの見解だが、大村さんがなくなられた」

「大村さん？」

「今日紹介しただろう、わたしの古い友人の一人だ」

「どの人かな」

「白髪の、かっぷくのいい」

「ああ、わかりました。どうして急に。脳溢血《のういっけつ》ですか」

「いや、感電事故だ。風呂場の脱衣所にあった扇風《せんぷう》機《き》のコードがいたんでいた。それが濡れたマットの下になっていたのを、これも濡れた足で踏んでしまったのだ」

「へえ……」

とっさに、実感が湧かなかった。

古谷警部補がもう一度電話口に出て、また連絡をとる必要が生じるかもしれないので、居所を明らかにしておいてほしいと言った。

「今夜はここに泊まって、明日は東京に帰ります。でも、その途中、一々、居場所を明確になんてできませんよ」

制服嫌いの喬雄は、わざとつっかかるような口調になった。

部屋にもどると、早枝は、蒲団《ふとん》に仰《あお》のいて腕を目の上に交叉《こうさ》させていた。

「電気、消そうか」

「そうね」

喬雄はスイッチを消し、隣りに寝ころんで、腕を早枝の枕《まくら》に貸した。

「あの殺された男、だれかに似ているんだがな。ここまで出かかっていて、思い出せない」

「原町のスナックのマスターなんて、喬雄が知っているわけないじゃないの」

「もちろん、知らないさ。ただ、だれかおれの知っている男に、似ているってこと」

いま、電話をかけたんだけれど、と、喬雄は徳丸玄一郎からきいた話をつたえた。

「おれが狙われるわけはないから、徳丸英正か息子の洋史か、どっちかがターゲットだったのかな」

「投石犯人と、弓矢で射殺した犯人とが同一人物だってこと？」

「そうだ。……だが、同一人物というのは、少しおかしいな。投石の方は、殺人方法としては、ずいぶん不確実だ。落馬したって死なない確率の方が大きい。弓矢の方は、矢に毒物を塗ったりして、かなり確実だ。弓矢の罠《わな》にかける前に投石なんかしたら、相手に用心されてしまう」

「それはそうね」

「こういうのは、どうだろう。投石で、うまいこと死ねば、それにこしたことはない。失敗したら、それが、ターゲットをあの崖下に誘いだす口実になるように考えてあった、というのは？」

「どんなふうにして誘いだすの？」

「ターゲットは、犯人に全然疑いを持っていなかった。むしろ、信用していた。犯人がターゲットに、投石犯人らしいやつがわかった。教えてやるから、何時何分に崖下に来い、と言って……」

「どうして、教えるのに、崖下に来る必要があるの？」

「それは、おれにもわからないけれど……」

早枝の頭が少し動き、寝返りをうった気配だ。あいている方の手で、早枝の胸乳《むなち》を包んだ。

「もう一人、死人がでているんだ」

早枝の胸がびくっと動いた。

「嘘！」

「本当だよ。大村という親父の友人。脱衣所で感電死したって」

喬雄は電話できいたことを告げた。

「まさか、事故をよそおった殺人なんてことはないだろうな。コードをマットの下にいれておけば、手を下さないで殺せるからな。……まだ眠くないな。

もう少しテレビつけていていいか」

「いいわよ」

喬雄は電灯をつけた。眩《まぶ》しそうに早枝は上掛けを顔の上にひきあげた。

テレビのスイッチを入れると、時代劇の殺陣《たて》シーンだった。

「思いだした！」

「何を」

「あの黒木という男。だれかに似ていると言っただろう」

「似たタレントが、いま、出ているの？」

「いや、ちがう。全然関係ないんだけど、いま、ひょっと思い出せたんだ。テレビドラマで、ときどき見かける俳優だ。いつも、ほんのちょい役だけれど、何となく見おぼえていた。そいつに、ちょっと似ているんだ」

「死んだ黒木が、そのタレントってわけじゃないんでしょ」

「ちがうさ。全然ちがう。ちょっと似ているというだけ」

「何というタレント？」

「知らないな」

思い出せたので、気がすんだ。彼は電気を消し、早枝の隣りに躰を添わせ、耳たぶをくちびるにふくんだ。安旅館なので、隣室との境の壁が薄い。テレビの音が必要だった。

過去からの影

1

大村清記の葬儀は、七月三十一日、築地《つきじ》の本願寺《ほんがんじ》で行なわれた。第一線を退いているとはいえ、かなり盛大なものであった。家族と近親者だけの密葬はそれに先だって行なわれ、暑い時期なので、遺体はすでに茶毘《だび》に付されてあった。

曳地忠晴は、司とともに出席した。司の方から同行を申し出たのである。親類の法事などでも、めんどうくさがってめったに顔を出さない息子である。やはり、その死に立ちあった相手には、若い者でもひとしおの感慨があるのだろう。息子のやさしい心づかいを見たようで、曳地は嬉《うれ》しかった。野馬追祭《のまおいさい》見物も、曳地が誘ったわけではなかった。真由にみせてやりたいからお伴《とも》しますよ、と司が言い出した。

厳しい父を煙《けむ》たがって、あまり顔をあわせたがらないのに、父親の老齢を思っていたわってくれるようになったのかと、そのときも、曳地は、ほのぼのとした喜びをおぼえたのだった。

司の運転する車で、曳地は斎場に到着した。前庭の駐車場はすでにいっぱいだった。

「お父さん、下りてください。ぼくはどこか駐《と》めておくところを探します」

クーラーのきいた車から出ると、陽《ひ》ざしがかっと照りつけ、汗がふきだした。

曳地が受付で記名していると、声をかけられた。川野義治であった。

「暑いな」

「やあ、どうも」

「五十嵐や高原も来ている。徳丸も小高から上京してきた」

長くそりをうった庇《ひさし》のかげで、五十嵐たちは陽をさけていた。読経《どきょう》の声が流れていた。

焼香が開始され、待ちかねていた人々は、列を作った。

葬式に出席する回数が、年々増えるなと、曳地は思った。新しい知己《ちき》が増えるより、失われる知己の方がはるかに多い。身辺に空白がひろがってゆくようで、残っている知己が、かけがえなく思われる。つい数年前までは、こんな淋《さび》しさはおぼえなかった。気が弱くなったものだ。

焼香を終えて外に出る。川野と五十嵐、高原は、それぞれ運転手付きの車できていた。

「せっかく徳丸くんが出てきてくれたのだから、歓談したいところだが、今日はまだ会議があって、失礼せんとならん」川野が言い、五十嵐と高原も、所用があって、すぐにひきあげると言う。

立話をかわしているところに、司が、

「お父さん、ここでしたか」と寄ってきた。

「それでは、わたしはこれで」五十嵐があいさつするのをきっかけに、川野と高原も、それぞれの車に乗って去った。

「冷たいものでも飲みますか。司、この辺に休めるようなところはないかな」

せっかく上京してきたのに、他の友人たちが徳丸に冷淡なようで、曳地は気恥ずかしい思いがし、誘ってみた。

「喫茶店なら、すぐそこにありますよ」

司の案内で、手近な店に入った。

「その後、あの殺人事件の方は、どうなりました」

曳地は訊《き》いた。

「なかなか発展しないようですよ。あの黒木という男、数年前に原町《はらまち》に店を出したのだそうですが、前歴がまるでわからないとか……。女関係などもだいぶ洗ったようですが」

「何も出てこないのですか」

「まだ、何も。病院長をしておる息子が警察関係者と親しいので、ときおり情報がわたしの耳にも入ってくるんですが、迷宮入りというやつじゃないですかね」

「警察の力でしらべても前歴がわからんものですかね。日本の警察力というのは、そうとうなもののはずだが」

「男色者《だんしょく》らしいということはききました」

「男色ですか」

ひどく汚らしい言葉を口にしたような気がして、曳地は潔癖《けっぺき》に眉《まゆ》をひそめた。

「あんな特殊な殺しかたをしているのだから、すぐにも手がかりがつかめそうなものだが」

「映画か何かに関係していたことがあるかもしれないという説がでてきているんです」

「ほう、どうして？」

「黒木の持物のなかに、古い写真が一枚みつかりましてね。珍しいことに、写真といったら最近のものしか持っていない男なんだそうですが、一枚だけ、古いのがあった」

喋《しゃべ》りながら、徳丸玄一郎はポケットから角封筒を出し、中の写真をぬき出してテーブルにおいた。司が躰《からだ》をのり出してのぞきこんだ。

「証拠品でしょう。警察がよく……」

曳地が不審げな声を出すと、

「いや、これは複写です。実物はもちろん、警察にあります」

「複写にしても、どうしてあなたが……」

鎧《よろい》をつけた人物が二人、野原に立っている。一人は三十を少し出たくらい、もう一人は十四、五の少年である。背後に馬が三頭。二人の鎧武者は、撮《と》られることを意識して正面を向いているが、少年の斜めうしろに、白いシャツにジーンズの若い男が、たまたまスナップに入ってしまったふうに、横顔をみせて馬の足もとに少しかがみこもうとしている。

——おや、これは司じゃないか。

その男はピントがあっていないし、顔も小さいので、はっきりとはわからない。司だとしても、今よりかなり若いころのもののようだ。

曳地は、司の顔と写真とを思わず見くらべた。司は横から写真をみつめていたが、父の視線に気づくと、ふっと目をそらした。

徳丸は、ジーンズの青年と司の相似には気づいていないようだ。

これは、おまえか？　とたずねたいのを、曳地はおさえた。事件の証拠物件だ。うかつなことは、司のためにも言えない。

「野馬追いの写真ですか？」曳地は、訊いた。

「はじめは捜査官もそう思ったようだが、すぐ、ちがうということになりました。安物ですよ、この鎧や冑《かぶと》は。野馬追いに使われるのは先祖伝来の本物です。それに、野馬追いなら、こんな役者のような化粧はしない」

「芝居の扮装ですかね、これは」

「場所が野原でしょう。映画のロケ中のスナップではないかということになったんです。もっとも、映画会社やテレビ関係の方にも照会したが、何も収穫はなかったようです」

「この男が黒木ですか？　どうもちがうようだが。黒木というのは、もっとやさ男だったような……」

写真の男は、小柄だがばねのきいた躰つきで、美男とはいえないが何か奇妙な色気を感じさせる。

「ええ、これは黒木ではありませんね。警察では、こっちの少年の方が黒木ではないかと……。写真もかなりいたんだ古いものでしたから」

「そういわれれば、いくらかおもかげがあるかな」

少年は華奢《きゃしゃ》で、鎧がいたいたしいほどだ。

「これが黒木だとすると、十四、五年昔の写真ということになりますか」

「そうですね」

「そういえば、司、おまえ……」

言いさして、曳地は言葉をのみ、あいまいにごまかした。おまえも以前、何か馬の出る芝居に関係しておったな、映画を撮るとか……。そう、彼はつづけようとしたのだ。うかつには口にできない。

「それにしても、徳丸くん、警察がきみにこの複写をなぜ……。ふつう、一般人には複写といえどもそう簡単には渡さないものでしょう？」

「実は、曳地さんにも見てもらいたくてね、古谷という──おぼえておられるでしょう、捜査主任の──あの警部補に言って、借りだしてきたのです」

「なぜ、これをわたしに？」

「どうも、あやふやな話なんですが、この、三十ぐらいの男の方に、何か見おぼえがある気がするんです。いつ、どこで会ったのか、まるで思い出せないんだが……」

「わたしなら知っていると？　さて……。わたしときみと、共通の知人ということですか？」

「何か、そんな気がして……。警察の方でも、どんな小さな手がかりでも欲しがっているから、念のためにと、複写を借りてきたんです」

「そう言われると、わたしも、見おぼえがあるような気がしてくるな」

「お父さん、わりあい暗示にかかりやすいんですね」

司が笑い声をあげた。

「考えてごらんなさいよ。十四、五年前の写真だっていうんでしょう。そのころ、お父さんと徳丸さんは没交渉《ぼっ》だったじゃありませんか。お父さんと徳丸さんの共通の知人といえば、戦争中ってことになるでしょう。それに、メイクアップしているんですよ、このひと。素顔なんか、わからないじゃないですか」

「それは、わたしも考えたんですよ」

徳丸は、年下の司にやりこめられながら、腹をたてた様子もなく、うなずいた。

「たしかに、戦後ずっと、わたしたちは会うことがなかったのだから……。しかし、どうも記憶のどこかにひっかかるものがあって……気のせいかもしれません。ただ、化粧については、これでも顔だちの特徴はあらわれていますから……」

「お父さんがこんな役者みたいな男を知っているわけがないでしょう？」

「それはそうだが……」

「だれかとちょっと似ているというだけのことですよ」

司は断定した。

徳丸は、どうも、と言いながら写真を封筒におさめようとした。

「もう一度、見せてください」

手にとって、曳地はしげしげと見なおし、首をふって徳丸にかえした。

「今日は、これから何か予定はありますか」

伝票をつかんで、曳地が訊くと、

「息子のところに寄ろうと思うんですが、まだ仕事から帰ってきていないだろうから、どこかで少し時間をつぶします」

「それなら、うちに寄りませんか」

曳地は誘った。せっかく遠路を上京してきた旧友を、あたたかくもてなさなくては、と自分に理由づけたが、事件について、もう少し話をきいてみたかったのだ。

「それじゃ、車をこっちにまわしますから、ちょっと待っていてください」

司はそう言いおいて出ていった。

二人はしばらく待たされた。やがて、店の前で軽くクラクションが鳴った。

「せっかくクーラーが入っているのに、何だが」

徳丸が遠慮がちに、うしろの席から苦しそうな声をかけた。車は高速三号を用賀《ようが》インターで下り、環《かん》八《ぱち》を右折して千歳台《ちとせだい》の方向にむかっていた。

「窓を開けてよろしいですか。どうも、少し酔ったらしい」徳丸の声は、切れぎれだった。

曳地も、かなり前から、頭痛と吐き気をおぼえ、他の者に不快感を与えてはと、こらえていたのだが、限界に達したと感じはじめたところだった。

「司、ちょっと、車をとめてくれ。吐き気がする」

司は、乱暴にハンドルを左に切った。道ばたに寄せてとめると、いきなりドアを開け、よろめき出た。

曳地は、司も酔ったのか、と頭の片隅でちらりと思い、それ以上、何を考える余裕もなく、車の外に出た。足もとがふらつき、地面に倒れこんだ。激しい悪寒《おかん》とともに嘔吐《おうと》した。背後で、徳丸が地に倒れ、躰をよじりながら、これも嘔吐していた。

胃をしぼりあげられるような吐き気がつづいた。

商店の並ぶ通りであったので、通行人が三人の異常にすぐ目をとめた。

「どうしたんですか。救急車を呼びましょうか」

たのみます、と言うつもりが、呻《うめ》き声になった。

胃は空《から》になっても、はげしい嘔吐感はいっこう衰えず、全身を慄《ふる》えが走った。

救急車のサイレンが近づくのも、躰がふわりと持ち上げられはこばれるのも意識していたが、瞼《まぶた》が開かず、言葉も出なかった。

やがて、意識がもうろうとなり、次にめざめたとき、病院のベッドに横たえられている自分に気づいた。


「一酸化炭素中毒です」

医師は告げた。

「まだ気分が悪いですか」

「頭痛が……」

「このていどなら、後遺症が残る心配はありませんよ。しばらく休んだら、あとは退院して大丈夫です」

「ほかの二人は……。息子は」

「若い人が一番恢復《かいふく》が早いですね。もう、起きています。もう一人のお年寄りも、大丈夫です」

「一酸化炭素中毒ですか。どうして、また……」

「車に乗っていて気分が悪くなったんだそうですね」

「はい」

「排気管が故障していたんじゃないですか。あとでよく調べてごらんなさい。十分に点検するまで、乗らない方がいいですよ」

「排気管が故障していると、一酸化炭素が……？」

「そうです。接合部がゆるんでいたり、ひびが入っていたりすると、床のすきまとか、ミッション点検用の穴の蓋《ふた》がずれていた場合など、車のなかに排気ガスが入りこみますからね。気をつけてください」

「場合によっては、命とりになったところでしょうか」

「これが深夜で、だれも助ける人がいなかったら、危かっただろうが、まあ、昼間で、しかも人通りの多いところですからね」

医師が去ったあと、ベッドに横になっていると、考えたくない疑念が、ふくれあがってくる。

――司は、何かをかくしている……。

自分がうつっている写真を見ながら、なぜ黙っているのか。

写真の少年が黒木なら、十数年前のものということになる。

司が十六ミリを撮っていたのも、そのころだった。学生だった。

曳地は、息子たちの日常を隅々まで知ってはいなかった。大学生ともなれば、家庭は、賄《まかな》いつき無料の下宿のようなものらしく、父親と息子が顔をあわせる時間は、ほとんどなかった。

撮影の機材を買ったり借りたりする費用を捻出《ねんしゅつ》するためにアルバイトにはげみ、母親からも金をひき出していることは、薄々耳に入った。曳地は古風に、大学とは学問の場と心得ていたから、息子がアルバイトにせいを出すのを苦々しく思った。

大学の二年のころだったが、ほとんど家にいつかなくなった。何週間も、ときには何箇月も家に帰らなかった。

その時期、司は『馬芝居』とかいうもののドキュメンタリーを撮っていたということだ。

それらのことは、妻の口から彼に語られるので、妻も、『馬芝居』がどういうものか、くわしくは知らなかった。

旅まわりの役者の一座らしいときき、
どさ廻《まわ》りか。

彼は眉をひそめた。

一流の学府の徒が、何を好きこのんで、そのようないかがわしい連中についてまわるのか。

珍しい素材だから、記録映画をとって、何かコンクールに出すとか言っていますよ。

何のコンクールだ。

よくわかりませんけれど、このごろは、素人《しろうと》の映画のコンクールがあるのだそうですよ。優勝したら、そちらの方に進む道がひらけるとか。

まさか、将来、映画の役者になるだの言いだすのではあるまいな。

監督をやりたいような口ぶりでした。

やめさせなさい。くだらん。やくざな稼業《かぎょう》ではないか。とんでもない話だ。

あなたから、おっしゃってください。もう、わたしの言うことなど、ききませんもの。

言いきかせようにも、旅役者の一団と行を共にしているらしく、たまに帰ってきても、父親の目をたくみに避けて、説教の機を与えない。

ようやくつかまえ、馬鹿なことに貴重な時間を費やさず勉学にはげめと叱《しか》ると、司は、例の愛らしい笑顔をみせた。

『馬芝居』というのは、お父さん、消滅した日本の大衆芸能なんです。これを復原しようとつとめている連中がいるんですよ。学術的にも非常に意義のあることなんです。江戸の末期から明治の終わりごろまで、日本の各地でみられたそうです。歌舞伎《かぶき》狂言の所作《しょさ》を、役者全員が馬に乗って演じるんです。大きな劇場ではやらない。掛小屋でやる巡業芝居です。いま座長をやっている男が、復原の一番熱心な主唱者なんです。その男の父親が、昔、馬芝居の役者だったというから、昭和になっても、まだ命脈は残っていたんでしょうね。お父さんは、子供のころ、見た記憶はありませんか。

いかにもたのしそうに、目をかがやかせて語るので、曳地はつい息子のペースに巻きこまれ、

ほう、そんな芝居があるのか。

と、興味を示してしまった。

そこにつけこんで、司は、父親からいくばくの金をひき出すのに成功した。曳地の目にはたいして価値があるとは思えないにせよ、息子が若いエネルギーを一つのことに注ぎこんでいるのを、すがすがしく感じた。

演《だ》しものは、そう、『熊谷陣屋《くまがいじんや》』と『阿波鳴門《あわのなると》』とか言っていた。

熊谷陣屋なら馬に乗るのも必然性があるが、阿波の鳴門の巡礼お鶴《つる》も馬に乗るのか。

そうです。馬をあやつりながら芝居をするというのが一つの味噌《みそ》なんですね。つまり、馬は、芝居とは関係ないんです。

芝居の扮装のような甲冑《かっちゅう》姿をした十数年前の少年時代の黒木の写真。

司は黒木を知っているらしい。

すると、黒木という男は、『馬芝居』の座員だったのだろうか。

司は、なぜ、それをかくそうとするのだ。

とにかく、司は黒木を殺してはいない。これだけは確実だ。罠《わな》が仕掛けられた時間帯、司をふくめ、我れ我れのだれ一人として、席を立つものはいなかった。

あれは、我れ我れとは、まったくかかわりのない事件だ。

司はたぶん、事件の巻き添えになるのがわずらわしく、そのために、知らぬふりをとおしているのだ。

ばかなやつだ。一度嘘《うそ》をつくと、その嘘を糊塗《こと》するために、あとではいっそう大きな嘘をつかなくてはならなくなる。あとになってばれたら、かえって厄介《やっかい》なことになるのに、子供のころからの、あいつの悪い癖だ。

黒木という男は、ほかの者を目標にした罠に、まちがってひっかかってしまったのではないか、という説が、あのとき出たのだった。そうであれば、司が黒木とかつて知りあいであろうとなかろうと、いっこうかまわないはずだ。

あのとき、徳丸の息子が投石されて、落馬したのだったな。洋史とかいう、院長の息子とまちがわれたらしいということだった。

投石事件と黒木の件の結びつきは、警察はどう考えているのだろう。

妙に事件がつづく。

大村の死を思いかえし、曳地は胸が重くなった。

事故のせいだろうな。事故にちがいあるまいな。

司は、大村のすぐ前に風呂《ふろ》を出ている。

もちろん、司には、大村を殺す理由など、何もない。あれは事故だ。

そして、今日また、この事故だ……。

頭痛と吐き気はなくなっていたが、彼は、頭のどこかが狂いだしたような不安を消せなかった。不安のもとをつきつめて考えるのが怕《こわ》く、気にすまいとした。事故なのだ、すべては。司は、何もしていない。何も、するわけがない。

　排気管の故障だろうと、医師は言った。そうなのだ。司が排気管に細工したなど、考えるのも愚かしい。司自身、ひどいめにあったのだ。忘れよう。一《ひと》眠りして、家に帰ろう。

　そう思いながら――あの写真の、もう一人の男、三十を少しすぎた、鼻梁《びりょう》の太い、顎《あご》のはった、あれは誰なのか……。自分も徳丸も、あんな男を知っているはずがない。それなのに、何か気にかかるのは、なぜなのだ……。

　うとうと眠り、目がさめたのは六時近かった。気分はすっきりしていた。ブザーで看護婦を呼び、帰宅したい旨を言うと、看護婦は担当医師を呼んできた。医師は簡単に診察し、帰宅をゆるした。看護婦に、息子はどの部屋にいるのか、あっちももう、帰宅してかまわないのかと訊いた。

「息子さんは、先に帰られました」というのが、看護婦の返事であった。

「若い方は、恢復が早いですね。車を置き放しにしてあるのが気になるから先に行く、という伝言でした。眠っておられたので、伝言がおそくなりましたけど」

「もう一人の連れは、どうしていますか」

「徳丸さんですね。あちらも、もう元気になられました。いつでも帰ってよろしいんですよ」

「どの部屋ですか」

「廊下を出て、二つめの右側の部屋です」

「ありがとう」

　ベッドを下りると、足もとも、もうふらつかなかった。

　徳丸玄一郎が休んでいる部屋は八人部屋で、曳地が入ってゆくと、横になっていた徳丸は起きなおった。

「寝ていてください」

「いや、もう何ともないんですよ。処置が早かったおかげで。もっと早く、気分が悪いことを言えばよかったんだが」

「御同様です。つい、心配をかけまいとがまんしていたのが、いけなかった。ひどい欠陥車に乗せてしまって、申しわけない」

「いや、しかたないですよ。この程度ですんで、運が強かったほうです。曳地くんは、御自宅から築地の斎場まで来るときも、あの御子息の車だったのでしょう。よく、何ともありませんでしたな」

「まったく……」

なにげなく答え、はっとした。たしかに、排気管が故障してガスが洩《も》れたのなら、行きの車中で、中毒症状が起きるはずだ。

駐車しているあいだに、だれかにいたずらされたのだろうか。

曳地や司に殺意を持って、だれかが細工したということも、理屈としては考えられるが、あの車が司のものであること、曳地がそれに乗ることなど、だれが知っていたのか。第一、私にしても息子にしても、狙われるおぼえはない。

「もう大丈夫なら、出ましょう。何なら、今夜は私のところへ泊まられたらよい」

「いや、さっき息子の会社に電話をしてみたんです。仕事で外に出ているが、五時半ごろには帰社するというので、私がここにいる事情を話し、退社後、寄ってくれるように伝言をたのみました。今夜はたぶん、息子のところに泊まります」

「そうですか。それでは、無理にお誘いするのはやめよう。失礼だが、ここの払いはいっしょにすませておきましたから」

会計はこれからだが、既成事実にしてしまった方が、相手の遠慮を封じられると思い、そう言った。

申しわけないと徳丸は恐縮し、とんでもない、すべてこちらの手落ちだから。まったく御迷惑をかけました、と、それとなく事故であることを強調し、曳地は病室を出た。

2

「その額《ひたい》の傷は、どうしたんだね」

病室に喬雄が入るなり、徳丸玄一郎は訊いた。三センチ角にたたんだガーゼを、額の左すみに絆創膏《ばんそうこう》で貼《は》りつけてある。仰々《ぎょうぎょう》しく目立つ。

「何でもありません。仕事先で、ちょっとぶつけただけです。それより、どうしたんですか。何か車の事故ですって?」

べつに怪我《けが》もしていないようだが、と、喬雄は父の様子をみた。

「伝言というのは、まちがって伝わるものだな。まあ、車の事故といえば、そうにはちがいないが、一酸化炭素の中毒でね」

「排気ガス?」

「よくわかるな」

「車で一酸化炭素中毒といえば、排気ガスにきまっていますよ。密閉した場所で空《から》ぶかしでもしたんですか」

「まだ、はっきりしらべたわけではないが、排気管にひびが入ったかどうかしていたらしいのだな。走っているうちに気分が悪くなってな」

「タクシーですか」

「いや、友人の息子の車だ」

「このあいだの、じいさん連中のだれかですか」

「曳地くんだ。今日は、野馬追いの日になくなった大村くんの告別式でな。終わってから、私は、せっかく東京に来たのだから、おまえにちょっと会って帰ろうと思ったのだが、まだ勤務中だろう。それで、曳地くんが、少し寄って時間をつぶしていけと誘ってくれた。彼の息子の運転する車に乗って」

「司も、葬式に出たんですか」

「曳地の息子を知っているのか」

「ええ。ただ、あいつの親父《おやじ》さんがあなたと友人だとは、あのときまで知らなかったけれど」

「それは奇遇だな。しかし、司くんは、喬雄と友人だなどとは、一言も言わなかったな」

「ぼくが来ていることも知らなかったんじゃないですか。あそこで顔をあわせていないもの。ぼくが落馬したあとで、じいさんたちに紹介されたが、そのときも、司はいなかった」

「しかし、喬雄が落馬した話は、あとで司くんのいる席でも話題になって、そのとき、八束喬雄という名前も、はっきり出たのだがな」

司も、複雑な事情を、老人たちに説明するのがわずらわしかったのだろう、と、喬雄は思った。司は、老人の一団に、よく同行する気になったものだ。話の接点はないし、価値観もかみあわない。それでも、ときには、心を惹《ひ》かれるじいさまもいるのだが、エリートとして陽のあたる道ばかり歩いてきたじいさまというのは、肌にあわない。

「べつに話すほどのこともないと思ったんでしょう」

何時の列車に乗るんですか？　と喬雄は訊いた。

「車で来ているから、上野駅まで送りますよ」

「十九時の『ひたち二一号』にまにあうかな。それにおくれると、二十時五十分の急行『十和田《とわだ》』になる」

「十九時はむりですね。二十時五十分のやつなら、途中でいっしょに晩めしでも食って、ちょうどいいんじゃないですか」

この車は排気管は故障していないから、安心して乗っていてください。カローラを走らせながら冗談口をたたき、おれらしくもないくだらないことを言っているな、と苦笑した。父に対すると、どうもぎごちなくなる。父の方でも、何か遠慮があるようだ。

「その傷は、どうしたんだ」

徳丸玄一郎は、またたずねた。

「ぼくは、ほら、引越屋でしょう。引越専門の運送会社。今日、行った仕事先が団地でね、階段が狭いでしょう、洋簞笥《ようだんす》を四人がかりではこび下ろしているとき、ちょっと足もとが狂ってころびかけたんですよ。踏みはずさないですんだけれど、額《ひたい》を壁にぶつけてしまった。掠《かす》り傷ですよ」

ふいに光の破片が目の前にちらついたためなのだ、ということは黙っていた。

「今日の排気管の故障のことなんだがな」と、玄一郎が話題を転じた。

「曳地は、家から斎場まで来るときも司くんの車に乗ってきたのだが、そのときは何ともなかったということなのだよ。故障していたのなら、そのときすでに中毒しそうなものだと思うのだが、わたしは車のことはよくわからないので……突然故障するということもあるのかね」

「溝に落ちるか何かして、排気管をぶつけることがあったんじゃないですか。あるいは、何かのはずみにつなぎめがゆるんだとか」

「ああ、そうか。なるほどね」

「ところで」

喬雄の声は少しあらたまった。戦後を、父はどのように生きてきたのか、母をどのように思っているのか、なぜ捨てたのか、このような生活で満足しているのか、訊きたいことは多すぎた。車の運転に気をとられながら聞く話ではないと思い、

「何だ？」

とたずねかえす父に、

「いや、なんでも……」

と、言葉をにごした。

上野駅の近くのレストランで食事をすませ、まだ発車まで少し時間があったが、待合室までいっしょに行って、別れた。列車に乗るところまでつきあうこともないだろう。

春日《かすが》通りを、カローラを走らせながら、二十時五十分上野発だと、むこうに着くのは何時ごろになるのだろう、真夜中か……と、気がついた。

おれのところに泊まるぐらいのつもりでいたのに、こっちが誘わないから言いだしかねたのかな、冷たすぎたかな、と思った。原町の駅前からタクシーを拾えば、深夜だからといって、別に困りもしないだろう。

司はあのとき、おれが早枝といっしょにいるのをみかけただろうか。もしそうだとすると、投石は、

司のしわざか。だから、おれと旧知であることをじいさんたちに言わなかったのだろうか。

曳地司とは、大学時代に知りあった。

喬雄が学生食堂でアルバイトをしているとき、曳地司も短期間皿洗いをやっていた。同じ大学の、喬雄は二部、司は昼間の学生であったのだ。司は、十六ミリの機材を揃《そろ》えるためのバイトであった。

その後、喬雄は、サーカスの雑務という、彼の性《しょう》にあったバイトの口にありついた。『ハギワラサーカス』という、団員十八人、象《ぞう》一頭、ライオン一頭、馬五頭の、ごく小規模なサーカスだった。

雑用から経理事務、先乗りまで兼ねて、喬雄がアルバイトというよりほとんど本職といえるほどに行動をともにした『ハギワラサーカス』が出火したのは、二月、千葉《ちば》にテントを張ったときであった。終演まぎわ、原因はだれかの捨てた煙草《たばこ》の火が、天幕に引火したためらしい。布に油がしみこんでいたのと、異常乾燥の天候で、たちまち燃えあがった。

客や従業員にも重軽傷が出た。喬雄は無傷だったが、客席にいた司は軽い火傷《やけど》を負った。

司がこの日来ていたのは、サーカスを十六ミリにおさめるためである。

喬雄がサーカスでアルバイトをはじめたときいて、興味を持って楽屋に遊びに来た司を、喬雄は団員たちにひきあわせたことがある。司が十六ミリに凝《こ》っているとき、サーカスの生活を撮ったら、とひどく熱心にすすめたのが、セイさんという男であった。

セイさんは少年のころから曲馬を芸とし、三十をすぎたそのころは、馬の調教師も兼ねていた。

セイさんのすすめに応じて、司はその日はじめて十六ミリを客席に持ちこんだのだが、火事騒ぎのため挫《ざ》折《せつ》した。

団長は業務上過失の責任を問われて起訴された。ライオンと、五頭いた馬の一頭が焼死し、もう一頭の馬は脚を折った。獣医の治療を受ければ、びっこをひくにしても治る可能性はあった。しかし医療費の捻出ができないところから団長は射殺を決意し、調教のセイさんは最初反対したが、結局、団長の命令に服した。セイさんに曲馬の指導を受けていたフー公という少年は、馬が射殺された夜、姿を消し、丸二日、帰って来なかった。三日めに、憔悴《しょうすい》して帰団した。無断で失踪《しっそう》したため、警察では失火あるいは放火の犯人だったのではと疑い、捜索して連れ戻したのである。取調べの結果、かわいがっていた馬が無惨に射殺されたことにショックを受け、いたたまれずにとび出したのだと、警察は納得し放免された。

生き残った象と三頭の馬の処分が問題になった。象も、命にかかわるほどではなかったが、かなりひどい火傷をし、片目がつぶれた。興行ができないのに、餌《えさ》代は確実に必要だった。動物園などに交渉したが、老いぼれて、皮膚はただれ片目が傷ついた象をひきとってくれるところはみつからず、結局、これも射殺されることになった。団員はだれもが、哀《かな》しんだが、フー公は、このときは泣かなかった。

「相談があるんだがな」

セイさんが喬雄に話しかけたのは、事故の残務整理がようやく目鼻がつきだしたころだった。

『馬芝居』という言葉を、喬雄はそのとき、はじめてセイさんの口からきいた。

残った三頭の馬が処分されるのが耐えられない、これを機に、馬芝居を興行してみたい、仲間になってくれないか、とセイさんは言ったのである。

「馬芝居って、何だ？　馬に芝居をさせるのかい」

「いや、役者が生きた馬に乗って、馬の上で歌舞伎狂言の所作をやるんだ」

おれの死んだ親父は、その馬芝居の座長だったんだ、と、セイさんは少し誇らしげに言った。絶滅していた馬芝居を、セイさんの親父は復興した。子供のころに見た馬芝居の魅力が忘れられず、田畑を売り払って自分で一座を起こしたときいて、かなりモノマニアックな性質だったのだろう、セイさんにもいささかその気はあるな、と喬雄は思ったのだった。

家族ぐるみの旅芝居で、と、セイさんの自慢話はつづく。内地から満州にわたって、慰問を兼ねて巡業していた。セイさんも、三つ四つのころから、大人の役者に抱かれて馬の背で芝居をした。戦争が激化し、馬は軍馬にとられ、セイさんの父親も、召集された。日本の軍隊ではなく、〈満州国軍〉に派遣されている日本人将校の下に配属された。

馬芝居の一座は、当然解散である。父親は応召中に死んだ。敗戦。六歳のセイさんは、母親と引き揚げた。二人姉がいたが、引き揚げの最中に生き別れとなった。

引き揚げてからの生活は悲惨なものだった。母親は佐世保の造船工場で働いていたが、年下の工員と再婚した。工員は年が若すぎて、一家の主《あるじ》の自覚はなかった。セイさんの母親に甘えては金をせびり酒を飲んだ。女の子が生まれた。生まれたばかりの赤ん坊を、火星人のようだ、みっともないやつだとセイさんは思った。泣きわめくと瞼がふくれあがり額に猿のような皺《しわ》がよった。ところが、二箇月もたつと、睫毛《まつげ》の長いくっきりと大きい目、つまんだような小さい紅《あか》い唇、しかも、一番最初に赤ん坊が笑いかけた相手はセイさんだったのだ。セイさんは、ぞくぞくっとした。こんなにかわいらしいものがあるのだろうかと思った。

セイさんの養父となった工員は、酔ったあげくの喧嘩《けんか》で死亡した。仕事中の事故ではないから、労災金も補償金も、何も出ない。セイさんが中学に入った年だった。たまたま、サーカスで見習いを募集している貼紙を見た。給料を訊いたら、食住つき、最初は小遣銭《こづかいせん》ぐらいでも、芸ができるようになったら、四、五千円はくれるという。当時、十二やそこらの年で五千円は大きい。曲馬を教えてもらう約束で入団した。収入は、せっせと母親に送った。妹に十分なことをしてやってくれと頼んだ。

「おれは芝居なんかできないし、やる気もないよ」

喬雄が言うと、セイさんは、

「あんたには、芝居以外のいろんなことをてつだってもらいたいと思っているんだよ。経理事務だの、興行地の交渉だの、先乗りだの。馬、好きだろ。わかっている」

「おれのほかに、だれ？」

「フー公が、いっしょにやると言っている。あと三人、仲間が集められたら……。あのひとはどうかな。あんたの友だちの『曳地』という……。話してみてくれないか」

「司は、役者をやる気はないと思うよ。それに、彼は、馬をそう好きじゃない」

「あのひとは、映画を作っているだろう。おれたちの芝居を映画に記録する気はないかな」

セイさんの熱心な口調に、喬雄はかすかな不審をおぼえた。セイさんが欲しいのは、芝居のメンバーのはずだ。

「ドキュメンタリー映画を撮って、どうするんだい」

「いや、おれがどうするってわけじゃないが、あのひとには、おもしろい仕事じゃないかと思って」

司を仲間にひき入れる口実のように、喬雄には感じられた。

「話してみてくれよ」

セイさんの頼みを、喬雄の一存で握りつぶすわけにもいかない。

司は、馬芝居のドキュメントを撮るということに興味を持ったようだ。珍しい素材だから、完成したらコンテストに出品して賞をとる、と野心を持った。大学の歌舞伎研究会のメンバーが三人、話をきいておもしろがり参加することになり、さしあたっての人数はととのった。学生たちはもちろん、一生の職業とするつもりはないのだが、とにかく発足すれば、座員の補充はつくだろうというのが、セイさんの目論見《もくろみ》だった。

当座の資金は、セイさんが貯《たくわ》えていた金額をはたいた。照明やら雑用やらは、板についてないものがやればいい。セイさんは橘清八《たちばなせいはち》、フー公は橘京弥《きょうや》ともっともらしく名のり、他の三人の学生役者も、それぞれ橘姓の芸名をかってにつけた。

馬芝居をやるといっても、現在は絶滅しているのだから、セイさんのおぼろげな記憶にたよるほかはない。

何か文献は残っていないものだろうか。喬雄が言うと、図書館でしらべるのなら、妹がつとめているところがある、とセイさんは言った。おれとちがって、頭がいい。大学に行かせてやりたかったけれど、そこまではおれも手に負えず、高卒だ。大学を出ていれば、司書とかいう資格をとることもできるんだそうだが……。

府中にある図書館を、喬雄と司はおとずれた。白い建物の入口近くに、ニセアカシアが枝をひろげ、群れ連なる蝶《ちょう》に似た花穂を垂らしていた。

貸出し用のカウンターにいる若い女に、

「河津早枝《かわづ》さんに会いたい」と言うと、

「わたしです」

きりっとした眼が、まともに喬雄と司を見た。ひっそりした館内の、その女のいるところだけが、何か空気が活潑《かっぱつ》に動いているようだった。

「セイさんの妹の?」

「ええ。八束さんと曳地さんですね。兄さんから連絡を受けています」

〝兄〟と言わずに〝兄さん〟と言った。その一言だけが、知的な顔だちにそぐわない甘い稚《おさな》さをちらりと感じさせた。

「話をきいて、わたしも調べてみたんですけれど、ここには、馬芝居というようなものの資料はないんですよ。国会図書館にでも行かなければ、むりじゃないんですか」

閲覧者《えつらん》をはばかって小声だが、歯ぎれよい。

「眼鏡をかけていないんだね」司が言った。

「図書館で働いている女の人というと、眼鏡をかけてぎすぎすしたイメージなんだ」

「想像力が硬直しているわね」

あんたは男を硬直させるよ、と喬雄は思ったが、つまらない冗談に調子をあわせてくれそうにみえないので、口にするのはやめた。

資料は結局、手に入らなかった。準備をすすめ、演《だ》しものは『阿波鳴門』と『熊谷陣屋』の二本にしぼった。小柄で少女めいたフー公が、お鶴と敦盛《あつもり》、二役をこなした。

巡業コースを決め、土地の歩方《ぶかた》と交渉し興行地を選び、小屋掛けの材料や人夫の手配をたのむ。関係のある公的機関に書類を提出して手続きをし、チケットの販売ルートを開拓する。これらはすべて、先乗りの喬雄の仕事であった。

大宮《おおみや》で小屋掛けをしているときに、早枝が遊びに来た。サーカスの先乗りをやっているころから、行く土地土地の小さい飲屋やスナックで、これと目星をつけた女の子を即戦で攻略するのが、喬雄のたのしみの一つだった。早枝が楽屋をのぞいたとき、先夜ちょっとくどいた女の子が来ていた。喬雄の膝《ひざ》にのり、喬雄の手はそのスカートの下にあった。早枝に軽蔑《けいべつ》されたと、喬雄は思った。

その後、喬雄が馬芝居を離れるまでの一年たらずのあいだに、早枝は二度ほど小屋をおとずれたが、喬雄は親しくなるきっかけをつかめなかった。

現実に復原させた馬芝居は、セイさんには幼年時の記憶と照らしあわせると何ともみすぼらしく、観客の反応ももう一つ盛りあがらず、歯がゆくてならないようだった。記憶はおぼろで、それだけにかえって、すばらしかったという印象だけが肥大していた。

セイさんが馬芝居の復原を思いたった動機の一つは、観客のなかに、満州で馬芝居を見たことがあると、なつかしがって申し出る者がいることを期待したのかもしれない。

あまりに遠くはかない記憶だから、ふと、本当にあったことなのだろうか、と不安になる。過去の時間そのものが、風に吹き散る砂の塔のようにくずれ落ちてしまう。

そんな漠《ばく》とした不安は、言葉にはならない性質のものだから、セイさんの苛立《いらだ》ちは、観客の動員が下手《へた》だとか、興行地の選定が悪いとか、喬雄への罵声《ばせい》やいやみという形で具体化される。

喬雄は、わりあい寛大に聞きながしていた。一つの土地に定着しない、そうして、現実から五十センチから七十センチぐらい足が浮いたような日々は、若い喬雄の性《しょう》にあっていた。——なにか嘘っぽくてさ。

肉体労働であるという点も、気にいっていたし、紅白粉《べにおしろい》で塗りかくす役者たちの嘘っぽさも、たのしかったのだ。

セイさんは、喬雄の寛大さに気をゆるし、ますます言いたい放題になった。

最初から、喬雄の方でも言いたい放題で応じていればよかったのかもしれない。従順な相手だと思いこんでしまったセイさんは、喬雄がほんのちょっとでも言葉をかえすと、ひどい反逆行為をされたように、かっと腹をたてるようになっていた。言葉をかえせば、「出て行け!」と、心にもない罵声を、セイさんは口にしそうな勢いだった。

出て行け! と言われたら、喬雄は出て行くだろう。彼のプライドは、理不尽な罵声に頭をさげることは許さなかったし、いったん出て行ったら、セイさんがあやまるまでは帰らないだろう。そうして、セイさんは、喬雄に自分からあやまることはせず、なしくずしに、なあなあで事をおさめようとするだろう。喬雄は、それにはのらない。

出ていったらセイさんが困るのはわかりきっているから、決定的な「出て行け」をセイさんが口にする前に、上手にいなしていた。

しかし、反発は、自分でも気づかぬうちに、溶けきらない澱《おり》となって、たまりはじめていたようだ。

セイさんは、学生役者には、ちょっと屈折した感情を持っていた。立場上はセイさんがボスなのだが、どこか遠慮していた。逃げられては困るという気もあった。下手くそだと怒りつけた後で、いっぱい飲ませてきげんをとったりしていた。

曳地司に対しては、セイさんは、媚《こ》びているとみえるほど愛想がよかった。

一番気安くあけっぴろげに相手にしたのは、サーカス仲間のフー公だったようだ。

金銭のことでセイさんから詰《なじ》られたとき、喬雄はとうとう、思いきり言った。歩方と飲んだ代金を、喬雄は座の経費で落としたが、セイさんは喬雄が座の金を使いこんだというふうに怒った。飲ませなければ仕事がスムーズにはこばないことくらい、セイさんも十分わかっているはずだ。ことのついでに、これまでたまっていた不満を全部ぶちまけた。喬雄としては、これをきっかけに、腹蔵《ふくぞう》なく、こだわりなく、言うべきことは言わしてもらおう、その方がつきあいやすいと思ったのだが、セイさんは青ざめて、いやにしずかな声で、出て行ってもらおう、と言った。

静岡《しずおか》で興行していたときだ。喬雄は、身のまわりのものをまとめた。京弥が寄ってきて、座長が、あやまりに来れば許すと言っている、と、小声で伝えた。喬雄は首を振り、翌日の列車に乗った。

それきり、馬芝居のことは忘れよう、セイさんがどこで何をしようと、気にすまい、と心に決めた。セイさんがあやまった場合だけをのぞいて。

セイさんからの連絡はなかった。むこうも意地をはっていた。あるいは、セイさんが自分に好意を持っている、いびるのは、心を許した甘えのあらわれだと思っていたのは、うぬぼれだったのかもしれない。

いったん離れると、むりにまた加わりたいという気にはならなかった。終わった、と感じた。快《こころよ》い虚脱感が残った。

大学にも戻らなかった。さまざまな仕事についた。気楽だった。三十を過ぎた自分を想像できなかったが、いつのまにか、過ぎた。

早枝と偶然会ったのは、一昨年の夏、喬雄が運送トラックを運転して、目黒《めぐろ》通りを走っていたときだ。信号待ちで停止した。横断歩道を渡る女に目をとめた。思わず、クラクションをたてつづけに鳴らした。女が目をあげた。喬雄は助手席のドアを開け、躰をのり出し、手をのばした。早枝も手をのばし、握りあった。その手をひき寄せて、助手席に上らせた。早枝は躰の輪郭がやわらかみを増し、表情がいっそう精悍《せいかん》になっていた。

馬芝居が解散になったことを、そのとき知らされた。喬雄がやめてから半年ほど後、隠岐《おき》で興行しているとき、小屋が火事になり、セイさんが焼死した。よくよく火に祟《たた》られているのね。その後、早枝は曳地司と結婚した、それも、式も披露もせず籍だけ入れた。わたしでは、曳地の家族の気にいらなかったのよ、でも、いまは別居して離婚も同然――そんなことを、早枝は少しずつ語ったのだった……。

3

めざめたとき、左の眼の前がカーテンが下がったように暗いのに、愕然《がくぜん》とした。大村清記の葬儀に出席した父を上野駅で見送った翌日の朝である。

左眼をつぶると、右の眼にうつる外界は、距離感を失っている以外は正常だった。逆に、左の眼だけでものを見ようとすると、視野が暗く欠けた。

飲みすぎて眼底出血でもおこしたのかと、彼は鏡をのぞいた。充血してはいないようだった。異常をかくした眼は、見たところは右の眼とかわらなかった。

時間がたてばカーテンは消えるのではないかという希望はかなわず、喬雄はとうとう会社に電話をいれ、医者に行くから欠勤すると告げた。

特に親しい医者もないので、喬雄は、会社に行く途中の道でいつも看板を目にしている眼科医のところに行ってみることにした。片眼が見えない状態では運転はできないので、徒歩で行った。すると、道は予想以上に遠かった。徒歩と車ではこれほど距離感がちがうものか。

待合室は眼帯をかけた患者で混みあっていた。子供と老人が多かった。紹介もなく初診の彼は、昼近くまで待たされた。

検査は簡単にすむものと思っていたのに、意外に時間がかかった。町なかの小さい開業医だが、検査器具はいろいろ揃っていて、喬雄は、医師がせっかく手にいれた高価な玩具《がんぐ》の性能をたのしみたいために、あれやこれやと検査漬けにしているのではないかと思ったほどだ。しかし、それらはすべて欠かせない道程であったようだ。医師の顔が、息がかかるほどに近づいて凸レンズで瞳孔《どうこう》をのぞきこんだり、ものものしい機械の前に坐《すわ》らされ冷たい金属の器具を押しあてられたりしているうちに、よほどひどいことになっているのかと、喬雄はようやく不安になりはじめた。

それ以前から、眼に関することだけに不安ではあったのだが、強《し》いて楽天的に考えようとつとめていたのだ。

医師は、手術が必要だと、明快に断言した。

喬雄が午前の宅診の最後の患者であり、この後医師は昼食と休憩をとる。机上のカルテが喬雄の分一枚だけあることに、ややくつろいだのか、五十年輩の医師はゆっくりと丁寧に説明してくれた。

網膜剥離《はくり》を起こしている、と医師は医学書をひらいて図版までみせた。喬雄の左眼には何もうつらず、レンズの助けを借りない右眼は焦点があわず、淡い陰影や薄い光のすじが模様をつくる球体の写真は、遠い惑星の天体写真だと言われれば、そうかと納得してしまいそうなものであった。

「網膜の色素上皮層と視網胞層のあいだが剥《は》がれて、液化した硝子体《しょうしたい》が侵入した状態が、網膜剥離だ。きみの場合は、鋸状縁《きょじょうえん》断裂――この部分、鋸状縁という部分に裂孔が生じている」

「どうして、また……」

「ここ半年ぐらいのあいだに、眼球を強く打ったことはないかね。喧嘩でなぐられたとか、ころんで打ったとか。この鋸状縁断裂というやつは、外傷を受けたときに生じやすい」

喬雄は入念に記憶をたどったが、眼を打った記憶はなかった。落馬の際も、顔面に打撃は受けなかったはずだ。

「いいえ、べつに……」

「網膜剥離には、外傷性のほかに続発性と移発性とあってね。続発性というのは、膜下に滲出物《しんしゅつぶつ》がたまったり、眼底の腫瘍《しゅよう》や硝子体に増殖した結合組織が網膜を牽引《けんいん》したりして生じる。しかし、きみの場合は、これにあてはまらない。外傷のおぼえもないとすると、特発性というやつだ」

「それは、ほかのより厄介なわけではないんでしょう」

「剥離が生じるには、いま言ったようにいろいろな原因があるんだが、明瞭な原因がなくても生じる場合がある。これをひっくるめて特発性網膜剝離と呼んでいるんだ」

「さっき、手術が必要といわれましたね」

「ああ、続発性で、炎症などによるものは、副腎皮《ふくじん》質ホルモンの投与などですみ手術は不要だが、眼底腫瘍となると、眼球摘出以外にはない。きみの場合も、手術ということになるのだが」

青ざめた喬雄を、医師は、「いや、きみのは腫瘍ではないのだから」と、なだめた。「どうも、心ない言葉を使ってしまったな。きみのは、簡単に言えば、裂孔をふさげばいいわけだ。専門的に言うと、高周波電流によるディアテルミー凝固とか、強力な光線による光凝固とか、いろいろな方法があるが、そんなことは素人の患者が一々知らんでもいいよ。医者にまかせて、ゆっくり休んでいればいいんだ」

「その、破れ穴をふさぎさえすれば、完全にもとどおりになるんですね」

「そういう理屈だがね、実際は、裂孔は一つや二つではない場合もあるし、発見しにくい場所に生じていることもあって、決して、指にささった棘《とげ》をぬくような単純なものではないんだよ」

「眼を打ったおぼえはないんですが、十日ほど前、馬から落ちて頭を打ったことがあるんです。軽い脳《のう》震盪《しんとう》で短いあいだ失神したていどのことでした。これは、網膜剝離とは関係ないんですか。目の前がちらちらするようになったのは、それ以後なんですが」

「何とも言えんな」と、医者は慎重だった。

「だいたい、強度の近視者は、衝撃による網膜剝離を起こしやすい。直接眼球を打撲しなくても、その事故が原因で剝離が生じたということは十分考えられる」

あいつのせいだ、と、喬雄は思わず口走った。その〝あいつ〟は、顔が無い。

「落馬、というと、きみは競馬の騎手か何か……」

言いかけて医師はカルテの職業欄に目をやり、「その躰でジョッキーでは、馬がかわいそうだな」と笑った。喬雄の気をひきたてる笑いにきこえた。

「たまたま馬に乗っているとき、石を投げられ、そのおかげで落馬したんです」

「いや、その投石者に落馬事故の責任があるとしてもだね、きみが医療費請求や損害賠償の訴えをおこすとしても、医者として、網膜剝離との因果関係を証明はできないのだよ。絶対そうだと断言はできないのだ。これが墜《お》ちたとき顔面を強打したというのであれば、まだ、主張しやすいのだが。私の個人的な心証としては、落馬の衝撃で裂傷が生じた可能性はきわめて大きいとは思うがね」

「手術するとなると、どのくらいかかるのでしょう」

「最低、三週間は絶対安静が必要となる。そうして、手術は早いほうがいい」

「片眼だと、自分の鼻が邪魔になる。ためしてごらん。両眼を開いているときには、鼻は全然気にならないんだ」

早枝は片目をつぶり、「あれ、ほんとだ」と笑った。


手術が必要になったことを、喬雄は早枝に告げたくはなかった。しかし、最初に診断を下した医師の言葉を鵜《う》のみに、即座に手術を受ける決心もつかなかった。誤診ということもありうる。投薬治療が可能なのかもしれない。早枝の勤務先は新聞社だから、社内に情報源はゆたかなのではないかと思い、昼休みに呼び出して会い、「眼科の名医を知らないか」とたずねてしまった。

「やはり、眼のぐあいが悪いのね。どうも、おかしいと思った」早枝は真剣な表情になった。喬雄がアパートに帰り待っていると、その日のうちに、横浜《よこはま》にいい病院があるそうだと、電話で知らせてきた。

「見舞いには来るなよ」

「どうして」

「早枝とおれは、たのしいプレイ・フレンド、セックス・フレンドだ。それ以外の要素は介入させたくない」

「つっぱるなって」と、早枝は笑った。少しぎごちなくきこえた。「かっこうよすぎるわよ」

「本気で言ってるんだ。来るなよ」

ひとりで子供を育てるだけで、早枝の肩には十分重い、と彼は思った。

三週間の孤独に耐えることは、彼にとってそれほど苦痛ではないと思えた。


しかし、病院の担当医師の言葉は、彼を不安におとしいれた。医師は、手術の箇所がきわめて困難であることを告げた。

「でも、大丈夫なんですね」

最善をつくす、と医師は答えただけであった。

父と子

1

「司、おまえは学生のころ、馬芝居とかいうものについてまわっていたな」

つとめてさりげなく、曳地忠晴はきりだした。

司と二人きりになる機会が、なかなかつかめなかった。アパートにたずねて行ったのでは、大仰《おおぎょう》になる。そうかといって、司は、やって来ない。

嫂《ねえ》さんがデパートで、世界のワイン展とかいうので、値段のわりに味のいいものを三、四本買ってきた。一本、おまえにやってくれというから、わたしが届けに来た。そういう口実で、前触れもせず、突然訪れた。写真のことについて訊《き》きたいと前もっていえば、また、巧みな嘘《うそ》を考える時間を与えることになるかもしれぬ。不意をつこうと思った。ワインは、彼が新聞の広告で知り、長男の嫁にたのんで買って来させたものであった。

途中の店で、鮨折《すしお》りも二つ用意した。

「ワインに鮨ですか」

司は笑った。

部屋は、男の一人住まいにしては、きれいにかたづいている。別居していても、早枝がときどき身のまわりの世話をしに来るのだろうか。

もう少しましなマンションにも住めるところだろうが、真由の養育費を早枝に渡しているから、余裕がないのだろう。

金銭的な援助を、してやろうと思えば、曳地にはできる。彼は、日頃の生活はいたって質素であり、家族にも贅沢《ぜいたく》は許さなかったが、資産の蓄えはあった。しかし、大学を卒業させ、就職したからには、生計は自分の収入の範囲でいとなめと、彼は突き放していた。

「ところで」と、馬芝居の話をもちだしたとたんに、司の顔を、一瞬翳《かげ》がよぎった。

「ええ、ちょっと、そんなこともやりましたっけね」

司はカセットコーダーのスイッチを入れ、音楽を流した。

「音を小さくしてくれ」

曳地は眉《まゆ》を寄せて言った。

「このあいだ徳丸くんから、写真をみせられただろう。あれは、その馬芝居のときのものではなかったのか?」

「ちがいますよ」

司は、あっさり言った。

「このワイン、安いって、いくらだったんですか。なかなかうまいや。ただ、鮨というのがね。お父さんらしいですね」

「司、なぜ、ごまかすのだ。何かやましいところがあるのか」

「ごまかしてなんか、いませんよ。困るな。まるでお父さん、刑事のようですね。いつから警察の手伝いをするようになったんですか」

「あの写真には、はっきり、おまえがうつっていたではないか」

「鎧武者《よろい》ですか。いやだな、お父さん。自分の息子の顔がわからないんですか」

「いや、背景にいたジーパンの若い男だ」

「そんなの、いたっけ」

「徳丸くんの手前、あの場でわたしは指摘できなかった。しかし、いまは、おまえとわたしと二人だけだ。警察も徳丸くんも、あれがおまえだとは気づいていないらしい。どんなにピンぼけの小さい顔だろうと、父親のわたしにはわかる。あれは、おまえだった。わたしにだけは事実を打ち明けなさい」

「困るな、そんなことを言われたって。ぼくは本人ですからね。お父さん以上に、自分の顔かそうでないかぐらい、見わけがつきますよ。ぼくはあんな写真知りません」

「それでは、わたしは、原町に行ってあの写真をもう一度借り、おまえの学生のころの写真とつきあわせて、見直してみよう」

「なぜ、そんなことをするんですか。やめてくださいよ」

「しらべなおされては困るのか」

「そうじゃないけど、警察が、あれはぼくだと信じこんでしまったら、ぼくはどうなるんです」

「おまえが嘘をついていないのなら、何も心配することはないだろう」

「そうはいかないんですよ。お父さんは甘いなあ。警察のやりかた、知っているでしょう。無実なのに、有罪判決を下されて、いまごろになって再審、無罪になったという例がたくさんあるじゃないですか。あの写真はぼくとは無関係なのに、ぼくだというふうに思いこまれたら、なぜ嘘をついたのだ、黒木とはどういう関係なのだ、と、ぼくには答えようのないことで、徹底的に責められ、むこうにつごうのいい調書をとられてしまう。ぼくの、会社での立場も考えてください。殺人事件に関連して警察でしらべを受けた、なんてことになると、それだけで、ぼくは会社で苦境に立たされるんです。医事関係という固いものを扱っている出版社ですから、対外的な信用が非常に大切なんです。その上、最近は不況で、経営者側は人員縮小をしたがっています。ちょっとでもミスがあれば、首切りの口実になるんですよ。その辺を、お父さん、考えてくださいね。お父さんのように、現役を退いて暇のありあまっているのとはちがうんですから、ぼくたちは」

原町署に行って、写真をしらべなおすと言ったのは、脅《おど》しにすぎない。息子に警察の疑いがかかるようなことを、できはしない。ただ、真実を司の口からききたかった。

私には、司のほかに、まだ三人、子供がいるのだ、と、曳地は思った。それぞれが、家族を持っている。司に何かうしろぐらいところがあり、警察沙汰《ざた》になったら、ほかの子供たち、孫たち、皆に迷惑がかかる。司ひとりのことではすまない。

曳地の不安は増した。司は、たしかに、何かをかくしている。警察の手でそれをあばかれるようなことがあってはならぬ。

「司、私を信用しなさい。困っていることがあったら、何事によらず、話してみなさい。力になろう」

「それはどうも」

ワインで少し酔ったらしい目を、父に向けた。

「何事によらず、ですか。ふだんのお父さんの主義と少しちがうんじゃありませんか。お父さんは、清《せい》廉《れん》潔白、まったく世に恥じることのない正義の人。しかし、ぼくは、長生きした人間の正義なんて、信じられないんですよ。ことに、あの戦争でしょ。あれを経てきた人間の清廉潔白なんてね」

司が感情をあからさまにした言葉を、はじめてきいた、と曳地は思った。曳地の前では、いつも、あたりさわりのないことしか言わず、行儀のいい笑顔しかみせたことがなかった。この年になって、息子のなまの声をきいた。

だが、司は、ふたたび感情をかくした。つるりとした笑顔になって、

「お父さん、めんどうなことに首をつっこむのはやめましょうね。警察にまかせておくことですよ。ワインに鮨というのも、けっこういけますね」

司のアパートをでると、日が暮れていた。家まで歩いて十五分ほどの距離である。

いつもならアパートの前に駐《と》めてある司のプレリュードは、今日は、ない。事故のあと、修理に出してある。つぎめがゆるみ、ミッション点検用の穴の蓋《ふた》がずれていたため、排気ガスが中にこもったということだった。

行きには、なぜ、何ともなかったのだろうと、曳地が疑問を口にすると、司は、「お父さんを下ろしてから駐車できる場所を探して走りまわっているとき、対向車をよけるはずみに、歩道にのりあげ、そのとき、何か落ちているものをひっかけたショックがあった。気にもとめなかったのだけれど、そのとき、つぎめがゆるんだんですね。前から少し甘くなっていたんだな」と、言った。

だれかに、いたずらされたということもあるかな？　ないとはいえないけれど……。

そんな会話もかわしたのだった。

曳地は、足をとめ、司の部屋に戻った。


ノックすると、「だれ？」不機嫌な声がかえった。

「私だ」

「ああ、お父さん。何か忘れものですか」

部屋に入り、ドアを閉め、

「年寄りの取り越し苦労かもしれんが、おまえ、だれかに狙われるようなおぼえはないか」

「ぼくが？　どうして」

「ふいに気になったのだが……。大村くんの事故死がある。あのとき、おまえは、大村くんの少し前に風呂《ふろ》を出たということだったな。濡《ぬ》れたマットの感じがきらいで、踏まなかった、そう言っておったな」

「たぶん、そんなことだったろうと思うんですよ」

「踏んでおれば、おまえが感電死していた」

「そうですね！」

「それから、このあいだの車の事故だ。おまえに殺意を持った者が、駐車中に、こっそり排気管に細工をしたのかもしれぬ」

「ぼくに殺意を持つ者なんて……」

「あの黒木の事件について、おまえは犯人、あるいは、犯人の手がかりになるようなことを知っているのではないか。そのために、狙われているんじゃないのか」

「ぼくは、あの事件に関しては、何も知りませんよ。ただ……もし、犯人が、ぼくが秘密を握っていると誤解して、消そうとしていると考えた場合ですね、犯人は、お父さんのお仲間ということになるのかな」

「いや、それはちがうな」

「どうして？」

「おまえを含めて、わたしたちはだれ一人、あの弓矢の罠《わな》を仕掛けることはできなかった」

「でも、ぼくが宿屋で風呂に入る時間なんて、関係ない人にはわからないでしょう。尾行して、たえずみはってでもいないかぎり。あのとき、コードの細工のできた人は、だれでした」

「わたしには、わからんな。わたしが大広間に行ったときは、皆、もう顔を揃《そろ》えてはいた。しかし、コードをマットの下に入れるなど、何秒と時間はかからない。浴室と脱衣所のあいだは、くもりガラスの戸で仕切られているから、中から見られる心配もない。となると、だれにでもできただろうとしか言えないが……。一人一人の動静をたしかめたわけではないから、確実なことは言えん。だが、友人のだれかが故意にやったとは……」

「車の排気管のことですが、これも、お父さんの仲間なら、できたのではないかと思うんですよ」

「どうして」

「野馬追祭《のまおいさい》に、ぼくはお父さんと真由を乗せて、あの車で行った。だから、お父さんの仲間は、ぼくの車を知っている」

「鍵がなくては、ドアを開けることができないだろう」

「排気管の細工は、ドアを開ける必要はありませんよ」

「そういうものかな」

「狙われたのは、お父さんじゃありませんか」

「わたし？」

「お父さんの仲間のだれかが、友人を一人一人殺そうとしている。大村さんが殺され、次にお父さんが狙われた」

「そんなばかな話があるものか。大村にしろ、わたしにしろ、友人に殺意を持たれる理由がない」

曳地は、息子の言葉をしりぞけた。

司は微笑していた。まったく心を閉ざしきった笑顔だと、曳地は思った。

2

早枝のアパートを訪れるのは、曳地は、はじめてだった。

親が承諾する前に、司と早枝は婚姻届《こんいん》を出し、法的に結婚している。司は大学に在学中のときだ。相談されれば、もちろん早すぎると反対しただろう。式も披露もなかった。親には事後承諾というのは、外国ではよくあることなのかもしれないが、曳地の感覚では許せないことだった。知らされたとき、怒るよりも、茫然《ぼうぜん》とした。とにかく、連れてきなさい。早枝を、曳地は、気に入った。ことさらつくろった礼儀正しさはないが、折りめはきっちりしていた。きびきびした態度や物言いも、彼には新鮮で快《こころよ》かった。しかし、早枝の方では、彼が期待するほど、親身に近づいてはこなかった。彼の方では、無意識ではあったけれど、女が男に対したときにありがちな甘えや媚《こび》をみせてほしがっていた。そのくせ、甘えや媚をみせない早枝の爽《さわ》やかさが、彼が好感を持った一つの要素でもあったのだ。

別居してからは、会っていない。訪れることに遠慮があった。

ウィークデイは早枝のつとめがあるから、日曜をえらんだ。

「真由への土産《みやげ》だ」と、ケーキの箱をわたした。

「真由は?」

「友だちと遊びに出ています」

ひとしきり、とりとめもないことを曳地は話題にした。

「ときに、早技さん、わたしは、子供のことに干渉《かんしょう》するつもりはないのだが、あんたたちは、なぜ、別居することになったのだろう。わたしとしては、真由がかわいそうでもあるし、できることなら、一家三人、むつまじくやってほしいのだが。司が何か、あんたに不都合なことをしたのかね」

「司さんが何か言いました？」

「いや、何も……」

「これは、司とわたしだけの問題ですから」

　早枝は、切れのいい刃物で断ち切るように言った。

「早枝さん、あんたも以前、馬芝居というのに関係していたな」

「わたしは、ほとんど」

「司は、旅興行についてまわって、十六ミリ映画をとっていたのだったな」

「ええ」

「あんたは、旅まわりにはついていかなかったのだね」

「わたしは、自分の生活費を稼《かせ》がなくてはなりませんでしたから、東京で仕事をつづけていました」

「そのころは、図書館だったな」

「ええ。その後、いまのところにかわりました。給料と厚生関係の条件が、少しましだったので」

「それでも、ときどきは、旅先にも行ったのだろう」

「ええ、休みをとって、会いに行きましたけれど」

「そのころの写真など、あったら、みせてほしいものだな」

「司さんが持っていませんでしたか」

「全部処分してしまったというのだよ。せっかく撮った十六ミリが、コンテストで落選したので、口惜《くや》しまぎれに、十六ミリのフィルムも、そのころの馬芝居の関係のものも、スナップ写真もふくめて、全部処分した、フィルムや写真などは焼いてしまったというのだ」

　曳地には、司のその言葉は、信じきれなかった。写真を見れば、黒木が持っていた写真が馬芝居の一座のものか、また、その写真にうつっていた十四、五歳の少年が十数年前の黒木であるか、が明らかになる。

「わたしのところには、一枚もないんですよ。みんな、司さんが整理して手もとにおいていましたから」

「司が焼いてしまったというのは、本当だろうか」

「ええ。落選したとき、とても口惜しがって。でも、どうして急に馬芝居の写真を？」

「このあいだ、野馬追いを見ただろう。馬芝居を連想してね。いったい、どんなものなのか、知りたくなった。司は、昔から、自分のことをわたしにあまり話さん子で。どうも、わたしは煙《けむ》たがられていたらしい」

古谷が持ってきた写真のことは、口にしなかった。早枝までが司に疑いを持っては困ると思ったのだ。疑念は、曳地が一人で晴らさねばならなかった。司のために。

早枝までがそう言うのだから、司が写真類一切を、十六ミリが落選した段階で焼いてしまったというのは、本当なのだろう。

司が早枝に口裏をあわさせたということはないだろうか。司にたのまれて。


早枝にその点を問いただすことはできなかった。早枝が真実をありのままに語っているのであれば、なぜ司が嘘をついていると思ったのか、と不審を持ち、追及してくるだろう。早枝と話をかわす機会は、そうたびたびはなかったが、怜悧《れいり》な性質は言葉のはしばしにあらわれていた。

司の嘘、ごまかしを嫌悪しながら、曳地は、早枝の前で、言いのがれようと苦労していた。

写真を見せてくれと言ったことがきわだたぬよう、曳地はそのあと、どうでもいいようなことを、あれこれ喋《しゃべ》った。

一酸化炭素中毒でひどいめにあったことは、話そうか話すまいか、迷った。

司が黒木を知りながらかくしているという疑いは、消えない。

曳地にとって、何より願わしいのは、黒木を知らないという司の言葉に嘘はなく、一連の事件は、司とはまったく関係ない、ということである。

即《すなわ》ち、黒木は、ほかの人間を狙った罠にかかった、あるいは、黒木がターゲットであったとしても、司とは無関係な別人が犯人である。大村は、事故で死んだ。扇風機《せんぷうき》のコードの傷には、ことさら細工した痕《あと》はなかったそうだ。コードがマットの下に入ってしまったのは、何かのはずみで――たとえば、だれかが足にひっかけたなど――のためである。この過失をおかした者は、自分のしたことに気づかないでいるか、もしくは、自分の不注意な行為の結果の重大さに、名のりでられなくなってしまって、黙っている。自動車の排気管の故障も、単純な事故である。

もう一つの考えは、曳地を脅《おびや》かした。

司は、黒木を知っている。それは同時に、黒木と犯人のあいだの秘密を何か知っているということになり、司は犯人に命を狙われている。司がそれを自覚しているかどうかは、わからない。扇風機の事件も一酸化炭素中毒も、司を殺すために仕組まれたものだ。そうであるなら、手をつかねているわけにはいかぬ。敵は二度失敗している。三度めが、いつ、どのような形で襲ってくるか。その前に、反撃に出ねばならぬが、司の協力がなくては、敵の影すらわからないのだ。

そうして、三つめに、曳地が考えたくないことが、あった。司が、黒木殺害の犯人ではないか、ということである。

司には、アリバイがある。しかし、そのアリバイに、こちらの気づかぬ穴があり、やがて、解明されるかもしれぬ。そのときに備えて、司は、自分も被害者なのだ、殺されそこなったのだ、という状態を作っておく。つまり、第二の考え、司が狙われている、という状況に誤導するための、手のこんだ細工であった。――他人を巻き添えにしてまでか。父親まで……。あのときは、徳丸玄一郎も同乗してひどいめにあったが、彼はあのとき、こちらが誘ったから乗ったので、それこそ、とんだ巻き添えだ。しかし、わたしが乗ることは確実なのだから、悪くすれば、わたしが死ぬかもしれないのを承知でしたことか。同じ量の排気ガスを吸っても、体力のある若い司の方が、はるかに恢復《かいふく》力も早くダメージは少ない。

疑えば、大村の死は、大村を消すはっきりした理由があったのだ、とも思える。黒木の死体を、大村は近々と見ている。見られては司が困るものを見てしまった。それで、消さねばならなくなった。扇風機の破損したコードは、たまたま与えられた絶好の武器であった……。

早枝が、彼のために焙《ほう》じ茶をいれている。

早枝と相談できたら、どれほど楽なことか、ひとりで考えていると、混乱してくる。早枝なら、冷静に、彼の考えの不備な点を指摘してくれたり、適確な示唆《しさ》を与えてくれるだろう。

彼は、体力は若いころよりいささか衰えても、思考力は少しも退化していないつもりでいた。しかし、一つの真実に対して生まれたいくつもの臆測《おくそく》のどれをとるか、彼自身は選択できないのだった。

もちろん、早枝に、少しでも洩《も》らすわけにはいかない。せっかく何も気づいていないものに、司への疑惑を芽生えさせるような言動はつつしまねばならぬ。

「馬芝居の一座のもので、今も消息がわかっているのは、おらんかな」

話のあいまに、さりげなくはさんだ。

「十何年も前のことなので、もう、散り散りです。わたしには、ちょっと……」

あまりしつっこく問いただしては、不審を持たれよう。

「女手一つで、大変ではないのかね」

曳地は話題をかえた。

帰りぎわに、

「真由に何か買ってやってくれ」

と、札をたたんでわたそうとすると、

「心配なさらないでください」

早枝は、受けとろうとしなかった。

「おじいちゃんが、孫にプレゼントしようというのだ。とっておきなさい。受けてくれた方が、わたしは嬉《うれ》しい」

「それでは、いただきます」

「わたしは、本当に残念だよ。司も不甲斐《ふがい》ない。どうして、早枝さんのような、良い……」

早枝は微笑した。司と同様、心のうちをみせない微笑であった。

3

仰向《あおむ》いて立てた膝《ひざ》に手をかけて、いっぱいに押しひらいた。薄紅《うすあか》い肉の葩《はなびら》は、早枝の呼吸にあわせて愛らしく息づいていた。

一方の眼が失明すると、健康な方の眼も、原因がないのに失明することがあるという。喬雄は、網膜に早枝の性器を灼《や》きつけた。暴《あら》い刻《とき》がつづいた。


どれほど荒れ狂ったあとでも、女の胸はふしぎに静かなのだな、と、彼は喘《あえ》ぎながら思った。一気に走りぬいてゴールインした短距離走者のように、男の心臓は騒ぎたてているのに、女はゆるやかな波に躰《からだ》をまかせきったように安らかだ。

早枝は二本のハイライトに火をつけて、一本を彼のくちびるにはさませた。

「喬雄、左の眼、見えているの?」

退院して以来、はじめて逢《あ》った夜であった。

手術が不成功であったことを、まだ早枝には告げてなかった。哀《あわ》れみや同情を、介入させたくなかったのである。

「わかる?」

「やはり……だめだったの?」

「どうして、わかった」

「わたしを見るとき、喬雄の顔の角度が、ちょっとずれるのよ」

右の眼を相手の顔の中央に向けるからだ、と喬雄は気づいた。

「鋭いな、早枝は」

「喬雄、わたしが先に死んだら、角膜あげるわ」

「ばか」

「気の長い話だけどね」

「早枝が死ぬと、おれがまっ先に疑われるわけだ」

冗談にまぎらせながら、喬雄は、早枝を抱いた腕にもう一度力をこめた。

傷ついたのは網膜だから、角膜移植は役に立たない。

早枝はすぐ、それに気づき、だめね、と、小さい吐息をついた。

弾力のある躰だった。目鼻だちのくっきりした少年めいた小づくりな顔だちなので、躰までほっそりしているように錯覚《さっかく》させるのだが、腰の肉はたくましく張っている。

これまで、結婚が話題になったことはなく、喬雄は、月に一度の気楽なデートをたのしんできた。自分と結婚したところで、早枝が楽になるわけではない。家族とは、気ままな生を束縛する鎖だと彼は思っていたし、彼の収入は、彼ひとりの日々に、どうにかみあうだけのものだった。他人の子供の父親になる責任など負えはしないとも思っていた。

手術を受け、両眼を眼帯でふさがれ、ベッドに横たわっているあいだ、人恋しくてならなかった。結婚を、このとき、かなり真剣に考えた。酒や賭《かけ》ごとをひかえ、もう少しまじめに勤務すれば、三人の生活費ぐらい稼ぎだせるだろう。早枝は、家にこもりきってはいられないだろうから仕事をつづければいいが、今よりは気楽な気分で働けるだろう。

司との籍を抜かないのは、真由の養育費をうやむやにさせないためという、経済的な理由だけだ。

早枝が図書館につとめていたとき、同僚の女性が離婚した。やはり無資格のアルバイトだから、給料は安かった。相手の男は、基地反対闘争の同志でもあった。

子供がひとりいた。女の方がひきとった。男は、金が無いと居直って、慰藉料《いしゃりょう》も養育費も払わない。男がほかに女ができて彼女を捨てたのだから、子供の養育費、責任とるのが当然なのに、無いっていうのは強いわね、と、早枝は喬雄に話したことがある。実際、無いんだから、払いようもないのね。

特殊技能を持たない女が、それも高校新卒ならともかく、中途はんぱな年齢の女が、子供を育てて食べてゆくだけの金を稼ぐって、想像を絶する苦労なのよ。彼女は、過労でダウンしてしまったわ。頼れる身内もなくて、生活保護を受けている。辛いとも苦しいともこぼさないけれど。女が強くなったとか、物がありあまっているとかいっても、やはり皺寄《しわよ》せは一番弱いところにきているのよ。

そう、早枝は言う。

おれが、引き受けてやるよ。

真由は神経質そうなので、いっしょにやっていけるかどうか、いささか不安だが、父親づらをしなければ……などと、とりとめなく考えていた。

しかし、医師から手術の不成功を告げられ、結婚は切り捨てた。

左眼が不自由では、車の運転のできることが必要条件の一つであるいまの仕事は退職するほかはない。新しい仕事の口は、大幅にせばめられる。いや、なかなかみつからないだろう。早枝にこれ以上重荷を背負わせることはできない。

仕事中の事故ではないから、労災保険はもちろん下りないし、退職金はわずかなものだった。入院と手術の費用は、健保以外にいろいろかかり、退職金のほとんどをあてなくてはならなかった。

まるで裸だな、と、思った。これまでにも、何度も職をかわったし、失業状態でいるときもあったが、体力に自信があるから、裸身で立つような不安にとらわれはしなかった。

車を売り払った代金が、手もとにあった。買ったときすでに中古だったのだから、安いのはしかたないが、彼自身が安く値踏みされたような情けなさをおぼえた。仕事をやめたことより、車を手ばなしたことでみじめになった。しかし、運転できない車を飾りに持っていてもしかたがなかった。

「石を投げたやつを、必ず、みつけだしてやる」

「どうやってみつけるの。あの何万という観衆のなかから」

「徳丸英正か洋史を恨《うら》んでいる人間を探せばいいんだ」

「警察で捜査しているんじゃないの」

「投石犯人なんて、探すものか。黒木とかいう男の殺人事件だけで、手一杯だろう」
「みつけてどうするの」
「目には目を、だ」
「ばかなことはしないで」
「このまま泣き寝入りできるか」
「目には目を、なんて暴力やったら、喬雄が刑を受けることになるのよ」
「わかってる。とにかく、みつけだす。どうするかは、それから決める」

4

表に武運長久《ぶうんちょうきゅう》の文字、裏に火焔不動《かえんふどう》を彫りこんだ太刀の銘は、日州古屋之住国広《くにひろ》作之とある。鐔《つば》の鉄線唐草《からくさ》の象嵌《ぞうがん》が、血なまぐさい兇器《きょうき》であるべき太刀を雅《みやび》やかに飾っている。

曳地忠晴は、拭紙《ぬぐいがみ》をくわえ、刀身に打粉《うちこ》をたたく。

刀身の手入れは、心を鎮《しず》めるのに役立っていたのだが、あるとき以来、不快な連想をともなうようになった。

曳地の家は士族の裔《すえ》である。松江《まつえ》藩士であったということだ。維新後上京し一家をかまえたのが、忠晴の祖父にあたる。めぼしい古物がそうたくさんつたわっているわけではないが、刀剣は鑑定書のついたものが数振り残っていた。そのうち二《ふた》振りが鑑定書ぐるみ紛失した。四年ほど前のことである。

曳地は、家人を騒がせるのは避けた。所持許可証は手もとにある。

外部のものが盗んだとは思えなかった。曳地が疑ったのは、司であった。高校のころ、司は、小遣《こづか》いが足りなくなると、曳地の蔵書を持ちだして古本屋に売っていた。それを知ったとき、曳地は、怒るより情けなさが先にたった。溺愛《できあい》しているだけに、辛い思いをした。問いつめ、自白させたのだが、何とも不愉快なあと味が残った。

司が怕《こわ》がっているのは、曳地の怒りと体罰だけであって、罪悪感は欠けているようだった。たかが、本を売ったぐらいで、どうしてこれほど怒られねばならないのかと、納得しかねながら、口先だけであやまっていた。

刀剣を盗んで売ったのはおまえだろう、と責めたてて認めさせるまでの、うんざりするほどの長い時間。小さい子供のときとちがい、縛りあげて折檻《せっかん》するわけにもいかぬ。

曳地は、自分の心のなかだけに秘めた。

昔とくらべ、角《かど》がとれたものだ。昔は、司のわずかな嘘も不行儀も、卑《いや》しさも、許せなかった。

いまは、あばくよりは、己《おのれ》の目にも見せまいとしている。

あまり長い間放っておくと錆《さび》が出ると、ふと思いたって手入れをはじめたのだが、たちまち、重苦しい疑いがよみがえった。

米人などに、こっそり売ったのだろう。許可証はそのままなのだから。

かねが要《い》るなら要ると、言えばいいのだ。もっとも、言われても、正当な理由がなければ曳地は安易に貸し与えはしない。そのわずらわしさを見越して、てっとり早い手段をとったのだ。

打粉を打つ手が荒くなった。これでは満足な手入れはできないと、彼は、手早く切りあげることにした。

忘れようとしていることに考えがむく。

だれにも、司に疑惑の目をむけさせることなく、司と黒木の関係をしらべるには、どうしたらよいか。このまま、そっと放っておいた方がいいのだろうか。

庭で、子供の声がする。

同居している長男には、中学三年の女の子と、小学校六年、三年、二人の男の子がいる。上の二人は、高校入試と中学入試をひかえ、塾通いがいそがしい。庭で遊んでいるのは、末の男の子だろう。友だちを呼び集めてきているようだ。

曳地の部屋は、母屋《おもや》から突き出した六畳の和室で、前庭を袖垣《そでがき》で仕切り、手入れした植えこみを子供たちに荒らされないようにしている。

といって、子供たちが邪魔なわけではない。次男、長女のところにもそれぞれ二人ずつ孫がいて、祝いごとなどで一族が揃うと、曳地は、末ひろがりだなと、心がみたされる。

この稚《おさな》い者たちに、少しの翳《かげ》も落としてはならぬ。残された自分の余生は、彼らの守護にあてねば。

司の傷は、一族の障《さわ》りとなる。

何とかせねば……。

曳地は、刀を箱におさめ、天袋にしまった。

「おじいちゃま、お茶になさいませんか」

長男の妻の多美子《たみこ》が、襖《ふすま》の外から声をかけた。

「お入り」

多美子は茶道具と和菓子の皿をはこび入れた。老人の話し相手を、多美子は、面倒がらない。

若いひとにしては珍しいことだね、と曳地が言うと、あら、わたし、若くはありませんよ、それに、おじいちゃまって、お年をめしているのに、男の色気があるんですよ、と、曳地を仰天《ぎょうてん》させるようなことを言い、からっと明るい声で笑ったことがある。

昔は菓子など見むきもしなかったのだが、酒量がおとろえた分、甘いものを躰が欲しがるようになった。

栗羊羹《くりようかん》を口にはこんでいると、柴《しば》の袖垣が音をたてて揺れた。

「子供たちですわ」

多美子が腰をうかせた。

「放っときなさい。元気に遊んでいるのなら、叱《しか》ることはない」

多美子は坐《すわ》りなおした。

時をおいて、袖垣が音をたてた。

「ほんとに、今のうちだけですものね。いま、三年でしょう。四年になったら、もう塾へ行かないと、国立の付属はむずかしいらしいんですよ」

「かわいそうにな」

「塾といったって、たいしたことを教えてくれるわけじゃないんですのよ。試験の要領をおぼえるだけですわね。そうわかっていても、お友だちが皆行くと、つい……」

そう言いながら、多美子は、おっとり笑っている。

曳地も、何となくのどかな気分になる。

自分の一生は、まずまず、成功した方だといえるな。妻をなくしたのは淋《さび》しいが、嫁には恵まれた。次男の嫁は、多美子よりは若いだけに活潑《かっぱつ》だが、きだては素直だ。三男の司のところの早枝も……。曳地は、かすかに苦いものを感じた。まさか、離婚するつもりではあるまいな。真由がかわいそうだ。

甲高《かんだか》い言い争いの声がきこえた。

「まあ、喧嘩《けんか》している」

「男の子だ。喧嘩ぐらいするだろう」

ずるいよ！

ずるい！

ずるくなんかないよ。

ちゃんと見たんだから。

声は高くなる。

「とっくみあいになる前に、ちょっと、やめさせてきます」

多美子は、ガラス戸を開け、庭下駄《にわげた》をつっかけて袖垣のむこうへまわった。

「ダーツなんか、だれが持ってきたの？」

「シンちゃん」

「うちでやると、危いってお母さんが怒るから。小《お》母《ば》さんとこの庭なら、いいでしょう。危くないもん」

「ここに的をつけたりしてはだめよ」多美子がたしなめている。

「おやつをあげるから、裏の水道で手を洗っていらっしゃい」

小走りに戻ってきた多美子は、庭下駄をぬいで中に入ると、

「ちょっと、ちびさんたちにおやつをだしてきますね」

と、奥に行った。

喧嘩はうやむやにされたようだ。

ダーツをやっていたのか。

曳地は庭に出た。

袖垣のむこうにまわると、的が柴垣に吊《つ》り下げられていた。羽根のついたずんぐりした矢が数本突っ立っている。

子供たちのだれかがずるをしたのだな。

曳地は、ふいに、ぞくっとした。あることに思いあたったのだ。

我れ我れのだれもが、黒木を殺せた。

我れ我れのだれもが、罠を仕掛けられた。

一番怪しいのは、司ではないか……。

こんなばかげた小細工を弄《ろう》するのは、司ぐらいなものだ。しかも、司はたしかに黒木を知っている……。

「おじいちゃま、お茶、もうさげてもよろしいですか」

襖の奥から多美子に声をかけられ、曳地は、悪事の現場をのぞかれたように、うろたえた。

探索

1

列車は速度を落とし、小高駅にとまった。

ショルダーバッグを肩に改札口を出てタクシーを拾い、「小高中央病院長の自宅へ」と八束喬雄は命じた。

閑散《かんさん》とした商店街をたちまち通りぬける。

代赭色《たいしゃいろ》の煉瓦《れんが》タイルがてらりと光る病院の前を過ぎ、車を降りた喬雄は、厩《うまや》に、まず行った。祭りの日の過剰な装飾を取り去られた馬は、所在なげにつながれていた。彼の運命の一部となった馬の首を、喬雄は、かるく叩いた。

玄関で案内を乞《こ》うと、英正の妻の圭子があらわれた。

「はい、どちらさんですか」

「喬雄です。東京の。野馬追《のまお》いのときにおじゃましました」

「まあ、喬雄さん。眼鏡なんかかけとられるんで、わからなかったわ。この前来なさったときは……」

圭子は、一瞬のぞいた迷惑そうな表情を、大仰《おおぎょう》な笑顔で塗りつぶした。

「父は、いますか」

「おじいちゃん？　ええ、まあ、おあがりなさい」

外の明るさに馴《な》れた目に、広い土間は夕方のように暗かった。喬雄は敷居につまずき、上がり框《かまち》に腰をおろして靴をぬいだ。

洋間と座敷と、どっちへ通そうかと圭子は迷っているようだったが、何をおいても、まず、この前かってにひきあげたことを詰《なじ》るべきだと思ったらしい。

あとで、わたしが叱《しか》られたんですよ、と怨《えん》じた。

「あのときの投石犯人、わかりましたか」

「いいえ、あんな大勢人が出ているときですもの。わかりゃしませんよ」

「でも、洋史くんに悪意を持っている人間とか、いろいろしらべたんでしょう」

「そんな、洋史を悪く思う人なんて、いませんよ」

圭子は、むっとした気持を明らさまに声にあらわした。

「スナックのマスターが射殺されたって事件、そっちはかたがついたんですか」

「いいえ、まだ。どうなっているのかしらね。おじいちゃんは、部屋ですよ」

圭子は奥をさした。

四つの座敷の境は、今日は襖《ふすま》をたててあった。通りぬけて、きしんだ音をたてる廊下を奥にすすみ、玄一郎の部屋の前で声をかけた。

「喬雄です」

「喬雄？」

驚いた声は、すぐに、「入りなさい」と心なしかはずんだ。

北向きの四畳半が、玄一郎の私室にあてられていた。出窓にポータブル・テレビがおかれ、正面は白黒の碁石の並んだ碁盤をうつしていた。手があらわれては石をおいた。

　玄一郎は座卓の上に折りたたみの碁盤をひろげ、画面の進行にあわせて石を並べていた。

「おじゃまします」

　玄一郎と直角になる位置に喬雄は腰を下ろし、畳についた左手が、碁石の器をひっくりかえした。

「よく来たな。この前は、世話になった」

「いいえ。災難でしたね」

「喬雄、おまえ、左の眼が悪いということはないか」玄一郎は、喬雄をみつめて言った。

「わかりますか」

　喬雄は苦笑した。

「それで、是非《ぜひ》でも投石犯人を探さなくちゃという気になったんです」

「あのとき、眼を怪我《けが》したようではなかったが」

「直接外傷を受けなくても、衝撃で失明することはあるんです」

　玄一郎が息をのむのがわかった。

「左は、まったくいけないのか」

「そうです」

　玄一郎は意味もなく碁石をもてあそんだ。

「不自由だろうな」

「仕事はやめました。しかし、それより困るのは、かたほうの眼が外傷によって失明すると、やがてもう一方も失明する可能性があるんだそうです。交感性眼炎というんだそうですが」

　玄一郎は、うっ、と声をあげた。

「まあ、必ずそうなると決まったものではないんです。可能性があるというだけです」

「私の角膜をやろう」玄一郎は言った。「私はもう、世のなか半分見えれば十分でな。これまでに、見たくないものも見すぎた。悲惨を見、無慙《むざん》を見た眼だが、その記憶までがおまえにうつることはあるまい」

　冗談めかして笑った。

「すぐにも、そうしよう。病院は東京の方がよいだろうな。英正が、だれかよい医者を知っているかもしれん。さっそく訊《き》いてみよう。待っていなさい。病院の方に電話をかけて英正にたずねる」

せっかちに立ちあがりかける玄一郎を、喬雄はとめた。

「ありがたいんですが、お父さん、ぼくの場合は、角膜は健全なんです」

早枝も、死んだら角膜をあげると、即座に言ったっけな。

「写真機でいえば、こわれたのはレンズじゃなくて、乾板に相当する部分てことになるのかな。この乾板は写真機と一体になっているので、交換不能でね」

「それで、投石者を?」

「ええ。単純ないたずらなら、あの大群集のなかからみつけ出すのはむりかもしれないが、理由があってしたことなら、動機をさぐることで洗いだせるかもしれません。ことに、ぼくは洋史くんとまちがえられたのだから、洋史くんを憎んでいるもの、あるいは徳丸家に恨《うら》みを持っているもの、が、まず犯人として考えられます。お父さん、心あたりはありませんか」

「さあ……、とっさには思いつかんが。医者などをしていると、病気がなおれば感謝されるが、うまくいかなかった場合——ことに、患者が死亡でもすれば、家族のものからは恨まれるだろう」

「あの投石事件のあと、英正さんたちのあいだで、そのことが問題にはならなかったんですか。あの直後、英正さんは、洋史くんが狙われたのだと、だいぶうろたえていたようですが」

「あの後、特に洋史が危いめにあったり、この家のものがいやがらせを受けたりというようなことは何も起こらないので、あの小さな事件はだれからも忘れられた。スナックのマスターの奇妙な殺人事件で、警察も手いっぱいでな。おまえにとっては、小さな事件どころではなかったのだな。医者には、ちゃんとみせたのか」

「手術したんですが、うまくいかなかった」

「いつ、手術を……」

「お父さんが上京してきて災難にあった、あの翌日、おかしいのに気がついて、医者に行ったんです。その前から、少し変だなとは思っていたんですが」

「そんなことなら、早くに知らせてくれれば、少しは手助けもできたかもしれんのに。それでおまえ、仕事はやめたといったが……」

「ええ、車の運転ができなくなったので。投石犯人をみつけたして、きっちりおとしまえをつけさせたら、また、何か探しますよ」

「困らないのかね」

「かねですか、当分は失業保険が出ますから」

玄一郎は、机の小抽出《こひきだ》しから財布を出そうとした。

「いいですよ」

喬雄は、笑いながら強くことわった。父に、無条件にやさしい感情を持っているわけではなかった。

「ちょっと圭子さんにも話をきいてみます」

圭子はダイニング・キチンでテレビを見ていた。

喬雄が入っていくと、

「あら、もう帰るんですか」と、そっけなく言った。泊まっていけとすすめるつもりがないのは、声音《こわね》にあきらかだ。

「洋史くんは学校ですか」喬雄は椅子《いす》に腰をおろした。

「そうですよ」

「このあいだの投石事件ね、あれ、全然犯人の心あたりはありませんか」

「さあ、わからないわねえ、何も。あの人出ですもの」

「気にならないんですか。洋史くんが狙われたというのに」

「気まぐれないたずらじゃありませんか。べつに洋史が狙われたわけでもないでしょう、あの後、何もおこりませんもの」

「思いあたるようなことって、ないですか。だれか、ここのうちを恨んでいるとか」

「変なこといわないでくださいよ。うちは、この町では皆から尊敬されているんですから。ことに、わたしの実家は士族の家柄で、うしろ指をさされたことなど、一度もありません。喬雄さん、何でそんな……。

洋史のかわりに馬に乗って落馬したのを根に

もっているんですか。でも、あれは洋史がたのんだわけじゃない、喬雄さんの方から買って出たことなんでしょ」

「ええ、そうです」

「今ごろ、何だかんだ言われても」

ひどく気を悪くした声であった。

玄一郎が顔をのぞかせた。

「お舅《とう》さん、こっちに入るときは、ちょっと声をかけてもらわないと」圭子はとがった声で、「だまって、ぬーっと入ってこられては困るって、いつも言ってるじゃありませんか。来客のときだってあるんだし」

「投石のことなんだがな」と、玄一郎は立ったまま、「何か心あたりがあったら、喬雄に教えてやってくれないか。あのおかげで、喬雄は、眼を……」

喬雄は、目顔で喋《しゃべ》るなと合図した。圭子の不愉快な反応が予想されたからだ。

「眼を?」と圭子はききとがめた。

「眼をどうかしたっていうんですか。何ともないじゃないの」

「すまないが、今夜、喬雄をここに……」

「いえ、ぼくは外に泊まりますから」

圭子はひきとめなかった。

2

父が即座に角膜提供を申し出たことに、喬雄は自分でも思いがけない動揺をおぼえた。

父親には、淡々とした気分で対してきた。それまで父親がいないことを常態としてきたのだから、ふいに名のり出られても、劇的な感情など湧《わ》かなかったのだ。拒否するほど稚《おさな》くもないので、むこうがさしのべてくる手に情感のこもらない握手をかえすぐらいの気分で、距離をたもっていた。

その相手に、いきなり強引に、肌に引き寄せられた。

ちょっとやばいな。喬雄は内心の動揺を苦笑にまぎらせた。

閑散とした通りを歩くうち、旅館がみつかった。小ぎれいな広い間口いっぱいにガラス戸をたてた、造りだった。帳場にはだれもいなかったが、声をかけると腰のはった体格のいい女が出てきた。

「一番安い部屋でいいよ」

「いい若い男が、けちくさいこと言いなさんな」

女は笑いながら、二階の部屋に案内した。

「山菜食わしてくれよ。こういうところなら、山菜がうまいんだろ。刺身やカツレツはいらないよ」

「山菜はあんた、高いのよ。採るのに手間がかかるからね」

「あれ、がめついなあ、ここは。一々持込み料とるの?」

壁の貼《は》り紙には、ウィスキーや日本酒を持ち込んだ場合の料金が書きならべてある。

がらがらした女とのやりとりは、彼をくつろがせた。

「お風呂《ふろ》つかうかね? 家族風呂の方なら、すぐお湯をいれられるよ」

「そうだな。頼もう」

「食事は何時にする?」

「七時……かな。いまから風呂に入ると」

「飲物は?」

「いらない」

「へえ、あんた飲まないの。男のくせに」

ビールが飲みたいと思ったが、アルコールは当分ひかえろという医者の言葉を無視する気にはなれなかった。

「十分ぐらいで、お湯はいっぱいになっからね」

「小母《おば》さん、ちょっと電話をかけたいんだけど。この部屋にはないね」

「電話なら、食堂。いっしょに来なさい。教えてやっから」

人気《ひとけ》のない食堂で、喬雄は父に電話をいれた。電話口に出たのは、圭子だった。お父さんを呼んでくれと言うと、

「何の用ですか」

「一々、あなたに用件を言わないといけないんです

か」

「ちょっと待ってください」と言う声が、腹立たしそうに荒かった。

「いま、旅館にいます」

「かつら屋か」

「よくわかりましたね」

「この町で旅館といったら、それひとつだ」

「よかったら、夕飯をこっちでいっしょにとりませんか。もう少し話をききたいんです」

おとうさん、喬雄さんは、何の用なんです？　と、圭子の声が小さく入った。かたわらで耳をそばだてているらしい。

「では、あとでゆっくり」と、喬雄は受話器をおいた。

「小母さん、夕食、二人前にしてくれ」

「カノジョでも来るの？」

「ちがうよ。じいさまだ」

「色気のない話ね」

狭い家族風呂は、あまり使われることがないとみえ、荒れていた。温泉地の趣向をこらした浴室とはちがい、壁や床はセメントの粗い肌をむき出し、浴槽のタイルには亀裂が入っていた。もっとも、湯気でくもった眼鏡をはずすと、壁や天井のしみも汚れも、もうろうとした模様になった。狭《せば》まった視野にまだ十分なじめず、喬雄は、ときどきつまずいた。思わぬところに障害物が突き出ていた。

湯に躰《からだ》をひたし、目を閉じた。酷使《こくし》に耐えている右の眼を、少しでもやすませるためであった。気休めにすぎない。苛立《いらだ》たしさ、怯《おび》え、気軽に代走を申し出たことへの悔い、すべてを、闇《やみ》に姿を没している投石者への憎悪に集約することで耐えた。

夕食の仕度がととのうころ、玄一郎があらわれたが、圭子が同行していた。

座卓をはさんで上座に坐《すわ》ると、圭子は封筒を出し、座卓の上にはたきつけるように置き、喬雄の前にすべらせた。

「お舅さんからききましたが、あの事故のせいで、眼を怪我したんだそうですね。これは、喬雄さんへのお見舞いです」切り口上であった。

「つまり、喬雄さんが言いたいのは、洋史のかわりに怪我をした、そういうことなんですね。これでよろしいんでしょう」

喬雄は、あっけにとられて圭子をみつめた。

「本当は、うちでこんなことをするすじではないんですよ。喬雄さんは、洋史の身がわりになって怪我をしたって言っていなさるようだけれど」

玄一郎が口をはさもうとするのを、圭子は躰をのり出し、声を強くして押しかぶせた。

「そりゃあ、わたしだってお気の毒だと思いますよ。怪我のために失業しなさったってね。それなら、困っているから助《す》けてくれと、すなおに手をついて頼んだらいいんじゃないんですかね。わたしらは田舎《いなか》者ですから、東京の人のようにうまいことはいえませんけれどね。だいたい、洋史なら乗馬はうまいですから、石を投げられて馬が棒立ちになったって、ぶざまに落ちたり、まして怪我をしたりなんてことはありませんよ。その石だって、たぶん、だれかがほんのいたずらに投げたんです。なにも、事荒だてて詮索《せんさく》するようなことじゃないでしょう。たまたま喬雄さんは運悪く後遺症が出たから、このままではおさまらないということなんでしょうけれど、やり方がはた迷惑じゃないですか。うちは、信用が何より大切なんですからね。おかしなことを言いたてられては困ります」

さあ、とってくださいよ、と圭子は封筒をまた突きすべらせた。

「私のところの気持ですから。そのかわり、もう、あんな遠まわしにいやがらせるようなことはやめてほしいんですよ。うちに恨みを持つものがどうとかなんて、知らない人が、何かあるのかと思ってしまいます」

「もらっておきます」喬雄は、にこっと笑って封筒をポケットに入れた。

「ただし、これは、いまの罵詈《ばり》雑言《ぞうごん》をだまって拝聴した辛抱《しんぼう》賃としてね」

「ビールでももらおうかな」と、玄一郎が口をはさんだ。

「おまえもどうだ」

「ぼくは、医者にとめられています」

「それでは、わたしもやめておこう」

「助かります。目の前で飲まれると、ついタブーを破りたくなる」

宿の女が顔を出し、食事は三人分にするのかとたずねた。

「いえ、わたしたちはすぐ帰るから、いりませんよ」

圭子は権高《けんだか》にことわった。

「あれ、二人前といわれたから、用意しちまったけど」

「それじゃ、お舅《とう》さん」

圭子は玄一郎をうながして立った。去りぎわに、よけいな詮索をするなと、もう一度釘《くぎ》をさした。

部屋にもどってから、喬雄は封筒のなかみをあらためた。

一万円札が十枚。

異母兄から見舞金をもらうことなど、入院中にすら、考えたことはなかった。

ゆすり扱いだ。

圭子の横っつらをひっぱたくかわりに、平然と笑って受けとったのだが、燃やしたらせいせいするだろうなと思った。

燃やすなら、さっき、圭子の鼻先でやるべきだった。機を逸した。

喬雄は腕時計を見た。七時少し前。食堂に行き、ピンク電話に百円玉をおとしこみ、東京に長距離電話をかけた。

ハッチのむこうの炊事場では、夕食の料理を皿に盛りつけている最中だ。従業員の数は少ないらしく、喬雄の風呂の世話などをした腰の大きい女も、盛りつけをてつだっていた。

「もしもし」早枝の声がつたわってきた。

「おれ」

「喬雄?」

「そう。どこからかけていると思う?」

「どこ?」

「小高」

「え、本当に行ったの!……それで、収穫あったの?」

「まだ、何もわからない」

「目には目をなんて……やらないで」

「約束はできない」

「心配だな。わたし、そっちへ行ったほうがいいみたい」

「来るか」

「仕事があるし、真由がいるわ」

「コブつきで。仕事は休みをとれるだろう?」

「知っているでしょ。わたし、日給制のアルバイトよ。有給休暇なんて、ないのよ。一日休むと、それでなくてもぎりぎりの収入が一日分減るわ。でも……行きたいな」

「おれがバイト料払うよ」

「お金、ないくせに」

「不愉快な臨時収入があったんだ。早枝のバイト代とあご足に使っちまうと、さっぱりする」

「会社を休んで、その分、喬雄が払ってくれるっていうこと?」

「気を悪くはしないだろ? おれの屈辱《くつじょく》まみれの金だから、気分のいいことに使いたい」

「屈辱まみれって?」

「英正の女房から、投石事件をつつくのは、見舞金を出させるためのいやがらせだろうという意味のことを言われた」

「……それで、どうしたの」

「金をよこした」

「受けとったの?」

「受けとったさ」

喬雄は言い、

「よこすものは、とろう」早枝の声がかえってきた。

「何か、つつかれちゃ困る弱みがあるんじゃないかと思う。よけいな詮索はするなと、いやに強調していた」

「それじゃ、口止料?」

「そんなつもりじゃないかな」

「かなり、よこしたの？」

「十枚」

「けちだ！　それで、どうするの、喬雄」

「見舞いとしてくれたんだから、ありがたく頂戴《ちょうだい》するが、こっちの態度はかわらない。投石者の調べは、やるさ」

「正解ね」

「そっちは、急でも休みはとれるのか」

「部長、陰険だからね、休むっていうとすごくいやな顔するの。でも、そこがバイトのいいところで、正社員よりは自由がきくわ」

早枝の声は、いやにはしゃいでいるようにきこえた。

「小高の、どこへ行けばいいの」

「かつら屋という旅館。この町で一つしかないそうだからすぐわかる」

「喬雄のお父さん、別居人の父親と友人だったのよね」

「そうだよ」

「わたしが曳地のあれだってこと、話さないでほしい。べつに、知られたってどうってこともないけれど、やっぱり少しうっとうしいから」

「わかった」

「喬雄と司が友だちだってこと、お父さん、知ってるの？」

「ああ、友だちだってことは、でもそれ以上のくわしいことは何も」

「馬芝居のことも黙っていてね。司が馬芝居にいたこと、司の父親、知っているの。喬雄もとなると、昔の関係がわかってしまう」

「昔のこと、いっさい関係なし。早枝は親父に会う必要もないよ」

「それじゃ、明日ね」

夕食のあと、膳《ぜん》をさげに来た腰のでかい女に、

「小母さん、この辺、夜遊べるようなところないのかな」

「小母さんて呼ばないでよ。あんたといくらも年ち

がわないよ。わたしは、スエ子さん」

「はい、はい。スエ子さんね」

「東京みたいにおもしろいところはないけどね、スナックなら四軒か五軒あるわよ。あんた、投石のことしらべてるって？」

「そうだよ。どうしてわかった？」

「電話で、そんなふうに言っていたようだから」

「スエ子さん、何か知っている？」

「わたしは何も知らね。スナックなら、『紫』に行きなさい」

──紫か。ひどい名前だな。

趣味の悪い店だと覚悟した。

投石が徳丸院長に対する怨恨《えんこん》によるものなら、スナックなどでなら、気軽に噂《うわさ》をきだせるのではないかと思ったのだ。

行けば、ジュースというわけにはいかない。ビールか水割りだ。医者の禁止を破ることになる。投石犯人を探すために、肝腎《かんじん》の眼の健康をそこねるのでは何もならないと思ったが、右の目にはこれまで異常があらわれてこないので、いくぶんたかをくくった。

スナックは、四軒かたまっていた。

細い路地の、その一画だけが、けばけばしい看板を出していた。

喬雄は『紫』のドアを押しかけて、やめた。ちらりとのぞいた店内の、まっ赤《か》な照明やカラオケの騒々しい音にへきえきしたのだ。

客はあまりいないようだった。この小さい町に、同業者が四軒でも供給過多なのかもしれない。

競合して限られた客を取りあっているのだから、一軒だけが暴力的にぼることはないだろう、値段はどれも似たりよったりだろうと見当をつけ、店がまえがすっきりした『サルビア』に入った。

客はひとりもいなかった。女が三人、手持ちぶさたな顔をしていた。急にいきいきした表情になって、まわりに寄ってきた。

ビールを注文し、女たちにも、好きなものを飲んでいいよと言った。一人は、喬雄のビールを自分のグラスにも注ぎ、あとの二人は水割りを作って、同じ席についた。

化粧が毒々しく濃かった。喬雄は、サーカスでアルバイトをしていたころを思い出した。同じ町に三日、五日、一週間と滞在する。夜、飲みに出る。グロテスクなほどアイシャドウをぬりたくり、つけまつ毛をし、ぎらぎらした挑発的なドレスをつけた女が、翌日昼の町でみかけると、化粧を落とし、子供の手をひき、八百屋の店先で大根を値ぎったりしていた。袖口《そでぐち》ののびた安物のセーター。ひざのぬけたジーンズ。

そういえば、サーカスの女たちにしても同じことだ。

馬芝居の役者たちも……と、連想がとんだ。サーカスのバイト中に、道化をやっていた学生アルバイトが急に来なくなり、穴埋めにかり出された記憶もよみがえった。極端なメイクアップと衣裳《いしょう》は、それをつけているあいだ、彼の人格を変えた。

人生は芝居だとよく言われるけれど、たしかに、そのときそのとき、何らかの役割を演じているのだな、と、スナックの女たちから情報を得ようとしている自分を、一歩退いてながめた。

「お客さん、はじめてかしら」

「そうだよ」

「セールスか何か?」

「ちがうわね」と、年かさの女が言った。「セールスの人って、たいてい背広だもの。アタッシェケースをさげてっていうのが、お決まりよね」

「それじゃ、こちら、何だろう」

三人とも、言葉にかすかに土地の訛《なま》りがあった。

喬雄の右脇《わき》に坐った女は、一番若かった。首が細いのに胸はゆたかで、清楚《せいそ》な顔だちと肉感的な躰が奇妙にアンバランスだった。うぶなのか淫蕩《いんとう》なのか判断がつきかねたが、太腿《ふともも》に手をのせると、腿のあいだをわずかにひらいた。

しばらく、ああだこうだと身もとを詮索されるのにまかせ、冗談口をたたき、徳丸病院の噂に話題を誘導していった。

「金取り主義だわね、あそこ」

「あんなに設備投資したら、もとを取るのに大変だもの」

「すぐ検査したがるのよね。だから、わたし、あそこに行くの嫌なんだ」

「でも、先生はべつに悪い感じでもないわよ」

二人の女は口々に喋り、若い女は喬雄の手が腿をなでるのにまかせ、心地よさそうに目をなかば閉じて躰をすり寄せた。猫っぽい娘《こ》だ。

新たに二人連れの客が入ってきたので、喬雄の傍にはふとった女だけが残った。この女は、手ざわりはいいが、話をひき出すには不適当だった。福島《ふくしま》の方からこの町に移ってきて日が浅いばかりでなく、会話の相手は苦手なたちらしかった。口のかわりに指ばかり動かしてサービスにつとめている。自分も十分にたのしんでいるようだった。喬雄は切りあげて店を出た。

ビールを一本飲んだだけだ。もう少し、大丈夫だろうと、喬雄は『紫』の戸を押した。

ミラー・ボールがまわり、光と影がめまぐるしくちらつき、喬雄は、また目がおかしくなったかと、一瞬ぞっとしたほどだ。

リーゼントの若い男がマイクを握り、痙攣《けいれん》したような身ぶりでわめいていた。仲間らしい男たちが五、六人、さわりのところで、いっしょにわめいた。

喬雄の席についた女は、少し骨ばっているが彫りの深い顔だちで、もう少し垢《あか》ぬけたドレスをつけたら、銀座のクラブでもつとまりそうだった。

ここでもビールをオーダーした。

「かつら屋さんで、いい店を教えてくれといったら、ここを教えてくれたんだ」

「ああ、スエちゃんでしょう。電話があってね、お客さんが行くからよろしくってことだったので、お待ちしてたんですよ」

「悪かったな。ここに来る前に、ちょっと一軒寄ったものだから」

「かつら屋のスエちゃんとは、小学校、中学校といっしょだったんです」

わたし、はるみです、よろしく、と女は小さい名刺を出した。

「スエ子さんと同級なのか。あなたの方がずいぶん若くみえるけど」

そうですか、と、女は笑顔をみせた。

「小高は、はじめてですか」

「二度め。野馬追いのときも来たんだ」

「あら、そうですか」

「あのときは、嫌な事件があったね」

「そうでしたね。殺人事件なんて、はじめて」

「見たの？　死体」

「見ませんよ、そんな気持悪いもの」

「雲雀《ひばり》ヶ原《はら》へは行ったの？」

「いいえ。毎年同じことをやるんですもの。あんな暑いなかで見物する気にはならないわ」

「でも、今年は、いつもと同じじゃなかったわけだから、ちょっと残念なんじゃない、見そこなって」

「死体？　いやですよ。お客さんは見たんですか」

「おれも見そこなったんだけど、殺された黒木とかいう人、同じ水商売仲間で、知っている？」

「いいえ、つきあいはなかったわ。『炎馬《えんば》』さんは商売上手だとかいう話をきいていますけど、直接には」

「あの事件にかくれちゃって、あまり問題にならなかったようだけれど、甲冑《かっちゅう》競馬の入賞者が石を投げられて落馬したって事件もあっただろう」

はるみが、かすかに身じろぎした。この質問を予期していたようにみえた。

スエ子が喋ったのだろう。お客さんは投石のことを調べていなさるよ、と。

「そんなことも、あったんですってねえ」

「院長の息子と間違えられたんだそうだね」

「そうかもしれないって噂はききましたけれどね。院長先生の知っている人が、息子さんの旗を借りて走ったから、とか」

「院長、何か恨まれているのかな」

「ええ、まあ……。でも……」

「何か知っているの？」

「そのことで石を投げたりはしていませんけどね」

「どういう話？」

「お客さん、野馬追いのあと、小高の花火大会も見ました？」

「いや。花火もやるのかい」

「ええ。ついその先に、小高川という川がありますでしょ。あの川べりに、皆出てきて見物するんですよ。橋のむこうに、小高神社ってありますでしょ。ちょっとした丘みたいになっている。偉いさんのための見物席は、その丘の上に特別に桟敷《さじき》が作られるんです。

　おととし、県の偉いさんが見物にみえて、そのとき、花火を観賞するのに病院の灯《あかり》が邪魔だって言ったんだそうですよ」

「徳丸病院の？」

「ええ。それで、去年から、花火の夜は病院は消灯ということになったんです。ちょうど花火の夜、臨終の患者さんがいましてね、あら、お酒を飲みながら、しめっぽい話」

「いいよ。つづけて」

「まっ暗ななかで死んだんですって」

「そんな緊急のときにも、灯はつけなかったのかい」

「院長先生は花火見物で、神社の桟敷に行ってましたからね。すぐに連絡がとれなかったのね。付き添っていた身内の人が、どうも様子がおかしいと看護婦さんに言ったんですけど、担当のお医者さんもお祭り気分だったのか、すぐに来てくれないし、院長の許可がなくてはかってに灯はつけられないとか何とか、要するに、みんな、自分が点灯の責任をとるのがいやだったんですね」

「どこの、何という人、その暗闇《くらやみ》のなかで死んだのは」

「名前なんかきいて、どうするんですか」

「ちょっと知りたいんだ」

「院長先生か奥さんにきけば、わかるでしょ。でもね、その死んだ人の身内は、投石の犯人じゃありませんよ」

「はるみさんの知っている人？」

「ええ。あの娘《こ》です」

はるみは、隅の席で客の相手をしている若い女をさした。

「死んだのは、あの娘の母親なんですけど、今年の野馬追いに、あの娘は行っていません。証人は、わたしをふくめて、何人もいます。院長の奥さんに言っといてください。投石の犯人がだれかなんて、あまり騒がない方がいいんじゃないですかって。こういうふうに、病院としてもあまり名誉じゃない話が出てきますからね」

はるみの声音が、少しずつ険《けわ》しくなってきていた。

「え、ちょっと待ってよ。院長の奥さんに、って……」

「奥さんに頼まれたんでしょ。お客さん、警察の人ではありませんよね」

スエ子が誤解してはるみに伝えたのだなと、喬雄は察した。圭子が喬雄に会いに来たことと、小耳にはさんだ、〝投石犯人を探す〟などの言葉の断片から、かってに組みたててしまったのだろう。

ちがうのだ、と、真相を説明する気が起きない。

あの娘、とはるみが示したホステスは、水商売が身についていない素朴な娘で、たとえ、投石犯人であったとしても、詰《なじ》る気にはなれない相手だった。

あの娘ではない、というはるみの言葉は、嘘《うそ》ではないだろう。彼女が犯人なら、何も知らない喬雄に、わざわざ暴露することはないからだ。証人が揃《そろ》っているから、はるみは安心して話し、ついでに、徳丸病院のひどいやり方を喬雄に教えたのだろう。

「奥さんに言っといてくださいね。騒ぎたてたら損ですよ、って」

はるみは、冷ややかに言った。

3

「ちょっと、まだ寝ているの。もう昼だよ」

スエ子がのぞいた。

「掃除してやっから、顔でも洗ってきなさいよ。食事どうするのね」

「飯《めし》はいらないよ。ゆうべ、『紫』へ寄ってみたよ」

「そう。いい店だったでしょう」

敷居ぎわに突っ立って、スエ子は言う。

「ああ。『紫』のはるみさんて、同級生だってね」

「そう。あのひと、頭よくてね」

「顔もよかった」

「あそこんち、男も女も顔がいいの。弟もハンサムなんだけど、でもね。足が」と言いかけて、スエ子は、喋りすぎたと思ったのか、口をつぐみ、

「さあ、起きて、起きて」と蒲団《ふとん》をあげはじめた。

「スエ子さん、時刻表あるかい」

「帳場にあるよ。いま、持ってきてやっから」

蒲団をたたみ終えたスエ子が帳場から持ってきた時刻表を喬雄はひろげ、早枝は『ときわ七号』で来るつもりだろうと見当をつけた。小高に停車する急行は少ない。

『ときわ七号』は九時十分上野発、小高に十三時十五分に着く。それに乗りおくれれば、九時三十五分発の『ひたち三号』、これは平《たいら》どまりなので鈍行に乗りつぎ、十三時五十四分小高着となる。

駅まで迎えに出るつもりだが、まだ少し時間が早い。

「スエ子さん、ちょっと喋っていかない?」

「いそがしいのよ、わたし」

『紫』のはるみさんも言っていたけれど、小高中央病院の徳丸院長って、かなりひどいことをやっているようだね」

「はるみさんが、何言っていたの?」

「去年、野馬追いのあとの花火大会で、病院の灯を……」

「ああ、あの話ね」

「知ってるの?」

「知ってるわよ」

「ほかの店の女の子が言ってたけれど、あの病院、金取り主義だってね」

「あんた、病院の悪口言っていいの? 奥さんと知りあいなんでしょ」

「どうして」

「昨日、奥さん、あんたに会いに来たじゃないの」

「すぐ検査したがるんだって？」

「そういう話よ。わたしは、病院なんてお世話になったことないけれどね」

「はるみさんて、苗字《みょうじ》は何ていうの」

「小柴《こしば》よ」

「やっぱりそうか。はるみさんの弟って、小柴隆《りゅう》吉《きち》さんだね」

「あら、やだ。どうして知っているの」

「顔が似ているよ」

スエ子は、急にきげんの悪い顔になり、

「さ、わたしいそがしいからね」

と、出て行こうとした。

「スエ子さん、ほかに何か、知らないかな。院長のことを悪く思っているような人」

「あんた、病院のスパイ？」

「まさか」

「わたし、いそがしいんだから」

スエ子は背をみせた。

かつら屋を出て、途中の喫茶店に入り、コーヒーを飲み、それから駅に行った。

列車がとまり、真由と手をつないだ早枝が、改札口を出てきた。

「昼飯食った？」

顔をみるなり、喬雄は訊いた。

「まだよ。駅弁でも買おうかと思ったけれど、いっしょに食べようかなと思いなおして」

落馬事故の時に顔をあわせたとはいえ、きちんとした形で会うのははじめての真由は、早枝の手を握りしめ、大きな目を喬雄にむけた。

「真由、腹へったか？」

唇をきゅっと結んだまま、真由はうなずいた。

喬雄は早枝の腰に腕をまわし、歩きだした。

最初目についた蕎麦屋《そばや》に入った。喬雄と早枝はざる、真由は天そばを注文した。喬雄はついでにビールもとった。

「いいの飲んで」

「ゆうべも飲んだけれど、何ともない」

「何ともあってからじゃ、おそいのよ」

「一本ぐらいどうってことないさ」

「こいつ、つゆを吸った天ぷらの衣《ころも》が好きなのよ。なかみの海老《えび》はわたしによこすんだ」

「それなら、たぬきにすればいいじゃないか」

「揚玉《あげだま》と衣では、微妙に味がちがうらしいんだな」

ヌードにされた海老は、真由の小指ほどもない。

「収穫は？」

早枝に訊かれ、

「聞き込みってのは、むずかしいな。水商売の女なら話をひき出しやすいと思って、ゆうべスナックに寄ったんだけど」

はるみからきいた話などを伝えた。

「その、はるみの弟というのが、小柴隆吉だって」

「小柴隆吉って、だれ？」

「野馬追いのとき、纏場《まといば》にいただろう。足の悪い」

「ああ、あのひと」

「おねえさん、ビールもう一本」

ふりかえって注文した喬雄の目に、鴨居《かもい》の上の写真をいれた額《がく》がうつった。

武者姿の男が馬にまたがっている。

ビールをはこんできた女に、

「あの写真は野馬追いの？」

「ええ、ここの旦那《だんな》さんですよ。りっぱでしょう」

女はビールの栓をぬいて注いだ。

「ああいうのを見ると、馬芝居を思い出すな。おれ、まだ、手綱《たづな》なしで腰で馬をあやつれるよ。忘れないものだな。甲冑競馬で馬に乗っただろう。あのとき、やってみた」

喬雄は、くいっと腰をひねった。

「おねえさん、ちょっと訊きたいんだけど」

「何かしら」

「小高中央病院の院長って、腕いいの？」

「この辺じゃ一番大きいし、設備がいいからって、相馬の方からも、患者さんが来るそうですよ」

「だれかに恨まれてるなんてこと、ないのかな」

「院長さんがですか？　さあ……」

「息子がいるだろ、高校生の」

「そうですか？」

「知らない？」

「知らないわ。あら、いらっしゃい」

新しく客が入ってきたので、女はそっちのテーブルの方にいった。

「喬雄のききこみ、ほんとにぎごちなくて下手《へた》ね」

早枝は笑った。真由が、わけもわからず声をあわせて笑った。

あ、と喬雄は声をあげ、テーブルを叩いた。

「何よ！　驚くじゃない」

「あのさ、黒木という男……フー公じゃないかって……」

語尾が、自信なく消えた。

「フー公って、だれ？」

「おぼえてないか。馬芝居の一番若い、あのころまだ十四か五のガキだったやつ」

「一番若いっていうと……」

「橘京弥《たちばなきょうや》」

「橘京弥が、原町のスナックのマスター？　信じられないわ。小柄の、かわいい子だったじゃない」

「十三年もたてば、人間、いろいろ変るさ。ことに、十四、五の子供の、その後の十三年は大きいよ」

「でも……京弥って、もっと丸顔だったわ」

「雲雀ヶ原へ行ってみよう」

「どうして」

「急に行きたくなった。あの広い野っ原に、馬芝居の掛け小屋を思い浮かべたい」

「気まぐれだなあ。投石犯人の捜査はどうするのよ」

「やるよ。やるけどさ、あそこへ行ったら、もっとイメージがはっきりするような気がする」

「何のイメージ」

「馬芝居のさ。そうして、京弥の」

残っているビールをあけ、勘定をすませると、駅にもどってタクシーを拾った。

「男でも女でも、二度顔だちがかわるって」

喬雄は言った。
「幼児から少年、少女になるときと、少年から青年に、少女から娘にうつるとき。幼な顔がそのまま残るのもいるが、別人のように変るのもいるって。真由なんか、美少女になるぞ。そうして、十七、八で、また脱皮する」

本陣山の斜面に腰をおろすと、早枝はかたわらにあぐらをかいた。真由はその膝《ひざ》にたいくつそうにもたれた。喬雄は、早枝とすばやいキスをかわした。

草原がひろがっていた。ひるがえる旗も、たてがみをふり乱して走る馬も、陽《ひ》にきらめく鎧《よろい》の金属のひびきもなかった。

祭りの日、彼が馬を駆って走りのぼり、そうして落馬した七曲りの道は、柵《さく》がとり払われ、雑草が道に侵入してきていた。

広い草原に、よしずと薦《こも》の掛け小屋があらわれた。ホログラフによる立体幻像をみるように、彼は追憶をみた。

御当地初お目見得　馬芝居　橘清八《せいはち》一座

幟《のぼり》がはためいた。

幅二間《けん》、奥行き五間ほどの小屋の、手前二間ほどを青竹で仕切り、ござを敷き、そこが客席で、奥は舞台、といっても土の上である。正面に幕を垂らしたむこうが楽屋。

鳴物は、囃《はや》し方を揃える余裕はないから、テープであった。

土間の舞台に、馬上の公達敦盛《きんだちあつもり》があらわれる。十五歳の橘京弥。客に流し目をくれて、微笑する。白塗りの顔。まっ赤なくちびるのかげにのぞく歯は薄黄色い。

砥《と》の粉《こ》をぬたくったような赭《あか》ら顔の熊谷直実《くまがいなおざね》は、座長の橘清八、あのころ、三十一か二だった。これも馬上だ。

名乗りをあげる熊谷をのせたまま、馬はおかまいなしに放尿し、青竹にもたれた客にしぶきがかかる。

「黒木史憲《ふみのり》、実は橘京弥。まるで歌舞伎《かぶき》の見あらわしね」

早枝の声が追憶を破った。

「原町署で訊いてみたら、わかるんじゃない」

「え？」

「黒木が京弥かどうか」

「おれは、制服は嫌いだよ。知ってるだろ」

サーカスや馬芝居のマネージメントをしているとき、興行届を警察に出しに行くと、きまって、横柄《おうへい》にあしらわれた。一々腹をたてていたらきりがないから聞き流した。馬芝居という耳なれぬものを理解させるだけでも骨が折れた。風紀を乱すにきまっているという先入観がこびりついているらしい。その上、喬雄は学生だから、新左翼が何か新手の地下運動をというふうにも警戒されたようだった。

「でも、はっきりした方がいいんじゃないの」

「いやだよ。殺人事件だろ。変なことを言いたててみろ。おれが疑いの目をむけられかねない。京弥のような気もするけれど、確信はないし、京弥だとしたって、いまのおれには関係ないさ」

「警察は、情報欲しがってると思うな」

「それなら、早枝、たれこんでこいよ」

「いやよ。京弥かもって言いだしたのは、喬雄よ。あたしは、ちょっと信じられないもの」

「殺人の捜査は警察の仕事。おれは、警察がやってくれない投石犯人を探すの」

「でも、そっちの捜査も、あまり熱がないみたいね」

「ああ……。なんか、結果的に弱いものいじめになるみたいで……。徳丸英正が恨まれているとしたら、英正の方が悪いに決まっているという感じになってきた」

「でも、とばっちりで、喬雄はひどいめにあっているんだから」

「おれ、やっぱり、だめなんだな。目には目をってのは、よほど相手が悪辣《あくらつ》なやつでなくちゃな」

真由は、斜面をころがって、ひとりで遊んでいる。早枝の手が喬雄のうなじにかかり、くちびるをあわせた。

「洋史くんていったっけ、おにいさんの息子。院長ではなく、洋史くんが恨みをかっているという線は、まだしらべていないの?」

早枝は訊いた。

真由の目があるので、抱擁《ほうよう》に我れを忘れることはできなかった。

「まだなんだ。女の子をどうとかしたなんて話だったら、調べにくいな」

「気弱なのね」

「病院の看護婦でも呼び出して、院長のことを訊《たず》ねてみようかと思うんだが、よけないことを喋ったとなったら、看護婦がくびになりかねないだろう」

「探偵は非情でなくちゃ」

非情でなくちゃ、と早枝はつぶやくようにくりかえしたが、明るい顔になって、

「でも、喬雄が、〝目には目〟をやめるんだったら、わたし安心だな。その方がいいと思うわ。投石犯人を洗いだしてなぐったりして傷害罪なんて、ばからしいわよ。それより、生活きちんとはじめた方がいいと思う。帰ろう。東京に」

早枝にそう、なだめるように言われると、喬雄は、ちょっと天邪鬼《あまのじゃく》な気分になって、

「おれ、まだ、やめるとは言っていないんだぜ」

「わたし、べつにとめないわよ。やりたいんだったら、やればいいのよ」

「でもな、昨日の『紫』のホステスの話一つにしたってな……」

喬雄の決断にまかせるというように、早枝は黙っている。

「よし、とにかく、一度宿に帰ろう。真由も疲れているだろう」

喬雄は立って、真由のそばへ行き、抱きあげようとした。真由はその手をすりぬけて早枝のそばに行き、早枝の手をつかんだ。

4

かつら屋に着くと、

「おかえんなさい」

と出迎えたスエ子が、

「あれ、こちらさんは?」

「女房だよ。東京から今日着いた」

「泊まりかね」

「そう。一泊」

「いくつだい?」と、スエ子は真由に話しかけた。

「五つ」

真由は言い、にこっと笑顔をみせた。

「珍しいわ。真由が初対面の人ににこにこするなんて」

早枝が喬雄にささやいた。

「投石犯人探しをやめるのなら、ここに泊まることもないわね」

部屋にとおされてから、早枝は言った。

「どこか、もう少し景色のいいところへ行って一泊しない? のんびり骨休めして帰ろう」

「ああ……」

喬雄は煮えきらない返事をした。

「せっかく来たんだから、もう一押し、ねばろうかとも思うし……」

「刑事だったら、もっと積極的に聞き込みをやるわね。病院の関係者に訊くとか、洋史くんの学校の友だちにさぐりをいれるとか」

「うん……」

「決断しなさいよ。やるのかやらないのか」

「弱い人間をいためつける結果にならないのならいいんだがな……」

じれったいな、というように早枝は苦笑した。

「こんなところでぐずぐずしているの、時間の無駄よ」

「それはそうだ」

「わたしが、病院に行って、聞き込んであげようか」

「いや……。やるなら、自分でやるよ」

「何のために、わたしを呼んだの」

「いっしょに過したくなったからさ」

「それなら、気の進まない捜査はやめて、思いきり遊んでしまおう」

「軍資金はあるし、か」

「喬雄、いるか」と声がして襖が開いた。

「お父さん！」

「お連れがいたのか」

徳丸玄一郎は、敷居ぎわで入るのをためらい、真由を見てあっけにとられた顔になった。

「その子は……」

「お父さん、何かぼくに用ですか？」

「いや、昨日は圭子がいっしょでろくに話もできなかったから。入ってもいいか」

「どうぞ」

「こちらは？」

徳丸玄一郎は早枝を目でさしてたずねた。

「友人です」

「喬雄の父です」

とまどいぎみに頭をさげる玄一郎に、

「はじめまして」

早枝も困惑した顔で簡単にあいさつした。

「そのお嬢ちゃんには、野馬追いのとき会っているが。マユちゃんとかいわなかったかな」

真由は、大きな目を玄一郎にむけ、早枝にしがみついた。

「すると、こちらは、曳地くんの……？　ご存じかもしれんが、わたしは、このお嬢ちゃんのおじいさんになる曳地忠晴くんと知りあいで」

早枝に説明しかける玄一郎を、

「いろいろ、事情があるんですよ」

喬雄は、さえぎった。

「奥さんと別居中ということは、あのとき聞いたが、すると、あなたが……」

「そうです」

早枝はうなずいた。

「それはどうも……。まあ、立ちいったことはうかがわないことにしよう。喬雄、どうだ、わかったのか」

「いや、なかなか。お父さん、何か心あたりはありませんか。いまは圭子さんがいないから、何でも喋れるでしょう。英正さん、圭子さん、洋史くん。だれか特に恨みをかっているようなことは」

「無責任なことは言えんのでな。……だれかの名をあげて、それが無実だった場合、その人物に迷惑がかかる」

「心あたりがあるんですね」

「わたしの方で、調べてみよう。そうして確実にその人物だとわかったら、おまえに知らせることにしよう」

「お父さんが、兄さんや圭子さんに対して、困った立場になりませんか」

「投石犯人がわかったら、おまえはどうするつもりだね」

「相手の事情によりますね。場合によっては、英正さんなり圭子さんなりを糾弾《きゅうだん》することになるかな。そうすると、お父さんがあそこに居辛《いづら》くなるでしょうか」

「わたしのことはかまわんが、英正や圭子に責任を取らせるのは、むりだろう」

スエ子が魔法びんと茶道具をはこんできたので、話はとぎれた。

早枝がいるので居心地が悪そうに、徳丸玄一郎は、早々にひきあげた。

「もしかして……投石犯人は、洋史かなあ」

思いつきを、喬雄は口にした。

「どうして?」

「突然あらわれた祖父《じい》さんの庶子《しょし》が、気にいらなかったりして」

「それだったら、むこうに徹底的に責任とらせなくちゃね」

「むずかしいものだな、調べるのって」

「まだ、ほとんど何も行動していないのに」

早枝は笑った。

「やはり、ここにもう一泊して、調べまわってみるよ。今夜もう一度、『紫』に行ってみる」

夕食の前に風呂に入った。喬雄は男湯、早枝と真由は女湯と別れた。

喬雄が部屋に戻り、しばらくして、早枝と真由が入ってきた。

真由が廊下に出たすきに、喬雄は早枝の首すじにキスした。

「これが刑事なら、とっくにくびね」

「どうして」

「何も仕事をしないで、遊んでばかりいる」

真由の姿がみえないのに気づいたのは、それからまもなくだった。

「どこへ行ったのかしら。しょうがないな」

「迷子になったかな」

「探してくるわ」

「おれも探そう」

手わけして、旅館のなかをたずねまわった。

そろそろ食事どきで、膳部《ぜんぶ》をかかえた女中が廊下をいそがしげに行き来していた。

小さい女の子を見かけなかったかと、行きあうごとに、喬雄は訊いた。

たいして広くもない旅館だ、すぐにみつかるとたかをくくっていたが、見あたらない。

喬雄は鼻緒の太い庭下駄《にわげた》をひっかけて、庭に出た。

L字型の建物のあいだの庭は、一目で見わたせる。形ばかりの小さい池のわきに、まだ花には早い萩《はぎ》がしげっていた。そのかげにも、真由の痕跡《こんせき》はなかった。

ふたたび中に入り、玄関、炊事場、食堂、浴室、便所と、丹念に探しまわった。

部屋に戻ると、ほとんど同時に、早枝が、

「まだ戻ってこない?」

と、のぞいた。

テーブルの上におかれた白い紙に気づいたのは、そのときだ。

太いサインペンの下手な文字が並んでいた。〝子供はあずかっている。東京に帰れ。他人に告げると、子供を殺す。十八・五五ときわ16に乗れ。二度と小高に来るな。〟

喬雄は紙片をつかみ部屋を出ようとした。

「どこへ行くの」

「あの、スエ子という女のしわざだ。とっちめて吐かせてやる」

「待って。どうしてあのひとなの」

「ほかに考えられないだろう。実際にやったのがだれにせよ、スエ子が一枚かんでいるのはたしかだ」

「他人に告げると殺す、と書いてあるわ」

「しかし……」

「列車に乗って東京に帰れ、と……。乗れば、真由を返してくれるのよね。そうね」

喬雄は腕時計を見た。

「いまからなら、『ときわ一六号』に十分にまにあう、よし、駅に行こう」

「どこで返してくれるのかしら」

「ホームだろうか……」

浴衣をぬいで、シャツとジーンズに着かえ、バッグを持って帳場に行った。勘定をすませ、駅にいそいだ。

ホームには、真由はいなかった。

「どうしよう。警察にとどけておくか」

「だめよ。他人に告げたら殺す、って」

「おどかしだと思うけれど……」

すべりこんできた列車に、喬雄は乗った。さしあたって、それ以外に何もできない。早枝も、つづいて乗った。

反対の方向に別れ、車輛《しゃりょう》をのぞいて歩いた。

最後尾まで行きつき、また戻ってくると、真由を抱いた早枝が、座席のあいだの通路を走ってきた。

「いたわ！　いたわ！」

喬雄は思わず、早枝と真由を腕のなかに抱きこんだ。

何ごとかというように、乗客の視線があつまった。

空席をみつけ、並んで腰を下ろした。

「どうしたんだ、真由ちゃん！」

「むりよ、きいても。五つだもの」

膝の上の真由の髪を、早枝は撫《な》でた。そうして、喬雄の肩に、ぐったりと頭をもたせかけた。

疑惑

1

曳地忠晴が原町署の古谷警部補の訪問を受けたのは、九月も半ば、まだ昼の日ざしは強く、古谷はシャツの背に汗をにじませていた。

「何か例の事件のことで？」

警察は司に目をむけたのか、と、曳地は胸を衝《つ》かれながら、平然とした態度を保とうとつとめ、自室に招じ入れた。客間を使わなかったのは、嫁の多美子の耳に何事もいれまいとする配慮からであった。

ビールをはこんできた多美子を、すぐ退《さ》がらせた。公務中なのでアルコールは、と古谷は一応辞退したが、重ねてすすめると、うまそうに飲み干した。

排気ガス中毒の事件が、徳丸の口から古谷の耳に入ったのだろうか。不安がひろがる。徳丸に口どめをするわけにもいかなかった……。

「実は、黒木の死体を発見されたときの模様を、もう一度思い出していただきたいのですが」

二杯めを注ごうとする曳地の手を、古谷は制した。

「思い出すといっても、べつに……」

「大村さんがあの直後、感電事故でなくなられましたな。あのときは、二つの事件の関連は考慮しなかったのです。しかし、大村さんが黒木の死の発見者であるというところから……」

「発見者は、私ですが」と、曳地はさえぎった。

「正確に言えば、そうです。しかし、大村さんも、すぐに死体のところに駆けつけ、野次馬の整理などに協力してくださっています」

「それは、そのとおりだ」

「そのとき、大村さんは、何か犯人にとって致命的なものを目にされた、そのために。……口封じのために、大村さんは」

「黒木なにがしを殺した犯人に謀殺されたといわれるのか」

「黒木史憲《ふみのり》です」

なにがしと曳地が言ったのを、古谷は訂正した。

「すると、黒木を殺したのも、我れ我れの仲間ということになるではないですか。我れ我れは、あのような男とは、だれ一人面識すらないと思うが」

「どうして、あなた方の仲間と限定されるのですか」

古谷は逆に問いかえした。

「ほかに、おらんでしょう、大村をあのようなやり方で殺せた者は」

「いや、そのつもりでつけ狙っていれば。あるていど、犯人の範囲が限定されはしますが。宿のなかを歩きまわっていて怪しまれない者――つまり、宿の従業員、泊まり客全員」

「そうですな」

曳地は少し気が軽くなった。

「何も、我れ我れだけとはかぎりませんな。それで、従業員とか泊まり客とかのなかに、被疑者は」

「いや、まだ何とも。それで、大村さんが何か目にされたと仮定しての話ですが、そうであれば、曳地さんも同じものを目にしておられるのではないか、見ていながら、はっきり気づいてはおられないのではないか。その点を確かめさせていただきたいと、上京してきたのです」

「御苦労ですな。しかし……これといって……」

「御自身は気づいておられなくても、犯人の方では不安に思い、あなたに危害を加えようと企《たくら》んでいるかもしれません。あれ以来、何か身に危険を感じられたことはありませんか」

「いや……べつに」

動悸《どうき》が高まった。顔色は変わっただろうか。カマをかけられているのか。

「それならけっこうですが、どうでしょう、何か、我れ我れ警察関係者が見逃していることで、大村さんやあなたの目についたことというのは、ありませんか」

「どうも、思いあたりませんな」

「もちろん、大村さんの場合、まったく単純な事故という可能性も十分あるのですが」

「黒木という男は、水商売でしたな。何かそういう関係で、動機を持つ者はみつからないのですか」

「それがどうも」と言いながら、古谷は、ざっくばらんにこれまでに調べのついた事柄を話した。もっとも、洗いざらい喋《しゃべ》ったのかさしさわりのないことだけを話し、あとはかくしているのか、曳地にはわからない。

黒木史憲は四年前に原町にうつってきた。

スナックを居抜きで買いとり改装して『炎馬』をはじめた。独身。警察がまず疑ったのは痴情関係だが、水商売には珍しく、女のいた気配がない。金銭の点でいざこざを起こしたこともなかった。

常連客からききこんだ評判は、そこそこというところである。マスターはいささか陰気だが、客あしらいはそつがなく、シバオケがおいてあるのが特徴で、興《きょう》がのると歌舞伎《かぶき》のせりふをまねてみせた。どさ廻《まわ》りの役者くずれじゃないのかと推測を語る客もいた。

まったくの天涯孤独らしく、彼の死によって遺産を受けるなどの利益を得る者はひとりもいない。

本籍地は島根《しまね》県松江《まつえ》市だが、島根県警に調べを依頼したところ、当該地に黒木という家はなかった。

「それではまるで、手がかりなしですな」

「いや、そうでもないんです。その本籍の住所に、寺がありまして、その寺の先代の住職が私費で孤児の収容施設を作っていたことがあったのだそうです」

「そこに黒木が?」

「あいにく、二十年ほど前に住職の代がかわったとたん、施設は廃止になったそうで、収容されていた子供の名簿もなければ、その後の消息もわからない。おそらく、収容児の一人だったのだろうと推測されるだけです」

徳丸は、排気ガスのことは話してないらしい。それとも、古谷は、知っていてしらばくれ、こちらの出方をさぐっているのだろうか。それが気がかりで、曳地のあいづちは、ついうわの空になる。

「ところで、話はかわりますが、徳丸さんから写真をみせられたと思いますが、やはり、心あたりは思いつかれませんか」

不意に問いかけられ、曳地はうろたえて一瞬声をつまらせ、

「いや、まるで、まったく」

と、強く首を振った。

「そうですか。徳丸さんが、あの鎧《よろい》武者にどうも見おぼえがある、曳地さんも知っておられるような気がすると言われるので、複写をお貸ししたんですが」

「徳丸くんに、私は心あたりがないと言ったのだが」

「聞きました」

「同じことを、そう何度も訊《き》かれても困る」

「失礼しました」

恐縮したふうもなく、古谷は、軽くあやまった。

排気ガスの件を、何といって徳丸に口止めするか……。

「わざわざ上京されたのに、何のお役にも立てませんでしたな」

話を打ち切る態度を示した。

玄関に送り出し、古谷が靴をはいているとき、チャイムが鳴った。

曳地はドアを開けた。真由の手をひいた早枝が立っていた。

「おや、このお嬢ちゃんは」

古谷は真由を見おぼえていた。真由は早枝の背に躰《からだ》をかくした。

「孫です」

「野馬追《のまお》いにみえていましたね。こちらは?」

「これの母親です」

「奥さんは、野馬追いではお見かけしなかったように思うが」

どなたですか、と、早枝は曳地に目で問いかけた。

「あのとき事件があったのは知っているだろう、あの事件を担当しておられる原町署の古谷警部補さんだ」

早枝は表情をこわばらせ、会釈《えしゃく》した。

「原町の警察の人が、なんで今ごろ……?」

古谷が辞した後、曳地の部屋に通されて、早枝は訊《たず》ねた。顔色はまだ悪い。

「たいしたことじゃない。刑事というのは、同じことを何度もしつっこく調べるものなのだな。私があの死体の第一発見者なので、また、何か気づいたことはないかと訊きに来たのだ」

多美子の末の子が、真由を庭に連れ出して遊ばせている。

「何にしても、真由を連れて来てくれたのは、嬉《うれ》しい。司は、あんたと真由が困らないように、きちんと生活の面倒はみているのかね」

「彼も薄給ですから」

早枝は笑って言った。声が少しうわずっているのは、刑事に会った驚愕《きょうがく》が尾をひいているのか。あれほどショックを受けたのは早枝もまた司に疑惑を持っているためではと、曳地は気が重くなる。

「真由の養育費を、少し出してもらっています」

「早枝さんは、つとめ先の身分はアルバイトということだったね。アルバイトの日給というのは、どのくらいなのだろう」

せっかく遊びに来る気になった早枝に、もう少したのしい話題の方がいいだろうと思いながら、つい詮索《せんさく》がましい質問になる。

「一日、五千五百円です」

曳地は頭のなかで計算した。月に日曜が四回として二十六、七日。月収は十四万なにがしか。休日の多い月なら、十四万を切る。

「なかなか、きついな」

帰るとき、少し小遣《こづか》いでも持たせてやろう。

それとも、月決めの援助が欲しくて、たずねてきたのだろうか。意地の強い女だから、自分の口からは言いださないが、こちらが申し出れば、受けるのだろうか。曳地に相談もせずに籍をいれるところからはじまった結婚である。生活が苦しいから助けてくれとは、決して言わないだろう。

「前に訊いたときも、二人だけの問題だからと言われたので、干渉《かんしょう》しないことにしていたが、別居の原因を、さしつかえなかったら話してくれんかな。司に不都合があれば、わたしから言ってきかせるが」

「司さんは、未成年じゃないんですよ、お舅《とう》さま」

早枝はまた笑った。

「それはそうだが……」曳地も苦笑し、「どうも、いつまでも子供に思えてな。ことに司は末の子なせいか……。言いにくいことだが、女のことで何か間違いでもあって、早枝さんに辛い思いをさせたのかな」

早枝の輪郭のくっきりした眼が、うっすらとうるんだように、曳地には見えた。

「わたし、父親を早くになくしているので、やさしいこと言っていただくと、だめなんですね」

少してれたように言ったときは、うるみは消えていた。

「やはり、女のことで何か問題をおこしたのだね。まだつづいているのかね」

「いいえ、お舅さま。気になさらないでください。わたしたち、そういうあれではないんです。別居しているんですから、いまは、おたがい自由です。二人とも、そういう考えでいます」

「しかし、まだ、夫婦なのだろう。夫婦として当然守らねばならぬ倫理というものがある」

「わたしが籍を抜かないのは、司さんに、真由の父親としての責任だけは、きちんと果してもらいたいからなんです。夫と妻という絆《きずな》は、もう切れているものと、お互い承知しています」

「どうも、わたしにはよくのみこめないが」

何か計算ずくの話を、早枝はしているのだろうか。正式に離婚するとなったら、司には十分な慰藉料《いしゃりょう》を払う能力はない。肩代わりして曳地が払う意志があるかどうか、遠まわしにさぐりをいれているのだろうか。

曳地は、ちょっとそんなふうに勘ぐった。しかし、日給をいくらもらっているか、などと生活費を話題にしたのは曳地自身であり、早枝がもの欲しげな態度を示したのではなかった。

「司が、女の関係をきれいに整理したら、また、いっしょにやりなおす気になってくれるのかね」

「司さんに、いま、女の人がいようといまいと、わたしには関係ないことなんですわ」

「知っているのかね、相手の女を」

「お舅さま、何か早のみこみしていらっしゃる。司さんに、いま、女の人がいるかいないか、わたし全然知りません。そう申しあげているんです」

「しかし、別居のきっかけは、女のことなんだろう」

「御想像におまかせするとしか……」

「わたしは、ほかの子にくらべて、司に特にきびしくしたつもりはないのだが……早枝さんも気がついているかもしれないが、あれは、どうも気が小さくて、つごうの悪いことはごまかす癖がある。女のことでも、何か小細工をして早枝さんを怒らせたのかもしれんが……。男というのは、どうしようもないところがあってな、申しぶんない女房がおっても、つい、よその花には目がむく。大きな気持で、そこのところを許してやってくれると」

早枝の表情が、曳地をとまどわせた。

笑いをこらえているようにもみえた。しかし、瞼《まぶた》のふちがまたうるみはじめたようにも思えた。瞳《ひとみ》は、たちまちかわいた。

「お舅さまって、いい方なんですね。でも……わたし、ちょっと気になることがあるんです」

「何かね」

「古いお友だちで、徳丸玄一郎という方がいますね」

早枝の口から予想外の名前が出た。

「徳丸を、どうして知っているのだね」

「司さんからききました」

「司が何を話したのかな」

「昔、国防戦略研究所でいっしょだったこととか、シミュレーションのこととか、野馬追いのこと、大村さんという方がなくなられたこと、大村さんの告別式のときの事故……」

「排気ガスの?」

「ええ」

早枝も、司を疑いはじめたのだろうか。

そうであれば、その疑いを捨てさせるよう、何とかせねばならぬが……。

しかし、つづく早枝の言葉は、曳地を少しほっとさせた。

「徳丸玄一郎さんて、どういう方なんでしょう」

「どういう、といわれても……」

「ほかの方は、皆さん、戦後もエリートコースを進んでいるのに、徳丸さんだけ、違うのだそうですね」

「出世コースを自ら捨てたらしいが」

「ほかの方たちに、何か悪い感情を持っているということは、ありませんの？」

「なぜ？」

「徳丸さんは、どうして出世コースを捨てたんでしょう」

「戦争中職業軍人であった者として、敗戦の責任をとったつもりなのかな。くわしく話をきいてはおらんが」

「ほかの方も同じように責任を感じるべきだと、徳丸さんは思わなかったでしょうか」

「さあ……わたしにはわからんな。早枝さんは、わたしたちの年代の者すべてが、責任をとり、徳丸のように闘争的な人生から下りるべきだったと思うのかね」

「いいえ。わたしには、何もわかりませんわ。戦争のころのことなど。ただ……大村さんという方がなくなったり、お舅さまが危いめにあわれたりということから、ちょっと、気になっただけなんです」

「徳丸が、大村を殺し、排気管に細工をしてわたしを殺そうとした。早枝さんは、そう思っているのか？」

「まさか、そんなことはないと思いますけれど、ちょっと気になったので、お聞きしてみたんです」

真由が外から声をかけたので、話はとぎれた。

多美子の末の子は、年がはなれすぎたいとこの相手をするのに倦《あ》きたのだろう。

「真由ちゃんが、ママのところへ行きたいって」

真由を部屋にあがらせ、自分は庭の方に走っていった。

多美子は、早枝とそりがあわないらしく、夕食をいっしょにとるようにすすめたが、熱意がないのは、曳地の耳にもききとれた。

早枝も敏感に感じとったのだろう。

「けっこうです。もう失礼します」

と、夕食前に立ち去った。

去りぎわに、曳地は、多美子には気づかれないようにして、早枝に一万円札を包んだ紙をわたそうとした。

いいえ、と早枝は拒んだ。

「まあ、遠慮しないでとっておきなさい」

「この前も、いただきました。お会いするたびにいただくのでは、まるで、それが目的みたいで、いやです。お会いしづらくなります」

「そう、気をつかうことはない。早枝さんはやはり司の嫁であり、わたしには娘も同然なのだから」

「わたしがみじめになります。おやめになってください」

そう言って、早枝は真由の手をひいて帰っていった。

強情をはらずに、いいかげんなところで折れあえないものなのか、早枝の背が、曳地の目には、何かいたいたしくうつった。

月決めの援助を求めに来たのか、慰藉料の肩代わりをするかどうかの打診か、などと勘ぐったのが気恥ずかしかった。

早枝のプライドを傷つけずに援助してやるには、どうしたらいいのだろう。

何が原因か知らないが、多少のことはがまんして別居を解消すれば、生活がずっと楽になるだろうに。

上の二人の孫が塾から帰り、ゴルフに行っていた長男も帰宅して、六人が顔を揃《そろ》え、和《なご》やかな夕食をとった。

早枝は、真由と二人きりで、アパートで食事をするのかと思うと、哀《あわ》れをおぼえた。

しかし、このごろの若いものは、大家族は好まないようだし、あれはあれで、いいのかもしれん。哀れんだりしたら早枝は反発するだろう。真由は、淋《さび》しくはないのだろうか。

多美子は、子供むきのこってりしたビーフシチューのほかに、曳地のために、わかめと白《しら》す干しの酢のもの、茄子《なす》の煮つけなどをととのえていた。多美子自身が、和風のあっさりしたものを好むので、料理の手間はいっこう気にならないらしい。その点でも曳地は多美子に満足していた。だが、多美子が早枝に冷淡なのは、いささか淋しい。

　別居は早枝の身勝手、と、多美子は思っていたようだった。子供たちの前では、話題にのせるのをつつしんでいたが、食事を終え、三人が二階の部屋にひきあげると、

「早枝さんも、いつまでああやっているつもりなんでしょうね。真由ちゃんがかわいそうだわ」と言った。

「別居の原因を、何かきいていないかね」

　曳地にも話さないことを、早枝が多美子やその夫──義晴《よしはる》に打ち明けるはずもないが、司の口から、あるいは耳にしていないかと思ってたずねてみた。

「さあ、どういうんでしょうかね」と、義晴は多美子に茶を注がせながら、

「両方とも我儘《わがまま》なんじゃないですか」

　あまり気にしていない口ぶりだ。

「人聞きが悪くて困りますわ」

　と多美子が、

「子供たちに、司叔父《おじ》さんのところは、なぜ、叔母《おば》さんといっしょに住まないのかときかれて、返事のしようがないんですよ。早くよりを戻してくれると助かるんですけど。あれじゃ、ほんとに真由ちゃんがかわいそうですわ。もう、何年にもなるでしょ。早枝さんも、きっぱり離婚すれば、司さんだって再婚して真由ちゃんをひきとるとか、何とか生活をきちんとできるのに。司さんだってお気の毒だわ」

「司には、結婚したい相手でもいるのかね」

「わたしは知りませんけれど。早枝さん気が強いから。もっと家庭的なやさしい人の方が司さんだっていいんじゃありません」

　多美子が洗いものをはじめたので、曳地は自分の部屋に戻った。

　テレビをつけたが、熱心に見るほどのおもしろい

番組もなく、早枝に言われてから気にかかっていたことが、頭を占めた。

早枝は、司からいろいろ聞いた上で、徳丸玄一郎がコンプレックスから曳地や大村たちに悪意を持った、と考えたようだ。

司が、そのように誘導したのではあるまいか。司が早枝に吹きこみ、早枝の口からわたしに言わせようと企んだのではないか。

戦争中は、徳丸も曳地も大村も、五十嵐、川野、高原も、すべて同一のラインの上にあった。

ことに、曳地忠晴と徳丸玄一郎は、国防戦略研究所がその任を終えて解散した後、満州国軍の軍事教官として大陸に派遣され、敗戦まで辛苦《しんく》を共にした。

敗戦の混乱の際、徳丸とは別行動になった。

四十年近い歳月が経っている。記憶は、ある部分は昨日のことのように——いや昨日のことよりもはるかに鮮明に、微細なことまで目に浮かぶのに、まったく思い出せないこともある。

私は徳丸に会ったとき、旧友と邂逅《かいこう》したよろこびしかおぼえなかったのだが、徳丸の方では、どう感じたのだろう。

そう思ったとき、早枝の示唆《しさ》があらためて浮かびあがった。

百八十度転換した時流にのることをせず、曳地たちの目から見れば世捨人《よすてびと》のように、徳丸玄一郎は市井《しせい》に埋もれて戦後の四十年近くを過したらしい。

我れ我れの繁栄は、彼の目には不条理とうつったのだろうか。

それにしても、大村や私に対する殺意とまではなるまい。

不意に、曳地の目に、壁がくずれ落ち埋めかくしてあった白骨が陽光にさらされるように、忘れつくしていた一つの情景が見えた。

今となっては、それが本当にあったことかどうかすら、おぼろだ。

戦後の四十年近くを、徳丸が、そのことでわたしを憎みつづけてきたわけでもあるまいが、再会したときに憎悪が再燃したかもしれぬ。

残された人生の短さを思ったとき、一生の決算をつけたくなる――俗な言葉でいえば、おとしまえをつけたくなる――。

わたしは、プラスばかりで、マイナスが不足だというのか。プラスマイナス、ゼロにしろというのか。わたしには、司という重荷があるではないか。司が殺人犯ではないかという疑いに苦しめられてきた。父親のわたしをさえ殺そうとしたのではないかと……。

ひょっとしたら、これこそ、徳丸の復讐《ふくしゅう》ではないのか。

親が息子を、自分を殺そうとしたのではないかという疑いに苛《さいな》まれる。この苦痛をわたしに与えようと、徳丸は計画をたてたのではないのか。

死にまさる苦痛というものは、ある。放っておいても死期のそう遠くはない老人に対して、何よりの復讐は、その残された日々から安穏を奪い、火に焙《あぶ》られるような苦痛を心に与えつづけることである。子供に殺されるのだ。そうして、それを人に知られたくない何かの事情があることも。

徳丸は、それを知っていた。

野馬追いに、父たちといっしょに来いと、ひそかに司に命じる。

司は徳丸玄一郎とはあのとき初対面で、会ったとき特別な反応もみせなかったから、徳丸は、匿名《とくめい》で司を脅迫《きょうはく》したのかもしれぬ。来なければ、黒木との秘密をばらす、というようなことを言って。

黒木が殺された。殺したのは、徳丸である。

あの奇妙な小細工は、いったん、全員のアリバイを成立させたが、よく考えれば、わたしが到達したように、全員のアリバイはくずれる。

挙動不審なのは司だけだったから、わたしは、司がアリバイを作るために細工した、と思わざるを得なかった。

徳丸は、わたしが、ある条件を与えられたとき、どのように考えるか、思考の経路を、しっかり把握しているのだ。

大村の死。あれは、前もって計画されたものではあるまい。

扇風機《せんぷうき》のコードに傷がついていた。司のあとに大村が風呂《ふろ》に入っていた。

その状況を、たくみに利用したのだ。

失敗しても、どうということはない。

大村を殺すことより、司に疑いの目をむけさせるのが目的だ。

大村も、徳丸にとっては、みごとに転身し、戦後の日本の繁栄を享受した唾棄《だき》すべき一人なのだから、死んでも痛みはない。

そうして、大村の葬儀の日。

徳丸は、再び、司にひそかに命令する。車で出席しろ、と。

だれともわからぬ者からの命令は、司をおびえさせたことだろう。

徳丸は、車に細工する。

乗っているあいだに、一酸化炭素中毒で気分が悪くなっても、死ぬことは、まず、ない。

真昼間だ。手当てが早ければ、十分、助かる。

曳地は、司への疑いを増す。地獄がはじまる。

万一、応急手当てがまにあわなくて死亡しても、それはそれで、復讐の終焉《しゅうえん》ということで、徳丸としては満足だ。

ところが、その車にいっしょに乗るよう、徳丸は誘われた。

口実をもうけてことわることもできた。

だが、徳丸は、受けて立った。

自分も被害者になるのは、むしろ好都合ではないか。

いや、誘われなければ、自分から、送ってくれと申し出たところだったのかもしれない。

そうすれば、早めに、気分が悪いとうったえ、曳地を殺すことなく、地獄へ導くことができる。徳丸は、疑惑の外におかれる。

ここまで考えてきて、曳地は、いやいやと思いなおした。

これは、やはり、司の思う壺《つぼ》にはまっているのではないか。

徳丸を疑わせるようなことを、早枝に言わせた。司の口から直接きかされれば、徳丸を疑うより、まず、司への疑いを濃くする。

……そこまで、自分の息子を疑うのか、と、曳地は己《おのれ》を責めた。

早枝は、単に、ふと思いついて気になったことを口にしただけのことだ。このことまで司の小細工ではあるまい……。

徳丸の狙いが、司への疑惑をおれに持たせることにあるのなら、みごとな成功だ。

司が、実際、黒木を殺した犯人であるなら、わたしは司に言いたい。わたしは、目をつぶり、耳をふさぎ、口を閉じる。だから、わたしに危害を与えようなどと企むな。父親ではないか。もう、何もするな。おまえはまさか、司直の手につかまるような手ぬかりはしていないだろうな。曳地の家から、縄つき、しかも、殺人犯、を出すわけにはいかんのだ。

わたしは、家名を守り通さねばならん。ほかの子供、孫たちのために。

徳丸、これが、おまえの狙いか。司は潔白なのに、おまえのおかげで、ありもしない黒い影をわたしは見ているのか。

2

真由の誘拐《ゆうかい》という手段で小高から追いかえされたことが、逆に、喬雄の闘志をかりたてた。

真由の口からは、はっきりしたことは何も聞きだせなかった。

日曜日、彼は早枝に電話をかけた。留守だったので、夜、もう一度かけ直した。

「真由、どうしてる？　元気か？」

「誘拐後遺症は、ないみたいね。誘拐されたともわかっていないんでしょ。短い時間だったから」

「敵は、おそらく、原ノ町から『ときわ一六号』に真由を乗せたんだな」

「そうね」

「あのときは、真由に何かあったら大変だと思っておとなしく引きあげたけれど、今度は、子連れの早枝を呼ぶなんて、遊び半分のはんぱなことはしない。一人で、徹底的にしらべあげてくる」

「弱いものいじめになりそうだから、やめるって言っていたじゃないの」

「あんな乱暴なことを相手はやるんだから」

「むこうも焦っていたんじゃないの」

「よけいなちょっかいを出してくれたおかげで、敵の正体に近づけた」

「犯人の見当がついたの？」

「はっきり名指しはできないけれど、旅館のスエ子という女が手引きしたことは、たしかだ」

「どうして」

「おれが投石犯人を探していることを知っている人間は、そう多くない。親父《おやじ》や圭子さんをのぞいたら、スエ子と、『紫』のはるみ。それだけだ。犯人におれのことを知らせたのは、スエ子かはるみだろう。そうして、真由を連れ出すのは、スエ子の手引きがなくてはできない」


「そうね」

「スエ子は、おれが投石者を探していると知っても、はじめは、べつに何とも思っていないようだった。『紫』へ行ったら、とすすめた。はるみと幼な友だちだから、客を紹介しただけのようだった。ところが、はるみは、おれに、よけいなことを詮索するなという意味のことを言った。騒ぎたてると損だと圭子に言え、と、言ったんだ。圭子の依頼でおれが動きまわっていると説明していた。小柴隆吉って、おぼえているだろう」

「小柴？……ああ、はるみという人の弟だったわね。あのハンサム」

「何か、糸がみえてくるだろう」

「小柴隆吉が、徳丸英正か洋史に恨《うら》みを持っていて、石を投げたというの？」

「だから、はるみは慌《あわ》てて、おれを追いかえそうと、スエ子に協力を求めたんじゃないかと思う」

「それは、まちがっているわ」

「どうして」

「小柴隆吉なら、喬雄が洋史のかわりに出場したのを知っているじゃない」

「ああ、そうか……。そうだった。でも……おれだって、まあ、徳丸一家のいわば身内だから。こっちはそんな気はなくても、徳丸を憎んでいるものからみたら……」

「身内といったって、喬雄をいためつけても、徳丸院長たちには少しも打撃にはならないってこと、小柴ならわかるんじゃないの」

「そうだな……。でも、はるみが何か知っているのは、まちがいない」

「徳丸圭子かしら、喬雄を帰らせようと真由を誘拐したりしたのは」

「投石犯人を洗いだすと、洋史の、何か人に知られては困ることが表沙汰《おもてざた》になるのかな」

「女の子に子供をつくらせちゃって、親が金でかたをつけて中絶させた、というような？　その女の子を、はるみはよく知っていて、同情していたとか。喬雄としては、とばっちりでとりかえしのつかないめにあったわけだけれど、やはり、忘れた方がいいんじゃないのかな、この問題」

「そうだな」

と喬雄は言ったが、このままうやむやにする気はなくなっていた。

「喬雄ね、お父さんのことは、どう思っているの」

「どうって？」

「長いこと、喬雄をほったらかしといた人でしょう。それでも、父親ということで、愛情を持っている？」

「愛情？　さあな。他人と同じだな」

てれくささもあって、喬雄はそう言ったが、角膜をやろう、と即座に言った父を、このとき思いだしていた。

「……そういえば、親父も、投石犯人に心あたりがないでもない口ぶりだったな」

「真由をみて、お父さん、びっくりしていたわね」

「そりゃあな」

「わたしのこと、変に思ったでしょうね。司の女房が、喬雄といっしょにいた」

「他人にどう思われようと、かまわないだろ」

「ややこしくなるのは嫌だから、くわしいことは、もう少し司とのことをきっちりさせるまで黙っていて」

「わかってるよ。親父たちには関係のないことだ。何も言わない」

「わたし、今日、曳地の家に真由と遊びに行ってきたの」

「それで、昼間、電話したけれどいなかったんだな。別居を解消して、やりなおす気になったのか」

つとめて何げなく言いながら、喬雄は胸に痛みをおぼえた。

「ちがうわ。わたし、もう司を夫とは思っていない。でも、司が真由の父親であることはどうしようもない事実なんだから……。曳地のお舅《とう》さんと真由の絆を、わたしが切ってしまうのは、真由にとってもかわいそうだと思って」

「曳地の方では……司は、早枝をどう思っているんだ」

「きつい女だと思っているでしょうね」

「離婚したがっているのか、やりなおしたいと思っているのか」

「彼がどう思っているかは、わたしには関係ないわ」

3

徳丸と一度話しあうべきか。

早枝が帰ったあと、曳地忠晴は迷った。

徳丸が何も知らないのであれば、下手《へた》に動いては藪蛇《やぶへび》となる。司に疑いの目を向けさせてはならぬということが、常に、彼の積極的な行動を封じる枷《かせ》となる。

早枝は、徳丸玄一郎に疑いを持っているようだ。曳地と徳丸の過去のいきさつなど早枝は知らないのだから、直感で何か感じとったのだろう。

早枝に、徳丸の本心をさぐらせることはできないだろうか。

真由をだしに使い、真由と早枝を連れて、小高に行ってみようか。真由が馬を見たがるので、というような口実で。

角立《かどだ》たず、さりげなく訪問できるのではないか。

早枝は賢いから、徳丸のわたしに対する態度から、彼の悪意を見ぬかないだろうか。――彼に悪意があるとすれば……の話だが。

黒木の捜査はどうなっているのか。それも気になる。しかし、警察が馬芝居のことを知らないのなら、匂《にお》わせてもならぬのだ。

がんじがらめに行動を制約されながら、手をつかね成りゆきにまかせるのも不安であった。

息子を疑いながら日を送るのは耐えがたい。まして、息子が、犯罪を隠蔽《いんぺい》するために父親を殺して口をふさごうとしたなど……。

潔白であることをひたすら願う。万一、殺人犯であれば、かばいとおさねばならぬ。

老いて気短にもなっていた。

電話のダイアルに指をかけ、まだ早枝はアパートに帰りついていまいと気がついた。それでも念のためにダイアルをまわしたが、やはりまだ不在であった。

電話は、ラインは一本だが送受器は居間と一番年上の孫の部屋、彼の部屋と、三箇所におかれ切換え式になっている。親に内緒の話の多い孫の希望で設置されたものであった。

夕食のあとでもう一度かけると、話し中、彼はせかせかと受話器を置いたりはずしたりした。

ようやく通じて、早枝が出た。

「昼間、早枝さんから聞いたことが気になってな」

「徳丸さんのことですか。わたし、よけいなことを言ってしまったと、少し悔んでいます」

「しかし、早枝さんはそう直感したのだね」

「臆測《おくそく》です」

「言われてみると、あり得ないことではないと、わたしにも思えてきた」

「そうですか……」

「小高に行って、徳丸と話してみようと、わたしは思っている。このままうやむやにはできん」

「………」

「それで、早枝さんの説が当を得ているかどうか、さぐってみたいのだ。手を貸してもらえんだろうか」

「手を貸すって、どういうふうに……」

「わたしといっしょに、小高に行ってもらえんかね。そうして、徳丸に会って、それとなく様子を観察してほしいのだ。徳丸が本当にわたしに敵意を持っているのなら、また攻撃をしかけてくるかもしれん。あんたが被害を受ける心配はない。目標はわたしなのだから」

「でも、わたしはウィークデイは仕事がありますし、真由の保育園が……」

「真由を連れていくのはどうかね」

「困ります」早枝は、きっぱり言った。

「では、保育園は休ませて、多美子にあずければいい。早枝さんは、有給休暇がとれるのだろう」

「わたしは日やといですから、有給ってないんです」

苦笑をふくんだ声がかえってきた。

曳地はちょっとうろたえ、その点は困らないようにする、と言葉をえらびながら言った。恩着せがましいところを少しでもみせたら、この気位の高い嫁は、一方的に電話を切ってしまいそうに思えた。

「少し考えさせてください。すぐにお返事しないといけませんか」

「なるべく早い方がいい」

「あとでお電話します」

若い嫁と二人で旅することに、曳地忠晴は、何か気分が華やいだ。徳丸への疑いをたしかめることより、早枝との旅に比重がかかっていたのかもしれない。もちろん、部屋を別にするなどの心配りはするつもりであったし、不埒《ふらち》な願望は夢のなかにしかなかったが。

「曳地の親父さんと小高へ?　どうして!」

喬雄は、電話口で思わず声をあげた。

「わたしが、ちょっと考えなしだったんだ。言わなくてもいいことを、別居人の父親に言ってしまったの。……徳丸玄一郎さんが、ほかの旧友たちにコンプレックスと悪意をひそかに持っていることはないのだろうか、って。大村とかいう人が感電死したり、曳地の舅《ちち》が排気ガスの事故にあったりしているでしょう。状況的に、そういうことも考えられると思って……そのとき、徳丸玄一郎が喬雄のお父さんだということを、あまり意識していなかったのね、わたし」

「それで、親父に愛情を持っているか、などとたしかめたのか」

「…………」

「で、早枝、どう思っているんだ、本気で親父を疑っている？」

「理論的には、疑ってもおかしくないと思う。でも、わたし、真実をつきとめようなんて気はないのよ。関係ないもの」

「おれは関係あるよ」

「父親だから？」

早枝の声は、ちょっとつらそうにきこえた。

「しかし、早枝、やばいんじゃないのか。スエ子が早枝を見たら、おれといっしょにいたことを思い出すぜ。小高の旅館はあそこだけだ。おれとつきあっていること、まだ、おおっぴらにはしたくないんだろう。ことに司の親父さんの前で」

「秘密にしておくこともないけれど、もうちょっと後がいいな。旅行中にもめるの、めんどうだわ。原町の旅館に泊まることにするわ」

「それにしても、おれの親父も、早枝がおれといっしょにいるところを見ているよ」

「お父さんに、口止めをたのみたいの」

喬雄は思わず笑った。

「そっちは親父の敵として来るのに、親父はそっちのために嘘《うそ》をつくのかい」

「ほんとに、嘘だらけね」

「嘘って……厄介《やっかい》だわ……」

早枝も笑った。からっとした笑い声ではなかった。

「おれも小高に行く予定にしているんだから、日どりをあわせよう。親父が曳地さんに何か企まないよう、注意しているよ」

「二人が会うとき、喬雄にも同席してもらう方が安心ね」

「不自然じゃないかな。おれが列席する理由がないもの」

「そうね……」

「こうしよう。おれ、失業中だろう。再就職の口を探している。曳地さんにも、何かいいコネがないかどうか、この際、あらためて紹介してもらいたい、というふうに親父に言おう。早枝とは初対面のような顔を、うまいこと、しているよ」

穏やかな死

1

上野を九時十分に発《た》つ『ときわ七号』で、喬雄は小高にむかった。

曳地忠晴と早枝は、十四時三十分発の『ときわ一一号』に乗ることになっている。

喬雄は一足先に小高に行き、投石犯人を探索し、十八時三十三分小高に停車する『ときわ一一号』に徳丸玄一郎といっしょに乗って早枝たちと合流し、原町の旅館に同行する、と予定をたてたのである。

『ときわ七号』は小高には十三時十五分に着く。『ときわ一一号』に乗るまでの五時間もあれば、犯人探しには十分だと思った。およその見当はついていた。

2

列車の震動に身をまかせているうちに、曳地忠晴はまどろみ、久しぶりに悪夢をみた。

躰《からだ》のまわりに、どこからともしれず、土くれが降りそそいでいた。

彼は列車のシートに腰を下ろしていて、眠っているつもりはなかった。

早枝さん、土が降ってくる、と言おうとして、声が出ず躰が動かないのに気づいた。

恐怖が背すじを這《は》いのぼった。

叫ぼうとしたとき、呪縛《じゅばく》がとけたように、躰が楽になった。彼は、夢のなかと同様、シートに腰かけており、隣りに早枝がいた。

もちろん、土のかけらもなかった。

まどろんだのは、ごく短い間らしかった。

彼は早枝の手をとり、掌《たなごころ》のあいだにはさんだ。

咎《とが》めるような目でみつめられ、

「早枝さんの手は暖かいのだね」

邪心はない、ただ、何かにすがりつきたい心細さをおぼえたのだ、と釈明するのも気恥ずかしく、彼は、ただ、そう言った。

3

「おじいちゃんは外出中ですよ」

玄関の上がり框《かまち》に突っ立ったまま、圭子は言った。

「また、治療代をせびりに来たんですか」

「圭子さんに訊《き》きたいことがあって、来たんですよ」

「何ですか」

警戒心をむきだして、圭子は全身の針を逆立てる。

「おれに石を投げたやつ、わかっているんでしょう。教えてください」

「知りませんよ」

「それじゃ、病院に行って、英正さんに訊いてみます」

「やめてください！」

圭子は悲鳴をあげた。

「あの人は、何も知らないんですから」

「洋史くんはどこにいるんですか。洋史くんに訊いてみます」

「洋史は何も知りません！」

「圭子さんだけの秘密ですか」

「あなた、いくら欲しいの。いくらあげたら、よけいなおせっかいはやめてくれるんですか」

だいたい読めてきたな、と喬雄は思った。

立ち去ろうとすると、圭子ははだしのまま土間にとび下りて、喬雄の腕をつかんだ。

「どこへ行くんです。これから、どこへ行くの」

「小柴隆吉さんに会うつもりだよ」

「知っていたの！」

圭子の手のふるえが、腕につたわった。

半ば手さぐりで射た矢は、的に当たった。

「どうして。どうして知っているの。だれにきいたの。やめてちょうだい、小柴のところへ行くなんて。もう、すんだことなのよ。やめてちょうだいよ、あれこれつつきまわるのは」

圭子は、躰をすり寄せてきた。

「喬雄さん、お願いよ。あなたの気のすむように、わたしにできるだけのことはするから、主人の耳に入るような騒ぎはおこさないでください。ちょっと、まあ、あがってちょうだい。ゆっくり話しあいましょう」

いったん追い出そうとした喬雄を、圭子はひきずるようにしてダイニング・キチンにとおした。

北側の部屋は、湿《しめ》り気《け》を帯び、まだ日は高いのに薄暗かった。

「喬雄さん、小柴とのことをどうして知っているの。だれからきいたの」

「だれにきかなくてもわかるよ、そのくらい。あんたが自分で教えてくれたようなものだ」

「どうして。うすきみ悪いわ。どうしてわかったの」

「あなたがあまりかくそうとするから、かえって、わかってしまったんだよ。英正さんにも洋史くんにも関係ない、あんただけの秘密となったら、おおかたその辺のことだろうと察しがつく」

小柴隆吉の姉のはるみが、犯人探しはやめろ、事を荒だてると圭子が困ることになるだろうと言った、そのことから、隆吉と圭子の結びつきが想像できた。しかし、小柴隆吉は洋史のかわりに喬雄が出場したのを知っているのだから投石するはずはない。

「小柴には、かみさんがいるんだろう?」

圭子はうなずいた。

「洋史と間違えて、喬雄さんに石を投げたのは、良枝《よしえ》にちがいないと思うわ」

「良枝というのが、かみさんの名前?」

「そう」

「小柴とは、まだ、つづいているのかい。それを、かみさんが嫉妬《しっと》して……?」

「一度だけよ。本当よ。小柴がうちで運転手をしていたとき、つい、一度だけ……。主人にはすまないことをしたと、わたし、心から後悔しているのよ。でも、しかたなかったのよ。小柴は酔って、ほとんど暴力で迫ってきたんですもの。あとで、小柴も、わたしにあやまったわ。でも、そんなことのあった後、雇っておくわけにはいきませんものね。ちょっとした車の事故を小柴がおこしたので、それを名目に、やめさせたの。小柴は納得して、しこりは残っていないんだけど、良枝というのがねっちりした女でね、些細《ささい》なことでくびにされたと、うちを逆恨《さかうら》みしているらしいのよ。文句を言いに来たこともあったわ。小柴がわたしに何をしたか知らないで。わたしに対する腹いせに、洋史に石を投げたんでしょうね。それが喬雄さんとは知らず。たぶん、そういうことなの。これだけ話したんだから、もう、いいかげんにかんべんしてちょうだい。本来なら、良枝を告発して、あっちから慰藉料《いしゃりょう》なり入院費や手術代なり出させるべきなんだけど、そうすると、小柴のことも公《おおやけ》になって、わたしが困った立場になるのよ。わたしのためだと思って、こらえてちょうだい」

「圭子さんのために、ぼくがこらえるんですか」

喬雄の口調の皮肉は、圭子には通じなかった。

「あなたがうちのに話したって、あなたのためには何もいいことないのよ。うちのは、あなたに医療費を出そうなんて言いませんよ。腹をたてて、何もかもがぶちこわしだわ。あんたのお父さんだって、ここに居辛《いづら》くなるわ。長いあいだ息子をほったらかしにして、よそに子供までこしらえたあの人を、うちのもわたしも、寛大に許して世話してあげているんですからね。ここはひとつ、わたしのために目をつぶってちょうだい。このあいだあげたお金だけでは、たりないの？　いくら欲しいんですか」

圭子の頰《ほお》に平手打ちが鳴った。

喬雄は靴をはいて外に出たが、女をなぐったあと味は不愉快だった。少しもカタルシスになっていなかった。

むこうは、いきなり暴力をふるわれたことで、負いめをすっかり解消できたつもりでいるかもしれない。

まるで、地球は自分を中心にまわっていると思っているような女だな。わたしのためにこらえてちょうだい、か。

その足で喬雄はかつら屋を訪れた。

「スエ子さん、いますか」

帳場で訊いた。

呼ばれて出てきたスエ子は、「あんた！」と、顔色をかえた。

「何の用？　わたし、いそがしいんだから」

「『紫』のはるみさんの住まいを教えてほしいんだ。まだ、店はあいてないだろ」

「どうするのよ、はるみさんに会って」

「くわしい話をききたいんだよ。教えてくれたら、このあいだの子供誘拐《ゆうかい》のことは、だまっていてやるよ」

「人聞きの悪いことを言わないでよ、誘拐だなんて」

「あんたが手を貸したのは、わかっているんだよ」

「わたし、何も知らないわよ」

「はるみさんのうちは知っているだろ。誘拐は、おれが訴えたら刑事事件になるんだぜ」

喬雄のはったりは、ききめがあった。

スエ子は、あきらめた顔で、はるみの家を教えた。

小柴隆吉の家と隣りあわせなのだった。一つの敷地に、隆吉の家と、姉のはるみの住む離れふうの小さい家と、二つ建てられているということだった。

このあたりは、東京とちがい土地だけは昔からの持ち地所があるのだろう、小柴の家も、敷地は二戸建ててもゆとりのある広さだった。

家の前で、小柴隆吉が50 ccのミニバイクを磨《みが》いているのをみかけた。

隆吉に直接たずねるのはやめようと喬雄は思った。良枝の投石に隆吉が気づいていないのなら、知らないままの方がいい。

圭子の話は、自分につごうよく脚色されているのではないかという疑いが、喬雄にはあった。良枝の側の言い分をききたかった。しかし、いきなり良枝に会っても警戒されるだけかもしれないので、はるみを選んだ。

隆吉の目をさけて、植え込みの垣根沿いに右に曲がり、はるみの住まいの裏口に出た。

声をかけると、無造作に戸が開いた。押し売りだの押し込みだの、ぶっそうな外来者に対する警戒は無用な土地柄なのだろう。

「あれ！」と、はるみは立ちすくんだ。店に出ているときとちがい、化粧気はない。それでも水商売の色っぽさが仄見《ほのみ》えた。

「あんた……」

「このあいだは」

「何の用なんですか」

「徳丸圭子の方から、事情はきいたんですよ」

「わたしに何の用なの」

「一方的にきいただけでは不公平だと思って」

「あんた、何なの？　警察の人じゃないわよね」

「あんたの弟の奥さんに石を投げられた本人だよ」

はるみは叫びかけ、口をおさえた。

「ちょっと入ってよ」

台所の土間にひき入れ、戸を閉めた。

「院長先生の腹ちがいの弟って、あんたなの。この前店に来たとき、そんなこと一つも言わないから。

……言っとくけど、石を投げたのは、良枝じゃないわよ」

「それじゃ、だれなんだい」

「知りませんよ。ただ、院長の奥さんが、きっと良枝を疑ってあれこれ調べさせているんだと思って、それでこっちは腹をたてたのよ」

「子供を誘拐して、おれを脅《おど》して手をひかせたのは、あんたのやったことかい」

「ぶじだったでしょ、子供」

「誘拐未遂だって、犯罪になるんだぜ」

「あのことはね、たしかに、わたしが知恵をつけたわ。スエちゃんから知らせてきたのよ。あんたの奥さんが子供を連れて来たことは。その前に、あんたが病院の奥さんのさしがねで、病院を恨んでいる人間を探していることを、わたし、良枝に話したから……」

「さしがねとはちがうよ」

「そのときは、まだ、そう思っていたのよ、わたし。良枝がすっかり怕《こわ》がってしまってね。もちろん、良枝は何もしていないわよ。でも、良枝はたしかに、奥さんを恨んではいるから……。石を投げた犯人だなんてことにされたら、あの一家、この土地にいられなくなるじゃないの」

「どうして」

「有力者なのよ、院長先生のところは。たてつけないわよ」

「恨んでいるというのは、隆吉さんが病院をくびになったこと？」

「ひどいんだから、やることが。奥さんに言いつけるつもり？　わたしは平気よ、奥さんににらまれたって。でも、良枝は困るのよ、小さい子供もいるんだし」

「あんたは知っているんだね、圭子さんと隆吉さんのこと。騒ぎになったら奥さんが困るだろうと言ったくらいだから」

「隆吉がくびになった事情、あんたはきいているの？」

「圭子は、隆吉さんに強引に……」

「ちがうのよ。誘ったのは、あっちよ。まあ水掛論《みずかけろん》だけれどね、こういうことは。そりゃあ、隆吉だって悪いわよ。一人前の男なんだから、誘いにのったなんて、言いわけにもならないわ。でも、そのあとがひどいじゃないの。車のこと、きいたでしょ」

「何か、ちょっと事故をおこしたのを口実に、やめさせたって？」

「ちょっとした事故って、奥さんは言ったの？」

「ああ」

「それだけしか言わなかった？」

「それだけだ」

「隆吉の足、見たでしょ」

「ちょっと、悪いみたいだね」

「生まれつきじゃないのよ」

そりゃあ、ブレーキをかけ忘れたのは、あの子が不注意だったわ、とはるみはつづけた。

「院長先生が往診するとき、隆吉が運転していったの。患者さんの家で先生が診察しているあいだ、隆吉は外で待っているんだけど、車を駐《と》めたところが坂道だったのね。隆吉は車の外に出て煙草《たばこ》をのんでいたの。院長は、隆吉に車のなかで吸うなと言うのよ。乗ったとき、他人のすった煙草のにおいがこもっていると不愉快なのね。

いつもなら、坂道に駐めるときは、サイドブレーキをひいて、タイヤの下に石をあてがったりするんだけど、そのときは、ふっと忘れたのね」

ギアがニュートラルに入っていた車は、ずるずると坂道をすべり動き出した。

放っておけば加速がついて、坂の下の川に転落する。無我夢中で、とっさに、隆吉は脚をタイヤの前につき出し、止め石のかわりにした。それでもとめきれなくて、車は川に落ちそうになったが、脚を犠牲にしてスピードが出るのを妨害したから、土手の石にのりあがった車はほとんどとまりかかった。隆吉はドアを開けてとびのり、ギアをバックに入れ、辛うじて転落を防いだ。

「足首の上をじりじりとタイヤが踏みつぶしてゆく痛さと怕さといったらなかったと、隆吉は言っていたわ。院長は、おまえの不注意だの一点ばりで、退職金もくれないでくびだものね。治療費とさしひきゼロだって。それまで、無事故だったのよ。奥さんが何とかとりなしてくれないかと思ったら、奥さんは、隆吉がやめればこれ幸いよ。院長が外で遊んで奥さんのことをかまわないから、肌淋《はださび》しくて隆吉にちょっかいをだしたものの、院長に知れたら大変じゃないの。

隆吉がくびになって、奥さん、安心したでしょうよ。隆吉はまた、ばかでね、昔かたぎっていうか、律義《りちぎ》っていうか、くびになったのを恨みもしないで、何か手が足りないことがあれば、日当ももらわないで手伝いに行くんだから。野馬追《のまお》いのときだってそうよ。奥さんのこと、やっぱり好きなのかもしれないわね、隆吉は。身分違いなのに、一度でも二度でも、抱かせてくれたって、それだけで感激しちゃってる、ばかよ。いまどき、身分違いだって。

隆吉、わたしにだけは話したのよ、奥さんのこと。でも、良枝にはもちろん内緒よ。

良枝にしてみれば、隆吉をくびにした院長のやりかたが、あまりに一方的だと腹がたつわけよ。足が悪くなったといっても、車の運転は危げなくできるのよ。

くびにしておいてから、奥さん、どういうんだろ、良枝を自分の前に呼びつけて、猫なで声を出して、何か不満があれば言えと、しつっこく言ったんだって。隆吉が口をすべらせてないかと不安で、さぐりをいれたのかもね。それに、くびにしたことで、良枝がほかへ行って悪口を言いふらしてはと、それも心配だったのかもしれないわ。

良枝は、何といっても隆吉がブレーキをかけ忘れたのが悪いんだし、何とかくびがつながればと、ひたすら小さくなってあやまっていたの。

すると奥さんは、本当に腹のなかに何もないか、少しでも不平不満はないか、言いたいことがあったら聞くから遠慮なく言いなさい、と、やたら親身な口調なんですって。それでいて、〝怪我《けが》をしてまで車をとめようとしたのだから、それで過失は帳消しになるなんて虫のいいことは、もちろん考えていないと思うけれどね〟と、こっちの言いたいことは先に釘《くぎ》をさされてしまったの。それでも、あまり、言いたいことは言え、言え、というから、つい、〝虫がいいと言われてしまうと言いにくいけれど、身を犠牲にして事故を防ごうとした、そこのところは汲《く》みとってもらえないでしょうか、一方的にくびというのは……〟と、不満をもらしてしまった。奥さんの形相《ぎょうそう》が一変して、ほら、ごらん、やはりそんなことを思っていたのか、って、床を叩かんばかりに怒ったって。良枝は一言もなくて、平《ひら》あやまりして、ようやくお許しがでて帰ってきたけれど、わたしに泣いて口惜《くや》しがっていたわ。そういうことがあったの。でも、石を投げたのは、良枝じゃないのよ。良枝がそう言うんだから、信じてやらなくちゃ」

「証人はいないの、投石があったとき、良枝さんといっしょにいたというような」

「あいにくね……。それで良枝は困っちゃって、奥さんはきっと、わたしがやったと思っている、って、もう、ノイローゼよ。それでわたしも……」

「おれを追い返す工作を考えてやったってわけ?」

「そう。悪かったわね。でも、子供を危いめにあわせたわけじゃないから」

「やったのは、その良枝さんというひとか」

「そう。スエちゃんが連れ出して、良枝が原町から列車にのせたの。お母さんが抱きとるところまで、列車のなかで見守っていたって。かんべんしてやってちょうだい。良枝に会う?」

「顔だけ見たいな」

「良枝は奥さんと隆吉のことは知らないのよ。言わないでね」

「紹介してくれなくていいよ。ちょっと顔を見るだけで」

「それじゃ、こっちへ来て」

はるみは、戸棚《とだな》から菓子缶《かん》を出し、なかのせんべいを皿に盛ると、縁側の方に行った。

「良《よ》っちゃん」

せまい庭をへだてて、隆吉の家の勝手口がある。

台所の窓があいて、色の白い女の顔がのぞいた。

「もらいものがあるんだよ。ヤッちゃんたちのおやつに、お裾《すそ》わけするわ」

「ありがとう。いま行くわ」

良枝は庭をつっ切って縁側に来た。

「いつも、悪いわね」

良枝は縁側に腰をおろして話しこみたい様子だったが、「店に出る支度をしなくちゃならないから」と、はるみがいそがしそうにしてみせたので、すぐ帰っていった。

「今夜、こっちに泊まるの？　店に来る？」

「原町に泊まる」

「そう、残念ね。店に来てくれたらサービスしてあげるのに」

4

父を迎えに徳丸の家に戻ると、彼が声をかけるより前に、玄関先でうろうろしていた圭子が走り寄ってきた。

「おじいちゃんといっしょに原町に行くんですって？」

「そうだよ」

「小柴に会ったの？」

「いいや」

「何をしていたの、今まで」

「良枝さんが石を投げたのではないと、わかっただけだよ」

「それじゃ、だれが？」

「知らない」

「お願いだから、小柴のこと、黙っていてくださいよ」

封筒を喬雄におしつけた。

「これで、もう、かんにんしてちょうだい。うちに知られたら、わたし、死ぬほかはないわ。洋史への影響もあるわ。約束してください、だれにもいわないって」

喬雄は封筒を押しかえし、玄関の戸をあけて父を呼んだ。圭子はまつわりついて、秘密を守ってくれと哀願したが、玄一郎があらわれたので、つと躰をはなした。黙っている、と喬雄は小声で言った。圭子のためではなく、まだ何も知らない良枝のためであった。

原町で曳地と会うことは、前もって、父とのあいだに連絡がついていた。

駅にむかいながら、

「投石犯人はわかったのか？」

「いえ」

「実は、小柴という男を知っているだろう、あれが理不尽なことでくびにされて……」

「ああ、そのことは、いいんです」

「知っていたのか」

「しらべてわかりました。しかし、投石は、その線ではないようです」

「そうか。それはよかった」

喬雄は、玄一郎の横顔に目をむけた。

何を考えているのかわからないなと思った。曳地忠晴の方では、暇をもてあましている曳地が、旧友とまた会いたくなった、遊びに行くからよろしく、というような誘いかたをしている。

虚心にその誘いにのったのか。曳地の腹をみぬいているのか。

おや、あれは？　と、先に徳丸が声をあげた。喬雄も驚いた。改札口の前の待合室のベンチに、早枝がいたのだ。喬雄は反射的に駅の掛時計を見上げた。『ときわ一一号』が小高に到着するには、まだ三、四分間《ま》があった。

改札口はすでに開き、乗客は大部分ホームに入ったあとであった。

「曳地くんは？」

「旅館でお待ちしています。もう列車が来ると思いますから、ホームに入った方が……」

喬雄はいそいで切符を買った。

列車に乗りこみ席についてから、早枝はあらためて挨拶《あいさつ》した。

「で、曳地くんが先に宿に行っているというのは？　この列車ときいていましたが」

「実は十一時上野発の『ひたち七号』で来たんです。平《たい》どまりなので鈍行に乗りついで、三時四十五分ごろでしたかしら、原ノ町に着いたのが」

「予定変更ですか。知らせてもらえれば、こちらも早めに……」

「事情を申しあげると長くなりますが、わたし、子供がいまして、いつも保育園にあずけているんです。舅《ちち》がこちらに来るのに、老齢なので一人では心配だからと、私が伴《とも》をすることになったんですけど、そのためには、子供を嫂《あね》にあずけなくてはならない。嫂が今日、午前中は外出の用があるというので、おそめの列車にのることにして、そう、こちらにもお知らせしたんですけど、今日になって、嫂の用が中止になり、午前中からあずかれるという、舅がまた、年寄りのせっかちで、どうせなら、早くいって、こちらでゆっくりしたいと言いだして、『ひたち七号』にのったんですの。宿についてから御連絡するつもりが、舅が乗物に酔って気分が悪くなってしまいまして」

「宿で寝ているんですか」

「ええ。たいしたことはないんですけど。それで、早くに来ていただいても、かえって失礼だからと……。しばらく休んでいまして、それから徳丸さんのお宅の方に連絡の電話をしたら、お留守らしくてどなたもお出にならなかったんです」

「それは、どうも」

「いいえ。それで、『ときわ一一号』にお乗りになって、わたしたちがいないと心配なさるだろうと――宿の名前もお知らせしてありませんでしたし……わたしが小高に来て、駅の待合室でずっとお待ちしていたんです」

「それは、それは。だいぶ待ったでしょう」

「いえ、三十分ぐらいです。一時間も二時間もあるのなら、もう一度電話で御連絡するんですけれど、三十分では、道をきいてそちらにお邪魔しても、すぐまた出なくてはならないしと思って。下手《へた》に動くといきちがいになりますし。とにかく、駅にいればお会いできますから」

「お世話をかけましたな。宿は、この前の吉田《よしだ》旅館ですか」

「いえ、国光屋《くにみつ》です」

「ああ、国光屋ですか。吉田旅館より新しくて設備もいい。この前は満室で、やむを得ず吉田にしました。吉田は風呂《ふろ》付きの部屋がなくて、みな大風呂で、そのために大村くんが……」

曳地が宿の名を前もって教えなかったのは、徳丸が何か細工をするのを防ぐためだろうか、と、喬雄は思った。列車を無断で早いのに変えたのも、思惑あってのことか。早枝にたずねたいが、父の耳をはばからねばならず、原ノ町で下りるまで、機会がなかった。

5

ドアを、早枝はノックした。

「ただいま。徳丸さんたちがみえました。お舅《とう》さま、ただいま」

返答はなかった。早枝はノックの音を強めた。

「お舅さま！　お舅さま！　ただいま」

徳丸がかわってドアを叩いた。

「出かけたのかしら」

「鍵はお舅さんが？」喬雄が訊いた。

「ええ。中においたままで、わたし出て来たの。ノブのボタンを押すと鍵が閉まるドアなの」

「お舅さんが外出中だとすると、フロントにあずけてあるかもしれない」

「わたし、フロントで訊いてみます」

早枝は玄関に戻り、三〇二号室の鍵をあずかってないかとたずねた。

「いいえ、こちらにはございませんが」

「持ったまま出てしまったのかしら。すみません、マスターキーで開けていただける？」

フロントの男は、早枝の顔を見おぼえていたので、話は簡単についた。マスターキーを持って、早枝といっしょに三〇二号室に行った。

「ぐっすり寝こんでいるか、外出か、どちらかだな」

ドアの前で、徳丸は煙草をくゆらしていた。

マスターキーがかるい音をたてて廻《まわ》った。

三畳の取次ぎと十畳の座敷がつづいている。あいだの襖《ふすま》は閉まっていた。

襖を開けると、敷きのべられた蒲団《ふとん》の上掛けはこんもり盛りあがり、むこうをむいて横たわった男の後頭部がのぞいていた。

「起こさないようにしよう」

徳丸は言い、三人は足音をしのばせて入った。

反対側にまわると、顔がみえた。その瞼《まぶた》が薄く半開きのまま動かず、虹彩《こうさい》は上にあがったのか、青白い水のような白眼が細くみえた。頭は枕《まくら》からはずれ、内側にねじれた指先が、蒲団のへりからわずかにのぞいていた。

喬雄は、ためらいながら、かがみこみ、鼻先に手をかざした。吐く息のぬくみは感じられなかった。おそるおそる、衿《えり》もとと上掛けのあいだに手をさしいれると、肌はまだ冷たくはなかった。

玄一郎が寄ってきて、「どうしたのだ？」とたずねた。異変を感じたように、しゃがみこみ、「おい、曳地くん」と呼び、肩をそっとゆすった。頭がぐらりと揺れた。

茶の仕度をしかけていた早枝が、小さい悲鳴をあげ、急須《きゅうす》をとり落とした。茶がらといっしょに、薄く色のついた湯が畳に流れた。

玄一郎は、とりあえずフロントに電話をかけて急を告げ、医者の手配をたのんだ。

「早枝さんが出るときは、どうだったんです。よほど具合が悪そうでしたかね」

「いえ、少し気分が悪そうでしたけれど、酔ったのだとばかり……」

早枝は青ざめ、呼吸が荒かった。

脳貧血ではないかと喬雄は思った。

「横になっているといい」と、玄一郎も気づいてすすめた。

十分足らずで医者は到着した。曳地の浴衣《ゆかた》をぬがせ、全身をしらべた。

三人は、死者に対する礼のように、目をそらせていた。喬雄がふとふりむくと、医師は肛門《こうもん》に体温計をさしこんでいるところだった。

「この方は、何か持病でもありましたか」

遺骸《いがい》の姿勢をととのえなおし、浴衣の前をあわせながら、医師はたずねた。

「いいえ、特にこれといって……」

「心臓はどうでしたか。血圧は」

「私はふだんいっしょに住んでいないので、よく知らないんです。長男夫婦と同居していましたから、そちらに訊いてください」

早枝はつらそうに片手を畳について躰をささえていた。

「御長男のところへ連絡してもらえますか。私はこの方をふだん診《み》ていないのでね」

「東京ですけれど」

早枝は備えつけの電話のダイアルを、ゆっくりまわした。

「嫂《ねえ》さん？　早枝です。お舅さまがこちらで……急に、具合が悪くなられて……。いま、お医者さんとかわります」

医師が受話器をとり、曳地忠晴の急逝《きゅうせい》を告げた。むこうも、夫とかわったらしい。

「死因ですか。外表所見では、これといって。特に持病でもなければ、急性の心不全としか……。解剖すれば、正確な所見が得られますが。御希望になりますか。そうですか。死亡時刻ですか。正確に何時何分とはいえないが、いまから四、五十分前……」

医師は腕時計を見た。

「幅をとって、午後六時から六時三十分のあいだ、といったところですな」

医師の言葉を耳にして、喬雄は、ひそかに計算した。父が何か……と、気にかかったのだ。

喬雄が父を迎えに徳丸家に行ったのは、六時十五分ごろだった。六時から六時十五分のあいだ、この十五分間に、曳地を殺害し、自宅に戻っていることは、できるか。

　列車を使った場合、原ノ町小高間は、急行でたしか十分ぐらいだ。つごうのいい時間に急行があるとして、だが。宿から原ノ町の駅までと、小高駅から自宅までの所要時間を加えたら、十五分ではとてもまにあわない。

　タクシーを使うのは、この上なく危険だ。原町も小高も、東京とはまるで違う小さい町だ。タクシーの数も利用客も少ない。運転手をしらべれば、利用客はすぐにわかる。

「一応、警察の検視も必要になりますから、了承願います。東京の御遺族の了解も得たので、解剖にまわします。剖検《ぼうけん》の結果が出れば、死因もはっきりするでしょう」

「毒物とか、睡眠剤とかいうことはないんですね」

　喬雄は、よけいな口はなるべくきくまいと自戒しながら、つい、たずねずにはいられなかった。

「そういう兆候は、外表所見にはみられませんね。しかし、毒物とはおだやかではないな。何か、自殺の心配でもあったのですか」

「いえ、そういうわけでは……」

　医師が警察に連絡した後を、東京から折りかえし電話が入り、曳地の長男が、『ひたち二三号』でそちらにむかう、平どまりなので、平からタクシーで行く、解剖にまわすのは、その後にしてくれと言ってきた。

　電話の最中に警察関係者が到着した。

「や、古谷さん」

　徳丸玄一郎が捜査主任を見て、声をあげた。

「徳丸さん」と、古谷警部補も、奇遇だという表情をみせた。遺骸に目をむけ、

「こちらは、曳地忠晴さんですな。東京でもお会いした……」

「そうです。とんだことで……」

「古谷さん、東京の御遺族といま、電話中なんだが」と医師が言うと、古谷警部補は、医師から受話器を受けとった。剖検はなるべく早い方が正確な結果が出るので、すぐに解剖にまわすことを了承して

いただきたいと古谷は主張し、長男は承知した。今夜かけつけても遺骸と対面できないのなら、明日の列車で行くということになった。

　遺体が警察車ではこび去られ、医師と、鑑識班など警察関係者はひきあげた。古谷警部補と刑事が二人、あとに残った。

「医師の外表所見では、急性心不全らしいということで、それなら問題はないんですが、一応、他殺の場合も考慮して、いろいろ話をきかせてもらいます」

　病死の線が濃いところからだろう、古谷警部補の表情は、心なしかくつろいでいる。しかし、眼の底は、なるほど、これがデカさんの眼かと、喬雄が内心うなずくほどけわしく鋭い。こういう眼でみつめられたら、何も疚《やま》しいところはなくても、尻のあたりがおちつかなくなる。

「被疑者は我れ我れ三人というわけですか」

　徳丸が苦笑して言った。

「いや、そういうわけではありませんよ。徳丸さんが、今日曳地さんと会われることになっていたのは、どういう用件だったんですか」

「単に、久闊《きゅうかつ》を叙《じょ》したいと曳地くんに誘われただけです。おたがい、老境に入って、人恋しくなりました。暇ももてあますほどありますし。わたしも喜んで誘いに応じたんです。ついでに、このできの悪い息子の就職口を何とかならないか、曳地くんの方がわたしより顔が広いと思うので、たのんでみようという魂胆もありました」

「十八時三十三分の列車に乗ってこられたわけですね」

「そうです。三人いっしょです」

「十八時ごろは、どこに?」

　さりげなく、アリバイしらべだな、と喬雄は思う。

「うちにおって、これが来るのを待っておりました」

「お宅に一人で?」

「いや、嫁もおりましたな」

「喬雄さんが来られるまで、ずっと御在宅でしたか」

「いや、午前中はおりましたが、昼すぎ、ちょっと外出しました」

「どちらへ」

「碁会所です。無趣味な私の、唯一つのたのしみです」

「何時から何時ごろまで？」

「さて……昼のテレビニュースを見終わってから出かけて、三番うって三勝でしたな。相手は小高町内の横田《よこた》という、これも隠居《いんきょ》です。相手がくやしがって、もう一番というのを、息子が迎えに来ていっしょに列車に乗ることになっておるので、ふりきって家に帰りました。そう、五時ちょっとに碁会所を出ましたな。五時半には家についておったと思います」

「碁会所からお宅まで、三十分もかかるんですか」

「いや、まっすぐ帰れば五分だが、途中、本屋などをのぞきましたから」

「それなら、もう一番打てたんじゃないですか」

「一番があっさりすめばいいが、長考されると困るので、少しゆとりのあるうちに切りあげました」

「碁はお強いんですか」

「素人《しろうと》としては、まあまあでしょうな」

「八束さんは」

と、矛先《ほこさき》が喬雄にむかった。

「東京から出てこられたわけですね」

「そうです」

「まっすぐ徳丸さんのところへ？」

「いえ、『ときわ七号』で、小高には十三時十五分に着きました。父のところへ行ったら留守だったので、それから……知人のところへ行きました」

「小高に知人が？」

「野馬追いのときに知りあった女性です」

投石犯人探しということをかくしたのは、小柴隆吉と圭子のことを明らさまにしないためだ。圭子に泣きつかれたからではない、良枝のためだった。

早枝が、身じろぎした。

「何という人ですか」

「『紫』というスナックのホステスで、はるみといいます」

「店は、あいていないでしょう。その時間では」

「自宅の方へ行ったんです」

「それは親密ですな」

はるみと口裏があわず、会った目的が明らかにされれば、それはしかたあるまい。自分としては、できるだけかばってやったつもりだ。

喬雄は、あいまいな微笑で古谷に応《こた》えた。早枝には、あとで説明しよう。いまは誤解にまかせるほかはない。

「父のところにもう一度行ったのが、六時十五分ぐらいですね。それから、すぐ駅にむかいました。駅に着いたのが二十五分ぐらい。曳地早枝さんが駅に迎えに出ていてくれ、三人で、三十三分の列車に乗りました」

「二時間以上、そのはるみというひとの所にいたわけですね」

「十分な御休憩時間だな」

中年の刑事が皮肉に言った。

「だれか、ほかにもいましたか」

「いや、はるみさん一人だけでした」

「はるみさんの苗字《みょうじ》は?」

「小柴です」

「スナック『紫』の、はるみさんですね」

中年の刑事は、部屋を出ていった。

さっそく裏をとるつもりなのだろう。被疑者にされたような、いやな気分だ。

「曳地早枝さん、なくなられた曳地さんの、息子さんの奥さん、ですね」

すでに話してあることだが、古谷は、それが形式なのか、癖なのか、あらためて念を押した。

「そうです」

「東京から来られたんでしょう」

「ええ」

「それが、小高までわざわざ徳丸さんたちを迎えに?」

「わたしたちも、『ときわ一一号』に乗って、列車のなかで徳丸さんたちとおちあうことになっていたんですけど、こっちのつごうで予定を変更し、『ひたち七号』にしたんです。連絡がつかなかったので、わたしが駅に迎えに出ることにしました」

「どうして、予定が変更になったんですか」

古谷は、言葉のはしばしを、こまかく追及する。少しのあいまいなところもないように、丹念に塗りつぶしてゆく感じだ。

「子供をあずけるつごうです。嫂《あね》があずかってくれているんですけど、はじめ、午前中は用があってだめだと言っていたのが、その用がなくなったので、朝からあずけられるようになり、せっかくなら、と、早い時間のにしました」

おれに打ち明けたように、正直に言ってしまった方がいいんだがな、と喬雄は危《あや》ぶんだ。この警部補さんは、鋭く穴をついてくるぜ。

「連絡がつかなかったというのは、どういうことですか。電話一本ですむことでしょう」

「宿に着いてしばらくしてからお電話したら、お留守だったのです」

「何時ごろですか、電話したのは」

「五時ごろかしら」

「わたしがちょうど碁会所を出たころだな。嫁が一人で家にいて、便所にでも入っとったか庭に出とったかして、ベルをききそこねたのでしょう」

徳丸玄一郎が言いそえた。

「『ひたち七号』だと、平どまりで、鈍行に乗りつぎですね」

帳場からとりよせてある時刻表の数字を指で追いながら、

「それでも、十五時四十四分には原ノ町に着く。駅から歩いて十分。タクシーでしたか？　徒歩。それでも、十五時五十五分にはここに着いている。なぜ、もっと早く、徳丸さんに連絡しなかったんです」

「舅《ちち》が乗物に酔ったのか気分が悪くなり、休んでいたのです。そういうところへ来ていただくわけにもいかなくて、電話しませんでした」

「それから、小高に行ったんですね。タクシーですか」

「いえ、列車です。六時ごろ小高に着く鈍行」

「ああ、十七時五十二分原ノ町発、十八時三分小高着という、これですね。すると、宿を五時半ごろ出て?」

「いえ、五時ごろ出ました」

「五時に出たのでは、早すぎるでしょう」

「コーヒーを飲みたくなったんです。舅もだいぶ気分がよくなったようなので、五時ごろ徳丸さんに電話し、連絡がつかないので小高まで行くことにし、少し早めに出て、喫茶店に入ってコーヒーを飲みました」

「東京とちがって、うまいコーヒーはなかなかないでしょう」

「それが、あったんです。何という店だったかしら。ガレージのような建物の二階……何か花の名前。カトレアだったかしら。チーズケーキがおいしかったわ」

「それなら、カトレアだ」

若い刑事がにっこりうなずいた。

「まちがいない。あそこのチーズケーキは、こんな田舎町《いなか》には珍しいくらい、うまいんだ」

「コーヒーもおいしかったわ」

「そうなんですよ」

「わたし、どこへ行っても、コーヒーのおいしい店と、かんじのいいスナックをみつけるのがうまいの」

うわずった喋《しゃべ》りかたをしているなと、喬雄は感じた。

「勘がいいんだね」

若い刑事は、親しげな口調になった。

「コーヒーのおいしい店って、表通りの店がまえの大きいところはだめなのね。ウィンドウにパフェやサンドイッチの見本の出ているところは、まず、だめね」昂奮《こうふん》と緊張が早枝を饒舌《じょうぜつ》にしているようだ。

「途中、寄り道しないで、まっすぐカトレアに?」

「ええ」

古谷警部補が無駄話を断ち切った。

「すると、五時十分か十五分ぐらいか。原町ははじめてでしょう。よく、コーヒーのうまい店がわかったな。あんな、車庫の二階にあるような」

「そういう、一癖あるところに在る店って、いけるんですよ。店の名前がね、カトレアっていうのが、ちょっと不安だったけれど」

「不安？」

古谷警部補は、早枝のニュアンスをつかみかねた。

「野暮《やぼ》ったいんですよ、カトレアなんて名前。だから、味までださいんじゃないかと、都会の人に不安がられてしまった」

若い刑事が早枝にかわって註釈《ちゅうしゃく》を加えた。

「ずっとカトレアに？」

「ええ」

中年の刑事が戻ってくるのといれちがいに、若い刑事が部屋を出ていった。

早枝の瞳《ひとみ》がかげるのを、喬雄は見たように思った。

中年の刑事は古谷警部補の耳もとに口を寄せ、ささやいた。

――いやな感じだ。大声で喋ればいいのに……。

「八束さん、小柴はるみは、あなたと最初に会ったのは、野馬追い当日よりだいぶあとだと言っているそうですがね」

「ああ、そうでした」喬雄は、あっさり認めた。

「何のために、はるみに会ったんですか」

質問のやりなおしだ。やれやれ。

「野馬追いのとき、ぼくは石を投げられて落馬したでしょう。その投石犯人をつきとめたかったんですよ」

「なぜ、小柴はるみを特にえらんで？」

「特にえらんだわけじゃない。泊まった宿屋の女中さんに、いいスナックを教えてくれといったんです。ああいうところなら、何か噂《うわさ》などきき出せるかと思って。そうしたら、『紫』を紹介してくれた」

「何かわかりましたか」

「いえ、べつに。ただ、彼女、感じがよかったので、今度、来たついでに会いに行ってみたんです」

「よく自宅がわかりましたね」

「前に、だいたいきき出しておいたんです。小さい町だから、すぐにわかりましたよ」

早枝、怒るなよ、あとで説明してやるから。

「まあ、そんなところですな」

と、古谷警部補がうなずいたのは、はるみが話したところとだいたい矛盾《むじゅん》がなかったからだろう。

「わたしのアリバイも成立しましたか」

と、徳丸玄一郎が冗談まじりな口調で、

「碁会所と、碁仇《ごがたき》の横田さんにも問いあわせたのでしょう」

古谷は笑って肯定《こうてい》した。

若い刑事は、重大犯罪に遭遇したような意気込みで戻ってきた。古谷に報告する態度も、気負ってしゃっちょこばっている。

古谷は、おだやかに早枝をみた。

「奥さん、どうして嘘《うそ》をついたんですか」

早枝は目を伏せた。

「徳丸さんに電話をかけ、院長の奥さんに問いあわせたところ、五時ごろ、奥さんは電話機のあるダイニング・キチンで夕食の仕度をしていた、電話のベルが鳴れば、すぐわかる。四時半から六時ごろまで、電話は一本もかからなかったということなんですがね。

それから、もう一つ、東京に電話して、曳地さんの御長男の奥さん、多美子さんに問いあわせたところ、多美子さんは、今日は午前中でかける予定などはなかった。曳地さんが、最初、十四時三十分発の列車に乗ると言っていて、急に十一時のに変更した、ということでした。

なぜ、嘘をついたんですか」

え、なぜなんです、奥さん。たたみこまれ、

「舅《ちち》が……」早枝は目をあげた。輪郭のくっきりした強い目だ。

「舅が、徳丸さんには十四時三十分発に乗ると言っておいて、なぜ急に早い列車に変更したのか、理由は、わたしにもはっきり言いませんでした。ただ、あとになって察しがつきました。舅は、わたしと二人きりになれる時間がほしかったんじゃないかと思います。というのは……」

早枝は再び目を伏せかけたが、逆に、首をそらせるようにして、古谷をみつめた。

「部屋に落ちつくと、舅は、疲れたと言ってすぐに女中に蒲団を敷かせました。部屋は別々にとってあったのです。でも、わたしも舅の様子が気になったので、荷物をわたしの部屋においてから、すぐ、舅の部屋に行ってみました。宿の浴衣に着かえて横になっている舅のかたわらで、雑談の相手をしていました。

そのうち、だんだん、息苦しい気分になりました。舅はいつも、行儀のいい、話にしてもきわどい冗談などは口にしない人ですのに、何か……思わせぶりな方に話題をもってゆくのです」

「具体的に、どんな話題を？」

「あの……かわいいとか、人生の最後に暖かい慰《なぐさ》めがほしいとか……妻が死んでからずっと……あの……。それから、そばに来てくれと言って、寝たまま、わたしの手をとって引き寄せました。とても強い力で……思わず、のめってしまいました。……手が蒲団のなかにひきいれられて……浴衣の前がはだけていました。わたし、思わず手をひきぬいて、部屋をとび出しました。自分の部屋にいても、もし舅に押し入ってこられたらと怕《こわ》くなって、宿を出ました。それから、喫茶店に行って時間をつぶし、列車に乗って徳丸さんたちを迎えにいったのは、さっきお話ししたとおりです」

「なぜ、最初から正直に言わなかったんですか」

「舅の恥になることですから、できれば……」

「そんなめにあいながら、よく、おいしいコーヒーだの、おいしいケーキだの、味わう余裕がありましたね」

「実際にひどいめにあったわけではありませんもの。驚いたし不愉快でしたけれど、コーヒーを飲んでいるあいだに、すっかり落ちつきました。舅も気の毒だと思いました。姑《はは》に死なれてずっと……。わたしは、相手が年寄りですから、もう、性など感じないのだと思って平気にしていたんですけれど、舅の方では……。徳丸さんたちと戻ってきたら、父が……。まるで、死期をさとって、生の終わりに、最後の華やぎを……。わたしは、ただ驚いて、気味悪くさえ思ってしまって、とっさに逃げ出して……。淋しかっただろうと思います」

早枝の瞼に、はじめて涙がうかんだ。早枝は号泣した。それまでおさえこんでいたものが爆発したように激しく泣いた。

「情交を迫られて、拒絶するとき、お舅さんに力ずくでさからったのではありませんか。頭を打ったりすると、そのときは一見何ともないようで、あとで死亡することもある。しかし、あなたのような事情なら、傷害致死の罪名がつくことはない。正当防衛で必ず無罪になるのだから、正直に話してください」

「いいえ、本当に、わたし、ただ逃げただけです。逃げたことがショックを与えて死因になったといわれても……」

言いかえすときは、すでに涙をおさめていた。

「脳震盪《のうしんとう》で死亡するほど強い打撃を受けたとしたら、解剖で明らかになるんじゃありませんか」

喬雄は口をはさんだ。かくしても、解剖すれば、ばれる。もし、死因となるようなことがあったのなら、いまのうちに正直に話した方がいい。そういう気持も言外にこめた。

「外から見ただけでは、いまのところ、何の傷もないのでしょう。早枝さんを責め、苦しめるのはやめてほしいな。さっきの医者の診断どおり、心不全だったら、早枝さんは無実の罪でいま責められていることになる」

「きみは、黙っていてもらおう」

早枝にむかうと、古谷の声はやわらいだ。

「決してあなたを責めているわけではない。ただ、事実はありのままに話した方が、結局あなた自身のためになる、とすすめているだけです」

「わたし、正直にありのままを話しました」

「さっき、あなたは二つ嘘をついた」

「舅のためです」

「あとは、解剖の結果が出てからでいいのではありませんか」

徳丸玄一郎がとりなした。

「早枝さんも心労で疲れはてているようです。休ませてあげた方がいい」

　彼はつけ加えた。

「曳地くんは、自殺ではないでしょうか。彼は、恥を知る武人ですから」

　古谷警部補に電話が入った。

　受話器をおいてから、早枝に言った。

「奥さん、ほかのことは正直に話してくれたようですね。カトレアの従業員や小高駅の売店の従業員などから、裏付けの証言がとれました。奥さんのような垢《あか》ぬけた美人は、こういう田舎町では目立つんですな」

6

　解剖の結果がもたらされたのは、翌日の夕方であった。東京から曳地の長男、義晴が遺体のひきとりに来ていて、いっしょに古谷警部補と医師の報告をきいた。

　冠動脈、脳動脈に硬化症状があらわれている、心臓に初期の左室前壁梗塞《こうそく》が見られるなどのことから、急性の血液循環障害が起こり死亡したものとみられる、と、死亡診断書を書いた医師は、報告書をみながら説明した。

「素人にわかりやすく言わせてもらえば」と、曳地義晴が、「心臓や血管にいくぶんがたがきていた、突然、心臓発作をおこし、死亡した、というようなことですか」

　長男は、父親の死にひどく冷静だった。

「まあ、そういうことです」

「発作を起こしたとき、すぐに適切な処置がとられていれば、死なずにすんだんじゃありませんかね」

「それは、何ともいえません。助かる場合もあり、ほとんど即死に近い場合もある」

　死亡推定時刻は、十八時から十八時三十分ごろと、これも最初の所見どおりで、

「早枝さん、老人の旅行につきそってくれたのは御苦労だが、肝腎《かんじん》のとき、そばにいてくれないのではな」

義晴のいやみを、早枝は背すじをのばした姿勢ではねかえした。長男は、父親が早枝を誘った話をきかされていなかった。

「真由ちゃんというのは、あれは思ったより手のからない子だな」

義晴は、少しきげんをとるような口調になった。

「一人で何時間でも遊んでいる。女房が、なんだかかわいそうだと言っていた。早枝さんも早く仕事をやめて、家にいてやることだな」

早枝がとりあわないので、義晴は、だれにともなく、

「どうも、この町は、人死にが多いようですな。わたしの知っているだけでも、野馬追祭で奇妙な殺人事件。つづいて父の友人、あれは事故でしたな。それから父の急死……」

「東京ほどではないでしょう」

古谷が言うと、義晴は、それはそうだ、とうなずいて笑った。

翌日、遺体を東京に送り、喬雄と早枝、義晴は、十五時三十四分原ノ町始発のひたち二〇号で帰京した。

自由席に楽に坐《すわ》れたが、曳地義晴は、グリーン券を買い、早枝にもグリーン車にしないかと誘った。といって、早枝の分を払ってくれるわけではなく、割りかんだった。早枝は、自由席に喬雄と並んだ。

「それじゃ、あとで。真由を連れにうちに寄るのだろう」

「そうします」

義晴がグリーン車に去るのをみとどけて、喬雄は早枝の手を握りしめた。

「大変だったな」

早枝は黙って窓枠に頭をもたせかけた。

上野駅で列車を降り、グリーン車から降りてくる義晴を待つ早枝と別れ、喬雄は山手線のとまる3番線ホームに行った。

ラッシュアワーは過ぎているのだが、ホームは人

が溢《あふ》れていた。

電車の到着を告げるアナウンスが頭上でひびき、轟音《ごうおん》が近づいたとき、背後から強く押された。ホームの白線ぎわにいた彼は線路の上に転落した。

車輪のへりが油を塗った巨大な刃物のように光り、視野にひろがった。

辛うじて、彼は逃れた。車輪にまきこまれることはまぬがれたが、風圧で向かいのホームの下まではねとばされた。

処刑荒野

1

曳地忠晴の葬儀の案内状がとどいたのは、帰京した翌々日である。

自宅で行なわれた告別式に、喬雄は列席した。

縁側のガラス戸をとり払い、座敷の正面に祭壇がもうけられ、焼香台は庭に置かれ、焼香客は庭から門にかけて列を作っていた。

その列の前の方に、父がいた。上京するという知らせは受けているので意外ではなかったが、父の前に立っている男が横顔をみせたとき、ぎくっとした。原町署の古谷警部補であった。曳地の死に、何か不審を抱いてききこみに来たのか。それとも、かかわりの深かった相手の死に弔意《ちょうい》を表しに来ただけか。多忙な捜査官が、単に儀礼だけでわざわざ時間をさき上京してくるだろうか。

古谷は、祭壇の両側に居並ぶ遺族席に目をむけている。司と早枝が遺族席の末席に並び、真由が早枝の膝《ひざ》にいた。形だけとはいっても、二人はまだ夫婦なのだなと、喬雄は胸苦しさをおぼえた。

古谷が、早枝を見すえているように、喬雄には思えた。しかし、真由が何かささやき、早枝が真由の手をひいて奥に去ったとき、古谷はその背を追わず、視線を動かさないので、司をみつめているのだとわかった。

焼香台の前に進み、喬雄は遺族に会釈《えしやく》した。司は喬雄が来ているのに前もって気づいていたのか、表情は動かさず会釈をかえしたが、虚心ではないと感じられた。

すでに焼香を終えた古谷が、少し離れたところに佇《たたず》んで、視線をむけていた。

喬雄は、他の焼香客にしたがって、建物沿いに門の方にまわり、出棺を待つ人々に加わった。三人の老人と話をかわしていた父が寄ってきた。野馬追《のまお》いで会った父の友人たちだと気づき、目だけで挨拶《あいさつ》した。

「先日は」と、低い声がささやいた。古谷が来ていた。

「やあ、古谷さんでしたな」と、老人たちも気づいたふうだ。

「どうも、原町は我々には鬼門《きもん》ですな」一人が言った。

「先に大村くん、今度は曳地くん。何ともうすきみが悪い」

「ときに古谷さん、あなたが来られたということは、曳地くんの死に何か……?」

たずねた老人は、他の耳をはばかって、極度に声を低めた。

「いや、ちがいます」

古谷は手をふった。

長時間待つのは躰《からだ》にこたえると、老人の一人が辞去すると言い出すと、ほかの者もそれにならった。

「かまわんでしょう、古谷さん」

「どうぞ、おひきとりください」

グループのなかで出棺まで残ったのは、徳丸玄一郎一人となった。

やがて棺がはこび出され、霊柩車《れいきゅうしゃ》にのせられて火葬場にむかう。遺族の乗りこんだ車が三台、それにつづく。一台に、早枝と司が並んで横顔をみせていた。

弔問客《ちょうもん》は散りはじめた。

「徳丸さんからきいたが、八束さんは、曳地早枝さんの御主人、司さんとは、友人だそうですね」

古谷が問いかけた。

「そうです」

「よほど親しいんですか」

「いえ、昔……十数年前ちょっと。それ以来今日まで、一度も会っていませんでした」

「十数年前の司さんを知っているんですね」

「そうです」

「それはつごうがいい。ちょっと見てもらいたいものがあるんです。ここでは何ですから、どこか……。徳丸さんもごいっしょに」

駅の方に五、六分歩き、目についた喫茶店に入ると、古谷は喬雄に古びた写真をみせた。喬雄が目にするのははじめてだが、大村の葬儀のとき、徳丸玄一郎が持っていたコピーのもとになる写真である。

あ、これは、と声をあげかけて、喬雄は口をつぐんだ。

彼がうつしたもので、同じ写真を彼も持っている。しかし、馬芝居のことをしらべられたら、早枝とそのころから知りあっていたことも公《おおやけ》になってしまう。玄一郎には口止めしてあるが、司の長兄の前でも、あのときが早枝とは初対面だったようにふるまったのだ。

「知っているんですか、これを」

喬雄の表情の動きを、古谷はすばやく読みとったようだ。

「いえ……」

「だれか知っている人がいますか、このなかに」

「さあ……」

「この若い男性に心あたりがあるんじゃありませんか」

司を、古谷は指さした。

「どうです？　ピントは手前の二人にあわせてあるから、この男性の顔ははっきりしませんが、それでも、似ていると思いませんか」

「だれにですか」

「司くんにだよ」

と、徳丸が口を出し、まずいな、という顔を古谷はした。喬雄に先入観を与えずに、だれと指摘させたかったのだろう。

司がこの写真を見れば、すぐに明らかになることだ。そうすれば、喬雄が嘘《うそ》をついたことがわかり、早枝のためにもかえってよくないかも知れない、あっさり話した方がいいかも、と思ったとき、徳丸が更に、

「もっとも、司くんはこれを見ても、何も言わなかったのだが」

「え、司がいつ？」

「大村くんの葬儀のときだ」

「あのとき、古谷さんも東京に？」

「いや、そうじゃない。わたしがコピーを借りて持ってきたんだ。司くんに見せるためではない。こっちの、鎧《よろい》を着た男の方に、何かおぼえがあり、どうも、曳地くん——わたしの友人の忠晴くんの方だ——も知っている人物のような気がして、曳地くんに首実検《くびじっけん》をしてもらったのだ」

「しかし、お父さんや曳地さんが」

知っているわけがない、と言いそうになった。鎧の男はセイさんだ。

「わたしの思いちがいだった。曳地も心あたりがないと言った。わたしは、そのとき、このジーンズの青年が、何となく司くんに似ているような気がしたが、本人が知らん顔をしているのだから他人の空似《そらに》だろうと気にとめなかった。いくらピンぼけでも、本人が気がつかないということはないからね。昨日、古谷さんと、曳地くんのことなど話しているとき、この写真の話になり、司くんと似ている気がしたと、

わたしが何げなく言ったのだよ。古谷さんは司くんとは野馬追いのときにちょっと会っただけだから、はっきりした顔の記憶がない。本人であるにもかかわらず黙っていたのだとしたら、いささか疑わしいことになる。それで、古谷さんが上京してみえたのだ。告別式に出席ということなら、まちがいであったとき角立《かどだ》たないからね」

「それで、どうなんです、古谷さん」

喬雄はたずねながら、心の中では、司はなぜ、自分の写真を見ながら黙っていたのだろう、といぶかしんだ。

「これは司だと思いますか」

「どうも、いまひとつはっきりしませんね。顔の部分だけ引き伸ばしてもみたのだが、もともとピンぼけだから、いっそうぼやけてしまってね」

「どこで手に入れたんですか、これ」

「黒木という、あの殺された男が持っていたのだよ」

「あのとき?」

「いや、肌につけていたわけではない。家にあったんだ。昔の写真は何もなくて、たまたまこれ一枚だけ、みつかった」

「八束さん、何か心あたりがあるようですね。どんな些細《ささい》なことでもいいから話してくれませんか」

「いえ……」

鎧の少年は、フー公だ。するとあの黒木史憲という男は、やはりフー公、橘京弥《たちばなきょうや》だったのだ。

司がこの写真を見ながら何も言わなかったというのは、殺人事件とかかわりあいになるのをわずらわしく思ったからか。しかし、疚《やま》しいところがなければ、黒木の過去を警察に教えてやるくらい、何でもないことではないか。

となると、かかわりあいになるのがわずらわしいどころではない、殺人事件そのものに、警察に知られたくないのっぴきならないかかわりがあるとしか思えない。

しかし喬雄は、その疑念をすぐにこの場で古谷に話す気にはならなかった。

密告めいたことは彼の性《しょう》にあわなかったし、早枝がこのことにどのくらいかかわっているかも、彼自身でたしかめなくてはならなかった。

「この青年が曳地司さんだとしてもですね、司さんが黒木史憲殺害の犯人ということはないのですから、安心して何でも話してください」

「どうしてですか」

「黒木史憲の死亡時刻は、一時半から二時のあいだと推定されます。その時間帯、司さんは同行の方々と見物席にいたわけですから。つまり、アリバイがはっきりしているということです」

古谷は、当時の状況や剖検《ぼうけん》の結果などを、詳細に喬雄に語り、そういうわけだから、司の身を心配してかばう必要はないのだ、と強調した。

「もし、これが司くんだとすれば、かかりあいになるのがいやで、黙っていたのだと思うよ」

と、玄一郎も言葉を添えた。

「一度言いそびれると、後になってはなかなか言い出せないものだ」

「お父さんは、この男をだれだと思ったんですか。まだ思い出せない？」

喬雄はセイさんをさした。

「いや、思い出したよ。とんでもない思いちがいだ。とうに死んでいる人間だ。しかも、そっくり同じというのじゃない。どことなく似ているというていどのものだ。この目もととか顔の輪郭とか」

「それが、曳地のお父さんも知っている人物だったんですか」

「そうだ」

「それじゃ、かなり昔の知りあいだな」

「そうだな。しかし、どうしてすぐに思い出せなかったのか……。やはり、四十年というのは長い年月なのだな。記憶を風化させる。昔のことほどはっきり記憶しているつもりが……」

「それは、どういう人ですか」

古谷が訊《き》いた。

「似ているというのは、この男が、徳丸さんの知人だったという人と何か血のつながりでもあるからではありませんか」

「さあ……。そういえば、応召前は何かどさ廻《まわ》りの役者のようなことをしていたという男だったから……。この男も映画の仕出しか何かではないかという説もありましたっけな」

「軍隊でいっしょだったんですか」

「わたしの当番兵でした」

「死んだと言われたが、戦死ですか。それとも、戦後……?」

「戦死です」と、玄一郎は答えた。

2

「戦病死と公表されました」

と、徳丸玄一郎は言いなおした。

「その当番兵とこの写真の男と、何か関係があるのでしょうかね」

古谷の問いに、徳丸は、さあ、と首をかしげた。

「思いあたりませんね」

「戦病死と公表された、という言い方をされましたね。真相は、ちがったのですか。敵前逃亡で射殺された、というようなことですか」

「いや、敵前逃亡ではありませんが、不愉快な事件で……」

「何があったんですか」

「それを話すのは、死者に笞打《むち》つようになるので……」

「死者というと?」

「曳地くんです」

「それは、是非《ぜひ》きかせてほしいですな。どういう事情があったのでしょう」

「わたしは、自分で目撃したわけではないのです。そのとき、公用で外泊し、事件の顚末《てんまつ》を聞いたのは、翌日帰営してからなので」

「仄聞《そくぶん》でけっこうです」

「あまり昔の話なので」

と言いながら、徳丸玄一郎は記憶を整理しなおすように目を閉じた。

「私と曳地くんは、戦時中、満州国軍に指導教官として派遣されていました。作戦道路建設につかせた中国軍捕虜二千名に対する警備協力のため、私たちの連隊はK＊＊に駐屯《ちゅうとん》しました。天幕露営でした」

中国軍捕虜を、同国人である国軍兵士が監視し、少しでも反逆の兆《きざ》しがあれば威嚇《いかく》射撃、あるいは銃殺の措置に出るのである。

当時、捕虜と監視の国軍兵士のあいだに通謀《つうぼう》はないか、脱走の手引きを監視兵がする恐れはないかと、日本人将校は神経をとがらせていた。

脱走をはかった中国兵が捕えられたことがあった。烈風に黄砂《こうさ》が舞い、夕陽《ゆうひ》がそのむこうに鈍く巨大に浮いていた。

曳地はその捕虜にスコップで穴を掘らせた。監視の任を怠った国軍兵士たちがてつだわされた。

いびつな墓穴がうがたれると、曳地は両手首を縛られた捕虜の、更に両足首も縛り上げさせ、穴の底に横たわらせた。

兵士たちの作業は熱意に欠け、穴はごく小さかったから穴の底で捕虜は冬眠する蛇《へび》のようにちぢこまらねばならなかった。穴のへりから底までは、一メートルもなく、立ちさえすれば上半身は地上に出るのだった。しかし、曳地の拳銃《けんじゅう》が捕虜の行動を封じた。その上、手足を縛られたかっこうでは、身動きはむずかしかった。

土をかけろと曳地は命じた。兵士たちはすぐには従わなかった。まさか本気ではないのだろうというふうに、困惑した笑いを浮かべるものもいた。曳地は拳銃をあげ、なかの一人に狙いをさだめた。狙われた兵士は、あわただしく、ぎくしゃくした動きでスコップを動かしはじめた。それをきっかけに、他の者も穴に土を落とした。

曳地は、ふと視線を感じた。みまわすと、少しはなれた小屋の脇《わき》に立った男が、曳地をみつめていた。徳丸の当番兵をずっとやっている兵士で、これは現地召集された日本人である。何という酷《むご》いことを、と、その眼は曳地を責めているようだった。

「何だ?」

曳地は、むっとして顎《あご》をしゃくった。

当番兵は、いくぶんおずおずと、しかし、狎《な》れ狎れしさも混じった態度で、

「もうそのへんで許してやってもらえませんか」

と、曳地にむかって言ったのだった。

日本人であり、しかも将校の身辺に仕えているということで、この男は特権的な位置にあった。それにしても、二ツ星ではないか。差し出がましい口をきく。徳丸の寵《ちょう》に甘えておごっている、と曳地は思ったのか。

曳地はその男に、近くに来いと命じた。小柄な男は、おずおずと歩み寄った。曳地は兵士たちに休止を命じ、スコップをとり、当番兵の手に柄《え》を握らせ、一人で土をかけろと命じた。当番兵は困惑した薄笑いで、スコップを押し戻そうとした。曳地は、どなりつけた。穴の底で、捕虜は叫びつづけていた。

たえまなく顔面に吹きつける砂塵《さじん》が、曳地を苛立《いらだ》たせた。彼は拳銃を当番兵にむけ、更に強くうながした。男はスコップの先で、穴のへりを突きくずした。穴の底の捕虜の顔に土くれがあたると、捕虜は凄《すさ》まじい声で絶叫した。

捕虜の首が長くのびたようにみえた。

「このあとが、他の者からきいた話と、曳地自身が語ったこととでは、違うのです」

当番兵は自分の意志でスコップを捨てた、と、目撃した兵士たちの口からはきいた。曳地の拳銃で射殺されるのを覚悟で、冷酷な命令に逆らった、と。

曳地は、当番兵は捕虜の凄まじい形相《ぎょうそう》におびえて、スコップを投げ捨てた、と語った。

「どちらが真実であるかは、わかりません。死を決して上官の命令に逆らうほどの胆力があったとは、ふだんの行状からは思えないが、人間はときとして、崇高《すうこう》にもなり得ます。何にしても、その後につづいた曳地のやりかたは、人間の誇りを踏みにじったものでした」

曳地は、捕虜を地上にはこび上げるよう、兵士たちに命じた。助命されるのだと、だれしもが思った。ついで、曳地は当番兵を穴底に坐《すわ》らせた。捕虜の縄をほどかせ、スコップを持たせ、土をかけろと命じ

た。

捕虜は、感情が磨滅《まめつ》した顔で、スコップで土をすくい、穴に投げ入れた。曳地は、穴のへりに立ち、当番兵に拳銃をむけていた。這《は》い上がって逃げようとすれば射殺するかまえである。叫ぶ当番兵の口の中に土が落ちた。捕虜は黙々と土を落とした。坐らされている当番兵の膝から腰、腹のあたりまで土に埋まった。当番兵は溺《おぼ》れかかった人間のように、自由のきく両手を泳がせ必死に土をかきのけた。早くその手を埋めてしまおうというように、捕虜の動作はせわしなくなった。

突然、曳地は中止を命じた。そうして、当番兵に穴の外に出ることを許した。再び捕虜を穴に戻すと、土と同じ顔色の当番兵に、さっきの命令をくりかえしたのである。一人で土をかけろ。

当番兵は、猛然と土を放りこんだ。ごおっと吹きすぎる風に、埋められる捕虜の叫びが混じった。当番兵は風のなかに踊り狂うかっこうでスコップを振りまわし、しゃにむに土を落とした。捕虜の躰をおおった土は、捕虜が身もだえするたびに、地くずれのようにふるえた。当番兵は、上からスコップで叩きつけ、土をかためては、また落とした。

「その時点で、曳地は、中止を命じたといいます。最初から、生き埋めという残虐《ざんぎゃく》な処刑を考えたのではなかった。みせしめのために、他の兵士や捕虜に生き埋めの恐怖をみせつけた上で、銃殺するつもりだったと、後で私に言いました。当番兵は、曳地の命令が耳に入らなくなっていた。命を助けてやろうとした相手から、生き埋めにされかけた。怒りからか恐怖につき動かされてか、当番兵は、穴を埋めつくしてしまった。ほぼ平らになった地表を、更にスコップで叩きかためた。なぜ、力ずくででも止《や》めさせなかったのか、と私は曳地を責めたのですが……。曳地も、そのときの気持はうまく言えなかった。茫《ぼう》然《ぜん》と手をつかねていたそうです。その夜、当番兵は縊《い》死《し》しました」

3

新宿三越裏手《しんじゅくみつこし》の喫茶店『ベントレー』は、入口を入ってすぐ左手に、店の名にした豪華な外車を飾ってあるので、待ちあわせのよい目印になる。

赤石良彦《あかいしよしひこ》が指定したのは、その店であった。

赤石は、馬芝居に参加した学生役者のひとりである。大学の学生課で卒業者名簿をみせてもらい、現住所と職業を知った。赤石の勤務先は、三越裏の雑居ビルにある小さい不動産会社であった。電話でつごうを問いあわせると、昼休みの時間を指定してきた。

「タカさん！」と、入ってくるなり、巡業時代の呼び名で呼び、派手に両手をひろげた。

「驚いたよ。あれっきり音沙汰《おとさた》なしでさ。冷てえもんだなと、こっちはいささか恨《うら》んでいた」

両手をひろげた大げさな身ぶりだの、いささか調子のはりすぎた呼びかけの声だのが、久しぶりに会うとまどいをあらわしていた。喬雄の、二十代のころとかわらない着古したジーンズにシャツという服装が、赤石をくつろがせたようだった。赤石はワイシャツにネクタイ、背広だが、銀行員などにくらべると、どこか着くずれている。当時は、肩までとどく長髪だった。衿足《えりあし》を刈りあげただけで、ずいぶん印象がかわる。雑踏のなかですれちがったら、見すごしただろう。

「座長も強情だが、タカさんもな。足を洗ったとなったら、一度だって顔をみせねえんだからな。どうせ会うんなら、日が落ちてからにすればよかった。小倉《おぐら》や水野《みずの》にも声をかけてな」

水野と小倉は、学生役者の仲間である。

「あの二人とは、ずっとつきあっているの？」喬雄が訊く。

「いえいえ。仕事がばらばらになると、冷たいもんでね。小倉は、教科書なんか出している出版社に入って、学校まわりや教師にごますって売りこむのをやらされて、すぐやめちゃった。編集プロダクションにうつって、今は一応そこでおちついているようですよ。水野はシナリオを書きたいとかいって、でも、今のところそっちは芽が出なくて、サラリーマン。リース会社につとめている。シナリオといえば、カントクはどうしているかな」

カントクとは、曳地司のことだ。

「タカさん、知ってます？　タカさんがやめてからだな、カントクは座長の妹といっしょになっちゃったんですよ。カントクの方がくどき落としたらしい。おれも彼女にはちょっと惚《ほ》れたけれど、手が出せなかったな。図にのると、ぴしっとはねつけられそうで」

「馬芝居が解散したのは、おれがやめて半年たつかたたないころだったってな」

「そう。だれからきいた？　カントクから？」

「いや……」

隠岐で興行中に小屋が火事になったことや、セイさんが焼死したことなどを彼に語ったのは早枝だったが、彼はそのとき、ことこまかく事情を問いただ

さなかった。

「火事になったって？」

「そう」

「また、煙草《たばこ》の不始末かい」

「だろうな。あるいは、蚊遣《かやり》の火か」

「蚊遣？」

「夏の夜だったから」

「それにしても……」

「葭簀《よしず》小屋だからね」

「どうして座長一人焼死したんだ。他の連中は皆ぶじだったんだろう」

「小屋にいたのは、座長だけだったから」

「どういうこと？　くわしくきかせてほしいな」

「そりゃあ話すけど、タカさん、どうしていまごろになって急に？」

「前から気にはなっていたんだ。このあいだ、テレビでサーカスの録画をやっていてね、見ているうちに昔なつかしくなった。おれは、セイさんとちょっと気持のいきちがいがあって、やめてからは、きっ

ぱり馬芝居のことは忘れようとした。……つまり、好きだったんだな、馬……やっぱり。だから、なおのこと、みれんがましく思い出すのはよそう、と……。しかし、テレビを見ていたら、堰《せき》が切れたように、なつかしさがふくれあがって」

「わかるな」と、赤石はうなずいた。

テレビを見て、は、口からでまかせだが、馬芝居への思い入れと、それを断ち切ろうとつとめたのは事実だった。

「おれたちは、小屋から少し離れた寺を宿舎にしていた。馬は掛小屋につないであった。無惨な物語でね、まあ、聞いてくんねえ」と赤石は声音《こわいろ》を使った。

「風で小屋がつぶれちまったのよ。それで、座長の寝煙草か蚊遣の火か、とにかく莨簀に燃えうつって、折からの強風にあおられて」

「ちょっと待ってよ。風でつぶれたって、そんなやわな小屋掛けをしていたの?」

「異常強風だったんですよ。暴風だね。颱風《たいふう》が来ていたんだ。雨はそのときはまだ、混じっていなかった。でも、おかげで船は欠航。こっちは足どめされちまってね。さんざんだった」

「座長だけ、どうして小屋に?」

「馬が一頭、腹ぐあいを悪くしてね、クリマル、おぼえている? あいつ。座長はほら、馬っていうと夢中でしょ。小屋に泊まりこんだ。夏場だったから、板敷きの上に寝袋で。そうしたら小屋がぶっつぶれて、座長は木材で頭を打って、その段階でもうだめだったようだ。あとで解剖したら、肺に煤《すす》が入っていないから、焼ける前に死んでいたってわかって、おれたち、ちょっと警察に訊問《じんもん》された」

「他殺と疑われたわけ?」

「そう。でも、座長を殺して得するやつなんて一人もいないしね。みんな、アリバイもあったし。だから、結論は、倒れてきた小屋の木材で頭を打ったのが死因ということになった」

「アリバイって、どういうふうだったの」

「おれと水野と小倉はスナックで飲んでいた」

「曳地は?」

「カントクは宿舎に残ってフィルムの整理をしていた」

「一人で?」

「いや、フー公がいっしょにいた」

「三人と二人にわかれていたわけか。アリバイとしては、ちょっと弱いんじゃないの」

「いやなことを言うな。おれたち三人にしたって、カントクとフー公にしたって、偽証してアリバイを作り座長を殺すなんて、動機も何もないぜ」

「だろうな。しかし、セイさんの方では……。座長は曳地に対して、どういうふうだった?」

「どうしてそんなことを訊くんだ。まるで刑事の訊問じゃないか」

「すまん。ちょっと気になることがあるんだ」

「座長の死因を何か疑っているみたいな口ぶりだな。しかし……あれは警察がしらべて、事故と結論が出ているんだぜ」

もっとも、と、赤石はつけ加えた。

「のんびりした島の警察だから、最初から、犯罪という考えはあまり頭にないらしくて、杜撰《ずさん》なとり調べではあったがな」

「座長と曳地のあいだに、何か確執があるようには感じられなかったか」

「さあ……」

「曳地が、座長に何か危いめにあわされたというようなことは?」

「気がつかなかったがな。だが、なぜ?」

「理由は、いまはきかないでくれ」

「座長の死に、曳地くんがからんでいると思うのか」

「べつに、そう決めているわけではないが」

「だったら、フー公にきけば、おれよりもっとくわしいことがわかるんだろうがな」

「あんたは、フー公がその後どうしているか知っているのか」

「いや、知らない。解散してから、おれは大学に戻って、それっきりだ。フー公は、またどこかのサーカスにでも入ったんじゃないのかな」

喬雄は、古谷に写真をみせられた後、父と二人だけのときに、たしかめている。縊死した当番兵がどさ廻りの役者だったというのは確かですか。それも普通の芝居ではなかったようだ、と父は言った。一度、やってみせたことがあるが、馬に乗って手綱《たづな》も持たず、腰であやつって動かしながら、せりふを喋《しゃべ》り所作《しょさ》をした。兵卒が馬をのりまわしたり軟弱な芝居のまねなどをやるのはいかんから、一度だけであとは禁止したが。そう父は言ったのだ。喬雄は、馬芝居のことは父に告げなかった。告げれば、古谷の耳に入る。

曳地司を馬芝居に熱心に誘いこんだのは、セイさんだった。曳地という名を、セイさんはきかされていたのだ。目撃者がセイさんの家族に伝えたのだろう。司が、残酷な命令を下して父親を自殺に追いつめた上官の血縁の者かどうか知るために、身辺におこうとした。更には、曳地忠晴への報復の機会を狙った。そのあたりまでは、推測がついた。

曳地さんは捕虜虐待《ぎゃくたい》で戦犯にならなかったのかという喬雄の問いに、うまく逃れたようだと父は答えている。これも、セイさんには我慢のならないことだったろう。

曳地忠晴本人に、直接危害を与えるのはむずかしい。セイさんは、むこうからとびこんできた獲物をつかんだわけだ。息子を殺すことは、本人を殺すより復讐《ふくしゅう》としては効果がある……。

「何を考えこんでいるんだ」

赤石の声に、我れにかえった。

罠のある旅

1

「早枝、別居の原因は、司が殺人者だと知ったからじゃないのか」

「司が殺人者？」

早枝は眉《まゆ》を寄せた。

「おかしなことを言うのね」

「気がついていなかったか」

「司がだれを殺したっていうの」

「早枝の兄さん、セイさんを」

「兄は火事で焼死したのよ」

「セイさんの父親と曳地の親父《おやじ》さんのかかわりを、セイさんからきいていない？」

「何も。兄さんのお父さんは、わたし、顔も知らないのよ。当然でしょ。わたしが生まれるずっと前に戦死しているんだから」

「セイさんは司に殺意を持っていたと思うんだ」

「どうして！」

捕虜処刑と当番兵の縊死《いし》の話を、喬雄は語った。

「でも……その当番兵が兄さんのお父さんだったって、ほんと？」

「当番兵は、馬芝居の役者だったらしい。現地召集だったって。その上、セイさんのうつっている写真を見て、おれの親父は、その当番兵を思い出した」

「兄はわたしに、そんなこと、一言もいわなかったわ」

「セイさんは、復讐《ふくしゅう》の機会を狙っていた」

「ずいぶん大げさな話ね」

「あの夜、セイさんと司は小屋に二人だけだった」

「司はフー公といっしょに宿にいたのよ」

「待ってくれ。おれの推測を話す。

セイさんが呼び寄せたのか、司が、馬の看病をするセイさんを十六ミリにおさめようと小屋に行ったのか、とにかく、二人きりになった。チャンスだと、セイさんは思った。隙《すき》をみて襲いかかった。何か兇《きょう》器《き》になるもので背後からなぐりかかろうとした。司は、とっさに兇器を奪ってセイさんを打ちすえた。

「それじゃ、殺人といっても正当防衛ね」

「そうだ。だから、すぐに警察に届ければよかったのだが、司は怯《おび》えた。何とか糊塗《こと》したいと思った。それに手を貸したのが、フー公だ。フー公は、たまたま犯行を目撃した」

「フー公が事後従犯になったというの?」

「赤石の話では、フー公は、司に気があったらしいというんだが、早枝、気がつかなかったかい」

「わたし、知らないわ、そんな……。司はホモじゃないわよ」

「フー公は、そっちだったらしい。とにかく、その事件は、フー公の偽証でかたがついた」

「全部、喬雄の想像ね」

「ああ、でも、そう的をはずれてはいないと思う」

「どうして、司がセイさんを殺したと思うの」

「最近になって、司がフー公にゆすられていたからさ」

「司がフー公に?」

「そのために、フー公は司に殺されたのだと思う。野《の》馬《ま》追《お》いのときに」

「いまごろになって?」

「早枝、知っていたんじゃないのか、司がゆすられていたことを。馬芝居が解散になってから、フー公がどんな暮らしをしていたのかは、わからない。たぶん、わりあいうまくいっていたのだろう。それが、サーカス商売から足を洗って落ちついてスナックをやろうという気持になったとき、司からかねをひき出すことを思いついた」

「フー公は、司を好きだったっていうんでしょ。それなのに、ゆすったりして苦しめるの?」

「司はフー公に何も報《むく》いてやらなかったもの。早枝と結婚した」

「愛していた分だけ、憎しみも強い?」

「憎しみというのかどうか……。おれは、そんな細かい心理のあやはよくわからないけれど。ゆするというより、甘えてせびっていたつもりなのか。どちらにしても、司にしてみれば、困る」

「それで、とうとう野馬追いの日に？　でも、司にはアリバイがあるってきいたわ」

「そのアリバイがくずれないものか、早枝に考えてほしいんだ。おれは、ややこしいことを考えるのは苦手だ」

「わたしに、司のアリバイをくずせっていうの？」

「まだ、司を愛しているのか。気持の上では他人なんだろう」

「気持の上でも躰《からだ》の上でもよ。でも、司は、とにかく真由の父親だわ。それに、司に人を殺すような度胸があるかしら」

「おれの親父と自分の父親を、排気ガスで殺そうとしている。……おれをホームから突き落として殺そうとしたのも、司かもしれない」

「どうして、司が……」

「馬芝居のことを、警察に知られたくないからだ。あの写真をおれの親父にみせられて、これはやばいと思ったんだろう」

「警察はまだ、馬芝居のことは知らないのね」

「おれは何も警察には話してない。だが、いずれたどりつくんじゃないかな」

「警察は司に目をつけているの？」

「おれは、あの写真をみせられたとき、司だと証言はしなかったけれど、どうも顔つきから見すかされたんじゃないかと思う。おれは否定した。ピンぼけだからわからないと言った。刑事はそれ以上追及しなかった。からめ手から攻めるつもりかもしれない。司の大学時代の友人なんかにききこみをやれば、彼が馬芝居についてまわって十六ミリを撮《と》っていたという話は、当然出てくる」

「なぜ、警察に話さなかったの」

「おれも、司が真由の父親だということを考えないわけにはいかなかった。早枝が、どの程度知っているのか、知りながら司をかばっているのか、警察に話すか話さないかは、早枝の気持をたしかめてからでなくてはと思った。しかし、早いところ警察に知らせた方がいいのかもしれない」

「どうして」

「馬芝居のことは、早枝も知っている。司は、馬芝居と彼を結ぶものをすべて消したがっている」

「司がわたしを殺すというの？」

「おれは殺されかけている。司の親父さんとおれの親父も。大村さんも、司に殺されたのかもしれない」

早枝は、甲高《かんだか》い笑い声をあげた。

「たいへんな殺人鬼じゃないの。あの司が。弱虫で、気の小さい司が、……大村さんは、馬芝居のことなど何も知らないわ」

「大村さんは黒木の死体を見ている。そのとき、何か司を告発できる証拠を握ったのかもしれない」

「それだったら、さっさと告発するでしょう」

「大村さんは、それが重大な証拠とは気づかず、司の方が、先に気がついた。それで、早いところ口をふさいでしまおうとした」

「大げさに考えすぎているわ、喬雄は。大村さんは事故よ。排気ガスの事件だって、事故よ。喬雄がホームから落ちたのも、故意にだれかが押したわけじゃない、混雑しているホームでは、ときどき起きる事故だわ」

「おれは、曳地さんの死も、司の企《たくら》みじゃないかと思っている」

「司はあのとき、東京にいたのよ。どうやって殺せて」

「おれにはわからない。早枝、考えてみてくれよ」

「考えるまでもないわ」

「司を愛しているのか。だから、かばうのか」

「だれも、愛してなんかいないわ」

おれは？　おれはどうなんだ、と言いたくなるのを、喬雄は押さえた。

わたしが先に死んだら、角膜あげるわ。

早枝の声が、甘さをもって耳によみがえった。

2

赤石から電話がかかってきたのは、『ベントレー』で会ってから三日ほど後である。午後五時ごろ、喬雄は職安から帰ってきたところだった。

「刑事がおれのところに聞き込みに来た。やはりカントクのことで何かあったんだな。いったい、何なんだ」

「どんなことを訊《き》かれた?」

「写真をみせられた。座長とフー公がうつっている。バックにカントクも入っていた。馬芝居のことをいろいろ訊かれた。最後に火事になって座長が死に、解散したことを話したら、ひどく興味を持ったようだ」

「それで?」

「このあいだ、タカさんに話したようなことを、くりかえした。刑事は、曳地くんがセイさんを殺したのではと疑っているような口ぶりだったぜ。そんなことはないと断言しておいた。昔の事件を、なんで今ごろつつくのかな。曳地くんに会って訊いてみようかな。現在の住所、知っているかい?」

「やめておけよ」喬雄は言った。

「まあ、警察とはあまりかかわりたくないけどな」

と、赤石も積極的ではなかった。

ほどなく、古谷が喬雄のアパートを訪れてきたのである。連れがあった。喬雄と同年輩の男で、みるからに険《けわ》しい目つきに、これも刑事かと喬雄は直感した。県警の川本《かわもと》、と、男は手帖《てちょう》をみせて名のった。

「あがらせてもらった方がいいかな。ちょっと聞きたいことがあるんです」

「どうぞ」

部屋にあぐらをかくと、古谷はすぐに、このあいだはどうして嘘《うそ》をついたのか、と切りだした。川本の方は部屋のなかを無遠慮に眺めまわしている。

「この写真ですよ。あなたの友人の赤石さん、小倉さん、水野さんは、一目で、曳地司さんだと認めましたよ。どうしてあなたは、わからないふりをしたんですか」

　共犯関係があると疑われてしまったのだろうか。

古谷は、川本ほど険しさをむきだしにしてはいないし、声もおだやかだが、容赦《ようしゃ》ない酷薄《こくはく》さを喬雄は感じたような気がした。

「赤石や小倉たちに、どうやってたどりついたんですか」

　喬雄は逆に問いかえした。彼が推測したとおり、警察は大学で名簿をしらべ、司の同期生のあいだをききまわったということであった。

「曳地はどうしています。警察にひっぱられたんですか」

「なぜ、そう思うんです。曳地司さんが何か犯罪に関係があると、あなたは思っているんですか」

「警察は、曳地にどういう嫌疑をかけているんですか？」

「はぐらかすな。訊いているのは、こっちだ」川本が高飛車《たかびしゃ》に言った。

「曳地はぼくの友人ですから、彼の不利になるようなことを、ぼくの口からは言えません」

「変に楯《たて》つくと、きみも何かうしろぐらいところがあるのかと思ってしまうがな」

「写真を見ても黙っていたのは、曳地に迷惑がかかるようなことは言いたくなかったからです」

「どうして、あの写真を曳地くんだと指摘すると彼に迷惑がかかるのかね」

「司は、その前にあの写真を見ながら、自分だと言わなかった。何か言いたくない理由があるのだろう、と思ったんです」

「その言いたくない理由が犯罪であっても、彼をかばうのかね」

「どういう犯罪ですか」

「しぶといな、きみは」

　古谷は笑い、どなりつけようとする川本をおさえた。

「八束くん、きみは、曳地早枝さんとは、野馬追いのころからかなり親密なのだね」古谷はふいに話題をかえた。

「え、どうして……」

おれのことも、しらべてまわっていたのだな、司の写真を見ながら黙っていたことから、嫌疑の対象にされたのか。小柴からきき出したのか、それとも父が、殺人事件に関係があるといわれて、喋《しゃべ》ったのか。

「きみと曳地司くんと曳地早枝さんは、いわば三角関係だね」

「それが、何か事件とかかわりがあるんですか」

「あるのかどうか、こっちが訊きたいんだがね」

「事件というのは、黒木史憲殺害のことですか」

「やっと、きみの口からそれが出たな」

「まるで、無関係ですよ」

「黒木史憲が、かつて馬芝居とかでいっしょだった子役だということは、わかっていたんだろう」

「いいえ、昔と顔がちがっていたから、わかりませんでしたよ。ぼくと早枝は、黒木が射殺された時間帯には、もう祭場を離れていましたよ。途中、兄の家に寄って、それから猪苗代湖畔にむかっている。アリバイは確実です。兄の家に寄った時刻をたしかめてください。そうすれば、はっきりする」

「まるで疚《やま》しいところがあるように、アリバイを力説するね」

「警察の人にいろいろ訊かれると、疚しいことはなくても不安になるものですよ。誤認逮捕はざらだし、いったん逮捕すると」

「よけいなことを言わず、訊かれたことに答えたまえ」川本が声を荒らげた。

「いったん逮捕すると、面子《メンツ》にかけて有罪判決にもちこもうとするということなので、つい、防衛に力が入ります」

「きみを犯人と疑っているわけではないんだから、もっと素直に答えてほしいね」古谷はあいかわらず穏やかだ。一方が穏和でもう一方が暴《あら》い性格なのではなく、役どころをそれぞれ分担して攻めているのだろう。

早枝は喬雄に、司のことを警察に話すのはもう少し待ってくれ、と言った。自分が司にたしかめてみる。そうして、場合によっては自首させる。あるいは……真由のために、かばいとおす。そのときは、喬雄、協力してくれる？

司がセイさんを殺し、黒木史憲を殺したと、早枝も思うのかい。

わからないわ。信じられない。だから、たしかめてみる。

それは危険だ。早枝が消される可能性がある。おれが、たしかめるよ。

どうやって？

どうやるか、喬雄はまだ考えついていなかった。正面から問いただしても、あっさり肯定《こうてい》するわけはない。その上、司には、喬雄や早枝同様、黒木殺害に関してはアリバイがあるのだというし。

「曳地にしたって、黒木が射殺された時刻には、模擬内閣のじいさん連中といっしょに天幕にいたというアリバイがあるんでしょう。古谷さんが先日説明してくれたじゃありませんか。それなのに、どうして曳地を疑うんですか」

「あんな小細工は」と川本が嗤《わら》いかけるのを、古谷が制した。

「まあ、アリバイはアリバイとして、馬芝居のことをどうしてかくしていたのかという点が大きな問題なのでね」

「わずらわしかったんでしょう。被害者と旧知だということが明らかになると、こういうふうに疑われるから」

「かくすから疑惑を持たれる」

「馬芝居を興行していたころのことを少しききたいんだがね」と古谷が、「座長の橘清八《たちばなせいはち》と曳地司くんのあいだはどんなぐあいだった？　不仲ということは？」

「ぼくは途中でやめましたから」

「早枝さんと司くんの結婚に橘清八が反対していたということはないですか」

「二人が結婚したのは、座長が死んで、一座が解散してからだそうですよ」

「しかし、その前から二人が結婚したがっていたのに、座長の反対で実現できないでいたとか」

「さあ、ぼくは知りませんね。しかし、セイさんが反対することはなかったんじゃないですか。反対は、むしろ、曳地の家の方ですよ」

「先日、きみのお父さんからきいた話がありましたね。自殺したという当番兵。あれが橘清八とおもざしが似かよっていたわけだが、二人のあいだに何かつながりがあったとは思わんですか」

「あったかもしれませんね」

「何か証拠になるような事実はありませんでしたかね」

「さあ」

「たとえば、清八がその当番兵の息子であったりした場合、曳地忠晴さんを恨《うら》んだでしょうね」

「そうですね」

「その息子の司さんを、清八が憎んでいた様子はなかったですか」

「ぼくにはわかりませんでした」

「きみの話は、ぬらりくらりとしていて、なかなかしっぽをつかませないな」川本が言い、

「しっぽなんて、ありませんよ。尾骶骨《びていこつ》だけだ」

「尾骶骨でも、つかませてほしいものだ」古谷は言った。

3

アリバイのある司を、どうして容疑者扱いするのかという喬雄の問いに、あんな小細工は、と、川本はせせら笑いかけたのだ。

警察は、司にはアリバイがないとみているのだ。黒木が射殺された時刻、司は父や徳丸玄一郎をはじめ、模擬内閣のメンバーといっしょにいた。曳地忠晴一人なら、息子のために偽証することもあるだろうけれど、六人の老人が、いくら旧友の息子のためとはいえ、揃《そろ》って口裏をあわせることはあるまい。

小細工、と刑事は言った。その小細工を、警察はもう見ぬいているのだろう。おそらく、簡単なことなんだな。

八時、喬雄は、電話のダイアルをまわした。呼出し音が七回ほど鳴ったとき、早枝が出た。

「おれだよ」

「喬雄？　いま、真由を寝せつけているところなのよ。もう少し後にして。こっちからかけるわ」

「まだ添い寝してるのか？」

「昼間顔をあわせないから、寝るときぐらい、スキンシップしてやらないとね」

真由の眠そうな声が入った。何と言ったか、喬雄にはわからないが、早枝にはききとれるのだろう。

「カトルストン　カトルストン　カトルストンパイ」早枝は言った。

「何のお呪《まじな》いだい、それ」

「熊のプーさんよ。そういう歌がでてくるの。いま、本を読んでやっているところ」

「大事な話だから、必ず、な」

「わかったわ、あとで」

カトルストンパイ、か。おかしな歌だな。真由に添い寝して本を読んでやっている早枝。喬雄と夜を過す早枝からは想像がつかない。

喬雄は畳に横になって目を閉じた。

弓と矢を、司はどうやって持ちはこんだのか。当日は、人目につくからむりだ。前日の夜、司が一人で宿を出たことがあるかどうか、たしかめよう。そのときにはこんで、便所の天井の桟《さん》にはさんでおいたか……。

黒木の死について、古谷が語ったことを思い返す。推定死亡時は、およそ一時三十分から二時のあいだ。

犯人は、一時三十分から一時四十五分のあいだぐらいに、殺人装置を作っている。

その時間帯、司は老人たちと天幕にいた。

小細工……。

ややこしいことを考えるのは苦手だ。喬雄はテレビをつけた。青々とした芝生がうつった。手袋をはめた手がティーを立て、その上に白い小さいボールをのせる。両脚をひらいて立った肥《ふと》ったゴルファーの全身がうつる。ドラマの一場面らしい。ゴルファーを演じているのは、脇役《わきやく》でよく顔をみせるコメディアンだ。クラブを振る。次の場面では、砂地に落ちたボールを打ちあげようと、ゴルファーが苦労している。

かったるい遊びだな。手でひょいとつまんで適当な場所に動かしたくならないものか、と思ったとき、頭のなかで幕が一枚切れ落ちたように、鮮《あざ》やかに場面が浮かんだ。ボールをにぎって移動させる手。その手のボールが短い矢にかわった。

まったく、だれでも思いつくような簡単なことだった。いかにもそれらしい弓の仕掛けと、突き刺さった矢。矢は弓で射るという先入観が、二つを結びつけてしまう。

手がこんでいるわりには確実性に乏《とぼ》しいものものしい仕掛けは、めくらましだったのだ。

仕掛けを使ったと思うから、死の時刻が一時三十分ごろから二時ごろと限定された。それ以前の時間帯には、まだ罠《わな》は作られず、あの便所の使用は自由だったからだ。しかし、手で突き刺すこともできるのだ、毒矢は。

古谷は死亡時刻について何といっていたか、彼は細かい点まで正確に思い出そうとつとめた。

剖検《ぼうけん》によれば、食物の消化のぐあいから、食後およそ一時間ぐらい。たしか、そう言っていた。午前中の神事が終わり、甲冑《かっちゅう》競馬がはじまるまでのあいだに食事をとったのだから、十二時から十二時半のあいだ――それから一時間後ということは、一時から一時半。それが、消化度からみた死亡推定時刻だ。

罠が仕掛けられたのが一時半以降なので、死亡時刻も、上限を一時半とされたが、この罠が実際には使われていないのなら、上限は一時までくりあげられる。

しかし、罠を仕掛ける時間は、どうだ。罠は、一時半から一時四十五分のあいだに仕掛けられたとされている。

その答えは、すぐに、思いつくことができた。

便所は、要するに、内鍵がかかり、使用禁止の貼《は》り紙《がみ》がしてあっただけなのだ、最初のうちは。

弓矢を仕掛けるのなら時間がかかるが、掛け金を外から糸を使って操作して閉め、戸に紙を貼るだけなら、ごくわずかな時間でできる。実際の罠は、後になって、仕掛けられたのだ。アリバイが必要でなくなった時間帯に、人のいない隙《すき》に使用禁止の貼紙をしたままの便所に入り、罠を仕掛け――といっても、実際に命中させる必要はないのだから、雑なものでいいのだ。外のテグスなどは、前もってそれらしく千切《ちぎ》れたものを下げておけばいい。

外に出るときも、人の気配のないのをたしかめて出るが、万一見とがめられたら、中をしらべていたのだと言いぬけられるだろう。おかしな仕掛けがあったと発見者になりすます。

喬雄は思わず電話に手をのばした。同時にベルが鳴った。

「何なの、大事な話って」早枝の声は、すでに、喬雄が何を言いだすか知っているように陰気だった。

「警察が、馬芝居にたどりついた。司が黒木を殺した容疑が濃いようだ。どうする?」

「わたしのところへも、刑事がしらべに来たわ。今日、社の方に」

「何をきかれた」

「馬芝居のこととか、兄さんと司のあいだに何かなかったかとか、なぜ司と別居したのかとか、喬雄とのこともきかれたわ」

「司が黒木を殺したと言っていたか」

「そこまではっきりとは言わなかったけれど、アリバイは作りあげたものだと言って、説明してくれたわ」

「矢を手で突き刺して?」

「そう。喬雄にも話した?」

「おれは、一人で考えついた。……。べつに、自慢してるわけじゃない」

「でもね……なぜ、司なの。ほかの人だって……。わたし、真由の父親が殺人犯であっては……真由が……。でも、もう、どうにもならないみたい……」

「早枝、ほんとに知らなかったのか。なぜ、別居した」

「司が、お金のことで……、月給はわたしてくれなくなったし、会社から借金するし、退職金まで前借りしちゃったのね。もう、生活めちゃめちゃで、わたしが独身時代に預金していたのまで全部、こっそり引き出しちゃって……。いやな話だから、だれにも黙っていたけれど……。何に使ったのと問いつめたら、賭事《かけごと》ですったと言って……。司が自分の月給や退職金を使うのは、いいわ。でも、わたしの働いたものまでかってに……。もう、だめだと思ったわ」

「賭事ではなく、黒木にゆすられたためだったんだな」

「証拠はないわ」

何か真由の声がして、早枝は電話を切った。

4

曳地司は、犯行を自白した。

言葉でではない。行為によって、自白したのであった。

赤石たちから証言をひき出した古谷ら捜査班は、更に傍証をかためた。班員のうち二名が隠岐まで行き、火災事件に関する調書をしらべなおした。古い事件なので、新事実はあらわれなかったが、赤石たちの話の裏づけはとれた。

本格的に事情聴取を行なうため、古谷と川本が司のアパートをおとずれ、署に出頭するよう求めた。アパートに近い所轄《しょかつ》署の取調室を借りることにしてあった。令状はまだ出ていない。任意出頭である。

出勤の前をねらい、朝七時半に、アパートのドアを叩いた。司はまだパジャマ姿で、眠っているところを起こされたらしく、目のふちが赤かった。

古谷をみると、司は青ざめた。くわしく話をききたいので署まで同行してほしい、と型どおりの言葉を古谷が口にすると、身仕度をするから待っていてくれ、と奥に入った。

狭いアパートだから、司の動作はみてとれた。玄関の土間は四畳ほどのキチンの一部にある。そのむこうの和室との境の襖《ふすま》は開け放したままなので、畳の上に敷いた安物の絨緞《じゅうたん》、寝乱れた蒲団《ふとん》などが目に入る。襖のかげで司はパジャマを脱ぎ、背広に着かえた。

台所に来て流しの前に立ち、コップに水をみたし、握っている左手を口にあて、何か含み、水で流しこんだ。

コップに水を汲《く》んだときに、服毒！　と察し、とびこんで押さえこむべきであった。あまりに堂々と目の前でやられたので、起きぬけのねばつく口をゆすぐのだろうぐらいに思い、見すごしてしまったことを、古谷は後に痛烈に悔いねばならなかった。

「何をした！」古谷が叫んで靴のままかけ寄ると、司は奇妙にうつろな目を古谷にむけ、「何ですか」と、まのびした口調で言い――そのときは、もう、舌がもつれていたのだろう――古谷の腕のなかに倒れこんだ。予想外に強い力でのけぞり、痙攣《けいれん》がつづいた。筋肉の収縮が古谷の腕につたわった。

「おい、何をのんだ。おまえがやったのか。おまえが殺したのか」

絶息の前に明瞭な自白をとりつけなくてはと、それればかりが古谷の頭にあった。

相手はすでに意識を失い、窒息性の痙攣が躰をはげしく動かしているだけだと承知しながら、古谷は無駄な質問をくりかえした。そのあいだに、川本は救急車の出動を求めている。

司の四肢《しし》はたえまなく波動し、もたれかかってくる躰の重みに、古谷は腰がくだけ、床に仰向《あおむ》けにころんだ。チアノーゼを呈した顔が、古谷の顔の上にあった。のしかかる躰の両肩を押し上げた。

「おい、おまえが殺したんだな」

どす黒くなったくちびるの両端が上にひきつれ、にやりと笑った。司の意志にはかかわりのない、筋肉のかってな運動によるものだが、古谷は思わず突きのけた。

鈍い音をたててころがり、腕と脚がなおもがくがくと動いた。古谷は起き上がり、ころがったまま踊る躰を見下ろした。

やがて、鎮《しず》まった。

「おい」

古谷は中腰になり手をのばして肩にふれた。電流を脊椎《せきつい》に流された蛙《かえる》のように、司の躰はびくっとふるえた。

5

隠岐は、四つの島に別れている。本土に近い三つの小さい島が島前《どうぜん》、北東に一つはなれた大きい円型の島が島後《どうご》と呼ばれる。

喬雄と早枝がフェリーを下りたのは、島後西郷《さいごう》町の桟橋《さんばし》であった。

誘ったのは喬雄である。司の死から二十日あまり経《た》っていた。

北海道に仕事の口がみつかった、と喬雄は早枝に言った。いっしょに来る気はないだろう？　急には……答えられないわ。当分会えなくなるな。最後の旅行をしないか、二人だけの。最後の？　早枝は訊きかえしたが、真由を多美子にあずけて休暇をとった。

隠岐に行ってみよう。

隠岐へ？　どうして？

馬芝居の終焉《しゅうえん》の場所だ。そこを見て、馬芝居とそれにかかわるいろいろなことを、きっぱり決着をつけたいんだ。気持にけりをつけるということだな。

寝台特急『出雲《いずも》三号』で米子《よなご》に着いたのが午前十時二十分、それから四十分ほどローカル線にゆられて境港《さかいみなと》に出、フェリーで三時間。そのあいだ、彼は、何回か背に人の視線を感じたような気がした。午後二時を少しまわるころ、島に着いた。

汽船切符売場と並んだ観光協会で町の地図をもらい、漁業協同組合の倉庫の前をぬけて八尾川《やおがわ》にかかった橋をわたる。岸壁沿いにびっしり繋留《けいりゅう》された漁船の白い腹が、初秋の陽《ひ》にてらりと光る。

かつて、その境内《けいだい》に馬芝居の小屋が掛けられた神社は、川の近くにあった。もちろん、何の形跡もとどめてはいない。子供が数人走りまわっていた。

これで気がすんだの？　というように早枝は喬雄

に目をむけたが、唇はひき結んだままだ。

神社の隣りの旅館に、とびこみで入った。

尾行者が、少し間をおいてつづいたのに、彼は気づかなかった。

川を見下ろす二階の和室にとおされた。窓から入る川風に、ほんの少し汐《しお》のにおいが混じる。

尾行者は、隣りに部屋をとった。

食事にはまだ早く、女中は、先に一風呂《ひとふろ》浴びるようすすめた。

「地下に大浴場もありますけれど」

「部屋のお風呂でいいわ」

早枝は言った。

「それじゃ、お湯を出しておきます。じきにいっぱいになりますから」

「ビール持ってきてください」

「ビールなら、冷蔵庫に入っています」

女中が去ってから、喬雄はビールを出して栓をぬき、二つのコップに注いだ。

「飲むの?」

「少しぐらい平気さ。ホームから早枝に突き落とされても、眼に影響はなかった」

早枝の手にしたコップが大きく揺れ、泡がこぼれた。早枝は喬雄を、ふいに出現した異様なものを見るようにみつめ、喬雄がみつめかえすと、目をそらせた。沈黙がつづいた。

沈黙は肯定を、そうして早枝の敗北を意味する。一瞬の強烈な不意討ちが早枝をよろめかせ、とりつくろう余裕を奪ったのだ。悪い冗談ね、と笑いとばされることを半ば願いながら、口にした毒の矢だった。潔白なら、何の傷も与えることはない。

しかし、早枝は、いったんダウンしたボクサーがよろめきながら立ち上がるように、

「喬雄は、何かわたしを疑っているの」

と言いかえした。

「疑っていた。いまは、確信した」

喬雄はコップを目の高さにあげ、意味もなくゆすった。

「淋《さび》しいよ、早枝。どうして、おれを敵と思いさだ

めた」

「何の話かわからないわ」

「やめてくれ、おれの前でしらをきるのは」

早枝は再び黙りこんだが、やがて、

「わたしを信じないのね」

「信じなかったのは、早枝だ。おれに打ち明けていてくれれば、おれは偽証でも何でもしたさ」

早枝が言葉をかえさないので、喬雄はひとりでつづけた。

「司が毒死する二日ほど前に、おれはあいつに会ったんだよ。おれの考えたことを話し、自首をすすめようと思った」

「司は、しらをきったでしょ。簡単に白状するはずはないわ」

「黒木の死は、自分にはいっさい関係ない、と司は言った」

「そうでしょうね」

「馬芝居の写真をみせられて、なぜ、知らぬふりをしたのか。おれに訊かれ、かかわりあいになるのがいやだったからだ、そう彼は言った」

「何を言いたいの、喬雄。まわりくどい言いかたはしないで」

「司と顔をつきあわせて話すのは、久しぶりだった。親父さんの葬式のときは目礼しただけだったから。司はおれの目のぐあいが悪いのに気づいて、どうかしたのかと訊いた。投石のおかげで落馬し、そのために左を失明した。そう言うと、司は顔色をかえ、ひどくうろたえた。こいつが投石犯人か。おれは、直感した。問いつめた。『すまなかった、まさかそんなことになったとは。おまえが早枝とつきあっているいることは薄々気づいていた。くやしかった。そこへもってきて、野馬追いの日、おまえと早枝が纏場《まといば》で親しくしているのを目にした。かっとなって、ついい、前後のみさかいもなく、馬を駆ってかけのぼってくるおまえに、ものかげから石を投げてしまった』そう司が言うのをきいて、ああ、黒木を殺したのは司ではないなと思った」

「どうしてなの」

「黒木を殺した犯人は、弓矢の細工で綿密なアリバイ工作をしている。甲冑競馬が行なわれているときは、黒木を呼び出して、手に持った矢で刺し殺すという兇行《きょうこう》を行なっているときだ。早枝とおれがいっしょにいるのをみかけて嫉妬《しっと》したからといって、石を投げたりしてよけいな面倒をおこしている余裕はないはずだ。投石者と黒木を殺した者が同一ということはあり得ない」

「そういうふうに喬雄に結論させるために、投石者は自分だと言ったんじゃないの」

「ちがうな。そんな策略をめぐらす暇はなかった。失明ときいた衝撃に、思わず、狼狽《ろうばい》した表情をさらしてしまった」

ホームから早枝に突き落とされた、と、不意に言われて、早枝が思わず表情をかえ、とっさにしらをきれなかったように……。

「もう少しゆとりがあれば、投石はかくしたいところだったろう。重大な傷害事件だ。顔色をかえてしまったので、ごまかせなかったのだ。おれはそれ以上司を追及するのはやめて、別れた。黒木殺害のことも、話にのせなかった」

「それじゃ、排気ガスは？　大村さんの死は？　みんな事故？」

「司が馬芝居に警察がたどりつかないよう、必死になっていたのは事実だ。だから、司は否定していたけれど、おれはやはり、司はセイさんを殺し、黒木にゆすられていたと思う。それが明るみに出るのは、何としても避けなくてはならなかった。そのために排気ガスによる殺人さえこころみた。それは失敗したが」

「大村さんの死は？　あれは、大村さんが司の殺人の証拠になることを目にしたから、というのが喬雄の考えだったでしょう」

「司が黒木殺人の加害者ではないとすれば、大村さんを殺す理由はない。あれは、不幸な事故だったということになる」

ただ、大村の事故死は、後に、犯人にある示唆《しさ》を与えることになった、と、心のなかで喬雄はつづけた。

「司は刑事に連行されそうになって自殺した。犯人でないなら、なぜ？　と、早枝は反撃したいところだろ？　でも言わない。答えが早枝にはわかっているからだ」

むだな悪あがきはやめるわ、というように、早枝は黙って喬雄に目をむけている。喬雄と目があっても、もうそらさなかった。

「おれは、こう思う。まちがっていたら言ってくれ。司は黒木殺しの犯人じゃない。過去にセイさんを殺すという犯行はおかしている。しかし、警察がそこまで正確につかんだのかどうか、司にはまだわからない。刑事が連行しにきたくらいで服毒する理由がない」

「司は服毒したわ。古谷さんの目の前で、死んだわ」

「司は、毒物だとは思っていなかった。彼は、精神安定剤をのんだつもりだった」

早枝は再び沈黙した。

「前の日あたりに、早枝から、警察が疑いをかけていることを司はきかされた。もし、警察にひっぱられそうになったら、落ちついて応答できるように、精神安定剤をのむといいわ、そういって、司に錠剤をわたしておいた。表面に毒物を塗布したやつを」

「二錠」と早枝は言った。「一錠に塗っただけでは、即死するかどうかわからなかったから。一度に二錠のむのよと言いふくめた」リアリティがでるわね、こんなことを言うと、とつけ加えて早枝は冗談めかしたが、唇は白かった。

「早枝も、警察のしらべが馬芝居にゆきつかないよう、死にものぐるいだったんだな。切羽《せっぱ》つまって、おれまで……」

曳地忠晴も。だが、これはまだ、口にすまい。あとで早枝の気持をたしかめるために、今はまだ、曳地忠晴に関しては早枝のアリバイを信じていると思わせておく。

左の眼が見えない状態に、喬雄は馴《な》れてきていた。視野の狭さも忘れていることが多かった。野獣なら、左からの攻撃を常に警戒しているだろうが、喬雄は敵がいることすら知らなかった。しかし、早枝が左うしろに立てば、気配でわかるだろう。間に何人かの人をおき、うしろの方で突いた力が波紋のようにつたわって、一番前にいた喬雄をホームの外に押し出した。

そう考えたとき、喬雄は、曳地の家に電話して、曳地義晴に、あのとき早枝といっしょのタクシーで帰宅したのかどうかたしかめた。買物があるといって早枝は別行動をとったという返事であった。

「わたしが司の共犯だっていうの」

「共犯じゃない。単独犯だ。共謀していたら、いろんなことが、もっとずっとうまくいったはずだ」

「喬雄が、わたしを殺人者だというの」

「いいたくはない。ただ……早枝、おれは早枝を告発したりはしないよ。黙っている。牡蠣《かき》のようにってやつだ」

「黒木にゆすられていたのは司よ。それなのに、なぜ、わたしがひとりで黒木を？」

「野馬追いの日、司が来ているとおれが言ったら、早枝は愕然《がくぜん》とした。司が来るとは予想していなかった。おれが考えたようなやり方でやったんだろ。アリバイの必要な一時半から二時、早枝はおれといっしょにいた。出発する直前、二時半ごろか、ちょっとトイレに立った。そのとき、あのブースの窓に弓をとりつけてきた。実際の殺人は、甲冑競馬の最中だ。そうだろ。なぜ、司にやらせず、早枝がひとりで何もかもやったんだ。司を……愛していたのか」

「ちがうわ。話せばあの人、しらをきりとおせないもの。わたしが野馬追いに行くということすら教えなかったわ。何も知らなければ、黒木が死んだときいても、自分とは関係ない殺人事件だと安心していられるでしょう。司が野馬追いに来さえしなければ、簡単にすむことだったのよ。ところが、司も野馬追いのときを利用して、何とか黒木を抹殺《まっさつ》できないかなどと考えて、曳地の父たちに同行して……。本当に、黒木一人を殺すだけで簡単にすむことだったのに、司が自分に疑いがかかるかと焦って、排気ガスだの、よけいなことをするものだから、かえって曳地の父があやしみはじめて……。わたし、喬雄のお父さんに疑いを転嫁《てんか》させるようにしたけれど、一時しのぎだったわ」

「さっき、早枝は、脅迫《きょうはく》されているのは司なのに、なぜわたしが一人で殺すのかと言ったけれど、それを、おれが早枝に訊きたい。なぜなんだ。司では心もとないということはわかった。だが、司を愛してはいないんだろ。他人なんだろう。それなのに、なぜ、そこまで早枝が……」

「黒木は、お金だけではなく、司にほかのことも求めて……」

「ほかのことって、つまり……」

「そうなの。それを受けいれないと、司の殺人も、黒木とそういう躰の関係をどうこうということも、全部真由に教えるという脅《おど》しを使いはじめたの。わたしも、それまで、司が兄さんをということはまったく知らなかった。フー公と呼んでいたころ、わたしにはとてもすなおでやさしくて、好きだとおずおず打ち明けたこともあったのよ。それが、冷やかな脅迫者に変貌《へんぼう》して、牙《きば》をむけた。それも、わたしがあいつを許せなかった理由の一つかもしれない。……わたしと司は他人になっても、真由と司は父娘だわ。いまは真由はまだ何もわからないだろうけれど、父親が殺人者だということ、もう一つのこと、知ったら、やがて大変な心の傷になるわ。親が何をしようと、自分は自分とわりきれる強い性質の子なら、放っておいたわ。でも、真由は……」

「父親の殺人を知らせまいとして、母親が……」

「わたしなら、うまくやりとおせると思ったから……。喬雄、全部話したわ。わたしを売らないわね」

「牡蠣のように」

くちびるをあわせた。ジーンズのファスナーにかけた喬雄の手を、早枝はとめた。

「躰を流してから」

「先に入ってこいよ。おれはこれを一本あけてからにする」

「そう」

早枝はバッグから洗面道具のケースを出し、浴衣《ゆかた》といっしょにかかえて浴室に行った。バッグのなかを、喬雄はのぞいた。

旅館の薄い壁は、これらの会話を、尾行者古谷警部補の耳にすべて伝えた。曳地司の自殺は、あまりに性急だった。逃れられない証拠をつきつけられたわけではないのに、服毒した。


喬雄が浴室に行くと、早枝は脱衣所で湯上がりの躰をふいているところだった。葡萄《ぶどう》色の乳首を、子供を産んだ女なのだなと、あらためて見た。指をふれたが早枝は反応してこなかった。疲れが躰の芯《しん》に凝《こ》って、あたたかい湯も喬雄の指もそれをやわらげることができないというふうに、つらそうに立っていた。早枝は浴衣を肩にかけ、出ていった。

浴槽は安もののタイル貼りで、ひびが入っていた。ゆっくり躰をひたしたが、喬雄は心までくつろぎはしなかった。

無防備な躰であった。全部話したわ、売らないわね、と早枝は言い、牡蠣のように口をとざすと喬雄は答えた。信頼の絆《きずな》は結ばれたのか。すべての秘密を知ったおれを早枝は信頼するか。

戸が開いて、早枝が浴室に入ってきた。浴衣をまとっていた。足にスニーカーをはいているのを、喬雄は認めた。

右手に持ったヘア・アイロンを、早枝は浴室に投げ入れた。

喬雄は反射的に呻《うめ》き声をあげてのけぞり、前に倒れた。

しばらく、早枝は立ちつくしていた。コードをたぐって、ヘア・アイロンをひきあげる。その手首を、起きなおった喬雄は腕をのばしてつかみ、浴槽にひきずり寄せ、湯のなかにつっこんだ。早枝は悲鳴をあげ、手をひきぬこうとし、あっけにとられたような表情にかわった。濡《ぬ》れた床に坐《すわ》りこんだ。

喬雄は笑いだし、早枝は放心していたが、やがて、笑いだした。

6

裾《すそ》がぐっしょり濡れた浴衣を、喬雄は早枝の躰からぬがせ、風呂場に放り出すと、腰がぬけたように動かない早枝を抱えあげて、座敷に連れ戻した。裸で、足にスニーカーをはいている。靴は宿の玄関でぬいだのだから、別に用意してきたのだなと、厚いゴム底の靴を見た。

早枝の表情に、ようやく、いつものきりっとした力が戻ってきた。早枝はスニーカーをぬぎ、裸のまま坐りなおした。

「そうよ。そういうことよ。喬雄を殺しそこなったわ。気づいていたのね」

「早枝が風呂に入っているあいだに、バッグのなかをしらべた。旅行にヘア・アイロンを持ち歩くほど、早枝はおしゃれじゃないもんな。曳地の親父さんを殺《や》ったのと、ひょっとしたら同じ手を使うかな、とは思っていたから、すぐ、ぴんときたよ。本体とコードの接続部分に傷をつけてあった。おれは、プラグのねじをはずして、電線を切断し、またもとどおりにしておいた。ハンドドライヤーにでもすればよかったんだよ、早枝。そうすれば、コンセントにさしこんでスイッチを入れてもモーターが動かないから、こわれているとわかるだろ。ヘア・アイロンじゃ、熱くならない、こわれているとわかるまで、時間がかかるもんな」

「失敗すると思わなかったわ」早枝は低く言った。

「しかし、うまくいっても、今度は曳地の親父さんのときのようにはいかないぜ。あっちはじいさんだったから、心臓発作ですんなりとおったけれど、おれはまだタフだもの」

「タフな若い男が、何の原因もなく突然死んでしまうぽっくり病ってあるのよ」

「おれが、ぽっくり病?」

喬雄は、また笑った。背すじを悪寒《おかん》が走るのを、笑いでまぎらせていた。

「それにしても、二度、つづけて同じようなことが起きたら、今度はどうしたって早枝が疑われるぜ。また、外に出てアリバイを作るつもりだったのか」

ふいに、声が激しくなった。

「決して、早枝を告発しないとおれは言った。信じられなかったのか。信じられないのか、おれを」

「喬雄も、わたしを信じていなかった」

「死にたくはないからな」

「牡蠣の殻を、わたし、こわしてしまったわね」

「大村さんの死から、痕跡《こんせき》を残さず感電死させることができるのを、学んだんだな、早枝。それから、アリバイを作る方法まで、考えを進めた。風呂に入っているときに殺せば、体温が高くなっている。一人で、曳地の親父さんの躰をひきずり出したり、死んだ躰を拭《ふ》いたり、浴衣を着せて蒲団に寝せたり……その細い腕でよくやれたな」

早枝が答えないので、更につづけた。喋りつづけた。

「警察だって風呂場もしらべただろうから、使用した痕《あと》を残さないよう、気をつけたんだろうな。湯を流し出し、よく拭いておくとか。タオルや桶《おけ》は自分の部屋のかわいたものととりかえておくとか。浴槽や床が湿《しめ》っているくらいは、掃除の名残《なご》りと思われる。そして、早枝は、自分の部屋の風呂に入って躰をあたためて……心臓のとまった躰と蒲団のなかで抱きあっていた」

早枝の躰から喬雄は目をそむけた。

「熱交換で、死んだ躰もなかなか冷えないですむものな。それから、上掛けを死体の肩まですっぽりかけてくるみ、蒲団のなかのあたたまった空気が逃げないようにして、外出した。喫茶店に行き、小高の駅に行き、アリバイを作った。体温の低下を防ぐことで、推定死亡時間は大幅に狂った」

早枝はふいに、躰を喬雄の腕に投げ出した。喬雄は、思わず身をひいていた。

かわされて、早枝は畳に手をつき、そのままつっぷした。

怒りとも欲情とも哀《かな》しみともわかちがたい感情が、喬雄をつき動かした。裸の背に浴衣を放り投げようとして、強い力に突かれたように、上から押しかぶさり抱きすくめた。組み敷かれているのは、いつ反撃してくるかわからない、猛々《たけだけ》しい生きものであった。

「食事をお持ちしました」

襖の外で、女中の声がした。

早枝はもがいて起き直ろうとした。

「他人の目が、何だ」

「わたしは、真由を守るわよ」

ねじ伏せられたまま、早枝は顔を喬雄の方にむけた。

「何もかも秘密にするわよ、喬雄を殺してでも」

外の耳をはばかった小声だが、殺気に似た力がこもっていた。

「もう少しあとにしてください。そこにおいといてくれればいいわ」

乱れのない声で言った。

「それじゃ、ここにおきますから、あとはよろしく」

女中の足音が去ると、早枝は、そのときはすでに力のぬけていた喬雄を押しやり、躰を起こした。

「父親のことで、真由は十分傷ついたわ。これ以上は、決して」

喬雄は、自分が犯罪者としてみすえられているような気さえした。

「これからは、おれが早枝の脅迫者か」

ようやく、皮肉とゆとりを言葉にもたせようとした。

「いつ殺されるかと怯えながら、脅迫をつづけようか」

「みかえりは、何」

「何もいらない」

「一番怕《こわ》いゆすりね」

「おれも怕い」

二人は、声だけで笑った。

かわいた笑い声を、壁のむこうの耳は捉《とら》えた。

古谷警部補は、立ち上がった。

付録　文庫版解説

解説（講談社文庫『知床岬殺人事件』）

赤江《あかえ》瀑《ばく》

皆川さんはいつも、夢の気配が漂うような衣服を着ている。そうでない装いをするときもあるのかもしれないが、私が知っている皆川さんは、たいていそうだ。

一種たおやかな淡《あわ》い微風にふんわりと浮かんで漂い出すような夢幻的な色や素材の布地を選び、優しく美しいドレスにして身にまとっている。その小柄なほそい躰《からだ》に、どことも知れず夢の匂いや景色があわあわとまとわりついているという印象を私が持つのは、たぶん彼女のそうした衣服の好みのせいによるのかもしれないが、しかしその装いの好みが、じつにひそかな感じに花やいで皆川さんに似合っている。

衣服の布地が持っている夢の気配が、そのまま主人の肉体へごく自然に移り棲《す》んで、一つの人格の風趣ともなっている。

そんなとき、皆川さんは夢の味を知っている人なのだと、私は思う。夢の気配が躰に棲みついて不自然ではない人なのである。

夢幻のこと。それこそが、創造家の拠《よ》って立つ大地。小説家の生きる天地ではないか。

おおげさでなく私は、皆川さんにどことなく夢の気配を漂わせた人格を感じとるとき、この人の作家資質の本体に触れたような気になるのである。

これは単なる衣服や装いのお話ではない。彼女の天性が、たくまずしてその人となりに顕現しているのだと、私には思われる。

大なり小なり、創造家は、夢幻のことに関わりを持ってこそ生きておれる。持たねば生きては行けないだろう。ただ人それぞれに、その関わりの持ち方は違いはするであろうけれど、関わらなければ、創造の世界の固い鉄扉《てっぴ》は決して開かれない。

皆川さんは、その堅固な鉄扉を、難なく通り抜けて、その奥の天や地を自由に歩ける人だとわかるのである。そして歩いている人だと、うなずける。

夢幻のことに創造界の本道や王道があると看破した大先達《せんだつ》の泉鏡花《いずみきょうか》に、次の如《ごと》き卓見がある。

〈技巧を用ゐなくとも、要するに真を描き、真を写せば足ると言ふ自然主義の人々は、弓に矢を番《つが》へて的《まと》に当てることはない。矢を持つて地上を這《は》つて的の所に行き、其《その》矢を金的にブツリ刺し通せば好《よ》い〉

私も、疑いなくそうであるにちがいないと確信できる。

つまり、矢を番えて的に対《む》かう。それが創造家のするべき仕事なのだ。矢は弓弦をはなれ、風を切り、宙を飛翔してこそ、的を貫かねばならないのだ。宙空を飛んでこそ、矢は矢なのである。弦をはなれて、的へ到着するまでの、宙空を走っている一本の矢。この宙空にある間の矢が、真に問題なのだ。創造するという仕事は、そういうものだと鏡花は看破し、また自ら実践もして花々しい美の結実した数々の強大なる作品をわれわれに遺《のこ》して見せてもくれている。空中に矢を放つ。矢は宙を飛翔する。この宙空の世界こそ、矢が矢たるにふさわしい、創造の、芸術の、あるいは美学の、また文学の、洗礼を受ける神秘な試練の場所であるのだ。夢幻のものが、力を揮《ふる》い、精彩をおび、光を与え、的を射抜く一本の矢に、矢たるにふさわしい光栄の輝きを授けるのは、この宙空の領域においてである。

飛翔しない矢を幾本的《まと》に刺し通したところで、創造の凱歌《がいか》はあがらない。

皆川さんは、一本のこの空を飛ぶ矢をまちがいなく持っている作家である。

創造の宙空は、飛ぶに至難な、まさに魔の支配する世界であるから、放ちはしてもその矢がどんな辛《しん》酸《さん》をなめ、苦役を強《し》いられることになるか、ひとえに想像を絶するけれども、飛翔する宙空が皆川さんの矢にはあるという至福が、なによりも頼もしく、われわれ読者にとってもよろこばしく、また楽しみなことである。

『アルカディアの夏』で小説現代新人賞、『壁・旅芝居殺人事件』で推理作家協会賞、『恋紅』で直木賞と、着実に作家的地盤も彼女は固めている。矢が順調に飛翔して的へ突き刺さっていることの証左であろう。

もっとも、私などの個人的好みで言えば、初期の作品、『漕《こ》げよマイケル』とか、『蜜の犬』などという逸品のほうに、皆川博子の凄味《すごみ》は結晶していると思うのだけれど。

さて、本篇の『知床岬殺人事件』について触れねばならないところだが、これは皆川さんお得意の推理小説であるからして、解説の必要はないだろう。駄弁を弄《ろう》して、せっかくの作品の仕掛けの興を殺《そ》ぐことにもなりかねない。

しかし、作中、「わたしは知らない」と懊悩《おうのう》する女性のおもしろい二重構造性を、少しずつ少しずつ読者に理解させせはじめる前半部分の、妙に舌っ足らずな、むしろそれはたどたどしさとでも言っていい叙述法を武器にした表現方法は、ミステリーの醍醐《だいご》味《み》で、さすがに皆川さんらしい企《たく》みがあって、不気味である。この不気味さが、先に行って犯人像と綿密にしっかりからまりあうことを、私はひたすら願いつつ読み進んだ。

結果は、どうであったかは、ここでは言うまい。推理小説に種あかしは禁物である。

虚構の構築。それが小説の本質であることを、皆川さんはよく口にする。その構築に思いを凝《こ》らす作家である。

『知床岬殺人事件』
講談社文庫（一九八七年二月）所収

あとがき

〈ノベルス〉について、私は最初、単に判型が小ぶりで手に取りやすい本、ぐらいに思っていたのですが、担当編集の方々に諭《さと》されました。ノベルスの読者が求めるのは、新幹線に乗っている間の時間つぶしに読むようなもの、すらすらと読み飛ばして、読み終えたら中身を忘れるような軽いものです。皆川さんが書きたいものは書かないでください。こんなものは書きたくない、と思うようなものを書いてください。タイトルは、すべて〈＊＊殺人事件〉としてください。皆川さんはノベルス作家ですから、とだめ押しをされました。ノベルスの枠にはまらないものを書いても、発表の場はない、という託宣《たくせん》を受けたのでした。自分の本ながら、このタイトルでこの表紙の本、私なら買わない、と思いました。

軽い、そうして読者を惹《ひ》きつける面白い作を書けるというのは、優れた才能です。私にはその才が欠けていました。

ノベルスの体裁を取っていても、読み捨てではない秀作を著す方も多数おられます。担当編集者の意向がそれぞれ違うのでしょう。私の場合は、という話です。

その頃でした。読み物雑誌では最大手の編集者から、どんな作家が好きかと聞かれたことがあります。ドノソ、シュルツ、マンディアルグ、澁澤龍彥《しぶさわたつひこ》、塚本邦雄《つかもとくにお》と並べ立てました。今ならそれにフリオ・リャマサーレス、アントワーヌ・ボロディーヌ、アンナ・カヴァンと続けるでしょう。そのころは邦訳されていなかった。「変なのが好きなんですね」というのが編集者の反応でした。今は、これらの本について書かせてくださる――それどころか、書くことを積極的に勧《すす》めてくださる――編集者に恵まれています。宣伝します。講談社刊『辺境図書館』『彗星図書館』です。

白水社の編集者Wさんと知り合ったのは、何がきっかけだったかおぼえていないのですが、作品への嗜好《しこう》が同じでした。第二巻の「あとがき」に記したような経緯で、Wさんの企画によるシリーズに、ミステリで参加しました。

話がそれますが、Wさんは「新劇」誌の編集長でもありました。地下演劇が、最盛期を過ぎようとしているころでした。勃興《ぼっこう》期の地下演劇の常識良識を破壊しようとするエネルギーは凄《すさ》まじかった。私は気ままに出歩けない環境にあり、なかなか観《み》られず六本木のアンダーグラウンドシアター自由劇場で佐《さ》藤信《とうまこと》の「浮世《うきよ》混浴《ぶろ》鼠小僧《ねずみこぞう》次郎吉《じろきち》」を観たのがアングラ初体験でした。一九七〇年。舞台と客席は分かれておらず、椅子《いす》席などもなく、地下の狭い空間で観客は押し合って床《ゆか》に座り、その目の前で沖山秀子《おきやまひでこ》、清水紘治《しみずこうじ》など異色な役者が異様な世界を作っていました。起承転結など最初からない。混沌《こんとん》と不条理への叫びを断片的にぶつける。終演後、ぼうっとなって地上に出たとき、バッグを置き忘れたことに気づき、慌《あわ》てて引き返しました。がらんどうの空間の床に、私の青いバッグはぽつんと置かれていました。

四年後、上野不忍池《しのばずのいけ》の池畔に紅《あか》テントを張った唐十郎《からじゅうろう》ひきいる状況劇場の「唐版　風の又三郎」に、Wさんが誘ってくださいました。六〇年代に台頭した地下演劇、小劇場運動においては、佐藤信、唐十郎のほかにも、寺山修司《てらやましゅうじ》、鈴木忠志《すずきただし》、蜷川幸雄《にながわゆきお》&清水邦夫《しみずくにお》、別役実《べつやくみのる》などが活躍。一九七四年は、既成体制への反抗はすでに不要になっていたと思いますが、前衛と叙情の混淆《こんこう》した「唐版……」はお行儀の良い新劇にはない魅力を持っていました。……と追憶の中に沈んでしまって、軌道修正が困難です。

話を戻して、Wさんは小沢昭一《おざわしょういち》氏の影響で旅芝居に深い興味を持っておられ、その面白さを私にも盛んに吹き込みました。九州の嘉穂《かほ》劇場の写真集も見せていただきました。炭鉱町として栄えた福岡市嘉穂郡飯塚町に一九三一年に建てられた嘉穂劇場は、ひととき旅芝居の一座が入れ替わり立ち替わり訪れ、炭鉱夫やその家族を楽しませたのでした。炭鉱の閉鎖と共に、嘉穂劇場も寂《さび》れました。

旅芝居、旅役者を素材にすることに決め、取材を重ね役者さんとも親しくなりました。今は大衆演劇と呼ばれ、かつてのさすらいの〈旅役者〉は消滅しています。

『壁　旅芝居殺人事件』は日本推理作家協会賞をいただき、こういうものを書いてよいのなら、これからも書いていけるな、と思ったのですが、早速、ノベルスの担当編集者に言われました。「うちでは、こういうのはやめてください」要求されるのは、読み飛ばされ、読み捨てられる作なのでした。

『壁』に、好きではない〈殺人事件〉をサブタイトルとしてつけたのは、エッセイのシリーズにあって、この作はミステリであることを示すためでした。

翌年、幕末から維新にかけてのころを舞台にした長篇で、直木賞をいただきました。目をとめておられたある編集者が、書きたいものを存分に書いてみなさいと、言ってくださったのです。

しかし、前々からの〈読み捨て用〉ノベルスのお約束が何本か溜《た》まっていました。投げ出すわけにはいきません。受賞後も意に染まない〈＊＊殺人事件〉を何本か書かねばなりませんでした。不出来です。

辛いノベルス時代でしたが、取材旅行はそれなりに興味はあったのでした。

相馬野馬追祭《そうまのまおい》は、前日から泊まり込みで、準備の段階など見学しました。

とりたてて生き物が好きというわけではないのですが、馬には子供のころから親しみと魅力を感じていました。昭和の初期、小学校の二年まで渋谷に住んでいました。馬が荷馬車を曳《ひ》いていました。当時はくみ取りでしたから、その桶《おけ》を運ぶのも馬が曳く荷車でした。汚物が道を濡《ぬ》らし、馬糞《ばふん》がこんもりしていました。二年の夏休みに引っ越した世田谷は、新しく開けた郊外の住宅地であるせいか、馬の往来は見かけなくなりました。

スポーツはいっさい苦手で興味も持てない——ついに野球のルールがわからないままです——のに、乗馬だけは習いたかった。馬に接したかった。けれど、そんなことが許される状況・環境ではなく、願望だけで終わりました。乗馬学校など身近になかったし、たとえあっても、親が絶対許さないのは明白だし。後年、大学では乗馬クラブに属していた若い方からお話を伺《うかが》いました。馬糞の始末や餌《えさ》の世話が大変だということでした。

野馬追祭で、初めて馬に乗る機会を得ました。私を乗せて、馬はつまらなそうに、とぼとぼ歩いていました。

戦前の模擬内閣については、担当の編集の方が面白いから使うようにと資料を用意してくださいました。たいそう興味深い素材なのに、私は物語の中で生かすことができませんでした。ほかの方が用いるべき素材であったと思います。勿体《もったい》ないことをしました。

『知床《しれとこ》岬殺人事件』では、タイトルどおり、知床岬で撮影しているロケ隊に参加しました。友人が、同級生だったという映画監督を紹介してくれたのです。それまで助監督をつとめ、初めての監督作品でした。ロケ隊と同じ宿に泊まり、食事も皆さんと一緒で、珍しい時を過ごしました。

流氷の海は、岸近くまで巨大な氷塊が押し寄せ壮観なのですが、小舟で少し沖に出ると、蓮《はす》の葉のような薄い氷片が水面《みなも》を埋めて淡々《あわあわ》と漂っていました。

今回のシリーズ全四巻は、合田《ごうだ》ノブヨさんと柳川貴代《やながわたかよ》さんによって、美しいデザインの本にしていただき、読み捨て本を書けと言われたときとは正反対の意味で涙がにじみました。この装画装丁にふさわしい内容の物語を新たに書きたいとさえ思ったのでした。

二〇二〇年五月

皆川博子

編者解説

日下三蔵《くさかさんぞう》

現在入手困難な著者のミステリ長篇を集成する《皆川博子長篇推理コレクション》、第三巻の本書には、八四年に徳間ノベルズ（TOKUMA NOVELS）と講談社ノベルスから刊行された二作を収めた。

『知床《しれとこ》岬殺人事件』は八四年一月に講談社ノベルスから刊行され、八七年二月に講談社文庫に収められた。第二巻に収めた『巫女《みこ》の棲《す》む家』に続くノベルス書下し長篇の四作目である。本書には、講談社文庫版に寄せられた赤江《あかえ》瀑《ばく》氏の解説を再録させていただいた。

初刊本のカバーには「流氷ロケ殺人行」の副題が付されていた。帯のコピーには「さいはての海で起きた映画ロケの殺人／華やかな銀幕の裏側で息づく美貌《びぼう》の女性たちの愛憎ドラマ」とある。カバー袖《そで》の「著者のことば」は、以下の通り。

映画を撮《と》るということには、何か荒々しく血を騒がせるものがある。斜陽といわれようと、他の表現行為では代償できない不思議な魅力を持っている。大企業に属さない一匹狼の若い監督が、この一本だけは絶対撮る、と決意したとき、どれほど苦しい思いをすることか。その体験談を本人の口からきいたとき、このミステリーの構想が浮かんだ。もちろん、架空の物語だけれど、熱い火種だけは彼から得た。

『知床岬殺人事件』
講談社ノベルス版カバー

『知床岬殺人事件』
講談社文庫版カバー

著者はこの作品の執筆に当たって、取材のために実際の映画のロケに同行している。仲倉重郎《なかくらしげお》監督、岡林信康《おかばやしのぶやす》と高橋香織《たかはしかおり》の主演で八三年六月四日に公開された松竹映画「きつね」で、北海道を舞台にした恋愛映画であった。「キネマ旬報」八三年六月下旬号の「きつね」特集に寄せられた撮影ルポ「流氷上にみなぎるスタッフの熱気」から、冒頭と末尾の部分をご紹介しておこう。

ロケ現場は零下二〇度ときいて、同行の担当編集者I氏がビビった。もっと暖かいところにしましょうよ。伊豆あたりでロケやってないか、ぼく探します。

二月。北海道は厳寒期だ。これから書き下ろすミステリーが、映画のロケ隊が長期ロケを行なっている最中に殺人が起きる、という設定にしたので、実際のロケ現場を見たい。たまたま、松竹映画「きつね」のロケ隊が北海道で撮影中と知り、取材させてもらうことにした。幸い、「きつね」の監督、仲倉重郎氏とは面識があった。

「きつね」撮影のルポが目的ではなく、こちらの仕事に利用させてもらうのだから、スタッフの方々には、いささか申しわけない。

（中略）

思ったほど寒くなかったですよね。やっぱり、行ってよかったです、と、帰りの飛行機のなかでI氏は言い、でも、寒かったな、とつぶやいた。ところで、犯人はだれにします？

「ロケ隊殺人事件」（仮題）は今秋発売予定、乞《こう》御期待、と、ついでに宣伝してしまおう。

最終的に作品タイトルは地名を冠した『知床岬殺人事件』となり、内容を表す「流氷ロケ殺人行」が副題として残ったようだ。

一九五七年から八七年までに刊行された作品を対象にしたブックガイド『本格ミステリ・フラッシュバック』（08年12月／東京創元社）での『知床岬殺人事件』の項目は、以下の通り。執筆は同書の編者でもある千街晶之《せんがいあきゆき》氏。

映画のロケ隊の一行が宿泊している知床半島の旅館で、スクリプターの石上梢《いしがみこずえ》が首を絞められ、五階の部屋から突き落とされて死んだ。別室では、映画の出資者として同行していた天野弓子《あまのゆみこ》が、多量の睡眠薬を服用して昏睡《こんすい》していた。警察から重要容疑者と見なされた弓子は、自分の中に宿るもうひとつの人格・鞆子《ともこ》が、弓子としての人格が知らないあいだに梢を殺害したのではないかという疑惑に苛《さいな》まれる。

八〇年代、新書で刊行された著者の長篇ミステリは、やや軽量級の仕上がりを示しており、著者自身にとっても意に満たないものが多いらしいが、それらの作品さえも、デリケートな心理描写や冷えとした雰囲気を醸成する文体といった、著者ならではの美点を垣間《かいま》見せてくれる。中でも本作は、多重人格のヒロインの孤絶感やロケ隊内の複雑な愛憎関係などの描写に冴《さ》えが見られるばかりでなく、普通ならば無味乾燥になりがちな機械的トリックの解明が、かえって関係者の昏《くら》く屈折した情念を浮かび上がらせる――という周到な構想が戦慄《せんりつ》的でさえある。比較的、話題に上る機会が少ない作品だが、敢《あ》えて著者の〝裏傑作〟と呼びたい。

なおメイン・トリックは、乱歩賞最終候補に残った未刊長篇『ジャン・シーズの冒険』のトリックを生かしたものである。（千街）

『ジャン・シーズの冒険』はデビュー作『海と十字架』を刊行した七二年の第十八回江戸《えど》川乱歩《がわらんぽ》賞で最終候補に残った長篇ミステリである。この時の受賞作は和久峻三《わくしゅんぞう》『仮面法廷』だった。『ジャン・シーズの冒険』以外の三つの候補作、井口泰子《いぐちやすこ》『怒りの道』、中町信《なかまちしん》『空白の近景』（『殺された女』→『「心の旅路」連続殺人事件』と改題）、山村美紗《やまむらみさ》『死の立体交差』（『黒の環状線』と改題）は、いずれも後に単行本化されている。

この回の江戸川乱歩賞の選評で『ジャン・シーズの冒険』に触れた部分は、以下の通り。

島田一男《しまだかずお》

五篇中では〝ジャン・シーズの冒険〟が一番面白く読めた。ただ残念ながらトリックが余りにも犯人に都合よく出来ており、もしやり損《そこ》なったらどうなるかと云《い》う点まで考慮が払われていなかった。また、五人も殺害するとしては動機が弱い。トリックと動機、これは推理小説には不可欠の要素である。

多岐川恭《たきがわきょう》

「ジャン・シーズの冒険」は、新鮮さでは一番だと思った。特に会話がいい。ただし、会話については、数人で話している場合、だれがどの言葉を発したのか、読み返さないとわからない時があった。くどいようでも、ハッキリさせたほうが、読者に親切だ。

この作品は、機械的トリックに難が多いため、私としては採《と》れないと思った。私自身はこの種のトリックが好きなのだが、やはりむずかしい。将来性のある人だと思う。

角田喜久雄《つのだきくお》

主役の若者のグループを簡潔なタッチでいきいきと表現したのはなかなかの才筆だし、特に会話の巧《うま》さは抜群であった。引き込まれるような興味を覚えて読んだという点でも図抜けていたが、残念なことに推理小説的な部分での欠点が大きすぎた。殺人のトリックも無理過ぎるし、五人も人を殺した犯人が、その正体の露顕《ろけん》する直前まで書きこまれていた人物像と余りにも違いすぎるのも納得出来ない。皆川氏には本格ものよりスリラー、サスペンスもの等の方が向くのではないかという気もするが、いずれにしても極めて将来性豊かな人として大きな期待を寄せたい。

中島河太郎《なかじまかわたろう》

皆川博子氏の「ジャン・シーズの冒険」は、機械的トリックや犯人告発の方法が、いかにも場当りであった。犯人の描写も不充分だが、その代わり若い世代の感覚をよくとらえて、印象は潑剌《はつらつ》としている。

南條範夫《なんじょうのりお》

ジャン・シーズの冒険——才気横溢《おういつ》した文章だし、殊《こと》に会話のやりとりに新鮮味がある。小説としての面白さは第一だが、殺人トリックの点でもう少し研究して貰《もら》いたい。私としては、前者（引用者注：和久峻三『仮面法廷』）と並べて当選させたいと思ったが、他の委員諸君の同意を得られなかったのは残念である。捲土重来《けんどちょうらい》を待望する。

松本清張《まつもとせいちょう》

「ジャン・シーズの冒険」は、文章が現代的で面白いということで推す人が多かったが、推理小説としてみると、トリックに無理があり、犯人が意外な人物であることは認めるが、読者に対する説得力が弱い。

この時の選考委員だった南條範夫に小説現代新人賞への応募を勧《すす》められたことで、七三年、「アルカディアの夏」で第二十回の同賞を受賞、中間小説誌での活動へとつながっていく。

タイトルの「ジャン」は麻雀《マージャン》のことで、麻雀に興じる若者たちの間で起きた事件を描いた青春ミステリだったという。短篇「トマト・ゲーム」や長篇ミステリ『ライダーは闇《やみ》に消えた』など、この時期の作品には若者の世界を扱ったものが多く、『ジャン・シーズの冒険』も、そのひとつであった。

残念ながら原稿は残っていないとのことで、『ジャン・シーズの冒険』がそのままの形で刊行されることはないだろうが、十二年後にトリックを再使用した『知床岬殺人事件』は、幻の長篇の生まれ変わりと言えるのである。

『相馬《そうま》野馬《のま》追《お》い殺人事件』は八四年七月に徳間ノベルズ（TOKUMA NOVELS）から刊行され、九〇年五月に徳間文庫に収められた。ノベルス書下し長篇の五作目である。

初刊本の帯、カバー袖の内容紹介、表4（裏表紙）の編集者コメントは、それぞれ以下の通り。

夏の勇壮な祭典――相馬野馬追い祭でひとりの若武者が殺された!!　実力派女流渾身《こんしん》の書下し推理力作。

毎年、七月下旬に相馬地方で、野馬追い祭が三日間、開催される。この祭りの最大のイベント、神旗《しんき》争奪戦が終了したとき、殺人事件が起った。武者姿に扮した青年が肩に矢を射られ、死んでいたのだ。発見者は、〝白国政府閣僚〟のメンバーたちだった。彼らは、太平洋戦争の勃発《ぼっぱつ》直前に、米英と戦争した場合の結果をシミュレーションしたエリート集団なのだ。警察の事情聴取を受けている最中、このメンバーのひとりが〝事故死〟した。事件の根は、あまりにも深すぎるのか……!?　異色女流が渾身の力で書下した傑作長篇推理!!

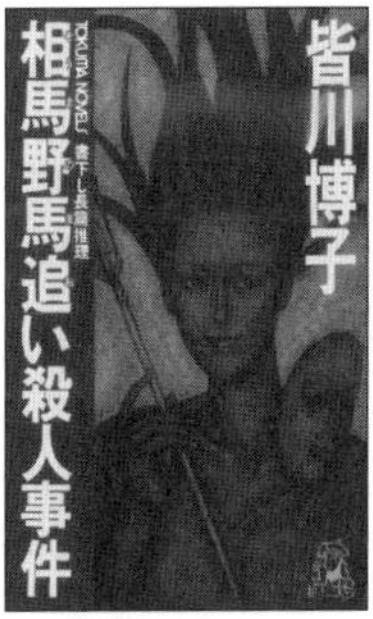

『相馬野馬追い殺人事件』
徳間ノベルズ版カバー

『相馬野馬追い殺人事件』
徳間文庫版カバー

『虹の悲劇』『霧の悲劇』をトクマ・ノベルズで発表し、エンターテイメントの分野でも高い評価を得た皆川博子が、二年の歳月をかけて書下した力作品が本書である。プロットを作り、現地取材をして構想を練る歩みは着実であり、その結果作品に現実感《リアリティ》が横溢するのだ。読者が魅せられるのは必至である。

第一巻に収めた徳間ノベルズの前作二作に続いて、この作品でも戦争が大きな要素となっている。相馬地方の風物を盛り込んで、トラベル・ミステリとしての需要にはしっかりと応《こた》えつつ、やはり人間たちの織り成すドラマが事件の真相と不可分であるところに、皆川ミステリの特徴が見て取れる。

『知床岬殺人事件』文庫版の解説中で、赤江瀑が泉鏡花《いずみきょうか》を引いて創作を弓矢にたとえるくだりがあるが、その赤江瀑さんが亡くなったときに皆川さんが発表した追悼《ついとう》文が「飛び続ける想像力の矢」(「朝日新聞」二〇一二年六月二十六日付夕刊)であったことを考え合わせると、彼らの放った矢が、発表から何年経《た》っても新たな読者の心に刺さり続ける理由が、分かるような気がするのである。

底本
『知床岬殺人事件』（一九八七年・講談社文庫）
『相馬野馬追い殺人事件』（一九九〇年・徳間文庫）

皆川《みながわ》博子《ひろこ》長篇《ちょうへん》推理《すいり》コレクション3
知床《しれとこ》岬《みさき》殺人《さつじん》事件《じけん》
相馬《そうま》野馬追《のまお》い殺人《さつじん》事件《じけん》

二〇二〇年七月一〇日　第一刷発行

著　者　皆川博子《みながわひろこ》
編　者　日下三蔵《くさかさんぞう》
発行者　富澤凡子
発行所　柏書房株式会社
東京都文京区本郷二‐一五‐一三（〒一一三‐〇〇三三）
電話（〇三）三八三〇‐一八九一［営業］
（〇三）三八三〇‐一八九四［編集］
組　版　株式会社キャップス
印　刷　壮光舎印刷株式会社
製　本　株式会社ブックアート
© Hiroko Minagawa, Sanzo Kusaka 2020, Printed in Japan
ISBN978-4-7601-5230-8